Der Bulle *von Korfu*

HSB
VERLAG

Anna Bardis, Tavernenbesitzerin in Agios Georgios, macht eine schreckliche Entdeckung: Genau vor ihrer Taverne findet sie ein totes Mädchen, ihr mutmaßlicher Mörder liegt daneben und schläft seinen Rausch aus. Für die griechische Polizei ist der Fall klar. Nicht jedoch für Harko, den Ex-Kommissar aus Deutschland, der seit einigen Jahren auf Korfu lebt. Er kennt den angeblichen Mörder und findet schnell Ungereimtheiten. Zusammen mit Roberto Bardéz, einem argentinischen Krimi-Autor, macht er sich auf die Suche nach dem wahren Täter. Bei ihren Ermittlungen stoßen sie auf mehr als ein Geheimnis in dem scheinbar friedlichen kleinen Dorf.

Der Autor

Roberto Bardéz lebt seit Anfang 2000 als Journalist und Autor auf Korfu. Weitere Informationen zu den Büchern finden Sie im Web unter www.korfu-krimi.com.

Der Bulle von Korfu

Roberto Bardéz, gebürtiger Argentinier, ist Autor und Figur zugleich: Als multisprachlicher Ich-Erzähler berichtet er in der Krimi-Reihe *Der Bulle von Korfu* mit Witz und viel Selbstironie, wie er mit seinem Freund und Partner Hartmut Kolbe, genannt Harko, einem ehemaligen Kommissar aus Deutschland, schwierige Kriminalfälle löst. Ihr Vorgehen ist nicht immer konventionell, und die Beiden sind auch nicht immer einer Meinung: Roberto hat als Schriftsteller eine blühende Phantasie und hält (fast) alle Menschen für Engel, Harko richtet sich streng nach Fakten und weiß um die kriminellen Energien, die in vielen Menschen schlummern. Gemeinsam mit Georgos Katsatopoulos, dem Reviervorsteher von Karousades, Manousos, einem lokalen Bauunternehmer, und vielen Anderen erleben sie in Afionas, einem kleinen Dorf im Nordwesten Korfus, spannende Abenteuer, die sie gelegentlich auch in die weite Welt führen.

Roberto Bardéz

Der Bulle *von Korfu*

Harko und das tote Mädchen am Strand

Kriminalroman

HSB VERLAG

Bisher erschienen:

Band I: Harko und das tote Mädchen am Strand
Band II: Harko und der V-Mann
Band III: Harko und der Kunstprofessor

Roberto Bardéz ist außerdem Mit-Autor von »Wort-Schatz – das etwas andere Wörterbuch«, einem Synonymlexikon auf CD für die Anforderungen von allen, die den ganzen Reichtum der deutschen Sprache beim Schreiben nutzen wollen www.wort-schatz.com.

Zweite überarbeitete Auflage: 2006

D-72202 Nagold
www.hsb-verlag.com
www.korfu-krimi.com
kontakt@korfu-krimi.com
D/K/001/0016/003000/2
ISBN: 3-9810177-0-6

Coverdesign: Thomas Schad
www.360gradschad.de
Druck und buchbinderische Verarbeitung:
Zschiesche GmbH– 08112 Wilkau-Haßlau
www.druckerei-zschiesche.de
Printed in Germany

Georgos Katsatopoulos lehnte sich in seinem alten Drehstuhl zurück und schlürfte genüsslich seinen Heleniko, den starken, schwarzen, griechischen Kaffee. Es ist, dachte er, alles in allem ein sehr angenehmes Leben. Sein Vater, ein kleiner Olivenbauer, hatte Zeit seines Lebens um seine Existenz kämpfen müssen und als Kind hatte Georgos die volle Härte dieses Lebens kennengelernt: Im Sommer nicht viel zum Essen, im Winter jeden Tag Oliven einsammeln, in der Kälte und oft bei Regen.

Georgos hatte früh gewusst, dies war keine Zukunft für ihn. Als sein jüngerer Bruder den elterlichen Hof übernehmen wollte, hatte Georgos sofort sein Einverständnis erklärt. Er hatte sein Erbe, einige ehemals wertlose Grundstücke am Strand, auf denen nichts wuchs, die aber durch den Touristenboom plötzlich wertvoll wurden, dazu genutzt, sich ein prächtiges Haus zu bauen; Helena, der schönsten Frau von Karousades, den Kopf zu verdrehen, mit ihr zwei Kinder zu zeugen und ein geruhsames Leben zu führen.

Georgos war Polizist geworden, mit 42 Jahren hatte er es sogar zum Reviervorsteher gebracht. Was nicht viel heißen wollte, denn sie waren nur zu dritt. Doch das genügte vollkommen für die kleine Polizeistation in Karousades. Im Sommer, wenn die Touristen auf die Insel kamen, musste hin und wieder ein Diebstahl aufgeklärt werden, im Winter, wenn Korfu nur von den Einheimischen bevölkert war, kam es gelegentlich zu Streitigkeiten, die Georgos mit seinen Kollegen zu schlichten hatte.

Einmal am Tag fuhren sie mit ihrem Polizeijeep auf Patrouille, eine Aufgabe, die Georgos als Vorgesetzter gerne seinen Kollegen überließ. Für ihn blieb nicht viel zu tun, vielleicht eine Stunde Papierkram, was nach griechischem Standard für einen Posten im Staatsdienst schon einer gewaltigen Arbeitsbelastung gleichkam. Die Georgos mit ein paar Täßchen Heleniko bravourös meisterte.

Als das Telefon klingelte, war Georgos denn auch sehr ungehalten. Seufzend stellte er den Kaffee beiseite und griff nach dem Hörer. Doch er kam nicht einmal dazu, hallo zu sagen, die aufgeregte Stimme am anderen Ende der Leitung, dem Klang nach die einer älteren Frau, ließ ihn gar nicht erst zu Wort kommen.

»Schnell, am Strand liegt eine Leiche. Und der Mörder liegt daneben. Schnell, schnell, so kommen Sie doch.«

Als Insel besaß Korfu naturgemäß eine Vielzahl von Stränden, die meisten davon, da die Saison vor einigen Wochen begonnen hatte, bereits gut besucht. Georgos brauchte zwei Minuten, ehe er die

Frau am Telefon soweit beruhigt hatte, dass sie ihm genaueres berichten konnte. In Agios Georgios war es geschehen, sie selbst hatte die Tote entdeckt, als sie ihre Strandtaverne öffnete; direkt vor der Taverne lag die Leiche, nur mit einem Bikini bekleidet, und direkt daneben lag ihr Mörder, friedlich schlafend. Das alles sei furchtbar schrecklich und die Polizei müsse sofort kommen. Zum Schluss sagte sie ihm noch ihren Namen: Bardis, Anna Bardis.

Da der Polizeijeep auf Patrouillenfahrt war, stieg Georgos Katsatopoulos in seinen eigenen Wagen, einen kleinen Daihatsu Cuore, und fuhr in die Agios Georgios Bucht, die rund zehn Minuten entfernt im Süden liegt. Entfernungen auf Korfu werden von den Einheimischen niemals in Kilometern, sondern immer in Minuten gemessen: Durch die vielen Hügel kann man auch für drei Kilometer Luftlinie eine Viertelstunde benötigen.

Georgos verständigte seine beiden Kollegen per Mobiltelefon und als er zehn Minuten später am Strand eintraf, sah er den Jeep schon von weitem, umlagert von einer größeren Menschenmenge. Es war jetzt halb zehn Uhr morgens, der Strand voller Touristen und der Mord schien alle zu interessieren.

Georgos stellte den Wagen ab, setzte sich schwungvoll die Dienstmütze auf, strich sich über seinen imposanten Schnauzbart und ging mit energischen Schritten zum Polizeijeep. »Habt ihr die Leiche gefunden?« fragte er den älteren seiner beiden Kollegen. Im Stillen hoffte er, es sei nur falscher Alarm.

Doch Dimitris nickte mit sorgenvoller Miene. »Die Leiche und den mutmaßlichen Mörder. Ist Korfu-Stadt schon verständigt?«

Georgos straffte die Schultern. »Ich wollte mich erst persönlich davon überzeugen, ob wirklich ein Mord geschehen ist. Die Kollegen haben es nicht gern, wenn man sie auf eine Spazierfahrt schickt. Ich rufe sie gleich an.« Er sah zum Sandstrand. »Wer hat es getan?«

Dimitris deutete auf den Jeep, in dem ein junger Mann saß. »Ein Albaner, der hier arbeitet. Er sagt, er weiß von nichts. Wir mussten ihn wecken, er schlief wie ein Stein. Und er hat eine Fahne, die man bis auf zwei Meter riecht.«

Georgos warf einen flüchtigen Blick auf den Tatverdächtigen. Er kannte ihn, sein Name war Jannis und Georgos wusste, er war als Bauarbeiter beschäftigt; er hatte ihn mehrfach bei Kontrollen von Baustellen gesehen. Bislang lag nichts gegen ihn vor.

»Wo ist die Leiche?« fragte er Dimitris.

»Am Strand. Wir haben sie nicht angerührt, erst soll die Spurensicherung kommen.«

Dimitris ging mit Georgos hinunter zum Sandstrand. Das Mädchen war Mitte 20, ziemlich hübsch und ziemlich tot. Sie lag auf dem Rücken, die Augen offen und starr nach oben gerichtet. Ihr Gesicht, tiefblau angelaufen, bildete einen starken Kontrast zu den langen, schwarzen Haaren und der von der Sonne gebräunten Haut. An ihrem Hals waren deutliche Würgemale zu sehen.

»Im Suff erwürgt,« sagte Georgos mehr zu sich selbst.

»So sieht es aus,« bestätigte Dimitris. Leise fügte er hinzu: »Welch eine Verschwendung.« Denn die Tote war auffallend schön.

Georgos ging zurück zur Straße und sah sich um. Agios Georgios hatte die Form eines riesigen Hufeisens: Hinten zwei Kilometer weißer Sandstrand, rechts und links von mächtigen Felswänden begrenzt, dazwischen ein Paradies für Segler und Surfer. Dass die Bucht im Nordwesten der Insel noch immer ein Geheimtipp für Leute war, die Ruhe suchten, war der Uneinigkeit der Anwohner zu verdanken: Vier Gemeinden teilten sich die Bucht und wurden sich nicht einig, wer die Straße bezahlen sollte, um Agios Georgios zu erschließen. Doch ohne eine Straße, die auch von großen Bussen befahren werden konnte, blieben die Touristenströme aus. Die Bewohner der umliegenden Gemeinden, die sich dem Tourismus geöffnet hatten, machten Witze über die Einwohner von Afionas, Kavadades, Makrades und Pagi, weil sie so rückständig waren, doch wenn sie im Sommer baden wollten, kamen sie nach Agios Georgios – ihre eigenen Strände waren fest in der Hand der Urlauber.

Das Mädchen lag im westlichen Teil der Bucht, wahrscheinlich auf der Gemarkung von Afionas, vielleicht auch schon in dem zu Kavadades gehörenden Teil; Georgos wusste nie genau, wo die exakte Grenze verlief.

»Wo ist Anna Bardis?« fragte er Dimitris. »Sie hat mich angerufen.«

Dimitris deutete auf eine etwa 50jährige, stämmige Frau in der Menge, die trotz der Hitze ein dunkles, fast schwarzes Kleid trug. Georgos ging zu ihr: »Kiria Bardis[1]?«

Sie sah ihn an und nickte erleichtert. »Gut, dass Sie so schnell gekommen sind.«

---

[1] Griechisch: Frau Bardis

»Das tun wir immer,« sagte Georgos mit der Stimme des Polizisten, der es gewohnt ist, die staatliche Autorität zu repräsentieren. Mit der gleichen kräftigen Stimme fügte er hinzu: »Ich habe noch Fragen an Sie. Können wir uns irgendwo in Ruhe unterhalten?«

Anna Bardis deutete auf eine Veranda hinter sich. »Gehen wir in meine Taverne.«

Georgos setzte sich an einen Tisch, von dem aus er den Strand überblicken konnte, und rief die Polizeistation in Korfu-Stadt an. Die Spezialisten dort waren für die eigentliche Untersuchung zuständig, die Aufklärung eines Mordes überstieg Georgos Kompetenzen. Er schilderte den Sachverhalt und fügte hinzu, der mutmaßliche Täter sei bereits gefasst. Es würde rund 45 Minuten dauern, bis die Experten aus der Insel-Hauptstadt eintrafen.

Seine Kollegen hatten die Touristen von der Leiche zurückgedrängt, damit keine Spuren vernichtet wurden, doch Georgos fragte sich, welche Spuren es auf einem Standstrand geben konnte, über den täglich hunderte von Badegästen liefen.

Jannis saß mit Handschellen gefesselt im Jeep und alle warteten nun auf die Mordkommission. Georgos wollte die Zeit nutzen, um Anna Bardis über ihre Beobachtungen zu befragen.

Die Matrone war in der Küche verschwunden und kam nun mit zwei Heleniko zurück. Einen davon stellte sie, zusammen mit einem Glas Wasser, vor Georgos auf den Tisch, den zweiten stellte sie zusammen mit dem Tablett auf die gegenüberliegende Seite des Tisches und nahm selbst Platz auf einem Stuhl.

»Panagia mou,« sagte sie unter Anrufung der heiligen Mutter Gottes, »welch eine Katastrophe. Ein Mord hier in unserer ruhigen Bucht. Direkt vor meiner Taverne.« Wie um Unheil von sich abzuwenden, fügte sie ein weiteres Panagia mou hinzu und schlug sicherheitshalber noch drei Kreuze.

Georgos nippte an seinem Heleniko – er war stark, heiß und süß, genau so, wie er ihn mochte. Er sah Kiria Bardis fragend an. »Sie haben die Leiche entdeckt? Wann genau war das?«

Auch sie trank erst einen Schluck von ihrem Heleniko, bevor sie antwortete. »Ich habe meine Taverne wie jeden Morgen um neun Uhr geöffnet. Die Touristen kommen erst später, aber ich habe immer viel zu tun: aufräumen, das Frühstück vorbereiten. Sie wissen schon.«

Georgos nickte verständnisvoll.

»Gesehen habe ich die Beiden gleich, mir aber nichts dabei gedacht. Viele Paare übernachten am Strand, das ist nichts Ungewöhnliches. Das ist sehr romantisch, wenn man jung ist. Doch wenn es heiß wird, wachen sie auf und bewegen sich. Die Beiden aber haben sich nicht gerührt. Also bin ich nähergegangen. Dann sah ich es: panagia mou.«

Sie nippte erneut an ihrem Heleniko, bevor sie fortfuhr. »Das Gesicht des Mädchens war ganz blau, ihr Mund wie zu einem stummen Schrei geöffnet. Und ihre Augen: Sie blickten starr nach oben. Unheimlich. Ich wusste gleich, sie ist tot, und ich sah ihren Mörder direkt neben ihr. Daraufhin habe ich sofort die Polizei gerufen.«

Georgos blickte auf seine Uhr. »Das war vor 25 Minuten.«

»Ja, vor ungefähr einer halben Stunde. Fünf Minuten später kam das Polizeiauto und sie haben den Albaner verhaftet. Panagia mou, ich habe immer gewusst, die bringen nur Unglück.«

Georgos wusste, Anna Bardis stand mit dieser Meinung leider nicht allein. Albanien war nur wenige Kilometer entfernt und die ersten Albaner, die aus ihrem bitterarmen Land geflohen waren, kamen illegal auf die Insel, wo sie sich häufig mit kleinen Diebstählen das zum Überleben notwendige besorgt hatten. Inzwischen besaßen die meisten offizielle Visa und arbeiteten legal auf Korfu, wo sie als billige Arbeitskräfte geduldet, aber nicht willkommen waren. Sie wurden gebraucht.

Nun hatte ein Albaner eine Touristin getötet. Ein Mord war schrecklich, aber solange kein Grieche oder gar ein Korfiote darin verwickelt waren, würde sich die Aufregung in Grenzen halten. Spätestens in einer Woche war der Vorfall vergessen.

Eine knappe Stunde später waren die Ermittler aus der Hauptstadt da. Die Leiche und der Strandabschnitt, auf dem die Tote lag, wurden fotografiert, der Strand Meter für Meter abgesucht. Gefunden wurde, wie Georgos erwartet hatte, nichts. Die Tote, bei der bereits die Leichenstarre einsetzte, kam in einen Zinksarg und wurde zusammen mit Jannis nach Korfu-Stadt gebracht. Das Mädchen würde den Abend und die Nacht in der Gerichtsmedizin verbringen, ihr letzter Begleiter hinter schwedischen Gardinen übernachten. Denn neben vielen Touristenattraktionen verfügte die Inselhauptstadt auch über eines der sichersten Gefängnisse von Griechenland.

Georgos Katsatopoulos fuhr zurück zu seiner Dienststelle, wo er sich einen neuen Heleniko zubereitete, seine beiden Kollegen gingen mit einer Polaroidaufnahme der Toten zu den Appartementhäusern in Agios Georgios, um die Identität des Mädchens festzustellen. Denn tote Mädchen am Strand, die nur mit einem Bikini bekleidet sind, haben selten einen Pass bei sich.

Routine, dachte Georgos. Sobald die Identität des Mädchens festgestellt war, mussten die Angehörigen verständigt werden, anschließend galt es, die Überführung der Leiche zu organisieren. Danach würde der Alltag wieder einkehren.

Kurz nach vier Uhr nachmittags kamen Dimitris und sein Kollege zurück in die Polizeistation in Karousades. Dimitris hatte den Pass des Mädchens bei sich, einen amerikanischen Pass. Sein Blick war sorgenvoll, als er ihn Georgos reichte. Der Reviervorsteher studierte den Ausweis gründlich.

Das Passbild zeigte ein fröhliches junges Mädchen, 1977 geboren, 27 Jahre alt. Doch als Georgos den Namen des Mädchens las, fluchte er laut: Catherine Bardis.

Auf der ganzen Welt leben vielleicht 300 Familien, die diesen Familiennamen tragen, rund 100 davon wohnen in Afionas. Was umso erstaunlicher ist, da ganz Afionas nur aus 110 Familien besteht – einschließlich der wenigen zugereisten Ausländer. Von Afionas aus waren die Mitglieder des Bardis-Clans in die Welt gezogen, als es auf Korfu keine Touristen, keine Arbeit und kein Geld gegeben hatte. Catherine Bardis mochte einen amerikanischen Pass haben, sie mochte in Amerika geboren sein und sie mochte sogar zum erstenmal in ihrem Leben nach Korfu gekommen sein. Doch sie war eine Bardis und damit nicht nur eine Griechin, sondern sogar eine Korfiotin. Und das gab dem Fall Gewicht – sogar sehr viel Gewicht.

Ich hatte mich oft gefragt, wie es einen deutschen Kommissar nach Korfu verschlägt, noch dazu lange vor der Pensionierung. Harko war 42, lebte seit zwei Jahren auf Korfu, trieb täglich Sport und war kerngesund. Auch äußerlich entsprach er, bis auf kleinere Abstriche, dem Bild, das ich mir von einem gestandenen Teutonen machte: Groß und blauäugig, wenn auch stets mit Drei-Tage-Bart. Dass sein Haar nicht blond, sondern fast schwarz war, dafür konnte

Harko nichts, wohl aber für dessen Länge: Harko trug es knapp schulterlang.

Auf meine Frage, was ihn dazu bewogen hatte, Deutschland Lebewohl zu sagen, antwortete er mit einer Gegenfrage: Was habe denn mich, einen Schriftsteller aus Argentinien, dazu gebracht, nach Korfu zu ziehen? Wir einigten uns darauf, dass wir beide auf Korfu mit einem wichtigen Teil unserer Vergangenheit abgeschlossen und etwas Neues begonnen hatten, und dass wir beide entschlossen waren, die Vergangenheit ruhen zu lassen. Stattdessen diskutierten wir über unser Lieblingsthema: Mord.

Harko hatte, nach 20 Jahren im Polizeidienst, ein fundiertes Wissen über Morde und fast jede andere Form von Kriminalität, während ich nach zwei Jahrzehnten als Krimischreiber über viel Erfahrung bei der Beschreibung von Mördern und ihren Opfern verfügte. Wir brachten regelmäßig ganze Abende damit zu, uns über unsere Fälle zu unterhalten – Harko berichtete aus der Praxis, ich aus der Welt der Phantasie. Gemeinsam war uns, dass jeder versuchte, den anderen an Blutrünstigkeit und Verzwicktheit der Fälle zu überbieten. Zu meiner Schande musste ich mir aber schon bald eingestehen, dass die Praxis oft viel schrecklicher war als das, was ich mir ausdachte.

Nur einmal, an einem Abend, an dem uns das Bier besonders gut schmeckte und wir uns bei unserem inoffiziellen Wettstreit über den aufregendsten Mordfall in Rage geredet hatten, wurde Harko gesprächiger. Er hatte mir von dem Mord an einem achtjährigen Mädchen erzählt, damals so alt wie seine eigenen Zwillingstöchter, und dieses Verbrechen hatte ihn wohl sehr mitgenommen.

»Ein Schwabe wird, so heißt es, mit 40 Jahren weise,« sagte er in einer seltenen philosophischen Anwandlung, »was ich noch mit 39 für ein Gerücht hielt. Doch kurz nach meinem 40sten Geburtstag glaubte ein Arschloch in Stuttgart, mir Ärger machen zu müssen.« Was das für Ärger gewesen war, und wer das Arschloch war, darüber ließ sich Harko nicht aus. »Weißt Du, was ich damals gemacht habe?« hatte Harko gesagt und sich nach vorn gebeugt. »Ich bin zu ihm gegangen, habe ihm gesagt: *Sie sind ein kleinkarierter Korinthenkacker,* bin dann zu meinem Chef und habe ihm meine Kündigung auf den Tisch gelegt.«

Die Strafe wegen der Beleidigung hatte Harko gerne bezahlt, denn im Gegensatz zu den meisten seiner Kollegen, die jeden Pfennig ihres Gehalts dreimal umdrehen mussten, war Harko finanziell immer unabhängig. Diese finanzielle Freiheit war es, die ihn seinen Beruf immer mit einer gesunden Distanz sehen ließ: Harko tat nur das, was er für richtig hielt, er legte keinen Wert auf die Karriere, sondern stellte sich den interessantesten Herausforderungen.

Die Familie und besonders seine Frau Marianne hatten oft unter den großen Belastungen durch Harkos Beruf zu leiden, und Harko hatte sein Engagement mehr als einmal verteidigen müssen. Die Kündigung, von der Harko seine Frau erst unterrichtete, nachdem er sie seinem Chef vorgelegt hatte, war Marianne dann aber doch nicht recht.

»Da bist Du zwölf Jahre mit einer Frau verheiratet,« hatte Harko in Erinnerung an dieses Erlebnis gesagt, »und denkst, Du kennst sie in- und auswendig. Heh, allein die Schimpfworte, mit denen sie mich damals bedachte – damit hätte ich ein ganzes Lexikon füllen können.«

Harko war nicht nur impulsiv und störrisch, Mutter Natur hatte ihm zum Ausgleich für diese rauhen Seiten auch viel Charme mitgegeben. Und den hatte Harko genutzt. Marianne, seine Frau, eine gebürtige Berlinerin, die Harko während ihres Studiums in Stuttgart kennengelernt hatte, war immer schon vom Süden Europas angetan gewesen. Harko hatte ihr oft vorgeschwärmt, wie schön es wäre, ein altes Häuschen im Süden zu einem Urlaubsdomizil auszubauen, und machte jetzt den Vorschlag, damit nicht zu warten, bis sie beide alt und grau seien. Die Kinder, Tina und Sina, hatte Harko mit dem Argument geködert, in Griechenland gebe es im Sommer drei Monate Ferien.

Trotzdem war der Anfang hier auf Korfu nicht einfach gewesen. Das Häuschen mit fantastischer Aussicht war schnell gefunden, doch objektiv betrachtet war die ehemalige Olivenpresse nicht viel mehr gewesen als ein Haufen alter Steine, wenn auch in wunderschöner Lage: Oberhalb der Agios Georgios Bucht gelegen, mitten in einem Olivenhain.

Harko war im Frühjahr umgezogen, die Familie folgte zu Beginn der Sommerferien – den ersten Ferien, die für die Kinder wirklich den ganzen Sommer über dauern würden. Die erste Freude aber war wohl schnell in Ernüchterung umgeschlagen, denn das erste Domizil war ein alter Wohnwagen – brütend heiß im Inneren, dafür mit fließend kaltem Wasser ausgestattet, die Toilette ein »Plumpsklo mit Donnerbalken«. Mein Deutsch ist gut, doch Harko brauchte geraume Zeit, mir die genaue Bedeutung dieser Worte zu erläutern.

Marianne und die Kinder lernten griechisch, Harko schuftete wie ein Berserker. Im ersten Herbst war die umgebaute Olivenmühle bezugsfertig, im Frühjahr konnten sie in das große, direkt daneben erbaute zweistöckige Wohnhaus umziehen und im Sommer darauf erfüllte sich Harko einen alten Traum: Er errichtete einen Turm aus alten Steinen, stilecht mit Zinnen, und richtete sich im Inneren ein modernes Arbeitszimmer mit Computer ein.

Als ich Harko im vergangenen Herbst bei einem gemeinsamen Bekannten kennenlernte, hatte er gerade einen weiteren Traum wahr werden lassen: Eine gebrauchte Harley-Davidson, direkt aus den Beständen der amerikanischen Highway-Patrol erworben, machte ihn zum Bullen auf dem Motorrad. Die Maschine war viel zu groß für die kleinen Straßen Korfus, was Harko nicht im geringsten störte: Der Sound, sagte er, sei der Klang der Freiheit und der entschädige ihn für vieles.

An diesem Tag stand Harko in Shorts und T-Shirt, der üblichen Sommerbekleidung auf Korfu, in seinem Garten und überlegte, was als nächstes zu tun war. Das Haus war fertig, doch bereits im ersten Winter hatte Harko gemerkt, welche Probleme die Lage mit sich brachte: Wenn der Südwind durch die Agios Georgios Bucht wehte, steigerte er sich auf dem Weg den Hang hinauf zum Orkan; nicht einmal die Olivenbäume konnten verhindern, dass er das Haus mit voller Wucht traf. Harko hatte deshalb damit begonnen, Stützmauern zu errichten – große, massive Bruchsteinmauern auf einem soliden Betonfundament.

Natürlich konnte er diese Arbeit nicht allein verrichten, ein Albaner, den ich ihm vermittelt hatte, half ihm. Ich selbst hatte keine direkten Kontakte zu den Albanern, aber mein Nachbar, Manousos Bardis, der als Kind in New York aufgewachsen und mit seinen Eltern vor 15 Jahren nach Korfu zurückgekehrt war, besaß mit seinem Bruder Angelos ein Bauunternehmen und beschäftigte mehrere Albaner.

Am Morgen hatte Harko eine neue Ladung Steine bekommen, jetzt legte er sich einen Plan zurecht, wie die Steine am Nachmittag verbaut werden sollten. Um vier Uhr stand Harko noch immer allein in seinem Garten.

Um halb fünf trat Marianne auf die große Terrasse zwischen Turm und Ölmühle und rief: »Was ist denn los? Wo bleibt Jannis?«

Harko drehte sich zu ihr um. »Er müsste seit einer Stunde hier sein. Ich verstehe das nicht, bisher war er immer pünktlich.«

Kurz vor fünf kamen die beiden Mädchen vom Baden. Tina und Sina sind Zwillinge – äußerlich kaum voneinander zu unterscheiden, vom Wesen her aber unterschiedlich wie Tag und Nacht. Tina, die Ältere – vier Minuten und zehn Sekunden, wie sie immer wieder betont – ist wie ihre Mutter ernst und ruhig, gelegentlich melancholisch, meist nachdenklich. Sina dagegen schlägt nach ihrem Vater, ist immer gutgelaunt und ständig zu Späßen aufgelegt. Die beiden streiten sich von morgens bis abends, doch wenn es hart auf hart geht, halten sie zusammen wie Pech und Schwefel.

Nun stürmten beide zu Harko in den Garten.

»Wartest Du auf Jannis?« fragte Tina atemlos.

»Warum fragst Du?« wollte Harko wissen. Noch bevor Tina antworten konnte, platzte Sina heraus: »Jannis sitzt im Knast, weil er Eine abgemurkst hat.«

Harko lachte, er hielt es für einen Witz. Doch Tina, die ihrer Schwester einen wütenden Blick zuwarf, sagte: »Es stimmt. Jannis hat ein Mädchen umgebracht und sitzt im Gefängnis. Der ganze Strand spricht davon.«

»Jannis?« fragte Harko ungläubig. »Der tut doch keiner Fliege was zuleide. Das glaube ich nicht.«

Er ging mit den Mädchen ins Haus. »Kannst Du Dir das vorstellen?« fragte er Marianne. »Tina und Sina behaupten, Jannis habe einen Mord begangen.«

Marianne sah die Zwillinge scharf an. »Mit so etwas treibt man keine Scherze.«

»Wenn es aber doch stimmt, Mama,« sagte Tina. »Die Polizei hat ihn heute Morgen direkt neben der Leiche gefunden, unten in der Bucht.«

»Hier in Agios Georgios?«

»Ja, vor Annas Taverne.«

Harko schüttelte ungläubig den Kopf, Marianne aber wirkte nachdenklich. »Das könnte sein. Ich habe das Polizeiauto und einen Menschenauflauf gesehen, mir aber nichts dabei gedacht.«

»Wer könnte Genaueres wissen?« fragte Harko.

»Die Polizei,« sagte Marianne.

»Aber Du bist doch die Polizei,« sagte Sina.

»Ich *war* Polizist,« entgegnete Harko.

»Nein, das stimmt nicht,« sagte Tina bestimmt. »Du bist es noch immer. Du sagst doch selbst: einmal Polizist, immer Polizist.«

»Du könntest bei der Astinomia[2] anrufen – die nächste Station ist in Karousades,« schlug Marianne vor.

»Und dann?« fragte Harko. »Du weißt, mein Griechisch ist schlecht. Was könnte ich sie fragen?«

Daran hatte Marianne nicht gedacht. Sie und die Kinder sprachen inzwischen fließend griechisch, Harko dagegen verkehrte überwiegend mit anderen Deutschen.

»Ruf Roberto an,« schlug sie vor, »vielleicht weiß der was.«

Ich wusste auch nichts. Ich hatte den ganzen Tag an meinem neuen Roman gearbeitet und in solchen Schaffensphasen nahm ich um mich herum nichts wahr.

»Komm heute Abend rüber,« sagte ich zu Harko, »wir gehen zusammen ins Three Brothers. Dort erfahren wir sicher mehr.«

Wir verabredeten uns für acht Uhr.

Afionas ist ein kleiner Ort, selbst für korfiotische Verhältnisse – insgesamt leben knapp 500 Menschen hier, davon 450 Nachkommen der ersten Familie Bardis. Ich bekam häufig Post als Roberto Bardis: Viele Korfioten, die Afionas kannten, hielten Bardéz schlicht für einen Schreibfehler. Als Autor war ich vor allem in Süd- und Nordamerika bekannt, in Griechenland wurden meine Bücher noch nicht verkauft.

Das Three Brothers ist *die* Stammkneipe der Afioniten. Man trifft sich, trinkt sein Bier, diskutiert und macht Geschäfte. Mein Nachbar Manousos hatte ein Bauunternehmen, aber kein Büro: Er saß jeden Abend zwei Stunden im Three Brothers und das genügte, um ständig mit Aufträgen versorgt zu sein.

Harko holte mich kurz vor acht mit der Harley ab und gemeinsam fuhren wir die paar Meter zur Taverne. Sie war jeden Abend gut besucht, an diesem Abend aber war sie brechend voll. Trotz des infernalischen Lärms der Harley hörten wir schon von weitem hitzige Diskussionen: Alle schienen gleichzeitig zu reden, einer lauter als der andere.

Die Griechen, so sagt man, haben eine große Diskussionskultur – Diogenes, Aristoteles, Sokrates. Die großen Philosophen begründeten mit ihren Diskussionen die Demokratie, als im Rest von Europa die Barbaren noch in den Wäldern hausten. Auf Zeichnungen und Bildern werden die Väter der Demokratie als würdige alte Männer dargestellt, die sich gesittet unterhalten. Im Stillen hege ich jedoch

[2] griechische Polizei

den Verdacht, die Gespräche vor tausenden von Jahren könnten genauso verlaufen sein wie heute: Jeder schreit, so laut er kann, keiner hört dem Anderen zu und eine Einigung ist per se von vornherein ausgeschlossen. Fast wie in einem demokratisch gewählten Parlament…

Harko stellte die Harley vor der Taverne ab, wir gingen hinein und kämpften uns zu Manousos durch, der, inmitten einer dichten Traube von Männern, am lautesten diskutierte. Er begrüßte uns mit einem Kopfnicken, ohne dabei seinen Redefluss zu unterbrechen. Mein Griechisch ist gut – neben meiner Muttersprache Spanisch spreche ich noch Griechisch, Deutsch, Englisch, Französisch und Italienisch. Bei diesem Redetempo aber verstand auch ich nicht alles. Ich hörte nur immer wieder die Worte Jannis, Dolofonos[3] und Vromodoulia[4].

Als Manousos endlich Luft holen musste, fragte ich ihn schnell, was eigentlich passiert sei.

»Fucking shit,« sagte er heftig. »Dieser Bastard hat ein Mädchen erwürgt. Unten am Strand. Dann legt er sich neben sie und pennt ein. Die Polizei musste ihn wecken, um ihn festzunehmen. Stockbesoffen.«

»Und das Mädchen?« fragte ich. »Wer ist sie?«

»Meine Nichte.«

»Deine Nichte?« Ich war schockiert.

»Vielleicht auch meine Cousine,« sagte Manousos. »Sie ist, das heißt, sie war Amerikanerin und niemand hier kennt sie. Doch sie hieß Bardis.«

»Woher weißt Du dann, dass sie Deine Nichte oder Deine Cousine ist?«

»Weil alle Bardis dieser Welt miteinander verwandt sind. Kann sein um ein paar Ecken, aber sie sind es. Wer weiß? Vielleicht waren ihr Urgroßvater und mein Urgroßvater Brüder? Jedenfalls ist es eine Riesensauerei.«

Harko musste warten, bis ich Zeit hatte, für ihn zu übersetzen. Dazu kam ich noch nicht – ich hatte Angst, wenn ich Manousos die Gelegenheit dazu gab, würde er wieder mit seinen Freunden diskutieren und Harko und mich vergessen. Deshalb fragte ich rasch: »Du kennst Jannis gut: Traust Du ihm einen Mord zu?«

---

[3] Griechisch: Mörder

[4] Griechisch: Schweinerei

Manousos lachte und sagte: »Zeig mir einen Mann in diesem Raum, dem ich keinen Mord zutraue.«

»Dich und mich eingeschlossen?« fragte ich. Es war als Scherz gemeint.

»Uns beide eingeschlossen,« sagte Manousos und es klang überhaupt nicht wie ein Scherz.

Jetzt war es Zeit, dies für Harko zu übersetzen. Bald führten wir unsere eigene Diskussion.

»Glaubst Du,« fragte ich, »irgend jemand hier könnte einen Mord begehen?«

Ich hatte die Griechen, die Korfioten und vor allem die Afioniten bislang nur als offene und hilfsbereite Menschen kennengelernt und traute keinem von ihnen etwas Böses zu. Sie waren keine Engel, es gab kleine, dunkle Geheimnisse – wie überall auf der Welt. So war es beispielsweise vollkommen in Ordnung, einen anderen zu übervorteilen: Wer sich bei einem Geschäft als der Gewieftere erwies, hatte seine Bewunderer, wer Federn ließ, erntete zum Schaden noch den Spott. Doch ich hatte noch nie jemanden gewalttätig werden sehen. Es gab hier keine Männer, die ihre Frauen verprügelten, allenfalls einige Frauen, die ihren Männern gelegentlich die Hölle heiß machten. Es kam auch nicht vor, dass Kinder von ihren Eltern geschlagen wurden. Wurde ein Kind mit einer Verletzung ins Krankenhaus eingeliefert, die nicht eindeutig von einem Unfall herrührte, leitete die Polizei noch am gleichen Tag eine Untersuchung ein. Vor einem Jahr war dies in Athen passiert: Vater und Mutter stritten sich, das Kind bekam Schläge und musste ins Krankenhaus. Das Fernsehen berichtete tagelang über den Fall. Als ich Manousos fragte, weshalb soviel Wirbel um die Prügel gemacht wurde, sah er mich nur ungläubig an und sagte: »Man schlägt doch keine Kinder!« Und diese Menschen sollten nun in Manousos Augen alle potentielle Mörder sein?

Darüber musste ich mit ihm reden. Ich schaffte es, seine Aufmerksamkeit in einer Atempause noch einmal zu erringen. »Hör mal,« sagte ich, »ich halte weder Jannis noch sonst jemanden hier für einen potentiellen Killer. Dazu sind alle viel zu nett.«

Manousos warf mir einen Blick zu, den ich nicht zu deuten vermochte. »Ich habe nicht gesagt, hier im Raum sitzt ein Killer. Ich habe nur gesagt, ich traue jedem hier einen Mord zu.« Er wurde nachdenklich. »Du glaubst, wir hassen die Albaner, weil sie Essen und andere Kleinigkeiten stehlen? Mir haben sie einmal das Fleisch vom Grill gestohlen, während ich hungrig vor meinem leeren Teller saß. Das war ärgerlich, doch ich fand es eher lustig. Wer nichts zu beißen hat, muss sehen, wie er über die Runden kommt.« Er deutete in Richtung Norden. »Du weißt, wo wir beide wohnen?«

Natürlich wusste ich das. Manousos und ich sind Nachbarn, zwei Häuser außerhalb des Ortskerns, einsam, aber idyllisch gelegen.

»Vor 30 Jahren,« sagte Manousos, »da war unsere Gegend verrufen. Dort wohnen Geister, sagte mir mein Großvater mehr als einmal. Denn nachts waren oft seltsame Geräusche zu hören. Doch das waren keine Geister, sondern Griechen, die ihren Nachbarn Hühner aus den Ställen klauten. Nicht aus Spaß, sondern weil sie hungrig waren. Wenn die Albaner heute irgendwo ein Huhn mitgehen lassen und es in den Kochtopf befördern, lachen wir darüber – weil uns das an unsere eigene Vergangenheit erinnert und weil wir froh sind, jeden Tag genug zum Essen zu haben. Es geht uns gut – besser als unseren Vätern, viel besser als unseren Großvätern und ganz sicher sehr viel besser als den Albanern. Nein, wir hassen die Albaner aus ganz anderen Gründen.«

Er trank einen Schluck Bier, bevor er fortfuhr. »Als Albanien noch hinter dem eisernen Vorhang lag, kamen immer wieder organisierte Banden nach Korfu. Über das Meer sind es nur ein paar Kilometer. Diese Banden unternahmen regelrechte Raubzüge: Sie stahlen Boote, überfielen Häuser.« Er lachte. »Spiros, der das Hole in the Wall betreibt, haben sie einmal das Boot gestohlen, während er mit einer Urlauberin in der Kabine zugange war. Als sie ihre Nummer beendet hatten, war das Boot schon fast in Albanien. Spiros hat die Leine gekappt und ist wieder zurückgefahren, diesmal, ohne dass die Diebe etwas davon merkten. Seitdem hasst er die Albaner. Und er ist nur einer von vielen. Wir haben nur wenig Polizei auf Korfu und wir brauchen auch nicht mehr – wir regeln die Dinge selbst. Die Polizei sagte uns: Wenn wir eine Leiche finden, müssen wir einschreiten. Also fanden sie keine Leichen in den Orten. Nur manchmal einen toten Albaner, der sich in einem Fischernetz verfangen hatte. Als Peroulades mehrmals hintereinander überfallen wurde, hingen eines Tages zwei albanische Banditen tot in einem Olivenbaum. Danach gab es keine Überfälle mehr. Korfu ist eine friedliche Insel und das soll auch so bleiben.«

»Hast Du auch...« fragte ich beklommen.

Manousos verneinte. »Ich war nicht dabei, ich weiß nur von solchen Dingen. Doch unter meinem Bett liegt immer ein geladenes Gewehr. Und das ist hier so in vielen Häusern.«

Das musste ich erst einmal verdauen. Mein kleines Paradies, voll mit potentiellen Lynchmördern? Ich übersetzte für Harko und sofort diskutierten wir genauso laut und genauso heftig wie die anderen in der Taverne.

Nur am Rande registrierte ich das Klingeln des Telefons hinter der Theke, sah aus den Augenwinkeln, wie Kostas, der Wirt des Three Brothers, an den Apparat ging. Das Gespräch war kurz, doch als er den Hörer aus der Hand legte, hob er die Hände und rief laut: »Ruhe!«

Schlagartig wurde es still im Raum.

»Das war die Polizei in Karousades. Jannis hat heute Abend versucht, sich in seiner Zelle zu erhängen.«

»Ist das Schwein tot?« fragte einer.

»Nein,« antwortete Kostas, »er lebt.«

»Schade.«

Manousos sah mich triumphierend an. »Was habe ich Dir gesagt?«

Das Geheimnis um die Identität des toten Mädchens klärte sich am nächsten Tag. Das Three Brothers war von drei Brüdern gegründet worden, betrieben aber wurde es nur von Kostas, dem Jüngsten. Und das seit fast 30 Jahren. Seine älteren Brüder hatten ihr Glück in den USA gesucht und wohl auch gefunden – beide hatten lange nichts mehr von sich hören lassen. Catherine war die einzige Tochter des ältesten Bruders; Kostas war ihr Onkel, hatte sie aber noch nie gesehen.

Natürlich wusste er, dass sein Bruder eine Tochter hat. Innerhalb der Familie aber wurde sie nur Molly genannt – zärtliche Erinnerung an Kindertage. Den Babyspeck hatte Catherine abgelegt; als sie starb, war sie eine attraktive junge Dame. Weder Kostas noch sonst jemand im Ort verstand, warum sich Catherine nicht bei ihren Verwandten gemeldet hatte. Sie war, das hatte die Polizei inzwischen anhand der gefundenen Flugtickets ermittelt, vier Wochen zuvor aus New York angereist, hatte zwei Wochen in Athen und eine Woche auf Kreta verbracht und war vor acht Tagen nach

Korfu gekommen, wo sie als Touristin in einem Appartement in Agios Georgios gelebt hatte – allein.

Man hatte sie im Ort und in der Bucht gesehen, ihr jedoch keine Beachtung geschenkt: Eine Urlauberin, die nur englisch sprach und keinen Kontakt suchte. Ein Mädchen, und mochte es noch so hübsch sein, das allein sein wollte, wurde auf Korfu in Ruhe gelassen; es gab genügend andere, die auf Abenteuer aus waren. Warum sich Catherine aber nicht zu erkennen gab, konnte keiner verstehen: Die Familie ist allen Griechen heilig.

Als Harko und ich am nächsten Abend wieder mit Manousos im Three Brothers saßen, wurde dieser Aspekt heftig diskutiert. Kostas, seine Frau und ihre beiden Töchter Urania und Georgia trugen schwarz: Sie hatten ihre Verwandte aus den USA nie kennengelernt, nun aber litten sie unter dem Verlust. Kostas Bruder war bereits mit seiner Frau auf dem Weg nach Korfu, Catherine sollte nicht in die USA überführt, sondern hier in Afionas zur letzten Ruhe gebettet werden.

Auch von Jannis gab es Neuigkeiten. Er hatte den Selbstmordversuch überlebt, doch noch immer kein Geständnis abgelegt. Stattdessen behauptete er nach wie vor, sich an nichts erinnern zu können. Sein Suizidversuch wurde jedoch als Schuldeingeständnis gewertet. Zumal bei der Untersuchung der Leiche zweifelsfrei festgestellt worden war, dass Catherine und Jannis vor Catherines Tod Geschlechtsverkehr hatten. So abweisend, wie es zunächst schien, war sie also doch nicht gewesen. Bei seiner Einlieferung ins Gefängnis hatte Janis noch immer über ein Promille Alkohol im Blut, auch das Mädchen war betrunken gewesen. Die Polizei ging deshalb davon aus, das Liebesspiel der Beiden sei einfach zu heftig geworden. Vielleicht hatte Jannis das Mädchen zum Spaß gewürgt, vielleicht hatte es ihr sogar gefallen. Doch aus Spaß war plötzlich Ernst geworden, Jannis hatte zu fest zugedrückt, hatte sie gewürgt, bis sie tot war. Anschließend war er in seinem Rausch neben der Leiche eingeschlafen.

Für Jannis mochte es juristisch gesehen auf Totschlag hinauslaufen, für die Menschen in Afionas aber war es Mord – wäre Jannis nicht in sicherem Polizeigewahrsam gewesen, er hätte sein Leben wohl in einem alten Olivenbaum ausgehaucht.

»Nun, Du großer Krimiautor,« sagte Harko, »was hältst Du von dem Fall?«

Ich fühlte mich geschmeichelt. »Alles klar, Herr Kommissar,« sagte ich. »Jannis hat das Mädchen in einer Bar kennengelernt, die zwei haben viel getrunken, sind an den Strand gegangen und haben miteinander geschlafen. Dabei ist es geschehen. Kein Mord, eher ein Unfall.«

»Aha,« sagte Harko. »So würdest Du das in einem Deiner Bücher beschreiben?«

»Vermutlich,« sagte ich. »Aber das eignet sich nicht als Thema für einen Kriminalroman.«

»Was hätte denn geschehen müssen, damit es ein Krimi wird?«

Ich war in meinem Element. »Man hätte natürlich nur das Mädchen finden dürfen. Daraufhin hätte die Polizei den Mörder gesucht, viele Leute verdächtigt und am Ende, am besten nach einer wilden Verfolgungsjagd, Jannis gestellt und festgenommen.«

Harko sagte nichts, trank nur einen Schluck von seinem Bier. »War das Mädchen eigentlich nackt, als sie gefunden wurde?«

»Keine Ahnung,« bekannte ich. Ich fragte Manousos, der wusste es auch nicht. Harko zuliebe fragte Manousos die anderen Gäste und bald war klar, sowohl Jannis als auch das Mädchen waren mit ihren Badeanzügen bekleidet gewesen, als man sie gefunden hatte.

»Das ist seltsam,« sagte Harko.

»Was ist daran seltsam?« fragte ich. »Du weißt, die Griechen halten nichts von FKK. Du kannst am Strand übernachten und Du kannst am Strand Liebe machen, aber wenn Dich jemand am nächsten Morgen sieht, solltest Du bekleidet sein. Zumindest mit Deinen Badesachen.«

»Richtig,« sagte Harko. »Aber nun stell Dir vor, Du wärst Jannis. Du liegst mit dieser heißen Biene am Strand, ihr seid beide sturzbesoffen. Trotzdem schafft ihr es, eine Nummer zu schieben, eine so heiße Nummer, dass Du in Deiner Ekstase das Mädchen erwürgst. Danach ziehst Du ihr wieder ihre Sachen an, schlüpfst in Deine eigene Badehose und legst Dich neben sie, um zu pennen. Das kannst Du Deinem Großvater erzählen, aber nicht mir. Irgend etwas stimmt da nicht.«

Harko schien der Einzige zu sein, der sich über dieses Detail Gedanken machte. Für das Dorf war Jannis der Mörder; ich hörte mehr als einmal, wie jemand bedauerte, dass Griechenland die Todesstrafe abgeschafft hatte.

Am nächsten Tag kamen die Eltern des Mädchens. Sie wohnten im Three Brothers, und machten Besuche bei der Verwandtschaft.

Weder Catherines Vater noch ihre Mutter hatten eine Erklärung dafür, warum ihre Tochter inkognito nach Afionas gekommen war; sie lebte seit Jahren allein in New York und hatte ihren Eltern wohl nur mitgeteilt, sie habe geschäftlich in Europa zu. Was genau sie vorhatte und welche Länder sie besuchen wollte, hatte Catherine angeblich nicht verraten.

Nach drei Tagen waren die gerichtsmedizinischen Untersuchungen abgeschlossen, die Leiche wurde zur Bestattung freigegeben. Im heißen Klima Griechenlands werden Tote meist am Tag nach ihrem Hinscheiden beerdigt, was in diesem Fall nicht möglich gewesen war. Dafür sollte es nun schnell gehen. Ein Leichenwagen brachte Catherines sterbliche Hülle nach Afionas, wo sie im Three Brothers aufgebahrt wurde. Die Kondolenzbesuche dauerten bis weit nach Mitternacht, doch es war keine Neugier, die die Menschen dazu trieb. Eine Verwandte war gestorben, die niemand persönlich gekannt hatte, die aber durch ihre Geburt als eine Bardis ein Teil dieser Lebensgemeinschaft geworden war: Durch unsichtbare Bande gehalten, die weit über den Tod hinaus reichten.

Die Bestattung selbst war für den nächsten Tag um 14 Uhr angesetzt. Ich hatte oft in großen Städten gelebt und kannte Bestattungen dort nur aus Tageszeitungen: Beisetzung um zehn Uhr auf dem Nord-, Süd-, Ost-, West-, Wald- oder Zentralfriedhof, die Hinterbliebenen danken für die Anteilnahme. Die Anonymität der Großstadt schloss den anonymen Tod mit ein.

In Afionas gelten andere Regeln. Ab Mittag ergoss sich ein steter Strom von Autos in den Ort, die Menschen aller umliegenden Ortschaften nahmen Anteil an diesem Abschied. Schweigend gingen sie durch Afionas, sammelten sich vor der Taverne. Harko und ich standen mitten unter ihnen – zwei Zugereiste, Ausländer sogar, doch wir gehörten zu Afionas und waren deshalb Teil der Dorfgemeinschaft.

Kurz nach 14 Uhr trugen sechs Männer den Sarg aus der Taverne. Der Sarg war offen, das Mädchen, blau und grau im Gesicht, lag in einem Meer von Blumen. Schweigend gingen die Männer mit dem Sarg zu der kleinen Dorfkirche, nur wenige Schritte entfernt.

Nur die direkten Angehörigen und nächsten Verwandten konnten der Totenmesse in der Kirche beiwohnen, die meisten Trauergäste blieben draußen stehen und warteten geduldig. Aus der Kirche ertönte der melancholische Gesang der Popen, ohne Musik. Niemand sprach, alle lauschten schweigend.

Eine Stunde dauerte die Messe, dann kamen die Sargträger wieder heraus, auf ihren Schultern der offene Sarg. Zehn Männer nahmen mit Blumen und Palmblättern dekorierte Kreuze in die Hand und formierten den Anfang des Trauerzuges. Dahinter folgten die Popen, die ihren eintönigen Gesang fortsetzten, danach der Sarg, dann die Angehörigen und zum Schluss weit über tausend Trauergäste.

Der Trauerzug folgte der gewundenen Hauptstraße von Afionas bis zum außerhalb gelegenen Friedhof, wo Manousos in den letzten Tagen ein Grab aus Beton errichtet hatte, in dem die verlorene Tochter aus Afionas ihr letztes Heim auf dieser Erde finden würde.

»Hast Du Zeit?« fragte mich Harko, als die Beerdigung vorbei war. Natürlich hatte ich. Das Three Brothers war heute geschlossen, die Familie wollte mit ihrer Trauer allein sein. Wir gingen die wenigen hundert Meter vom Friedhof zu mir und setzten uns auf meine Terrasse.

»Ich habe die ganze Zeit über den Mord nachgedacht,« begann Harko. »Je mehr ich darüber nachdenke, desto mehr Zweifel kommen mir.«

»Wegen der Badeanzüge?«

»Ja. Wegen der Badeanzüge. Und wegen des Täterprofils. Um einen Menschen zu erwürgen, brauchst Du Kraft und viel Aggression. Vor allem aber: Du darfst keine Skrupel haben. Du kannst einen Menschen erschießen, erschlagen oder erstechen, alles eine Sache von Sekunden. Erwürgen aber dauert lange. Und wenn Du Dich einmal entschlossen hast, gibt es kein Zurück mehr. Du musst zudrücken, auch wenn sich Dein Opfer noch so sehr wehrt. Catherine hat Würgemale am Hals, sie wurde von vorn erwürgt. Weißt Du, was das heißt? Das Mädchen röchelt, wehrt sich, der Druck Deiner Hände und die Angst treiben ihr fast die Augen aus dem Kopf. Du blickst in diese Augen, die Dich voller Panik ansehen, doch Du darfst kein Mitleid haben, musst zudrücken, immer weiter zudrücken, bis es vorbei ist.«

Mir lief es kalt den Rücken herunter. »Woher weißt Du das so genau.«

Harko schloss die Augen. »Ich habe es selbst gesehen.«

»Du hast es gesehen? Und den Mord nicht verhindert?« Ich war schockiert und wütend.

»Ich habe nicht gesehen, wie Catherine erwürgt wurde,« stellte Harko klar. »Ich habe nur Filme gesehen, in denen gezeigt wird, wie Menschen erdrosselt werden. Nicht die Schnulzen im Kino, in denen das Opfer taktvoll die Augen schließt und wartet, bis alles vorbei ist. Lehrfilme der Polizei, aufgenommen von perversen Mördern, die ihr Opfer vor laufender Kamera töten. Und Filme von Hinrichtungen mit der Garotte, dem Würgeeisen. Glaub mir, das ist kein Spaß.«

Harko sah mich eindringlich an. »Ich habe mehrere Wochen mit Jannis zusammengearbeitet. Natürlich heißt das nicht, dass ich Jannis wirklich kenne. Doch ich habe selten einen Menschen getroffen, der so sanftmütig ist wie er. In all den Wochen kein einziges böses Wort, nicht ein Zeichen der Aggressivität – Jannis konzentriert sich auf seine Arbeit und spart eisern für seine Rückkehr nach Albanien. Ich weiß, er könnte keinem Menschen etwas zuleide tun, geschweige denn, ein junges Mädchen erwürgen.«

»Auch nicht in sexueller Ekstase?«

»Jannis ist verheiratet und hat zwei Kinder.«

»Das wusste ich nicht,« sagte ich erstaunt. »Trotzdem: Er hat mit Catherine geschlafen, das hat die Untersuchung eindeutig bewiesen. Was ist, wenn er sich deswegen geschämt hat und sie zum Schweigen bringen wollte? Um seinen Ehebruch zu vertuschen?«

»Und nachdem er sie umgebracht hat, legt er sich neben sie, um zu schlafen? Statt wegzulaufen? Denn wenn er weggelaufen wäre, hätte ihm niemand den Mord nachweisen können.«

»Wahrscheinlich war er schlicht zu betrunken dazu.«

»Wenn Jannis in seinem Suff in der Lage gewesen sein soll, der Toten das Höschen wieder anzuziehen, hätte er auch weglaufen können.«

Ich versuchte, mir die Szene bildhaft vorzustellen. Harko hatte recht: Ein Mörder, der ein blutjunges, bildschönes Mädchen kaltblütig erwürgt und ihr danach das Höschen wieder anzieht, legt sich nicht anschließend neben sie, um friedlich zu schlafen.

»Wenn er sie erst erwürgt hat, nachdem alles vorbei war?« fragte ich.

»Du meinst, Jannis und das Mädchen lieben sich und schlafen dann friedlich ein. Mitten in der Nacht hat Jannis einen Alptraum wegen des Ehebruchs, wacht auf, erwürgt sie und schläft anschließend selig weiter?«

»Wäre doch möglich, oder?«

Harko sah mich skeptisch an. »Man müsste einen Psychologen fragen, ob das möglich ist. Ein totaler Blackout.«

»Das können wir auch im Internet recherchieren.«

Wir gingen in mein Arbeitszimmer und suchten im Web nach Morden unter Alkoholeinfluss. Google präsentierte uns auf Anhieb eine sehr lange Liste von Fällen, bei denen genau das geschehen war: Ein bis dahin friedlicher Mensch hatte im Vollrausch seine angestauten Aggressionen entladen und einen anderen Menschen getötet. Ohne danach zu fliehen. Und ohne sich am nächsten Tag zu erinnern.

»Da hast Du´s,« sagte ich. »Manousos hat recht: Der Mensch ist nur eine notdürftig gezähmte Bestie und die dunkle Seite kann jederzeit ausbrechen. Selbst bei einem friedlichen Menschen wie Jannis. Und ist sein Selbstmordversuch nicht ein Schuldeingeständnis?«

Harko warf mir einen nachdenklichen Blick aus seinen blauen Augen zu. »Ein Suizidversuch wird im allgemeinen so gesehen – von der Öffentlichkeit, aber auch von der Justiz. Doch nun frage ich Dich: Du liegst in einem fremden Land mit einem schönen Mädchen nachts am Strand, machst Liebe mit ihr und schläfst selig ein. Am Morgen wirst Du unsanft von der Polizei geweckt, in Handschellen abgeführt und ins Gefängnis gesteckt. Das Mädchen ist tot, Du kannst Dich an nichts erinnern. Du bist der einzige Tatverdächtige, jeder hält Dich für den Mörder. Geld für einen guten Anwalt hast Du nicht, und wenn Du ehrlich bist, auch keine richtigen Freunde. Das Urteil über Dich ist gefällt, lange bevor es zum Prozess kommt. Würdest Du in einer solch ausweglosen Situation nicht auch an Selbstmord denken?«

»Vermutlich schon,« gab ich zu.

»Da ist noch etwas, was mich stört,« fügte Harko hinzu.

»Und das wäre?« fragte ich.

»Jannis trinkt nicht.«

»Er war stockbetrunken,« widersprach ich. »Als man ihm die Blutprobe abnahm, hatte er noch immer über ein Promille im Blut. Wenn sein Körper in der Nacht jede Stunde 0,1 Promille abgebaut hat – das ist glaube ich die übliche Rate für einen Mann –, hatte er am Abend mehr als 2 Promille intus. Da muss er sogar ordentlich gebechert haben.«

»Theoretisch ja,« sagte Harko. »Doch Jannis ist Moslem. Er darf keinen Alkohol trinken. Solange er bei mir gearbeitet hat, hat er weder ein Glas Bier noch ein Glas Wein getrunken. Nun soll er sich vollaufen lassen? Einen Ehebruch begehen und zum Mörder werden? Wenn Du mich fragst, hat ihn jemand zum Sündenbock gemacht. Jemand, der genau wusste, was er tat.«

In meinem Kopf kreisten die Gedanken. Jannis ein Moslem, der keinen Alkohol trinken durfte? Und der nun volltrunken neben einem jungen Mädchen gefunden wurde, das er nachweislich zuvor geliebt hatte? »Warte mal,« sagte ich verwirrt, »das macht für mich keinen Sinn. Einen anderen betrunken zu machen, kann ich mir vorstellen. Aber Jannis betrunken zu machen und ihn dann zum Ehebruch anstiften – das erscheint mir sehr weit hergeholt.« Nicht nur das, fiel mir siedendheiß ein. »Wenn das jemand getan hat, braucht Jannis nur dessen Namen zu nennen. Von einem Fremden hat er sich wohl kaum zu diesen Sünden überreden lassen.«

»Wenn Jannis gar nicht mit dem Mädchen geschlafen hat?«

»Sein Sperma wurde in ihrer Scheide gefunden,« erinnerte ich Harko.

»Na und? In Berlin gab es einen Fall, bei dem auch Sperma in der Scheide eines toten Mädchens gefunden wurde. Der Täter war damals schnell ermittelt. Im Prozess stellte sich jedoch heraus, er war verladen worden – eine Auseinandersetzung im Drogen-Milieu. Der Verdächtige war kurz vor dem Mord bei einer Prostituierten, die hat das Kondom mit seinem Sperma einem Konkurrenten gegeben und der tötete eine Russin, die illegal in Berlin als Hure arbeitete, und rieb ihr das Sperma des Konkurrenten in die Scheide.«

»Kein Scheiß?« fragte ich entgeistert.

»Kein Scheiß,« antwortete Harko. »Du kannst Dir nicht vorstellen, was heute im Drogenmilieu abläuft. Grauenhaft.«

Mich schüttelte es, als ich versuchte, mir das vorzustellen. Ein Mädchen ermorden und dann der Toten Sperma in die Scheide reiben. Waren Menschen wirklich so skrupellos? Oder besser gesagt: So pervers?

Ich verdrängte meine Abscheu, versuchte, mir auch diese Ungeheuerlichkeit vorzustellen. Und stieß sofort auf eine Ungereimtheit. »Das kann nicht sein,« sagte ich. »Wie sollte ein unbekannter Täter, sofern es einen solchen gibt, an Jannis Sperma rankommen?«

Harko hatte sich auch über diesen Aspekt Gedanken gemacht. »Einem Betrunkenen einen runterzuholen dürfte eine ekelhafte Aufgabe sein, aber es ist sicher machbar.«

Das versuchte ich mir nicht vorzustellen. Stattdessen sagte ich: »Und dann hat der Täter den Fehler gemacht, das Mädchen wieder anzuziehen?«

»Nein,« entgegnete Harko, »er hat den Fehler gemacht, sie nicht wieder auszuziehen.«

»Das verstehe ich nicht.«

Harko setzte sich aufrecht hin. »Versetz Dich einmal in die Lage des Täters. Der hat Jannis und Catherine nicht zufällig am Strand überrascht, der hat die Tat vorher geplant. Der Plan mag krankhaft sein, das gebe ich zu, doch bis jetzt sieht alles danach aus, als würde er funktionieren. Wenn die Sache geplant war, heißt das, es ist keinesfalls am Strand geschehen, wo immer zufällig jemand vorbeikommen kann, sondern irgendwo anders, vermutlich in einem Haus. Ich weiß nicht, ob das Mädchen am Strand oder im Haus ermordet wurde, auf jeden Fall musste der Täter Jannis und das Mädchen zum Strand bringen. Dazu hat er sie sicher vorher angezogen. Als die zwei dann am Strand lagen, hat er entweder vergessen, sie wieder auszuziehen, oder er kam nicht mehr dazu, weil er fliehen musste. Vielleicht war noch jemand in dieser Nacht unterwegs. Oder irgendwo ging ein Licht an.«

»Deine Theorie in Ehren,« sagte ich, »doch in diesem Fall hätte die Polizei Spuren am Strand finden müssen. Fußspuren oder Schleifspuren.«

Wenn ich schreibe, sehe ich das, was ich beschreibe, immer vor mir, es ist, als würde in meinem Kopf ein Film ablaufen. Auch jetzt setzte ich alles, was Harko mir darlegte, in Bilder um. Und ich sah Spuren im Sand, so deutlich, dass die Polizei diese Spuren auf jeden Fall hätte finden müssen.

»Wenn Du ein Mädchen, das vielleicht 50 Kilo wiegt, und einen schmächtigen Mann wie Jannis, der auch nicht mehr als 60 Kilo auf die Waage bringt, am Strand ablegen willst, dann schleifst Du sie nicht, Du trägst sie,« sagte Harko. »Somit gibt es keine Schleifspuren, nur Deine Fußabdrücke. Die hast Du mit einem Palmwedel oder einem Stück Bambus in Null-Komma-Nichts beseitigt. Und die Straße oberhalb des Strands besteht aus Asphalt, da hinterlässt Du nicht einmal Reifenspuren.«

Im Geiste entfernte ich die Spuren im Sand und ließ den Mörder zu seinem Wagen zurückgehen. Zu Harko sagte ich: »Also der perfekte Mord?«

»Es gibt keinen perfekten Mord – allenfalls Morde, die nicht als solche erkannt werden oder für die ein anderer als Täter verdächtigt wird. Wie in diesem Fall Jannis.«

Ich konnte Harko in seiner Argumentation folgen, war aber noch lange nicht von seiner Beweisführung überzeugt.

»Nehmen wir einmal an, Deine Theorie stimmt,« sagte ich, »dann brauchst Du einen wirklich kranken Täter und – was ich für noch wichtiger halte – ein Motiv. Denn wenn Jannis nicht der Mörder ist, scheidet ein Lustmord aus. Ebenso ein Raubmord oder ein Racheakt. Das Mädchen war nur eine Touristin.«

»Es lebe die Naivität,« sagte Harko spöttisch. »Catherine macht Urlaub in einem Dorf, in dem sie mit allen Einwohnern verwandt ist, gibt sich nicht zu erkennen und tut außerdem so, als könne sie kein Griechisch. Das macht sie für Dich zu einer normalen Urlauberin? In welcher Welt lebst Du eigentlich?«

In einer heileren als Du, dachte ich. Und fragte: »Sprach sie denn griechisch?«

»Als Tochter einer griechischen Familie? Ich habe ihren Vater gefragt – sie sprach es sogar perfekt.«

Ich wurde hellhörig. »Du hast ihren Vater gefragt? Kann der denn Deutsch?«

»Ochi,« sagte Harko, »alla milao liga hellinika[5].«

»Du kannst griechisch?« fragte ich überrascht.

»Nicht so gut, wie ich möchte, aber gut genug, um das meiste zu verstehen.«

»Du hundsgemeiner Betrüger,« sagte ich halb wütend, halb amüsiert. »Und mich lässt Du für Dich übersetzen.«

»Weißt Du,« sagte er lachend, »Griechen sind Schlitzohren. Ich denke, sie leben zu nah am Orient. Du glaubst gar nicht, wieviele interessante Sachen ich erfahre, wenn meine Gesprächspartner nicht wissen, dass ich sie verstehe. Das hat mir schon oft geholfen.«

»Weiß denn Marianne, dass Du Griechisch kannst?«

»Nein.« Harko schien das überaus witzig zu finden. »Auch Tina und Sina wissen es nicht. Wenn sie Geheimnisse haben, tauschen sie die auf griechisch miteinander aus, weil sie glauben, ich verstehe sie nicht. Weil ich sie doch verstehe, bin ich immer auf dem laufenden.«

»Du bespitzelst Deine eigene Familie?« Ich war entsetzt.

---

[5] Griechisch: Nein, aber ich spreche ein wenig griechisch

»Als einziger Mann unter drei Frauen? Mann, das ist Überlebenskampf pur!« Mit verschwörerischem Blick fügte er hinzu: »Versprich mir, den Dreien nichts zu verraten. Die machen mir sonst die Hölle heiß.«

»Du alter Schelm,« sagte ich lachend. »Also gut: versprochen.«

Manousos schickte Harko einen anderen Albaner als Ersatz für Jannis. Trotzdem ging die Arbeit an Harkos Stützmauern nur langsam voran. Harko war nicht bei der Sache. Er gab dem Albaner gerade genug Aufgaben, um ihn zu beschäftigen, er selbst dagegen hielt sich die meiste Zeit in den Tavernen am Strand auf.

Marianne kam deshalb zu mir, sie wollte ihr Herz ausschütten. Überrascht musste ich feststellen, dass auch Harkos heile Welt nicht so heil war, wie er mich glauben ließ. Marianne zumindest hatte echte Sorgen.

Sie war eine stattliche Erscheinung, als Frau wie als Persönlichkeit. Harko hatte mir in einer stillen Stunde verraten, dass er sich zuerst in ihre beachtliche Oberweite und dann erst in ihr großes Herz verliebt hatte. Das große Herz sah man ihr natürlich nicht an, den großen Busen schon. Im Gespräch jedoch lenkte er nicht ab: Marianne war gebildet, gelegentlich streitbar und ihr Gesicht, eingerahmt von dem gleichen, langen blonden Haar, das auch die Zwillinge besaßen, drückte ihre Persönlichkeit aus. Ich unterhielt mich gern mit ihr.

»Weißt Du,« begann sie das Gespräch, »als Harko in Stuttgart den Vorschlag machte, nach Korfu zu ziehen, da war ich erst geschockt und dann skeptisch.«

»Ich dachte,« unterbrach ich sie, »Du lebst gerne auf Korfu?«

Marianne lachte. »Natürlich lebe ich gerne hier und Korfu ist wunderschön. Doch mir hat es auch in Stuttgart gefallen. Ich hatte meine Praxis als Tierärztin, hatte mein eigenes Leben, meine Unabhängigkeit. Harko sagte, wir müssten beide nicht mehr arbeiten, sein Vermögen erlaube uns, das Leben zu genießen.«

»Stimmt das etwa nicht?« fragte ich. Harko machte ein großes Geheimnis aus seinen Finanzen.

»Wir sind nicht reich, allenfalls wohlhabend. Doch um das Geld ging es mir nicht – ich wollte meine Unabhängigkeit nicht aufgeben. Was mich am Umzug gereizt hat, war die Möglichkeit, mehr Zeit für die Familie zu haben.« Sie seufzte. »Harko hat seine Arbeit geliebt und glaub mir, ein Polizist hat keine geregelte 40 Stunden Woche. Oft kam er tagelang nicht nach Hause, und die Wochenenden, die ich allein mit den Kindern verbringen musste, kann ich gar nicht zählen. Wenn er endlich daheim war, konnte er nicht abschalten, oft war er gereizt.«

Marianne rieb sich nervös die Hände. »Du musst mich jetzt für eine frustrierte Hausfrau halten, die nur jammert.«

Ich versicherte ihr, dass dem nicht so war.

»Du lebst allein,« fuhr Marianne fort, »und kannst Dir Deine Zeit frei einteilen. Harko aber hat Familie und die Familie braucht ihn. Tina und Sina haben sich gut eingelebt, durch den Umzug und die Sprachprobleme haben sie jedoch in der Schule ein Jahr verloren. Ich helfe ihnen, wo ich kann, aber vor allem Sina ist stark auf Harko fixiert. Wenn er jetzt wieder anfängt, sich um Kriminalfälle zu kümmern, fürchte ich, sehe ich ihn nur noch selten zu Hause. Ich will nicht, dass wir wieder aneinander vorbeileben, wie wir das in Stuttgart getan haben. Verstehst Du das?«

»Hast Du darüber mit Harko gesprochen?« fragte ich.

»Einmal?« fragte Marianne höhnisch. »Hundertmal!«

»Und?«

»Harko lacht, verspricht Besserung und ist fünf Minuten später verschwunden. Kannst nicht Du ihm ins Gewissen reden?«

Ich versprach ihr, von Mann zu Mann mit Harko zu sprechen. Doch als er das nächstemal zu mir kam, war dazu keine Gelegenheit – Harko hatte Neuigkeiten.

»Halt Dich fest,« sagte Harko. »Ich glaube, ich bin auf ein Wespennest gestoßen.«

»Ein Wespennest? Gibt es um diese Jahreszeit schon Wespen, die Nester bauen?«

Harko verdrehte die Augen. »Kein Nest mit Wespen, ein Wespennest.« Hilflos ruderte er mit den Armen. »Das ist ein Ausdruck dafür, wenn irgend etwas faul ist.«

»Wie faules Obst?«

»Himmel,« sagte er genervt, »ich dachte, Du verstehst deutsch?«

Das tat ich auch, doch Redewendungen kannte ich vor allem in spanisch.

»Wenn etwas nicht in Ordnung ist, dann ist was faul,« sagte Harko. »In diesem Fall ist es sogar oberfaul.«

Jetzt hatte ich verstanden. »Erzähl,« drängte ich.

»Fangen wir mit dem Tatort an,« sagte Harko. »Am Strand ist natürlich nichts mehr zu erkennen, doch ich habe mir in Karousades die Bilder vom Auffinden der Leiche angesehen.«

So aufgeregt, wie Harko klang, hatte er anhand der Bilder den Fall bereits gelöst. »Was sieht man darauf?« fragte ich deshalb neugierig.

»Nichts.«

»Das ist in der Tat überwältigend,« sagte ich enttäuscht.

»Das ist sogar äußerst aufschlussreich,« widersprach Harko. »Punkt eins: Du schläfst mit einer Frau am Sandstrand. Was, glaubst Du, müsste man anschließend sehen?«

»Ist das eine Scherzfrage?« Wenn ich mit einer Frau am Strand schlief, sah ich mir die Frau, und nicht den Sand an.

»Ich kenne mich in Deinem Liebesleben nicht aus,« sagte Harko, »doch wenn ich am Sandstrand Liebe mache, ist der Sand anschließend zerwühlt. Das war hier nicht der Fall. Ergo: Am Strand haben keine Liebesspiele stattgefunden. Dagegen spricht auch der Zeitpunkt der Leichenstarre.«

»Wieso das?« fragte ich.

»Das Mädchen wurde morgens um neun gefunden und da hatte die Leichenstarre bereits eingesetzt. Das geschieht acht bis zehn Stunden nach dem Tod. Der Gerichtsmediziner hat den Todeszeitpunkt deshalb auf die Zeit zwischen elf Uhr abends und ein Uhr nachts festgelegt. Gut, jetzt im Mai ist in der Bucht noch keine Hochsaison, aber bis Mitternacht sind viele Tavernen geöffnet. Unwahrscheinlich, dass sie es vor aller Augen miteinander getrieben haben.«

»Abgelehnt,« sagte ich entschieden. »Erstens waren Jannis und Catherine betrunken und haben sich vermutlich wenig Gedanken über mögliche Beobachter gemacht, zweitens haben sie vielleicht genau das als Kick angesehen. Am Strand zu liegen und Liebe zu machen, während man jederzeit überrascht werden kann – es gibt Frauen, die törnt das mächtig an.« Woher ich das wusste, sagte ich lieber nicht. Ich hatte die Gefahr, entdeckt zu werden, als Belastung empfunden, doch ich muss zugeben, meine damalige Freundin entwickelte in derartigen Situationen eine beachtliche Leidenschaft.

»Ich halte es trotzdem für unwahrscheinlich,« sagte Harko, »aber das ist im Augenblick nicht wichtig. Viel wichtiger ist: Wenn man an einem Sandstrand Liebe macht, ist das eine verflixt sandige Angelegenheit. In Catherines Scheide fand sich aber kein Sand.

Nicht einmal ihr Hintern war sandig. Zumindest steht nichts davon im Obduktionsbericht.«

»Wenn sie sich während des Geschlechtsaktes gar nicht ausgezogen hat?« wandte ich ein. »Vielleicht hatten sie es eilig?«

Vielleicht war es unpassend, aber mir kamen in diesem Moment einige höchst erotische Erinnerungen in den Sinn. Stürmische Begegnungen der amourösen Art, bei denen uns nicht die Zeit geblieben war, uns zu entkleiden.

»Catherine muss zumindest ihr Geschlecht entblößt haben und das reicht, um mit Sand in Berührung zu kommen.« Harko riss mich unsanft aus meinen Erinnerungen.

»Also gut,« sagte ich, und konzentrierte mich wieder auf das tote Mädchen, »die zwei haben also nicht am Strand, sondern woanders miteinander geschlafen. Erst danach sind sie zum Strand gegangen, um dort zu übernachten.«

»Wäre möglich,« sagte Harko. »In dem Fall wäre das Würgen nicht mehr Teil des Liebespiels gewesen, dann hätte Jannis die Absicht gehabt, sie wirklich zu töten. Kein Totschlag, sondern Mord.«

»Spricht die Polizei denn von Mord?«

»Bislang nicht,« gab Harko zu. »Im offiziellen Bericht ist nur von einem Tötungsdelikt die Rede. Aber jetzt komme ich zu Punkt zwei: dem Töten. Gewürgt wird oft. Im Rausch der Ekstase dem Sexualpartner die Luft abzudrücken, wird sogar häufig praktiziert. Mit den Händen, mit einem Seil oder einem Schal, oder indem man den Kopf in eine Tüte steckt und so die Sauerstoffzufuhr reduziert. Manche Leute sagen, das würde den Orgasmus mächtig steigern.«

»Sei mir nicht böse,« sagte ich, »das halte ich für pervers.«

»Kann sein,« gab Harko zu, »aber das ist nicht der springende Punkt. Tatsache ist, zwischen dem Würgen im Taumel der Lust und dem Erwürgen besteht ein großer Unterschied. Selbst wenn Catherine derartige Praktiken mochte: Irgendwann hätte sie gemerkt, dass sie wirklich keine Luft mehr bekommt. Von da an hätte sie sich gewehrt. Und glaub mir: Ein Mensch in Todesangst entwickelt ungeheure Kräfte.«

»Sie war betrunken.«

»Das spielt keine Rolle,« entgegnete Harko. »Ihr Körper hätte reagiert – sie hätte um sich geschlagen.«

Langsam verstand ich. »Du meinst, im Sand hätte es auf jeden Fall Spuren geben müssen? Entweder vom Liebesakt oder vom Erwürgen?«

»Ganz genau.«

»Wenn Jannis dabei auf ihren Armen kniete?«

»Wären an den Armen Druckstellen zu sehen gewesen.«

»Jannis müsste sie also nicht nur woanders geliebt, sondern auch an einem anderen Ort erwürgt haben.«

Warum war die griechische Polizei nicht zu diesen Schlussfolgerungen gekommen?

»Jannis hätte dabei gleich eine ganze Reihe von Wundern vollbringen müssen,« führte Harko nun aus. »Er hätte Catherine erwürgen müssen, ohne ihr dabei die Arme festzuhalten oder sie zu fesseln, danach hätte er sie – volltrunken wie er war – zum Strand schleppen, alle Spuren verwischen und sich dann noch neben sie zum Schlafen legen müssen. So etwas Abstruses magst Du in einem Deiner Krimis schreiben, aber in einem echten Mordfall ist das ausgeschlossen.«

»So was gibt´s auch nicht in meinen Krimis,« wehrte ich mich. »Aber die Frage ist: Wer ist dann ihr Mörder?«

»Liegt das nicht auf der Hand?«

Ich war vollkommen perplex. »Jetzt sag mir nicht, Du hast den Mörder gefunden? Rein durch nachdenken?«

Harko tat geheimnisvoll. »Jannis war es nicht – ich denke, das haben wir geklärt. Folglich war es jemand anderes.«

»Das ist logisch,« sagte ich.

»Dieser Jemand hat sich viel Mühe gegeben, Jannis als Täter zu präsentieren. Dafür kann es nur zwei Gründe geben: Der Mord soll von einem größeren Verbrechen ablenken oder der Täter lebt hier.«

»Das verstehe ich nicht,« sagte ich. »Gibt es ein größeres Verbrechen als Mord? Und: Warum sollte der Täter hier leben?«

Harko trommelte nervös mit den Fingern auf die Tischplatte. »Bist Du sicher, dass Du Krimiautor bist?«

»Das bin ich,« sagte ich verstimmt. »Doch ein Krimi beginnt nur für den Leser mit einem Mord. Als Autor denke ich zuerst an den Mörder: In welcher Beziehung steht er zu seinem Opfer? Warum hat er sein Opfer ermordet? Wie hat er getötet? Mörder und Motiv sind mir von Anfang an bekannt. Meine Aufgabe besteht darin, eine spannende Jagd zu beschreiben. Aber bei einem echten Mord? Ich habe keine Ahnung, wie ich dabei vorgehen soll.«

Harko stöhnte, wie mir schien, sehr theatralisch. »Jetzt wird mir klar, warum die meisten Krimis so unrealistisch sind. Zunächst einmal: In Verbindung mit organisierter Kriminalität ist Mord häufig nur eine Randerscheinung.«

Ich fiel aus allen Wolken. »Organisierte Kriminalität? Hier in Afionas? Schießt Du jetzt nicht weit über´s Ziel hinaus?«

»Glaubst Du?« fragte Harko ernsthaft. »So weit hergeholt ist das nicht. Ganz in der Nähe ist Albanien – offiziell ein bettelarmes Land. Inoffiziell ist Albanien ein Land mit einer mächtigen Mafia. Verdammt gut organisiert. Die ist in alles verwickelt, was mit Schmuggel zu tun hat: Heroin, Kokain, Waffen, Menschen.«

»Menschen? Menschenschmuggel?«

Harko sah mich erstaunt an. »Wo lebst Du eigentlich?«

»Wo ich lebe?« entgegnete ich entrüstet. »Das kann ich Dir genau sagen: In einem Europa, in dem die Grenzen immer mehr fallen. Selbst ich als Argentinier kann mich in Europa vollkommen frei bewegen.«

»Du schon,« entgegnete Harko. »Dazu alle Westeuropäer, inzwischen viele Osteuropäer, außerdem Amerikaner, Australier und Japaner. Praktisch alle Menschen aus den reichen Ländern. Aber falls Du es noch nicht bemerkt haben solltest: Auf unserem Planeten leben noch immer viele Menschen in Armut. Fang bei den Albanern an, die nur selten ein Visum bekommen, schon gar nicht für die wirklich wohlhabenden Industrienationen wie Deutschland, Frankreich oder England. Nimm den ganzen Osten, der noch nicht zur EU gehört: Bulgarien, Rumänien, Russland und all die Länder, die früher Teil der Sowjetunion waren. Diese Menschen haben kaum Aussicht auf ein Visum. Aber sie können nach Albanien reisen. Und dort in ein Boot steigen. In einer Stunde sind sie auf Korfu. Von hier aus geht´s weiter – unter anderem nach Athen und dort mit einem Schiff in die USA.«

Ich war überrascht.

»Jetzt wirst Du hellhörig, ja?« Harko freute sich wie ein kleiner Junge über mein Erstaunen. »Wer sagt Dir denn, dass der Bardis-Clan so sauber ist, wie es den Anschein hat? 100 Familien leben hier, eine Handvoll in den USA. Vielleicht war unsere Catherine in Wirklichkeit gar nicht der Unschuldsengel, für den wir sie halten? Sie war 27 Jahre jung – und doch ist sie schon viel in der Welt herumgekommen. Keiner weiß, was sie auf ihren Reisen gemacht hat. Woher willst Du wissen, dass es keine engen Beziehungen zwischen Korfu und Albanien gibt? Lass die Griechen auf die Albaner schimpfen: Sobald Geld im Spiel ist, entstehen schnell die seltsamsten Freundschaften. Eine Handvoll Bardis hier auf Korfu, eine Handvoll Bardis in den USA, dazu ein paar Helfer in Albanien: Schon hast Du eine perfekte Organisation, die alles schmuggeln kann. Würde mich nicht wundern, wenn in Athen ein Reeder mit Namen Bardis lebt, der Schiffe zwischen Griechenland und den USA laufen hat.«

Zum Schein ging ich auf Harkos wilde Theorien ein. »Jetzt ist mir alles klar. Während wir uns hier unterhalten, wird in Albanien gerade eine neue Ladung fertiggemacht: eine Tonne Kokain, zwei Tonnen Heroin, 500 Kalaschnikows, und weil in den Containern noch Platz ist, packen sie ein paar ausreisewillige Albaner, Bulgaren oder Russen dazu. Ist die Ladung endlich fertig, tuckert ein Schiffer mit seinem Boot nachts hinaus, dampft die Ionischen Inseln hinunter, fährt am besten noch durch den Golf von Korinth, und lädt seine Fracht kurz vor Mitternacht in Piräus um auf einen Hochseedampfer. Von dort aus geht es auf direktem Weg ins gelobte Amerika.«

»Bist Du fertig?« fragte Harko und stand auf. »Wenn Du wieder klar denken kannst, sag ich Dir, wie es wirklich läuft.«

»Sei mir nicht böse,« entgegnete ich, »aber Deine Theorie ist doch an den Haaren herbeigezogen.«

Er beugte sich vor und sah mir in die Augen. »Du hast keine Ahnung. Überhaupt keine.«

»Aber Du,« entgegnete ich wütend.

»Ja, ich,« erwiderte er und setzte sich wieder. »Ich hatte nämlich bereits das Vergnügen mit einigen dieser Menschenschmuggler. Und jetzt hör zu, wie es wirklich läuft: In irgend einem italienischen Hafen läuft ein Schnellboot aus – eine der teuren, schnellen Yachten. Ein albanisches oder noch besser ein griechisches Fischerboot holt in einem kleinen albanischen Hafen die Fracht ab: Drogen, Menschen oder Waffen. Das Schnellboot bringt die Fracht zu einem Treffpunkt auf hoher See und zwar irgendwo zwischen Griechenland und Italien, von dort geht es weiter in die USA. Das, mein lieber Roberto, ist keine Fiktion, das ist die Wirklichkeit.«

Korfu ein Paradies der Menschenschmuggler? Harko hatte ja eine noch blühendere Phantasie als ich »Du bist sicher, der Bardis-Clan – oder sollte ich besser sagen: die Bardis-Mafia? – steckt da mit drin?«

»Vielleicht,« sagte Harko. »Das würde erklären, warum Catherine vorher in Athen war.«

»Vergiss Kreta nicht,« sagte ich nachdenklich. »Verdammt nah an Afrika. Ich habe gehört, Zulus und Massais sind derzeit wieder im Angebot. Offenbar herrscht auf einigen Baumwollplantagen im Süden der USA noch immer große Nachfrage.«

»Du nimmst mich nicht ernst,« sagte Harko wütend.

»Doch,« sagte ich, »das tue ich. Aber der Menschenhandel ist seit mehr als 100 Jahren verboten. Wir leben im 21.sten Jahrhundert!«

Harko lachte schallend. »Du Einfaltspinsel! Weißt Du, was eine illegale Einreise in die USA kostet? Im Schnitt 10.000$. Menschenhandel ist profitabler als Drogenschmuggel.«

Ich sah ihn misstrauisch an. »Stimmt das?«

»Glaub mir, ich weiß, wovon ich rede,« sagte Harko ernst. »Menschenhandel ist heute das illegale Geschäft Nummer eins. Darin sind nicht nur Finsterlinge aus Kolumbien oder die russische Mafia verwickelt. Das meiste geschieht unter dem Mantel der Ehrbarkeit.«

»Auszeit,« sagte ich, »das wird mir zuviel. Du behauptest allen ernstes, ich wäre hier nicht im Paradies, sondern in einer Mafia-Hochburg gelandet?«

»Ich ziehe es zumindest in Erwägung,« sagte Harko.

Harko war gegangen, ich saß allein auf meiner Terrasse. Wenn ich nachdenken möchte, setze ich mich in meinen Denkersessel, ein herrlich dekadentes altes Stück, mit schwarzem Leder bezogen, trinke eine Tasse Kaffee und rauche eine Zigarette. Jetzt wollte ich nicht nachdenken, aber ich musste: Die Vorstellung, mein kleines Paradies sei in Wirklichkeit eine Mafia-Hochburg, beunruhigte mich.

Ich kochte einen Kaffee, holte mir eine Zigarette und setzte mich auf die Terrasse, um nachzudenken. Zumindest versuchte ich es. Doch Kermit ließ mich nicht.

Manousos hatte mir vor zwei Jahren direkt vor meiner Terrasse einen kleinen Teich ausgehoben, nicht viel mehr als eine vier Meter lange und zwei Meter breite Grube. Ich hatte sie mit Wasser gefüllt, weil ich mir dadurch Abkühlung versprach – bei 35 Grad im Schatten war es im Sommer zu heiß, um im Haus zu arbeiten, weshalb die Terrasse für mich von April bis November Wohn-,

Arbeits- und Esszimmer war. Der Teich sollte als natürliche Klimaanlage mit integrierter Luftbefeuchtung dienen, eine Aufgabe, der er auch bestens gerecht wurde. Doch ich hatte nicht mit Kermit gerechnet.

Kermit war irgendwann im Frühjahr gekommen. Für mich sah er aus wie ein zu groß geratener Laubfrosch, Manousos dagegen behauptete, Kermit sei kein Frosch, sondern eine Kröte. Kermit war unser Streit vollkommen gleichgültig. Er planschte fröhlich in seinem Tümpel, tauchte schnell auf den Grund, wenn Vögel im Tiefflug über das Wasser schossen, um im Flug zu trinken, tauchte wieder auf, sobald die Luft rein war, und schickte den Störenfrieden lautstark ein paar wütende Quak-Quaks hinterher.

Heute schien ihn eine große, blaue Libelle zu ärgern. Sie schwebte regungslos über dem Wasser, unerreichbar für sein immer hungriges Maul, und ich war mir nicht sicher, ob Kermit wütend quakte, weil sie sich nicht fressen ließ oder ob er sie überreden wollte, ein bisschen näher zu kommen.

Die Libelle ließ sich weder stören noch bezirzen, sie drehte ein paar Runden und flog schließlich weg. Stattdessen kam Manousos vorbei.

»Gia sou Roberto,« begrüßte er mich, ich antwortete mit »Ti kanis?« *Wie geht's.*

»Etsiketsi,« war die Antwort, was einem durchwachsenen *so lala* entspricht.

»Hast Du Sorgen?« fragte ich.

»Nicht direkt,« antwortete er, »aber eine unangenehme Pflicht.«

Er setzte sich an den Tisch, der noch mit meinen letzten Korrekturauszügen übersät war, ich holte zwei kalte Bier aus der Küche und nahm ihm gegenüber Platz.

»Ist etwas geschehen?«

»Ja und nein,« antwortete er ausweichend. »Du kennst den alten Lambros?«

»Hat er nicht ein Problem mit seinem Bein? Ich dachte, er liegt in Korfu im Krankenhaus.«

Lambros war für mich der Vater des jetzigen Bäckers, doch für die Menschen im Dorf war er noch immer der alte Bäcker, auch wenn er seine Backstube seit vielen Jahren nicht mehr betreten hatte.

Manousos seufzte. »Er war im Krankenhaus und die Ärzte haben versucht, sein Bein zu retten. Vergeblich – vor zwei Wochen mussten sie es amputieren.«

»Das tut mir leid,« sagte ich.

»Das ist nicht so schlimm, wie es sich anhört. Lambros ist fast 90 und richtig gehen konnte er schon lange nicht mehr. Doch jetzt sind Komplikationen aufgetaucht, sie glauben, er stirbt in den nächsten Tagen.«

»Willst Du ihn im Krankenhaus besuchen?« fragte ich.

»Nein, er ist heute Morgen nach Hause gekommen, er will in seinem eigenen Bett sterben. Aber ich muss mich von ihm verabschieden und wollte Dich fragen, ob Du mitkommst.«

»Natürlich,« sagte ich. »Wann willst Du gehen?«

»Um neun Uhr,« sagte Manousos. »Ich hole Dich ab.«

Kurz vor neun fuhr ich mit Manousos nach Afionas hinein. Lambros wohnte noch immer über der Backstube. Ich kannte ihn nur von seinen Spaziergängen im Dorf, wenn er sich mühsam auf seinen Krücken zu einem Kafenion[6] schleppte, das eine alte Frau betrieb und in dem sich jeden Nachmittag eine Handvoll alter Leute traf, um bei einem Tässchen Heleniko gemeinsam über die Vergangenheit zu schweigen.

Ich nahm an, Manousos sei mit Lambros verwandt, denn auch der war ein Bardis, und deshalb sei es Familienpflicht, ihn vor seinem Tod noch einmal zu besuchen. Doch als wir uns dem Haus näherten, stand eine große Menschentraube davor.

»Ist er schon gestorben?« fragte ich.

»Ich glaube nicht,« sagte Manousos.

»All die vielen Menschen…«

»Sind gekommen, um Abschied von ihm zu nehmen.«

Manousos erklärte mir, dies sei hier üblich: Wenn ein Mensch im Sterben lag, kamen nicht nur Verwandte und Freunde, sondern auch alle Nachbarn und Bekannten, um ein letztes Mal mit dem Sterbenden zu sprechen.

Die Stimmung war eigenartig. Bei Catherines Begräbnis hatten alle getrauert und als vor einem Jahr ein junger Mann aus Afionas bei einem Autounfall ums Leben gekommen war, hatte es im ganzen Ort bis zum Ende des Jahres keine größere Feier mehr

[6] griechisches Café

gegeben. Sogar auf die Weihnachtsdekoration hatten die Afioniten verzichtet.

Bei diesem Abschied aber spürte ich keine Trauer. Die Menschen blickten ernst, es gab keine Scherze und kein Lachen, aber niemand weinte. Lambros hatte ein langes und erfülltes Leben gehabt, das nun zu Ende ging. Einzeln oder in kleinen Gruppen gingen die Menschen ins Haus, wurden von den Angehörigen ins Schlafzimmer geführt, wo sie ein paar Worte mit dem alten Mann sprachen, gingen wieder hinaus, unterhielten sich mit Freunden und Bekannten und kehrten schließlich nach Hause zurück.

Manousos und ich mussten fast eine Stunde warten, bis wir an der Reihe waren. Lambros saß aufrecht in seinem Bett, er atmete schwer und es war deutlich zu erkennen, dass ihn die Besuche viel Kraft kosteten. Doch er freute sich, Manousos und sogar mich zu sehen, plauderte mit Manousos über dessen Jugendstreiche und fragte mich, wie es mir in Afionas gefalle – schließlich sei es der schönste Ort auf der Welt und wenn ich Glück habe, sei es mir vielleicht vergönnt, genauso lange hier zu leben wie er das getan habe.

Auf spanisch verabschiedet man sich mit *Hasta luego*, was soviel bedeutet wie *Auf Wiedersehen* – für einen Sterbenden, so schien mir, ein unpassender Abschiedgruß. Deshalb überließ ich Manousos den Vortritt beim Abschied. Er sagte »*Igia sou«*, was wörtlich übersetzt *Gesundheit Dir* bedeutet. Auch das erschien mir nicht richtig und so sagte ich einfach: »Chau.[7]«

Am nächsten Morgen um zehn Uhr wurde der alte Mann begraben. Er war in der Nacht gestorben, friedlich entschlafen, und fand nun in seinem geliebten Afionas die letzte Ruhe.

Ich wollte über dieses Ereignis reden und fuhr nach dem Begräbnis zu Harko. Bei einem Bier auf seiner Turmterrasse, die mich auch nach zwei Jahren noch immer an eine alte Burg erinnerte, schilderte ich ihm den seltsamen Abend.

»In Deutschland,« sagte Harko, nachdem ich geendet hatte, »kommen Freunde und Verwandte erst zum Begräbnis, auf dem Friedhof trauern sie und kurz darauf vergnügen sie sich beim Leichenschmaus. Davon hat der Tote nichts.«

---

[7] Spanisch: Tschüss

»Ich habe nie lange genug an einem Ort gelebt, um das Verhältnis der Menschen zum Tod kennenzulernen,« bekannte ich. »Mir scheint, hier auf Korfu ist es ziemlich natürlich.«

Harko stand auf und blickte über eine Zinne in die Agios Georgios Bucht. Nach einer Weile drehte er sich um, lehnte sich mit dem Rücken gegen die Brüstung. »In Stuttgart war ich auf vielen Beerdigungen. Stuttgart ist keine Weltstadt, doch groß genug, um ein relativ anonymes Leben zu führen. Die Menschen sterben bei Unfällen oder im Krankenhaus, manchmal werden sie ermordet. Die meisten sterben allein. Die Angehörigen trauern, doch wenn ein Mensch im Krankenhaus stirbt, überlassen sie ihn den Ärzten. Die Alten schiebt man in Altenheime ab, wo sie Zeit haben, sich jahrelang, mitunter jahrzehntelang, auf das Sterben vorzubereiten. Hier ist das Sterben ein Teil des Lebens, der Tod wird akzeptiert.«

»Es gibt viele alte Menschen auf Korfu,« sagte ich.

»Nicht mehr als in Deutschland,« antwortete Harko. »Doch es gibt einen großen Unterschied: Hier nehmen die Menschen auch mit 80 noch am Alltag teil, sind Teil der Dorfgemeinschaft.«

Unwillkürlich musste ich lachen.

»Was ist daran so komisch?« fragte Harko.

Ich deutete auf den Abhang vor seiner Terrasse – ein Kilometer Olivenwald, sonst nichts. Wie bei mir hinter dem Haus. Doch Harko war auf allen Seiten von Olivenwald umgeben, während meine Terrasse nur wenige Meter von der Hauptstraße entfernt war. Auf der kam zwar auch nur alle fünf bis zehn Minuten jemand vorbei, trotzdem hatte ich das Gefühl, mitten im Dorfgeschehen zu sein. Denn jeder, der vorüberkam, grüßte mich. »Wenn Du hier sitzt und Dein Bier trinkst,« sagte ich deshalb zu Harko, »siehst Du nur Bäume und vielleicht ein paar Vögel. Wenn ich auf meiner Terrasse sitze, sehe ich all diese alten Menschen, wie sie auf der sogenannten Hauptstraße vorbeifahren: Kostas Schwiegervater auf seinem alten Traktor aus China, der mächtig viel Lärm macht; der alte Spiros auf seinem umgebauten Rasenmäher, der noch mehr Lärm macht und höllisch vibriert. Manchmal denke ich, Spiros vibriert sich durchs Leben. Doch alle wirken beschäftigt, sind fröhlich und vergessen niemals, mir zuzuwinken.«

»Das muss ich nicht jeden Tag sehen,« sagte Harko, »das sehe ich auch so, wenn ich durch einen der Orte auf der Insel fahre. Die alten Menschen gehören dazu und wenn sie sterben, tun sie das nach einem erfüllten Leben. In Deutschland sind die alten Menschen höchstens ein Rentenproblem.«

»So schlimm?« fragte ich.

Harko trank einen kräftigen Schluck von seinem Bier. »Ich bin mir nicht sicher. In Deutschland ist alles geregelt: Kindergarten, Schule, Ausbildung, Beruf, Rente. Manchmal denke ich, die Menschen machen sich schon im Kindergarten die ersten Gedanken über ihren Lebensabend und lernen bereits in der ersten Klasse, einen Rentenantrag auszufüllen. Dass das Leben anders sein kann, habe ich selbst auch erst gemerkt, als ich hier nach Korfu kam.«

»Du meinst, Du hast erst hier angefangen, richtig zu leben?«

»Nein,« widersprach Harko. »Gelebt habe ich auch in Stuttgart. Aber hier ist es anders.« Er lehnte sich über die Brüstung und winkte mich zu sich. »Komm her,« sagte er. Ich stand auf und ging zu ihm. Harko deutete nach unten auf die große Terrasse, wo eine der Katzen mit einer gefangenen Maus spielte.

»Nimm Lizzy zum Beispiel. Du weißt, sie ist blind, und eigentlich hätte sie keine Überlebenschance gehabt – weder hier auf Korfu noch in Stuttgart. Auf Korfu wäre sie schlicht verhungert, wenn wir sie nicht aufgenommen hätten. In Deutschland hätte sie ein tierlieber Mensch zum Tierarzt gebracht, um sie einschläfern zu lassen. Die Deutschen mögen schnelle und saubere Lösungen, während die Griechen den Dingen ihren Lauf lassen.«

Als ich Lizzy zum erstenmal gesehen hatte, konnte ich nicht glauben, dass sie blind ist. Denn Lizzy tollte genau wie Harkos andere Katzen durchs Haus und durch den Garten, sprang auf Mauern und kletterte auf Bäume. Harko meinte, Lizzy habe wohl ein topographisches Gedächtnis, denn sie bewege sich auf dem gesamten Grundstück mit traumhafter Sicherheit.

»Lizzy hat die Möglichkeit bekommen, ihr eigenes Leben zu leben – und sie hat diese Chance genutzt. Einer unserer Kater ist ganz vernarrt in sie: Er nimmt sie mit auf seine Streifzüge und gemeinsam erkunden sie die ganze Gegend. Auch die Maus, mit der sie jetzt spielt, hat sie nicht selbst gefangen – sie ist ein Geschenk ihres Freundes.«

»Wird sie die Maus töten und fressen?« fragte ich.

»Vermutlich,« sagte Harko. »Lizzy befindet sich in ihrem Kreislauf des Lebens, die Maus in einem anderen, der wohl heute zu Ende geht. Ich habe den Eindruck, die Griechen akzeptieren diese Kreisläufe. Sie freuen sich, wenn es ihnen gut geht, nehmen es aber auch gelassen hin, wenn es mal nicht gut läuft. Wenn ein alter Mensch stirbt, ist das eben so. Das Leben geht weiter.«

»Hast Du das Gefühl, das gilt auch für Catherine?«

Harko rollte die Bierflasche in seinen Händen hin und her. »Mein Gefühl sagt mir, die Trauer über ihren Tod war echt – aber erst, nachdem klar war, dass sie griechischer Abstammung ist. Ohne das wäre ihr Tod schnell verdrängt worden. Nun scheint es die Menschen kaum noch zu berühren. Wenn ich nicht nachfrage, spricht niemand über sie. Als habe sie niemals gelebt.«

»Ermittelt die Polizei nicht mehr?«

»Nein. Außer mir macht sich scheinbar niemand Gedanken darüber, wer außer Jannis als Täter in Frage kommt. Es ist, als hätte jeder Angst vor dem, was bei einer Untersuchung ans Tageslicht kommen könnte.«

»Du mit Deiner korfiotischen Mafia.« Ich hatte in der Nacht noch lange über Harkos Theorie nachgedacht und sie schließlich als Utopie verworfen – eine Theorie, der ein Ermittler nachgehen konnte, vielleicht sogar musste, die aber keiner ernsthaften Prüfung standhielt. Ich sagte nichts, doch meine Skepsis musste mir ins Gesicht geschrieben sein, denn Harko sah mich an und lachte laut.

»Für Dich sind alle Korfioten kleine Engel; liebenswerte Menschen, die allenfalls ihre kleinen Schwächen haben. Doch wenn ich sie mit den Augen eines Polizisten sehe, sind sie alle Verbrecher.«

»Du übertreibst!« sagte ich. Ich wollte mir meine heile Welt nicht nehmen lassen.

»Glaubst Du? Hast Du überhaupt eine Ahnung, wieviele von den Häusern hier legal errichtet sind?«

Die wusste ich zufälligerweise. »20%? Vielleicht weniger.«

Diesmal war es Harko, der mich erstaunt ansah. »Woher weißt Du das?«

»He,« sagte ich, »mein Nachbar ist Bauunternehmer. Da erfährt man einiges.«

»Er erzählt Dir von seinen Schwarzarbeiten?«

»Natürlich.«

»Das ist kriminell!« brauste Harko auf.

Das ließ ich nicht gelten. »Hast Du bei Deinem Haus alles ganz legal gemacht? Streng nach Bauplan?«

»Ja!«

»Und die Garage? Und die Zisterne?« Bis zu einer Wohnfläche von 140 qm musste man in Griechenland keine Grundsteuer bezahlen, was zumindest auf Korfu zur Folge hatte, dass kaum ein Privathaus mehr als 140 qm Wohnfläche besaß. Jedenfalls nicht offiziell. Dafür hatten viele Häuser mehrere Zisternen, die meisten davon mit Türen und Fenstern ausgestattet, und Garagen, in denen vom Bett bis zur Küchenzeile alles enthalten war, was ein Auto braucht, um sich des Nachts wohl zu fühlen. Als ich meinen ersten Anbau plante und von Manousos wissen wollte, ob ich dafür eine Baugenehmigung brauche, war seine erste Frage: »Willst Du vor dem Haus oder hinter dem Haus erweitern?« Hinter dem Haus braucht man, jedenfalls in Afionas, keine Baugenehmigung. Auch Harkos Anwesen hatte, vom Turm über die Zisterne bis zur Garage, nicht allzuviel mit den ursprünglichen Bauplänen zu tun.

»Na ja,« sagte Harko, nun etwas kleinlaut, »jedenfalls mehr oder weniger.«

»Siehst Du, so läuft das hier mit den Schwarzbauten – sie sind alle mehr oder weniger legal. Manousos hat mir erzählt, manchmal kommt die Polizei vorbei und erkundigt sich nach dem Stand der Arbeiten. Kann sein, der Polizist kündigt an, er kommt in zwei oder drei Tagen zu einer offiziellen Kontrolle und deutet an, es wäre besser, wenn die Mauer oder die Garage bis dahin fertig wäre, weil er dann in seinem Bericht schreiben kann, er habe keine Bautätigkeit bemerkt.«

»Das ist nicht nur kriminell, sondern auch korrupt!«

Ich musste schmunzeln. »Du schimpfst auf die Deutschen und merkst gar nicht, wie deutsch Du selbst bist. In Südamerika würde kein Hahn danach krähen und auf Korfu tut es auch keiner. Jedenfalls nicht, wenn es sich um Gesetze handelt, die in Athen beschlossen wurden. Athen ist weit weg und was das Parlament beschließt, mag gut sein für Athen, aber es hat wenig mit den Bedürfnissen der Menschen hier zu tun. Denk doch nur an das Gesetz, Tavernen müssen mindestens 100 Meter vom Strand entfernt sein. Das mag an vielen Stränden sinnvoll sein, aber in Agios Georgios geht es eben nicht – der Strand ist schlicht nicht breit genug. Vielleicht prozessieren Bauherren in Deutschland jahrelang vor Gericht, um eine Ausnahmegenehmigung zu bekommen, hier wird das Haus gebaut und fertig.«

»Das ist Willkür pur, wenn jeder tut, was er will.«

Ich widersprach. »Das stimmt nicht – hier kann nicht jeder tun, was er will. Die offiziellen Gesetze werden großzügig ausgelegt, das stimmt, doch es gibt ungeschriebene Gesetze, an die sich jeder hält. Manousos zum Beispiel hat keine Gewissensbisse, ein Haus schwarz zu errichten. Aber er hat noch nie einen Auftrag angenommen, wenn die Nachbarn dagegen sind. Und jetzt sei mal ehrlich: Sind Gesetze nicht dazu gemacht, das Zusammenleben der Menschen zu regeln? Mir sind ungeschriebene Gesetze, an die sich alle halten und die sich im Alltag bewähren, lieber als das sture Befolgen von Paragraphen, die nur Verdruss bringen.«

»So so,« sagte Harko, »Du hältst also nicht viel von Gesetzestreue.«

»Du etwa?« fragte ich. »Wenn in Deutschland alles so wunderbar geregelt ist und hier halbanarchistische Verhältnisse herrschen: Warum fühlst Du Dich dann auf Korfu soviel wohler als in Deutschland?«

Diesmal sagte Harko nichts.

Lizzy hatte das Interesse an ihrer Maus verloren, sie stand auf und sprang von der Terrasse in den Garten, ein Sprung über gut und gerne zwei Meter. Hätte ich nicht gewusst, sie ist blind, ich hätte nichts von ihrer Behinderung bemerkt. Die Maus, die ihre Freiheit wiedergewonnen hatte, war noch viel zu verstört, um die Flucht zu ergreifen. Sie brauchte einige Minuten, um wieder zu sich zu kommen, dann schoss auch sie davon. Offenbar war ihr Lebenszyklus doch noch nicht abgelaufen.

Das brachte mich zurück zu Catherine. »Ich hab mir Deine Theorie mit der korfiotischen Mafia gründlich durch den Kopf gehen lassen. Willst Du meine ehrliche Meinung hören? Humbug.«

Ich rechnete mit einem Protest, doch Harko gab mir ein Zeichen mit der Hand, ich solle weitermachen.

»Wären wir in Italien,« erläuterte ich, »würde ich Dir recht geben. Doch hier? Schau Dir nur mal Agios Georgios an. Eine Ansammlung von Tavernen und Bars, ohne Struktur. Ich sehe hier alles, nur keine Organisation. Die Menschen hier sind Lebenskünstler, keine Verbrecher.«

»Glaubst Du?« fragte Harko. »Du hast keine Ahnung von ihrer kriminellen Energie. Weißt Du, dass hier kaum einer Steuern zahlt? Manousos hat mir vor einer Woche lachend erzählt, das Parlament in Athen habe die Einführung einer Hundesteuer beschlossen. Er sagte, das wäre das Lustigste, was er seit langem gehört habe. Als ich ihm sagte, in Deutschland gibt es schon lange eine Hundesteuer, fragte er mich ungläubig: Und es gibt Leute, die sie bezahlen?«

Ich musste schallend lachen. »Das ist noch ein Punkt, den ich an den Griechen mag, hier denken sie genau wie die Menschen in Südamerika: Griechen und Lateinamerikaner wissen, dass ihre Regierungen korrupt sind und der Großteil der Steuern, die sie zahlen, in dunklen Kanälen versickert. Oder wie es Manousos einmal ausgedrückt hat: Wenn wir viele Steuern bezahlen, geht viel Geld nach Athen, wenn wir wenig Steuern zahlen, bleibt mehr auf Korfu. Ihr Deutschen seid Weltmeister im Steuerzahlen, ihr richtet damit eure Wirtschaft zugrunde, die Politiker lügen und betrügen, dass sogar die Südamerikaner noch etwas lernen können, trotzdem gebt ihr weiterhin treu und brav die Hälfte eures Geldes ab. Gibt es dafür einen besonderen Grund?«

Harko war rot angelaufen und holte tief Luft. »Das wirst Du nie verstehen,« sagte er. »Lass uns besser das Thema wechseln.«

»Dann sag mir, was Du in der Zwischenzeit über Catherine herausgefunden hast.«

Wenn ich erwartet hatte, nun würde Harko lossprudeln, hatte ich mich getäuscht. Er sagte nur: »Herausgefunden habe ich nichts. Nur Überlegungen angestellt.«

»Schieß damit los,« sagte ich. »Du weißt, ich liebe Theorien über Kriminalfälle.«

»Damit Du sie wieder Stück für Stück zerpflücken kannst?«

Ich musste schmunzeln. »Ich weiß nicht, ob sich Kriminalisten in der Wirklichkeit immer über ihre Theorien einig sind. In einem guten Kriminalroman sind sie es nicht. Für den Leser ist nichts so langweilig, als wenn alle der gleichen Meinung sind. Deshalb gibt es in einem spannenden Buch immer Figuren, die sich während der gesamten Geschichte streiten.«

»Hier geht es nicht um einen Deiner verdammten Romane,« sagte Harko heftig. »Hier haben wir es mit einer echten Leiche zu tun. Falls Du das noch nicht bemerkt haben solltest.«

»Habe ich,« sagte ich. »Und wir wollen beide wissen, wer der Mörder ist. Vor Deinen beruflichen Fähigkeiten habe ich großen Respekt, nur mit Deiner Theorie über die korfiotische Mafia kann ich mich nicht anfreunden.«

Harko grummelte noch, doch ich konnte sehen, wie es in seinem Kopf arbeitete. Er hatte sich mehr als eine Theorie zurechtgelegt und brannte darauf, mit mir darüber zu sprechen. Nur würde er das nie zugeben. Und, soweit kannte ich ihn inzwischen, er würde es mir keinesfalls zu leicht machen. Ich sollte seinen Gedankengängen folgen, mich nicht gleich auf das Ergebnis stürzen. Da ich als Schriftsteller ohnehin mehr an den Ermittlungen als an der Aufklärung interessiert war, kam mir das sehr entgegen – vielleicht der wichtigste Grund, dass wir uns trotz unserer regelmäßigen kleinen Streitereien so gut verstanden.

»Sag mal, Du großer Krimischreiber,« begann er erwartungsgemäß mit dem ersten Seitenhieb, »hast Du Dir schon einmal Gedanken über den perfekten Mord gemacht?«

»Der perfekte Mord,« antwortete ich genüsslich, »ist sicher der Traum jedes Krimischreibers. Doch die Frage ist akademisch. Ein perfekter Mord ist ein Mord, der nicht als solcher erkannt wird. Was soll ich darüber schreiben? Ein Krimi lebt davon, dass der Mörder gejagt wird. Wenn der Mörder der Bösewicht ist, will der Leser, dass er am Ende auch gefasst wird. Ist mein Mörder dagegen der Held des Buches, kann ich seine Morde nur rechtfertigen, wenn ich ihn zum Rächer mache. Dann schaffe ich einen James Bond mit der Lizenz zum Töten, einen Zorro, der in gerechtem Zorn tötet oder einen Rambo, der die Leute reihenweise niedermachen darf. Solche Figuren bringen Leute um, werden aber niemals zu Mördern.«

Harko verdrehte demonstrativ die Augen. »Weißt Du, dass Deine fiktive Welt nichts, aber auch gar nichts mit der Realität zu tun hat?«

»Natürlich,« sagte ich ungerührt. »Die Welt der Phantasie hat eigene Regeln. Die kenne ich. Von den Regeln der realen Welt habe ich keine Ahnung, die würden mir bei meinen Krimis auch nichts helfen. Deshalb weiß ich auch nicht, wer Catherine ermordet haben könnte.«

Harko hatte 20 Jahre Berufserfahrung, er wusste, wie man Ermittlungen durchführt. Ich hatte 20 Jahre Schreiberfahrung, ich wusste, wie man Ermittlungen spannend beschreibt. Natürlich hatte ich schon versucht, echte Kriminalfälle literarisch aufzuarbeiten. Ohne Erfolg. Beschrieb ich die Realität, entstand ein trockener Tatsachenbericht, ließ ich meine Phantasie spielen, verlor ich mich jedesmal in der Grauzone zwischen Fakten und Story. Deshalb interessierte es mich schon lange nicht mehr, wie die Polizei bei einem echten Mordfall vorging, für mich war wichtiger, wie sich meine Leser spannende Ermittlungen vorstellen. Harko und ich waren im gleichen Metier tätig, trotzdem trennten uns Welten.

Andererseits: Wenn mich echte Ermittlungen nicht interessierten, warum saß ich dann jetzt auf Harkos Terrasse? Und genoss dieses Spiel mit ihm? Setzte mich sogar mit seiner wilden Theorie über eine lokale Mafia auseinander? Wenn ich ehrlich war, gab es dafür nur einen einzigen Grund: Weil Harko eben nicht wie ein gewöhnlicher Polizist ermittelte. Weil er Theorien aufstellte, auf die sonst niemand kam. Wie etwa die des Bardis-Clans, der im 21sten Jahrhundert im Menschenschmuggel tätig ist.

»Ich werde Dir sagen, wie Du den perfekten Mord begehen kannst,« sagte Harko und ich hörte zu. »Steig in einen Zug, fahr in eine Großstadt, warte ab, bis Dir jemand allein in einer dunklen Gasse über den Weg läuft, bring ihn um, und verschwinde.«

»Weshalb sollte ich jemanden umbringen, den ich gar nicht kenne?«

»Weil das Deine einzige Chance ist, den perfekten Mord zu begehen. Nur so schaffst Du es, in der Statistik innerhalb der fünf Prozent der Mordfälle zu landen, die nicht aufgeklärt werden. Sobald zwischen Dir und Deinem Opfer auch nur die kleinste Beziehung besteht, wird der Mord mit 95% Wahrscheinlichkeit aufgeklärt. Die Polizei überprüft so lange alle Kontakte des Opfers, bis sie Dich findet.«

»So einfach ist das?« fragte ich.

»So einfach ist das,« bestätigte Harko. »Abgesehen von krankhaften Psychopathen – und abgesehen vom Krieg – bringen sich Menschen nicht grundlos gegenseitig um. Es gibt immer eine Beziehung zwischen Täter und Opfer. Und ein Motiv für den Mord.«

»Dann sag mir doch, warum wurde Catherine getötet?«

»Das weiß ich noch nicht,« gestand Harko. »Sobald ich das herausgefunden habe, weiß ich auch, wer sie umgebracht hat.«

»Ich dachte, das wüsstest Du bereits.«

Harko verdrehte die Augen. Ich liebte die Rolle des Advocatus Diaboli, der stichelt, alles hinterfragt und seinem Gegenüber mächtig auf die Nerven geht. Eine Liebe, die Harko nicht immer teilte.

»Den Täter kenne ich natürlich noch nicht, doch den Täterkreis kann ich eingrenzen – jemand aus dem Dorf oder aus der Bucht.«

»Woher willst Du das wissen?«

»Das liegt doch auf der Hand.«

Im Geiste sah ich Harko vor mir, wie er auf Ermittlungsbogen 08/15 deutet: *Mördersuche für Anfänger*. Ganz oben der Hinweis: *Füllen Sie alle Fragen aus, dann haben Sie den Mörder in 30 Minuten ausfindig gemacht.* Für mich lag überhaupt nichts auf der Hand und das sagte ich Harko auch.

»Dann will ich es Dir erklären,« antwortete er. »Nimm einmal an, ein Tourist tötet Catherine. Was muss er nach dem Mord tun, wenn er nicht erwischt werden will?«

»Fliehen?« fragte ich scherzhaft.

»Falsch,« sagte Harko. »Er muss einfach zurück in sein Hotel gehen. Wenn es keine direkte Beziehung zwischen ihm und seinem Opfer gibt, wenn niemand sie gemeinsam gesehen hat, dann hat die Polizei keine Chance, ihn ausfindig zu machen. Die Polizei kann nicht tausende von Touristen überprüfen, die jede Woche nach Korfu kommen. Das gleiche gilt für einen Griechen, der nicht hier in der Gegend wohnt: Er hätte Catherines Leiche irgendwo liegenlassen und einfach nach Hause fahren können – keine Möglichkeit, ihn jemals ausfindig zu machen, wenn er nicht bei der Tat beobachtet wurde. Wenn sich aber jemand solche Mühe macht, den Mord einem anderen in die Schuhe zu schieben, dann tut er das nur aus einem Grund: Weil eine Verbindung zwischen ihm und seinem Opfer besteht. Entweder ist er mit ihr verwandt oder er ist mit ihr gesehen worden.«

Fragebogen 08/15 für Anfänger schien gar nicht so dumm zu sein. »Was also willst Du tun?« fragte ich. »Feststellen, mit wem sich Catherine in der Woche vor ihrem Tod auf Korfu getroffen hat?«

Harko kratzte sich an seinem Drei-Tage-Bart, was er gerne tat, wenn er sich über etwas im Unklaren war. »Wäre ich Leiter der Mordkommission, wäre das sicher das Naheliegendste. Mit 20 oder 30 Leuten würde ich jeden in der Bucht befragen und versuchen, jede einzelne Minute zu rekonstruieren, die das Mädchen hier verbracht hat. Das aber liegt außerhalb meiner Möglichkeiten. Ich habe mich umgehört, doch bislang nichts Brauchbares erfahren. Catherine verbrachte viel Zeit in Agios Georgios, war aber meist allein und wurde niemals mit einer festen Begleitung gesehen. Außerdem hatte sie einen Mietwagen. Sie kann folglich überall auf der Insel gewesen sein.«

Ob es auf Fragebogen 08/15 auch Hinweise dafür gab, was in einer solchen Situation zu tun war?

»Hast Du eine andere Idee?« fragte ich.

»Natürlich,« sagte Harko. »Ich werde herausfinden, *warum* sie hier war. Wenn ich das weiß, bleiben nur eine Handvoll Verdächtige übrig.«

»Hoffst Du,« sagte ich.

»Nein,« widersprach Harko, »dessen bin ich mir sicher.«

Ich zündete mir eine Zigarette an und atmete den Rauch tief ein. »Lass mich den Fall noch einmal als Schriftsteller rekapitulieren.«

»Nur zu,« sagte Harko.

»Ich versuche mir vorzustellen, wie der Täter das Mädchen ermordet.«

»Der Täter, die Täterin oder die Täter,« korrigierte Harko. »Dass ein Mann und noch dazu ein einzelner Mann der Täter ist, ist derzeit nur eine Annahme.«

»Akzeptiert,« sagte ich, »da ist der Schriftsteller mit mir durchgegangen. Also: Der oder die Täter oder die Täterin oder die Täterinnen haben Catherine erwürgt.«

»Die Würgemale an ihrem Hals deuten auf einen Mann – ziemlich sicher ein großer und kräftiger Mann.«

Ich holte tief Luft. »Also nochmal: Ein Mann aus der möglichen Tätergruppe hat Catherine erwürgt. Von vorn?«

Harko nickte. »Von vorn und mit den Händen.«

»Warum eigentlich?« fragte ich. »Warum nicht von hinten oder mit einem Seil?«

»Damit es so aussieht, als hätte es Jannis getan.«

»Verstehe.« Im Geiste machte ich meine Kreuze auf Fragebogen 08/15. »Wenn Du recht hast, hat sich Catherine keineswegs freiwillig erwürgen lassen.«

»Sie hat sich mit Sicherheit gewehrt.«

»Obwohl sie betrunken war?«

»Glaub mir,« sagte Harko, »selbst wenn Du sturzbesoffen bist: In dem Moment, in dem Dir jemand die Luft abdrückt, schlägst Du um Dich.« Harko griff mit seinen riesigen Händen nach meinem Hals, um den Beweis für seine Behauptung anzutreten, was ich aus naheliegenden Gründen ablehnte. Lieber glaubte ich ihm.

Stattdessen ging ich meine mentale Checkliste noch einmal durch und fragte: »Keinerlei Anzeichen dafür, dass sie gefesselt war oder jemand ihre Hände festgehalten hat?«

»Auf den Bildern ist nichts davon zu sehen – keine Druckstellen, die auf eine Fesselung oder ein Festhalten hindeuten.«

Ich legte die Checkliste im Geiste zur Seite, schaltete um auf meine Phantasie und stellte mir die Szene bildhaft vor: Ein betrunkenes, aber sehr hübsches junges Mädchen, nicht gefesselt, nicht festgehalten, um dessen Hals sich die Hände ihres Mörders legen. Die Hollywood-Bilder, die mir ein furchtsames, aber williges Opfer vorgaukelten, schob ich beiseite, dachte stattdessen an Harkos Lehrfilm und sah Catherine vor mir: Keuchend, nach Atem ringend, vor allem aber heftig um sich schlagend.

»Die hat sich gewehrt,« sagte ich, von meinem Phantasiebild noch völlig geschockt. »Catherine hat sich sogar heftig gewehrt. Also muss sie ihren Mörder verletzt haben.«

»Ja,« sagte Harko, »das müsste sie eigentlich getan haben.«

»In dem Fall…«

»Müsste es Hautpartikel des Täters unter ihren Nägeln geben,« vollendete Harko meinen unterbrochenen Satz.

»Im Bericht?«

»Steht nichts davon.«

»Bist Du sicher?« fragte ich. »Ich meine – wie gut ist Dein Griechisch?«

»So gut, dass ich den ganzen Bericht verstanden habe.«

»Glaubst Du, das wurde übersehen?«

»Die Vorschriften für eine gerichtsmedizinische Untersuchung sind auf der ganzen Welt sehr streng. Das wurde sicher untersucht.« Vermutlich hatten auch Pathologen ihre Checklisten.

»Aber es wurde nichts gefunden.«

»Zumindest steht nichts davon im offiziellen Bericht.« Harko lächelte.

»Was ist daran so lustig?« fragte ich.

»Nächste Woche bekomme ich den Original-Bericht.«

»Wie bitte?« fragte ich ungläubig.

»Die Original-Untersuchungsergebnisse stimmen nicht immer mit dem offiziellen Bericht überein.«

»Wie willst Du an den Original-Bericht kommen?«

»Man hat so seine Beziehungen…«

»Ich dachte, Du bist raus aus dem Polizeidienst,« sagte ich.

»Ja und?«

»Du kommst als Privatmann an Polizeiberichte?«

»Nicht offiziell,« sagte Harko. »Aber über Freunde.«

»Bei der griechischen Polizei?«

»Nein,« entgegnete Harko. »Bei der griechischen Polizei kenne ich niemanden. Dafür kenne ich viele Leute beim BKA und bei den LKAs.«

»BKA? LKA?«

»Entschuldige,« sagte Harko, »ich vergesse immer wieder, dass Du kein Deutscher bist. Das BKA ist das Bundeskriminalamt in Wiesbaden, die LKAs sind Landeskriminalämter in den einzelnen Bundesländern.«

»Und die haben Beziehungen nach Griechenland? Über Interpol? Die Du nutzen kannst?«

Harko sah mich mit einem verschwörerischen Blick an. »Sagen wir mal so: Es gibt offizielle Kanäle für den dienstlichen Gebrauch. Die funktionieren, werden aber überwacht. Weil auch Polizisten keine Engel sind – und Du staunen würdest, wie oft wir mit Korruption in den eigenen Reihen zu tun haben –, gibt es so etwas wie den kleinen Dienstweg. Man kennt sich und man hilft sich. Das ist wie ein kleines Netzwerk.«

»Da steckst Du noch drin?«

»Wie gesagt: nicht offiziell. Aber wenn Du jahrelang mit den Leuten arbeitest… Rein zufällig ist ein Verbindungsmann des BKAs beim amerikanischen FBI in Miami ein Studienkollege von mir.«

»Du hast Connections in die USA?«

Harko lehnte sich zurück, die Freude, mich beeindruckt zu haben, stand ihm offen ins Gesicht geschrieben. »Im Moment wird Catherines Vergangenheit vom FBI überprüft. Wenn ich die Unterlagen erhalte, werden wir sehen, wie unschuldig der Engel war.«

Ich drückte meine Zigarette aus, packte Checkliste 08/15 samt meiner Phantasie ein, steckte noch ein paar Vorurteile in die Tasche und sagte: »Bisher dachte ich immer, Polizeiarbeit sei trocken. Jetzt stelle ich fest, meine Krimis sind lange nicht so spannend wie die Realität. Mein guter Freund Harko, nicht einmal aktiver Polizist, schnippt nur mit dem kleinen Finger und schon tanzt das FBI nach seiner Pfeife. Ich glaub es einfach nicht.«

»Glaub es ruhig,« sagte Harko lächelnd. »Und mach nie wieder den Fehler, einen deutschen Kommissar zu unterschätzen. Nicht einmal einen ehemaligen.«

»Versprochen,« sagte ich. »Trotzdem: An Deine Verschwörungstheorie glaube ich erst, wenn Du mir die entsprechenden Beweise lieferst.«

Zwei Tage später schien sich Harkos Theorie zu bestätigen. Sein Kontaktmann in Miami schickte ihm Informationen über einen Reeder namens Bardis in Athen. Dieser besaß eine kleine Flotte von Containerschiffen, die regelmäßig zwischen Athen und New York verkehrten.

»Was habe ich Dir gesagt?« triumphierte Harko, als er mir in seinem Arbeitszimmer die Akten zeigte. »Und straffällig ist der Reeder auch schon geworden. Sieh Dir diese Liste an: Steuerhinterziehung, Missachtung von Sicherheitsvorschriften, illegale Beschäftigung von Albanern ohne Visum.«

Ich war keineswegs überzeugt. »Da steht nichts von Schmuggel. Und die anderen Vergehen dürften auf die meisten anderen griechischen Reeder auch zutreffen.«

»Ach was,« sagte Harko. »Das ist unser Mann. Jetzt muss ich nur noch eine Beziehung von Catherine zu diesem Reeder nachweisen, dann löst sich das Rätsel. Ich sage Dir, die steckte in einem gigantischen Sumpf und ist darin umgekommen.«

»Hatte ihr Vater Kontakt zu diesem Reeder?«

Harko verneinte. »Der betreibt in Boston ein griechisches Restaurant. Nicht groß, aber wohl beliebt. Seiner Steuererklärung nach auch sehr erfolgreich.«

»Die perfekte Tarnung,« sagte ich amüsiert. »Der Biedermann, der zwölf Stunden am Tag hart arbeitet und in seiner Freizeit Rauschgift verteilt.«

Harko nickte zustimmend – Sarkasmus war nicht seine Stärke. »Ein Restaurant wäre der ideale Umschlagplatz.«

»Und Boston ist sicher ein Rauschgiftzentrum.«

»Weiß ich nicht,« gab Harko zu. »Sicher nicht so bedeutend wie Miami, aber Rauschgiftringe existieren in jeder großen amerikanischen Stadt.«

»Und alle fest in der Hand der Griechen. Mannomann!«

»Sag mal,« sagte Harko genervt. »Willst Du mich auf den Arm nehmen?«

»Aber nein,« winkte ich ab. »Ich sehe den Fall nur wieder mit den Augen des Schriftstellers. Da gibt es die alteingesessene italienische Mafia, gut organisierte chinesische Triaden, einflussreiche japanische Yakuza, allmächtige Kolumbianer und noch eine Reihe weiterer großer Mitspieler. Doch ein biederer Gastwirt aus Boston dreht allen eine lange Nase. Literarisch ließe sich damit eine Menge anfangen. Doch in der Realität?«

Harko ließ sich nicht beirren. »Du bist im Irrtum, wenn Du glaubst, die organisierte Kriminalität sei allein Sache der großen Verbrecherbanden. Das ist ähnlich wie in der Wirtschaft: Die großen Konzerne geben scheinbar den Ton an und alle Welt spricht über sie. Doch das meiste Geschäft macht der Mittelstand. Familienunternehmen sind im Bereich der organisierten Kriminalität viel häufiger als Du glaubst. Für mich ist das Bild überzeugend: Hier auf Korfu der Bardis-Clan, der durch seine Nähe zu Albanien direkt an der Quelle für Schmuggelwaren aller Art sitzt, in den USA die Bardis-Familien, die den Absatz übernehmen. Und jetzt auch noch der Reeder in Athen, der für den Transport zuständig ist.«

»Und Catherine, die als gut getarnte Botin unterwegs ist und ermordet wird, damit das Ganze auffliegt. Macht für mich absolut Sinn. Verrat mir doch zwei Dinge: Wer ist denn der Familienpatron, der die Aktivitäten des Clans steuert? Und wo ist die Konkurrenz, die Catherine umgebracht hat?«

»Und wenn es albanische Banditen waren?« Harko ließ nicht locker.

»Dann, mein lieber Freund, wirst Du den Fall wohl nie aufklären. Die würden sicher unter die 5% Regel fallen – ohne persönliche Kontakte zum Opfer keine Aufklärung möglich. Doch warum sollten sich albanische Banditen überhaupt solche Mühe geben? Eine Kugel hätte den gleichen Zweck erfüllt: Catherine beseitigt und der verbrecherische Bardis-Clan aufgeschreckt. Nein, Deine Theorie, einer aus dem Dorf ist der Täter, erscheint mir viel einleuchtender. Doch mir fehlt noch immer ein Motiv - sowohl für den Mord als auch dafür, dass Catherine sich keinem zu erkennen gab. Ich hatte vor und während des Begräbnisses keineswegs den Eindruck, hier solle etwas vertuscht werden, die Trauer war echt. Genauso echt wie die Überraschung, dass die Tote eine entfernte Verwandte war. An Deiner Stelle würde ich mehr in diese Richtung ermitteln.«

Harko brummelte in seinen Drei-Tage-Bart.

»Hat Dir Deine Quelle in den USA schon was über Catherine mitgeteilt?«

»Nein,« gab Harko zu. »Das FBI hat keine Akte über sie, Catherine war nicht straffällig.«

»Lebenslauf? Vergangenheit?«

»Wird gerade zusammengestellt.«

Ich glaubte nicht an Harkos Verschwörungstheorie, hatte aber selbst keine bessere.

»Man müsste wissen, was Catherine von Beruf war,« sagte ich.

»Das kann ich Dir sagen,« antwortete Harko. »Sie war Architektin.«

Ich fuhr auf wie von der Tarantel gestochen. »Woher weißt Du das? Gerade hast Du gesagt, das FBI hat keine Akte über sie.«

»Ihr Vater hat es mir verraten.«

»Und da klingelt nichts bei Dir?«

Harko machte eine wegwerfende Handbewegung. »Natürlich habe ich darüber nachgedacht. Selbst wenn sie hier ein Haus bauen wollte: Das ist kein Grund, sie zu ermorden. Umgekehrt gab es für Catherine keinen Grund, sich so geheimnisvoll zu benehmen.«

»Wart mal,« sagte ich. »Vielleicht geht es gar nicht um ein Haus. Was ist, wenn sie wegen eines Hotelprojekts auf Korfu war? Manousos hat mir erzählt, vor Jahren sollte ein großes Hotel in der Bucht gebaut werden, doch die Afioniten waren dagegen und haben das Projekt verhindert. Vielleicht wollte Catherine zunächst die Lage sondieren? Ihr Vater wusste sicher, wie schwierig es ist, hier eine große Anlage zu erstellen. Würde das nicht erklären, warum sie zuerst in Athen und auf Kreta war, bevor sie nach Korfu kam?«

»Mein lieber Dr. Watson,« sagte Harko süffisant, »das sind Überlegungen, die ich sofort angestellt hatte, nachdem ich erfuhr, dass sie Architektin war. Du übersiehst zwei Dinge: Erstens ist der Tourismus seit Jahren auf Korfu rückläufig, so dass kaum jemand auf die Idee kommen dürfte, hier in ein größeres Hotelprojekt zu investieren. Zweitens hatte Catherine in New York sicher nur amerikanische Kunden. Und Amerikaner dürften die letzten sein, die ihr Geld für ein sicheres Verlustgeschäft zum Fenster rauswerfen.«

»Aha,« sagte ich, »das hat der große Sherlock Holmes alles durch Nachdenken herausgefunden. Aber hat der große Kommissar Harko das auch nachgeprüft? Hast Du festgestellt, wer ihre Kunden waren? Wer sie hergeschickt hat? Und warum?«

»Bislang noch nicht,« gab Harko zu. »Doch während Sherlock Holmes alles durch einfache Deduktion herausfinden konnte, verlasse ich mich auf Fakten. Und warte ab, was meine Quellen in den USA dazu herausfinden. Klar?«

Abwarten war eine Ermittlungsmethode, die ich als Autor nicht kannte. Stieß ich bei einem Krimi auf eine Spur, ging ich dieser Spur sofort nach. Das sagte ich Harko. Und fügte hinzu: »Wenn Catherine im Auftrag eines Kunden hier war, musste sie mit ihm in Verbindung treten. Sicher hatte sie Unterlagen bei sich.«

»In ihrem Appartement hat die Polizei nichts gefunden. Hätte mich auch gewundert.«

»Ein Notebook?«

»Nein.«

»Ein Mobiltelefon?«

»Weiß ich nicht. Warum?«

»Weil sie damit jemanden angerufen haben könnte.« Wozu brauchte man sonst ein Mobiltelefon?

»Viel zu teuer,« sagte Harko, »mit dem Handy in die USA zu telefonieren.«

»Teuer, aber sicher,« hielt ich dagegen. »Catherine wird kaum das Risiko eingegangen sein, ein öffentliches Telefon zu benutzen und sich dabei belauschen zu lassen. Also müsste sie ein Mobiltelefon gehabt haben. Kannst Du das nachprüfen?«

»Ja,« sagte Harko, »das kann ich abklären.«

Es war jetzt Ende Mai, Hochsommer auf Korfu. Ich arbeitete an meinem neuen Krimi, in meinem Arbeitszimmer hingen Karten und Bilder der kolumbianischen Kleinstadt, in der meine Geschichte spielte, und meine Ermittler konnten darin schalten und walten, wie sie wollten. Ich erfand Orte und Menschen, wie ich sie für meine Handlung benötigte, ließ meine Verdächtigen genau das sagen, was ich für die Ermittlungen brauchte, legte falsche Spuren, um die Spannung zu steigern und fügte dabei entscheidende Hinweise ein, um meine Leser an der Mörderjagd teilhaben zu lassen.

Wütend musste ich mir eingestehen, dass ich nur halb bei der Sache war. Ich, der ich in meinen Büchern schon die kniffligsten Fälle gelöst hatte, war nun mit einem echten Mord konfrontiert, der sich nur wenige Minuten von meinem eigenen Heim ereignet hatte. Hier mussten weder Orte noch Menschen erfunden werden, sie waren da, waren einfach da. Ich brauchte für Ermittlungen keine Karten und keine Bilder, ich musste mich nur in meinen Wagen setzen und zwei Minuten fahren, schon war ich am Ort des Geschehens. Und dann?

Ich hatte keine Ahnung. Sollte ich von Haus zu Haus gehen und jeden fragen, ob er Catherine gesehen hatte? Ob er in der Mordnacht etwas beobachtet hatte? Wenn Harko recht hatte und Jannis nicht der Täter war, musste ein anderer der Mörder sein. Einer, der hier im Ort oder unten in der Bucht lebte, einer, der Catherine gekannt hatte und dem deshalb daran lag, den Mord einem anderen anzuhängen. Doch wo mit den Ermittlungen beginnen?

Einen ganzen Tag lang dachte ich über das Problem nach. Und merkte: Das war keine intellektuelle Herausforderung, kein Gedankenspiel. Harko hatte keine Möglichkeit, den üblichen Polizeiapparat für seine Ermittlungen zu nutzen, er war auf sich allein gestellt. Von der griechischen Polizei durfte er keine Hilfe erwarten, die hatte den Fall bereits zu den Akten gelegt. Und mir standen ebenfalls keine Ermittler zur Verfügung, die ich auf Verbrecherjagd schicken konnte. Was blieb, war selbst in Aktion zu treten.

Was ich am zweiten Tag auch tat. Statt wie gewohnt auf meiner Terrasse zu frühstücken, fuhr ich in die Bucht. Auf halbem Weg, in der ersten großen Kurve, hielt ich an und stieg aus. Da lag sie, die Bucht, in der sich der Mord ereignet hatte. Zwei Kilometer Sandstrand, Liegestühle mit Touristen, Surfer, Segelboote, dahinter Bars, Tavernen, Supermärkte. Wer mochte hier etwas gesehen haben? Wer achtete auf eine einzelne Urlauberin?

In einem Krimi hätte ich sofort einen roten Faden gehabt, an dem ich die Geschichte hätte abspulen können. In der Realität sah ich nicht einmal eine Andeutung dieses Fadens. Missmutig stieg ich wieder in den Wagen, fuhr hinunter zu Anna Bardis Taverne, wo die Leiche gefunden wurde, und bestellte mir ein Frühstück.

Nachdem ich meine Bestellung aufgegeben hatte, schaltete ich meine kleinen grauen Zellen ein. Zumindest versuchte ich es. Hier hatte die Leiche gelegen, die Leiche mit ihrem mutmaßlichen Mörder. Nicht direkt vor Anna Bardis Taverne, sondern jenseits der Straße, am Strand. Der Mörder hatte, vorausgesetzt, Harkos Theorie stimmte, mit seinem Wagen auf der Straße angehalten, das Mädchen, das zu diesem Zeitpunkt bereits tot war, und den betrunkenen Jannis, den er als Täter präsentieren wollte, ausgeladen und zum Strand getragen. Zweimal fünf Meter in der Dunkelheit.

Warum hatte er sich für genau diese Stelle entschieden? Zufall? Das mochte ich nicht glauben. Der Strand war lang, die Straße führte den ganzen Strand entlang und an vielen Stellen gab es keine

Häuser neben der Straße. Wollte ich eine Leiche loswerden, würde ich sie an einer ruhigeren Stelle abladen.

Die Antwort lag auf der Hand: Weil er wollte, dass der angebliche Täter gefunden wurde. Wäre Jannis nicht so früh entdeckt worden, hätte er von allein aufwachen und verschwinden können, die Polizei hätte nur eine Leiche gehabt und den Mörder suchen müssen, was, da musste ich Harko recht geben, ein ziemlich aussichtsloses Unterfangen wäre.

An dieser Stelle aber hatte der Mörder während des Ausladens mit Entdeckung rechnen müssen. Nicht von der Taverne aus, Anna Bardis machte wie die meisten Tavernenbesitzer kurz nach elf Uhr abends zu; die Menschen, die hier lebten und sich im Urlaub erholten, wollten kein Nightlife, sie wollten ihre Ruhe. Erst jetzt fiel mir auf, dass auch die einzige Disco in der Agios Georgios Bucht nicht am Strand, sondern weit davon entfernt war – und so gebaut, dass kein Lärm nach außen drang. Auch die drei anderen Bars, in denen Nachts gefeiert wurde, waren weit von der Fundstelle entfernt. Es war also ruhig gewesen, als Catherines Leiche und Jannis ausgeladen wurden, ruhig und dunkel, denn an dieser Stelle gab es keine Straßenlaterne. Trotzdem bestand immer die Gefahr, dass jemand vorbeikam, ein Auto oder ein spätes Liebespaar. Das Ausladen hatte also schnell vor sich gehen müssen, was auch erklärte, warum der Mörder vergessen hatte, dem toten Mädchen den Bikini auszuziehen.

Ich war sicher, dass der Wagen auf der dem Strand zugewandten Seite gehalten hatte, der Mörder hatte die beiden jungen Menschen sicher nicht über die Straße geschleift. Konnte ich daraus schließen, dass er von rechts, von Afionas her gekommen war? Und nicht von links, von Pagi her?

Nein, sagte ich mir, er konnte die Bucht zunächst von links nach rechts durchfahren haben, um eine geeignete Stelle zu suchen. Denn er hatte unmöglich vorher schon wissen können, dass die Taverne auch wirklich verlassen war. Andererseits: Ein Wagen, der um diese Zeit suchend am Strand entlangfuhr, mochte auffallen – ein Risiko, das ich als Mörder nicht eingegangen wäre. War der Mord also doch in Afionas geschehen und der Mörder hatte die erste Gelegenheit genutzt, um die Leiche und den angeblichen Täter loszuwerden? Einsam und verlassen zu dem Zeitpunkt, an dem er die Leiche abladen musste, aber lebhaft am nächsten Morgen, um sicherzustellen, dass Jannis seine Rolle als Sündenbock spielen konnte? Das erschien mir plausibel.

Und brachte mich keinen Schritt weiter. Bei meinen fiktiven Recherchen in Südamerika fühlte ich mich sicher, doch hier, wo ich eigentlich Heimvorteil hatte, kam ich mir verloren vor. Warum?

Ich dachte nach und erinnerte mich an Gonzalez Herero, einen Fotografen aus Rio de Janeiro. Er hatte mir Bilder gezeigt, wunderbare Aufnahmen, die das Leben in Brasilien so zeigten, wie es war. Doch unter all den Bildern hatte ich keine einzige Aufnahme von Rio gesehen, und das, wo Rio als eine der aufregendsten Städte der Welt so viele faszinierende Motive bereithielt.

»Roberto,« hatte er gesagt, »es gibt viele gute Fotografen, die in Städten fotografieren, aber nur wenige, die dies in der eigenen Stadt tun.« Dann hatte er es mir erklärt. Wer den Reiz einer Stadt zeigen wollte, musste sie mit den Augen eines Besuchers sehen, musste auf das aufmerksam werden, was sie von anderen Städten unterschied. Wer in ihr lebte, für den war das Besondere Alltag, den Bildern fehlte der Reiz.

Ich hatte lange über dieses Problem nachgedacht und dann festgestellt, dass es mir beim Schreiben genauso ging. Kam ich an einen neuen, mir fremden Ort, stürmten die Eindrücke förmlich auf mich ein, in einer Stunde fand ich hundert und mehr Details, über die zu schreiben sich lohnte. Lebte ich dagegen längere Zeit an einem Ort, verstand ich mehr von den Menschen und ihren Problemen, fand aber nichts mehr, was zu beschreiben mir interessant erschien.

Stolperte ich hier über das gleiche Phänomen? Ich kannte nicht alle Menschen, die in Afionas und Agios Georgios lebten, aber viele davon. War der Mörder ein Einheimischer, sprach einiges dafür, dass ich ihm schon einmal begegnet war. Und da ich bislang nur nette Zeitgenossen kennengelernt hatte, konnte ich mir keinen als Mörder vorstellen.

Wenn ich ehrlich war, konnte ich mir nicht einmal vorstellen, wie Catherine diese Bucht und die Menschen hier erlebt hatte. Ich wohnte jetzt seit vier Jahren hier, hatte meine Lieblingstavernen, die eher durch die Betreiber als durch Äußerlichkeiten für mich interessant waren. Doch wie nahm ein Tourist die Bucht wahr?

Catherine hatte eine Woche hier gelebt. Eine Woche, das heißt: siebenmal frühstücken, siebenmal zu Mittag essen, siebenmal zu Abend essen. Gefrühstückt hatte sie sicher in ihrer Unterkunft, ob sie zweimal am Tag warm gegessen hatte, wagte ich zu bezweifeln, dafür war es einfach zu heiß. Blieben sieben Mahlzeiten, sieben Gelegenheiten, einzukehren und gesehen zu werden, wenn ich Snacks und Kaffees nicht mitrechnete.

Wie verhielt sich denn der typische Tourist? Ging er jeden Tag in die gleiche Taverne? Suchte er Abwechslung? Sidari mit seinem deutlich höheren Aufkommen an Urlaubern bot – mehr oder weniger – internationale Spezialitäten: chinesische, indische, italienische und mexikanische Küche, seit einem Jahr sogar als Krönung echt griechisch-amerikanische Hamburger bei McDonalds. Hier in Agios Georgios kochten alle griechisch, das Angebot war im Prinzip überall das gleiche. Gute, traditionelle griechische Küche. Wagte ein Tavernenbesitzer eine Neuerung, wurde er von allen anderen argwöhnisch beäugt. Und hatte er Erfolg, wurde er sofort kopiert. Lediglich zwei Fischtavernen hatten es geschafft, sich vom allgemeinen Trend abzusetzen.

Nur des Essens wegen hätte Catherine also keinen Grund gehabt, sich jeden Abend eine andere Taverne auszusuchen, sie hätte dreimal gewechselt, jedesmal eine ähnliche Speisekarte vorgefunden und sich dann für die Taverne entschieden, in der es ihr am Besten gefiel. Diese Taverne musste ich finden.

Kaum war ich mit meinem Frühstück fertig, machte ich mich an die Arbeit. Ich begann mit dem Naheliegendsten – Anna Bardis Taverne. Die resolute Besitzerin berichtete haargenau, wie sie die Leiche gefunden hatte, konnte sich aber nicht daran erinnern, das Mädchen zuvor schon gesehen zu haben. Natürlich ließ ich mich dadurch nicht entmutigen, tapfer ging ich bis zum Abend von Taverne zu Taverne.

Das Ergebnis war immer das gleiche: Niemand erinnerte sich an Catherine. Gäste, die nur einmal kamen, hinterließen keinen Eindruck, erst wer mehrfach kam und dabei auch Zeit für ein Schwätzchen mit dem Wirt oder der Bedienung fand, blieb im Gedächtnis. Gegen Abend konnte ich dieses Phänomen oft genug beobachten: Die Wirte gingen freudig auf ihre Gäste zu, die sie zum Teil seit Jahren kannten, begrüßten sie mit Handschlag, oft auch mit einer Umarmung, und in vielen Tavernen ging es richtiggehend familiär zu. Catherine hatte diesen Anschluss ganz sicher nicht gesucht.

Nur zweimal war sie wegen ihrer Schönheit aufgefallen, doch weil sie jeden Versuch einer Annäherung im Keim erstickt hatte, war sie nicht weiter beachtet worden.

Es dunkelte bereits, als ich zu meinem Wagen zurückkehrte, der vor Anna Bardis Taverne parkte. Mein Kopf brummte, teils wegen der vielen Eindrücke, teils auch, weil ich vergessen hatte, mich morgens mit Sonnenmilch einzureiben: Beim Blick in den Rückspiegel erschrak ich über das glutrote Gesicht, das ich darin erblickte – meine Haut war so rot wie mein Bart. »Ich brauche eine Joghurt-Kur,« dachte ich. Ein Becher Joghurt, möglichst fettreich, war gegen Sonnenbrand entschieden besser als jede After-Sun-Creme, mochte sie auch noch so teuer sein. Ich startete den Wagen, fuhr einige Meter, und blieb wieder stehen: Der Wagen ließ sich kaum lenken, ich schaffte es nicht einmal, ihn auf die Straße zu bringen. Beim Aussteigen sah ich die Bescherung: Alle vier Reifen waren platt. In jedem Reifen war ein großes Loch, jemand hatte sie mit dem Messer aufgestochen.

Scheiße, dachte ich und sagte es in diesem Moment wohl auch, welch verdammte Sauerei. Dann überlegte ich, was zu tun war. Mein Mobiltelefon hatte ich zu Hause vergessen, sonst hätte ich Manousos angerufen, um mich zu holen. Zu Harko wollte ich in der Dunkelheit nicht gehen, das hätte einen langen Weg durch dunkle Olivenwälder bedeutet und ich wusste nicht, ob die Schlangen, von denen es auf Korfu sehr viele gibt, schon alle Schlafen gegangen waren. Schließlich fiel mir Alex ein, der Goldschmied in Pagi. Sein Laden war jeden Abend bis zehn Uhr geöffnet, er würde mir helfen können.

Frustriert und mit zunehmenden Kopfschmerzen ging ich erneut die Bucht entlang, bis ich kurz vor zehn im Ilios ankam. Ich hätte mich nicht beeilen müssen: Alex hatte einen kleinen Grill aufgebaut, Freunde und Kunden saßen vor dem Laden, den Alex im Sommer als offenes Kommunikationszentrum ansah, aßen, tranken und feierten.

»Hallo Roberto,« begrüßte mich Alex, »hast Du Hunger? Setz Dich zu uns, es ist noch genügend da.«

Erschöpft ließ ich mich in einen Stuhl fallen, trank durstig ein Glas Rotwein und bat Alex um einen Becher Joghurt für meinen Sonnenbrand.

»Oh, oh,« sagte Alex und strich vorsichtig über meine rote Haut, »Dich hat es aber ordentlich erwischt.«

Er ging in seinen Laden und kam kurz darauf mit einem hölzernen Messer zurück, ich dachte schon, er wolle damit meine Brandblasen aufstechen, die ich inzwischen fühlte, wenn ich mit der Hand über meine Stirn fuhr. Doch Alex ging mit dem Messer in seinen Garten, fluchte, weil er dabei zweimal an einer Wurzel hängenblieb, bückte sich, fluchte erneut, diesmal, weil er sich an etwas Spitzem gestoßen hatte, und kam schließlich mit einem Stück Kaktus zurück.

»Aloe Vera,« sagte er, »das Beste, was es gegen Verbrennungen gibt.«

Das Stückchen Kaktus, das er mir reichte, war außen grün und hart, wie es sich für einen Kaktus gehört. Das Innere aber war milchig-trüb, fast durchsichtig, und hatte die Konsistenz von einem zu lange gekochten Pudding.

»Reib Dir das auf Deine Haut,« erklärte Alex. Zur Demonstration drückte er auf den Kaktus: Das Innere wurde sofort weich und tropfte als dickflüssige Creme auf den Tisch.

Ich war skeptisch, rieb die praktisch geruchslose Masse aber brav auf meine verbrannte Haut: Es kühlte herrlich und schon nach wenigen Minuten begann auch das Kopfweh, nachzulassen.

Nach einem weiteren Glas Wein klagte ich Alex mein wirkliches Leid, dessentwegen ich gekommen war. Statt Mitleid erntete ich nur Gelächter. Wütend fragte ich nach dem Grund und ob es üblich sei, Reifen aufzuschlitzen – im Falle meines BMW noch dazu sehr teure.

»Üblich nicht,« sagte Alex, noch immer lachend, »aber auch nicht unüblich. Das ist eine Warnung: Du solltest Deine Nase nicht in Dinge stecken, die Dich nichts angehen. Vermutlich ereilt auch Harko bald das gleiche Schicksal.«

»Harko?« fragte ich. »Du meinst, die aufgeschlitzten Reifen haben mit dem Mord zu tun?«

»Natürlich,« sagte Alex. »Das heißt: Nicht eigentlich mit dem Mord, sondern mit den Fragen, die gestellt werden.«

Ich frohlockte. »Damit ist doch bewiesen, dass Jannis nicht der Mörder ist. Der läuft noch immer frei herum und sticht in Autoreifen.«

Alex schenkte Wein nach. »Jannis ist der Mörder und es wäre gut, wenn Du und Harko das endlich einsehen könntet. Weißt Du, was die Leute hier sagen? Ihr wollt die Bucht in Verruf bringen. Sie zur Mörderbucht machen. Ihr stellt Fragen, die euch niemand beantworten wird. Ihr mischt euch in Dinge ein, die euch nichts angehen. Die Menschen in Agios Georgios leben vom Tourismus, und wenn die Touristen nicht mehr kommen, weil ihr behauptet, hier treibe ein Mörder sein Unwesen, dann sind Existenzen gefährdet. Darüber müsst ihr euch endlich klar werden.«

Appetit hatte ich keinen, ich trank zwei weitere Gläser Wein, dann brachte mich Alex nach Hause. Auf meiner Terrasse zog ich frustriert Bilanz: Herausgefunden hatte ich so gut wie nichts, nur der Verdacht hatte sich verstärkt, Catherine könne hier etwas gesucht haben. Sie war die Beobachterin gewesen, die sich selbst der Beobachtung entzogen hatte. Die Frage war nur: Was um alles in der Welt hatte sie wirklich hier gesucht? Wenn sie etwas bestimmtes hätte wissen wollen, hätte es genügt, ihre Verwandtschaft zu befragen. Geheimnisse gibt es in Afionas nicht, irgend jemand ist immer darüber informiert, was ein Anderer macht. Das ließ sich in einer 500 Seelen Gemeinde nicht vermeiden. Das gleiche galt auch für die Agios Georgios Bucht. Catherine hätte nur die Ergebnisse der Gerüchteküche von der Wahrheit trennen müssen, was ihr sicher nach einigen Tagen gelungen wäre.

Das aber hatte sie nicht getan. Was nur einen Schluss nahelegte: Es ging ihr nicht um konkrete Informationen, sie hatte einen Eindruck gewinnen wollen. Der hatte weder etwas mit Drogen noch mit Menschenschmuggel zu tun, da irrte sich Harko.

Ich versuchte, mich in Catherines Lage zu versetzen. Wäre ich als Architekt hier gewesen, um zu prüfen, ob die Bucht für ein großes Hotelprojekt geeignet ist, und hätte ich nicht vorgehabt, durch Fragen die Menschen zu verunsichern, dann hätte ich mich genau so verhalten, wie Catherine das getan hatte.

Plötzlich dämmerte es mir: Hatte auch sie, genau wie ich, die falschen Fragen gestellt? Irgendwo eine Bemerkung fallengelassen, die Angst erzeugte? Hatte ich noch Glück gehabt, dass ich meine Neugier nur mit vier kaputten Reifen bezahlen musste, während Catherines Preis in ihrem Leben bestanden hatte? Und noch eine Frage stellte ich mir: Hatte Harko am Ende doch recht mit seiner Theorie von organisierter Kriminalität? Nur, dass Catherine nicht Teil dieser Organisation war, sondern ihr Opfer?

Manousos half mir am nächsten Morgen, meinen BMW aufzubocken, die vier Räder abzuschrauben und in Skripero neue Reifen aufziehen zu lassen. 600,- Euro kosteten mich meine ersten Ermittlungen in einem echten Mordfall, viel Geld, trotzdem wenig im Vergleich zu dem Preis, den Catherine bezahlen musste. In meinen

Büchern, dachte ich wütend, ist es billig, ungefährlich, und sogar amüsant, meine Ermittler in Bedrängnis zu bringen, da kosteten vier neue Reifen nur ein paar Tropfen Tinte. In der Realität war die Sache kostspielig, wie ich mir eingestehen musste, sehr gefährlich und ganz und gar nicht amüsant. Das einzig Gute war die Sache mit der Aloe Vera: Mein Sonnenbrand war verschwunden.

Kaum war mein BMW wieder flott, fuhr ich zu Harko. Ich musste ihm berichten, was ich erlebt und erfahren hatte, und ich musste ihn warnen, dass es gefährlich war, weiterhin Fragen zu stellen.

Harkos Reaktion war typisch für ihn: Er klopfte mir auf die Schulter und sagte: »Willkommen im Club.«

»Was soll das heißen?« fragte ich erstaunt.

»Das heißt, mein lieber Schreibtischtäter, dass Du endlich ein Gefühl dafür bekommen hast, was wirklich in der Welt los ist und dass Ermittlungsarbeit nicht darin besteht, im stillen Kämmerlein eins und eins zusammenzuzählen, sondern dass man dabei auch Ärger riskiert.«

»Bedeutet das, Du willst weitermachen?« fragte ich.

»Natürlich. Oder denkst Du, von so einer Lappalie lasse ich mich abschrecken?«

Er berichtete, was er inzwischen herausbekommen hatte. Über das Mobiltelefon wusste Harko noch nichts, dafür lag der Originalbericht des Pathologen jetzt vor – sein Kontaktmann in Miami hatte ihn angefordert und an Harko weitergeleitet. Das Ergebnis war enttäuschend. Harko, der den offiziellen Bericht in Karousades eingesehen hatte, sagte, dass sich keinerlei neue Erkenntnisse daraus ergäben.

»Der einzige Unterschied,« sagte er, »ist der: Im offiziellen Bericht steht nur drin, was sie gefunden haben, während im Original-Obduktionsbericht auch all das vermerkt ist, was sie nicht gefunden haben.«

Jannis Sperma hatten sie in Catherines Scheide gefunden, das hatte ein DNA-Vergleichstest mit Jannis Blutprobe ergeben. Und Alkohol hatten sie gefunden – fast zwei Promille. Catherines Körper war am Rücken und an der Unterseite der Beine voller Sand gewesen, auch ihre Haare waren sandig. Kein Sand dagegen innerhalb der Kleidung, kein Sand in der Scheide, kein Sand unter den Fingernägeln. Überhaupt nichts unter den Fingernägeln.

»Als wäre sie gerade frisch manikürt gewesen,« murmelte ich.

»Das ist Blödsinn,« sagte Harko. »Und Schlamperei.«

»Wie meinst Du das?« fragte ich.

»Es muss Spuren an ihren Fingern geben.«

»Warum?« fragte ich. »Wenn es keine gibt, beweist das doch nur, dass Du recht hast: Sie hat ihren Mörder im Todeskampf gekratzt. Nur hat der das gemerkt und die verräterischen Spuren beseitigt.«

»Vergiss es,« sagte Harko. »Und schreib so etwas nie in einem Deiner Krimis. Wenn es auch nur ein winziges Hautpartikel gibt, findet das der Pathologe – wenn er danach sucht.«

»Bist Du sicher?«

Harko deutete auf den nüchternen Computerausdruck. »Da geht kein Sherlock Holmes mit einem Vergrößerungsglas dran und sucht, ob er was findet. Der Pathologe benutzt chemische Lösungen und Licht in unterschiedlichen Spektren, um Spuren sichtbar zu machen. Mit bloßem Auge siehst Du nichts, doch unter UV-Bestrahlung wird einiges sichtbar.« Er schüttelte sich, als befalle ihn eine unangenehme Erinnerung. »Wir hatten Anfang der 90er Jahre einen Fall, bei dem es scheinbar nicht die geringste Spur gab – das Opfer, eine junge Frau, war vollkommen verbrannt. Ich war bei der Autopsie dabei, solange mein Magen mitmachte. Alles habe ich nicht mitbekommen, aber die Lichtuntersuchung ist mir in guter Erinnerung geblieben.«

Ich lauschte neugierig.

»Der Körper lag auf einem Stahltisch, ein schwarzes, verkohltes Etwas, dem kaum noch anzusehen war, dass es einmal ein Mensch war. Der Pathologe schaltete das Deckenlicht aus, es wurde stockdunkel. Dann untersuchte er den Leichnam mit einem kleinen Gerät, ähnlich einer Taschenlampe. Zentimeter für Zentimeter wanderte ein kleiner, weißlicher Strahl über den Körper. Plötzlich leuchtete es vor uns rot auf – ein winziger Rest von Sperma im Bauchnabel, der nicht mit verbrannt ist, weil das Opfer an dieser Stelle gepierct war. Dieser Rest genügte für einen DNA-Test und führte schließlich zur Verhaftung und Verurteilung des Täters, eines mehrfach vorbestraften Sittlichkeitsverbrechers.«

Harko sah auf seine Finger. »Die einzige Möglichkeit, Spuren unter den Fingernägeln zuverlässig zu beseitigen, ist, die Finger abzuschneiden und zu vernichten.«

Ich nahm den ausgedruckten Bericht in die Hand. »Wenn der Pathologe also nichts gefunden hat…«

»…lässt das zwei Schlüsse zu,« ergänzte Harko den Satz. »Entweder er hat nicht gründlich genug gesucht oder da war tatsächlich nichts. Was aber nicht sein kann: Catherine muss sich gewehrt haben.«

Ich winkte mit dem Obduktionsbefund. »Da steht nichts drin, was auf einen anderen Täter hindeutet.«

»Nein,« sagte Harko, »das muss auch nicht sein. Aufgabe des Pathologen ist es, alles objektiv festzuhalten, und das hat er, wie es scheint, auch getan. Cathrine wurde erwürgt, laut Obduktionsbericht kurz vor oder kurz nach Mitternacht. Doch jeder gute Kriminalbeamte kann sofort erkennen, dass da etwas nicht stimmt. Jannis kann nicht der Täter sein. Da wird etwas vertuscht.«

»Oder übersehen,« sagte ich. Mir kam eine andere Idee. »Könnte es sein, dass die griechische Polizei im Stillen weiter ermittelt? Aber nichts davon bekanntgibt?«

Harko zuckte die Schultern. »Ich habe nichts davon gehört.«

»Könnte nicht einer Deiner Freunde unauffällig nachforschen?«

»Nicht über die offiziellen Kanäle. Wenn da was im Busch ist, werden sie das sicher nicht an die große Glocke hängen.«

»Und wenn die Amerikaner offiziell nachfragen?«

»Dazu bräuchten sie einen Fall. Den haben sie noch nicht.«

»Mit anderen Worten: Außer Deinem Verdacht gibt es nichts?«

Harko nickte betrübt. »So sieht es aus.«

»Und jetzt?« fragte ich. »Wie geht es weiter?«

»Ich warte auf die Ergebnisse aus den USA. Als nächstes will ich mich mit Jannis unterhalten. Mich würde brennend interessieren, was der zu berichten hat.«

Am nächsten Morgen war ich zuversichtlich, dass wir ein gutes Stück weiterkommen würden. Noch am Abend hatte Harko mehr über das Telefon erfahren: Catherine hatte tatsächlich ein Mobiltelefon bei sich gehabt, doch niemand hatte sich die Mühe gemacht, ihre Anrufe zu kontrollieren. Die Polizei hatte das Gerät zusammen mit ihren anderen Habseligkeiten ihren Eltern übergeben. Catherines Vater hatte Harkos Kontaktmann in Miami versprochen, ihm das Gerät zu schicken, und der würde mit Hilfe des FBI die gespeicherten Nummern aus der Karte auslesen lassen und außerdem von der Telefongesellschaft eine Liste der Nummern besorgen, die Catherine in den letzten Wochen angerufen hatte.

Die Polizei in Karousades war erstaunt gewesen über Harkos Ansinnen, mit Jannis sprechen zu wollen, doch Georgos Katsatopoulos, der Reviervorsteher von Karousades, hatte Harko und mir einen Termin besorgt. Jannis behauptete noch immer, sich nicht erinnern zu können, was jedoch als schlichtes Leugnen angesehen wurde. Harko hoffte nun, von Jannis selbst mehr zu erfahren.

Korfu-Stadt ist nicht groß, die Inselhauptstadt hat nur wenig mehr als 50.000 Einwohner. Neben dem Hafen, den beiden Festungen und der venezianischen Altstadt gibt es vor allem eine Vielzahl von Geschäften, die Hauptstadt ist das Einkaufszentrum der ganzen Insel. Das Gefängnis hatte ich noch nie gesehen. Auch Harko war noch nie dort gewesen, doch Georgos Katsatopoulos hatte Harko den Weg genau beschrieben.

»Wir müssen zuerst zum San Rocco Platz und von dort Richtung Flughafen,« sagte Harko, während wir in seinem Toyota Land-Cruiser in die Stadt fuhren. »Nach 500 Metern ist links eine Abzweigung, die auf einen kleinen Hügel führt, dort befindet sich das Gefängnis.«

»Ich staune immer noch, dass es auf Korfu ein Gefängnis gibt,« sagte ich.

Harko lachte. »Du lernst es wohl nie. Weder die Korfioten noch die Griechen sind die Unschuldsengel, die Du in ihnen siehst. Als Schreiber von Kriminalromanen müsstest Du das eigentlich wissen.«

Ich musste kräftig widersprechen. »Ein Roman hat nichts mit der Realität zu tun! Das ist Phantasie, pure Phantasie! Genau wie das Fernsehen. Dort wimmelt es von Mördern und cleveren Polizisten, da wird erschossen, erschlagen, erdolcht. Doch welcher normale Mensch wird jemals in seinem Leben mit einem Mordfall konfrontiert? Catherine ist die erste Ermordete, die ich gesehen habe, und das, obwohl ich in meinen Büchern schon Dutzende von Figuren ins Jenseits befördert habe.« Das entsprach nicht ganz der Wahrheit, ich hatte schon viele gewaltsam Verstorbene gesehen, aber das brauchte Harko nicht zu wissen. Denn die Toten, die mir noch immer in meinen Träumen erschienen, waren keinen Kriminaldelikten, sondern dem Bürgerkrieg zum Opfer gefallen.

Harko reagierte ausnahmsweise einmal so, wie ich das von ihm erwartete: Er behandelte mich von oben herab. »Mit anderen Worten,« sagte er, »Du hast keine Ahnung von echter Kriminalität.«

»Ganz genau,« antwortete ich, ohne ihm zu zeigen, ob mich seine Feststellung ärgerte oder nicht. Was sie natürlich tat. »Ich habe keine Ahnung von echter Kriminalität, weil ich die nicht zu haben brauche. Wen würde schon interessieren, wie eine Gruppe von Kriminalbeamten monatelang Puzzlestücke zusammenträgt, um einen Mörder ausfindig zu machen? Hunderte von Leuten befragt, um irgendwo eine Spur zu finden? Tausende von DNA-Tests durchführt, um einen Täter aufzuspüren, von dem nur ein paar Körperzellen am Tatort zurückgeblieben sind? Stell Dir einmal vor, ich würde über diesen Fall ein Buch schreiben und darin Deine Recherchen beschreiben. Glaubst Du, auch nur ein Leser würde sich dafür interessieren, wie Du tagelang in der Bucht durch die Tavernen ziehst und nach einem Motiv suchst?« Ich dachte an den einen Tag, den ich für diese Aufgabe geopfert hatte, und an das Ergebnis dieser Arbeit. Die Schlappe, die ich dabei erlitten hatte, wollte ich meinen Lesern nicht beichten müssen. Ein Krimi-Autor, der sich bei echten Ermittlungen alle vier Reifen durchstechen lässt...

»Was wollen Deine Leser dann?« fragte Harko. »Denn genau so ist die echte Polizeiarbeit. Ein mühsames Zusammentragen von Informationen, geduldiges Auswerten. Ein Stochern im Nebel mit der Hoffnung, irgendwann über eine heiße Spur zu stolpern.«

»Damit kannst Du keinen Krimifan begeistern. Die Leser wollen einen Helden. Einen Kommissar, der sofort den richtigen Riecher hat, der als einziger das scheinbar unentwirrbare Knäuel aus Spuren entwirrt.«

»Das ist unrealistisch,« sagte Harko. »Die Wirklichkeit ist anders.«

»Wen interessiert das schon.«

»Jannis zum Beispiel. Und mich. Ich mag nicht, dass er unschuldig im Gefängnis sitzt, während der wahre Mörder frei herumläuft. Und vielleicht wieder mordet.«

»Glaubst Du, diese Gefahr besteht?«

Harko überholte einen Lastwagen, konzentrierte sich auf den Verkehr. Ich musste eine Weile warten, ehe er meine Frage beantwortete. »Die meisten Morde geschehen im Affekt. Ein bis dahin unbescholtener Bürger kommt unversehens in eine Zwangslage, sieht keinen anderen Ausweg mehr, als zu töten. Das ist selten geplant und fast immer stümperhaft ausgeführt, weshalb diese Fälle schnell aufgeklärt werden. Nach den Affekttätern kommen die Kriminellen, die Raubmörder und Berufskiller. Doch die bewegen sich in einem speziellen Milieu – dem Rotlichtbereich oder im

Drogenumfeld. Die dritte Gruppe sind die Kranken – Lustmörder und Psychopathen, die aus Spaß oder einem inneren Zwang heraus morden.«

»Und welcher Gruppe würdest Du unseren Mörder zuordnen?«

»Spontan würde ich sagen, er passt in keine dieser Gruppen – zumindest derzeit noch nicht. Catherine kannte niemanden in Afionas und alle, die sie getroffen haben, schildern sie als freundlich und zurückhaltend. Ein Mord im Streit scheidet folglich mit hoher Wahrscheinlichkeit aus. Wenn Jannis kein Psychopath ist, ist auch der Lustmord unwahrscheinlich. Bleiben also nur die Kriminellen übrig.«

»Du mit Deiner Verschwörungstheorie,« sagte ich. »Organisierte Kriminalität in Afionas!«

Harko brummte, sagte aber nichts mehr.

Eine halbe Stunde später waren wir in der Stadt. Wir fuhren am Hafen vorbei zum neuen Fort, anschließend zum San Rocco Platz und von dort Richtung Flughafen. Im ersten Anlauf verpassten wir die Abzweigung zum Gefängnis. Harko wendete und als wir zurückfuhren, fanden wir das kleine Sträßchen, das zu dem wenig populären Gebäude führt.

Nach wenigen hundert Metern hatten wir es geschafft: Vor uns lag ein großes, altes und auf den ersten Blick sehr sicher wirkendes düsteres Gebäude aus grauem Stein. Harko parkte seinen Land-Cruiser und wir gingen zum Eingang. Die Wache hörte sich an, was wir wollten, untersuchte zunächst unsere Pässe, danach uns selbst und bat uns schließlich, in einer Art Warteraum Platz zu nehmen.

»Ist es in einem deutschen Gefängnis einfach, einen Gefangenen zu besuchen?« fragte ich.

»Für Angehörige und Anwälte schon, für Freunde ist es schwieriger.«

»Und wie läuft das ab? Wie im Film? Wir vor, der Gefangene hinter einer Glaswand?«

»In Deutschland gibt es Besucherzimmer,« sagte Harko. »Aber ich habe keine Ahnung, wie das die Griechen machen.«

Es sollte noch eine Weile dauern, bis wir das herausfanden. Denn wir wurden nicht zu Jannis, sondern zum Direktor des Gefängnisses geführt, Herrn Astridis.

Griechen im allgemeinen und Korfioten im speziellen kleiden sich gerne leger. Herr Astridis war eine Ausnahme von dieser Regel: Er trug einen perfekt sitzenden dunkelgrünen Anzug, die braunen

Lederschuhe waren auf Hochglanz poliert. Auch seine Halbglatze wirkte poliert, nur an der Stirn kämpften noch einige Haare darum, ein Gleichgewicht zu dem gutgeschnittenen, dunklen Vollbart aufrecht zu erhalten. Der Händedruck, mit dem er uns begrüßte, war fest, sein Benehmen förmlich. Nur die strahlenden, lebhaften Augen zeigten, er war nicht immer die Respektsperson, die er äußerlich darstellte.

Sein Büro war groß und klimatisiert, die Einrichtung für griechische Verhältnisse gehoben: Ein großer Schreibtisch aus Eichenholz, dekoriert mit zwei griechischen Flaggen, moderne Stahlaktenschränke an den Wänden, darüber das obligatorische Bild des Präsidenten, auf dem Boden ein Teppich mit typisch griechischen Ornamenten. Aufgelockert wurde die zweckmäßige Einrichtung durch Bilder und Modelle von Segelschiffen.

Herr Astridis folgte meinem neugierigen Blick und lächelte: »Meine große Leidenschaft – das Segeln.«

Er bat uns, auf zwei Lederstühlen Platz zu nehmen. »Die Polizei von Karousades hat mich angewiesen, Ihnen ein Gespräch mit einem unserer Gefangenen zu ermöglichen, einem Albaner namens Czarda. Man hat mir aber nicht gesagt, warum Sie ihn sprechen wollen. Sie sind keine Anwälte und wie ich Ihren Pässen entnehmen kann…« – tatsächlich lagen unsere Pässe auf seinem Schreibtisch – »…sind Sie auch nicht mit ihm verwandt. Sie, Herr Kolbe, sind Deutscher, Sie, Herr Bardéz, Argentinier. Vielleicht wären Sie so freundlich, meine Neugier zu befriedigen und mir zu sagen, was Sie zu uns führt.«

Ich ließ Harko den Vortritt. »Herr Bardéz und ich leben in Afionas und können uns wohl als Bekannte oder entfernte Freunde von Herrn Czarda bezeichnen.«

»Also ein Freundschaftsbesuch?« fragte Herr Astridis.

»Nicht ganz,« sagte Harko. »Ich bin, das heißt, ich war Kriminalbeamter in Deutschland.«

Herr Astridis sah mich fragend an. »Sind Sie auch vom Fach?«

»Nicht wirklich,« sagte ich, »ich bin Schriftsteller. Ich schreibe Romane, genauer Kriminalromane.«

»Also berufliches Interesse,« stellte Herr Astridis fest.

»Das auch nicht,« antwortete Harko. »Es ist eher so, dass ich persönlich Zweifel am Tathergang hege und mir selbst ein Bild machen möchte.«

Herr Astridis stützte die Ellbogen auf seinen Eichenschreibtisch, verschränkte die Hände, spreizte die Daumen nach hinten und legte sein Kinn auf diese Stütze. Lange ruhte sein Blick auf Harko, dann auf mir, ohne dass ein einziges Wort fiel. Schließlich lehnte er sich wieder in seinem Sessel zurück. »Sie glauben also, unsere griechische Polizei habe schlecht ermittelt?« Der Vorwurf war deutlich herauszuhören.

Harko antwortete ausweichend und überraschend diplomatisch. »Ich möchte mir kein Urteil über die Arbeit der griechischen Polizei erlauben; schon gar nicht, ohne die genauen Ermittlungsergebnisse zu kennen. Mir scheint nur, der Fall ist zu offensichtlich. Der Öffentlichkeit mag es gefallen, wenn ein Fall in kürzester Zeit geklärt ist, aber ich habe dabei kein gutes Gefühl. Ich habe zu oft erlebt, dass in einem solchen Fall entscheidende Hinweise übersehen wurden.«

Herr Astridis beugte sich wieder nach vorn. »Es ist nie gut, sich nur auf das Offensichtliche zu beschränken. Gibt es einen konkreten Grund, weshalb Sie an der Schuld von Herrn Czarda zweifeln?«

Jetzt mischte ich mich ein. »Jannis ist kein Mörder.«

Herr Astridis hob erstaunt die Augenbrauen. »Jannis?«

»Herr Czarda,« sagte ich. »Ich kenne ihn nur als Jannis.«

»Aha,« sagte Herr Astridis gedehnt. »Halten Sie ihn für unschuldig, weil er nicht wie ein Mörder aussieht?«

»Nein,« antwortete ich, »weil er von seinen Anlagen her nicht zu einer solchen Tat fähig wäre.«

Herr Astridis sah mir fest in die Augen, mit einem stechenden Blick. Als Gefangener hätte mich dieser Blick eingeschüchtert, doch Teil meiner sehr speziellen Ausbildung in Südamerika war gewesen, genau dieser Art von Blick standzuhalten.

»Ich nehme an, als Schriftsteller wissen Sie genau, welche Anlagen ein Mörder haben muss?«

»Das nicht,« gab ich zu, ohne die Augen zu senken. »Ich weiß aber, dass ein Gewaltverbrecher selten fromm ist wie ein Lamm. Jannis könnte niemandem etwas zuleide tun.«

Unser Blickduell stand unentschieden, ich war neugierig, ob ich ihn bezwingen konnte.

»Herr Czarda ist Albaner,« sagte Herr Astridis langsam und sehr betont. »Haben Sie das berücksichtigt?«

Nun war es mit meiner Ruhe vorbei, er hatte mich aus der Reserve gelockt. »Was hat das damit zu tun?« fragte ich aggressiv. »Ist Jannis allein deshalb schuldig, weil er Albaner ist?«

Der Gefängnisdirektor versuchte mich nicht länger mit seinem Blick einzuschüchtern, jetzt sah er aus wie ein Professor, der einem renitenten Studenten etwas Wichtiges erklärt. »Ich breche über niemanden den Stab, ich persönlich verurteile meine Insassen nicht einmal für das, was sie getan haben. Ich sorge nur dafür, dass sie ihre Strafe verbüßen.«

»Jannis ist noch nicht verurteilt,« sagte ich.

»Das ist richtig. Aber mit großer Wahrscheinlichkeit wird er das.«

»Obwohl er unschuldig ist?« fragte ich.

»Sie halten ihn für unschuldig, weil er sanftmütig ist. Sanftmütig scheint er tatsächlich zu sein, seit seinem Suizidversuch ist er nicht mehr negativ aufgefallen. Wäre er Grieche, hätte auch ich meine Zweifel. Aber – er ist nun einmal Albaner.«

»Und damit ist er von vornherein schuldig,« sagte ich wütend.

»Nein,« widersprach Herr Astridis heftig. »Wir haben hier vor allem griechische Gefangene, darunter auch harte Burschen. Nicht alle sehen wie Verbrecher aus, vor allem die Betrüger machen in der Regel einen vertrauenswürdigen Eindruck. Nur wenn ich in ihre Herzen sehe, dann sehe ich, wie finster es da drinnen ist. Wenn Sie so lange in meinem Beruf sind wie ich, bekommen Sie einen Blick dafür.« Das glaubte ich gern; mit einem schlechten Gewissen hätte ich seinem Blick nicht lange standgehalten.

»Doch ich würde mir nie zutrauen,« fuhr der Direktor fort, »einen Albaner nur seinem Aussehen oder seinem Gehabe nach zu beurteilen. Diese Menschen leben in einer anderen Kultur, sie haben eine andere Vorstellung von Ehre.« Er lehnte sich zurück und schloss für einen Moment die Augen. »Haben Sie eine Vorstellung davon, wie oft wir schon Albaner hier hatten, die unbescholten waren und nie auffällig geworden sind – bis irgend jemand ihre Ehre verletzte. Da wurden sie zu Mördern. Wenn Sie also nichts Konkretes haben, um Herrn Czarda zu entlasten, fürchte ich, kann ich dem Besuchstermin nicht zustimmen.«

Ich war platt – der Gefängnisdirektor setzte sich über die Weisung der Polizei hinweg. In mir brodelte nun echter Zorn. Harko dagegen war die ganze Zeit auffallend ruhig geblieben.

»Ich weiß, was Sie meinen,« sagte er zu Herrn Astridis, »und ich gebe Ihnen vollkommen recht. Ich hatte in Deutschland mit Kriminellen aus vielen Ländern zu tun und habe gelernt, mich nicht auf mein Gefühl zu verlassen. Doch eines habe ich in Deutschland ebenfalls gelernt: Ein gläubiger Moslem mag zum Verbrecher und sogar zum Mörder werden – aber er wird niemals zum Säufer. Jannis ist Moslem, bei seiner Verhaftung aber war er betrunken. Das ist der Punkt, der mir zu schaffen macht und weswegen ich mit ihm sprechen will.«

»Herr Czarda ist Moslem?« Herr Astridis wirkte überrascht. »Davon steht nichts in seinen Akten.«

»Vermutlich hat ihn niemand danach gefragt,« antwortete Harko. »Ich selbst weiß es nur, weil Jannis bei mir gearbeitet und dabei nicht einen Tropfen Alkohol angerührt hat. Gäbe es Ihnen nicht auch zu denken, wenn dieser Mann im Vollrausch zum Mörder geworden sein soll?«

Herr Astridis trommelte mit den Fingern auf den Schreibtisch, das erste Zeichen von Nervosität, das ich bei ihm seit unserem Eintritt wahrnahm. »Sie haben Ihre Besuchserlaubnis. Nur eine Frage noch: Wie arbeiten Sie mit der griechischen Polizei zusammen?«

»Bislang gar nicht,« gab Harko zu. »Außer dieser Diskrepanz habe ich noch nichts in der Hand. Sowie sich ein konkreter Verdacht ergibt, werde ich die griechische Polizei sofort davon in Kenntnis setzen.«

Herr Astridis schien zufrieden. »Tun Sie das, tun Sie das auf jeden Fall. Wir mögen in Griechenland vieles anders bewerten als Sie das aus Deutschland gewohnt sind, doch Mörder sind auch bei uns nicht gern gesehen.«

Ich deutete auf unsere Pässe.

»Die bekommen Sie zurück, wenn Sie uns verlassen,« sagte Herr Astridis und stand auf, um uns zu verabschieden. »Schreiben Sie auch auf griechisch?«

»Leider nein,« sagte ich, »nur auf spanisch. Einige meiner Bücher sind ins Englische und ins Deutsche übersetzt worden, aber noch nicht ins Griechische.«

»Schade,« sagte Herr Astridis, »ich hätte gerne etwas von Ihnen gelesen.«

Endlich war es soweit: Wir durften Jannis sehen. Ein gelangweilt wirkender Vollzugsbeamter brachte uns in einen karg eingerichteten Raum: Ein einfacher Holztisch und vier Stühle, ein Bild des Präsidenten an der Wand. Immerhin kein Panzerglas und kein Drahtgitter, dachte ich.

Der Justizbeamte ließ uns allein und kurz darauf wurde Jannis hereingeführt. Er sah nicht gut aus: Bartstoppeln im Gesicht, die Augen mit dunklen Ringen unterlegt, die ohnehin hagere Gestalt in einem viel zu großen blauen Hemd und schlotternden grauen Hosen. Doch er schien sich zu freuen, als er uns sah.

»Hallo Harko,« sagte er und gab Harko die Hand, anschließend begrüßte er mich. »Hat einer von euch eine Zigarette?«

Der Posten, der Jannis hereingebracht hatte, sah auf seine Uhr. »Eine halbe Stunde.« Er drehte sich um und ließ uns allein.

Ich gab Jannis eine Zigarette und Feuer, dann fragte ich ihn: »Wie geht es Dir?«

Jannis lächelte scheu. »Es geht.«

Wir nahmen alle drei am Tisch Platz.

Harko sah Jannis in die Augen und fragte: »Wer bist Du?«

Jannis war mit Sicherheit genauso überrascht über die Frage wie ich.

»Aber Harko,« sagte er, »Du kennst mich doch. Ich bin Jannis.«

»Dann lass es mich anders formulieren: Was bist Du? Und was machst Du auf Korfu?«

Jannis dachte wohl, Harko habe den Verstand verloren. »Das weißt Du doch, ich arbeite bei Manousos. Und bei Dir.«

»Du bist kein V-Mann von der Polizei? Sie haben Dich nicht auf Catherine angesetzt?«

Ich verdrehte die Augen und Jannis sah Harko entgeistert an. »Von was redest Du da?«

»Wenn ich mich in Albanien über Dich erkundige,« sagte Harko, »was wird mir die Polizei dort sagen? Dass Du in ihrem Auftrag auf Korfu bist?«

Jannis schluckte heftig. »Die Polizei in Albanien? Ich habe nichts mit der Polizei zu tun! Ich hatte noch nie mit der Polizei zu tun. Ich habe nie etwas Unrechtes getan. Das Mädchen habe ich auch nicht umgebracht. Jedenfalls weiß ich nichts davon. Ich verstehe das alles nicht.«

»Hör mal,« sagte ich, »Harko und ich sind überzeugt von Deiner Unschuld. Harko glaubt, das Mädchen könnte Beziehungen zur Mafia gehabt haben, genauer gesagt zur albanischen Mafia.«

Jannis riss erschreckt die Augen auf. »Zur Mafia?«

Harko bedachte Jannis mit dem gleichen Blick, den eine Schlange ihrem Opfer zum Abschied von dieser Welt schenkt. »Ich denke, sie war in den Schmuggel verwickelt.«

»Schmuggel?«

»Drogen,« sagte ich.

So wie Jannis schauen wohl auch die Kaninchen drein, die an die Schlangen verfüttert werden. »Ich weiß nichts von Drogen oder Schmuggel und ich will auch nichts davon wissen. Es ist gefährlich, sich mit Verbrechern in Albanien einzulassen – lebensgefährlich.«

»Was weißt Du darüber?« fragte Harko eindringlich.

»Nichts,« sagte Jannis. »Überhaupt nichts. Die Mafia hat überall ihre Finger drin, das weiß jeder. Bei offiziellen Projekten, in großen Unternehmen. Aber die kleinen Leute haben nichts mit ihr zu schaffen. Bei Allah – die Mafia!« Er war ehrlich entsetzt.

Harko war mit seiner Verschwörungstheorie auf der falschen Fährte, sein Verdacht gegen Jannis entbehrte jeder Grundlage, doch das wollte ich nicht vor Jannis ausdiskutieren. So fragte ich ihn: »Sag mir bitte, wo Du Catherine kennengelernt hast.«

»Ich kannte das Mädchen nicht,« sagte er. »Das habe ich der Polizei schon gesagt. Ich habe sie zum erstenmal gesehen, als sie tot neben mir lag.«

»Die Polizei hat festgestellt, dass Du mit ihr geschlafen hast.«

»Das stimmt nicht,« sagte Jannis. »Wer so etwas behauptet, der lügt.«

»Der DNA-Test hat das einwandfrei bewiesen,« sagte Harko.

Jannis sah mich fragend an: »Was ist das: DN – wie war das noch mal?«

»Vergiss es,« sagte ich zu Jannis. »Die Polizei hat das Mädchen untersucht und festgestellt, sie hat vor ihrem Tod mit einem Mann geschlafen. Nun glaubt sie, Du warst das.«

»Vielleicht kannst Du Dich nicht erinnern, weil Du zu betrunken warst?« fragte Harko.

»Ich habe nichts getrunken,« sagte Jannis. »Ich habe in meinem ganzen Leben noch keinen Alkohol angerührt.«

»Der Bluttest sagt etwas anderes.«

»Dann stimmt auch dieser Test nicht,« sagte Jannis. »Warum behaupten alle, ich habe so schlimme Sachen getan? Alkohol getrunken, mit einem fremden Mädchen geschlafen? Sie sogar umgebracht? Nichts davon ist wahr.«

»Warum hat man Dich neben ihr gefunden?« fragte Harko.

»Das weiß ich nicht.«

»Du hast am Strand geschlafen.Warum?«

»Ich weiß es nicht,« sagte Jannis verzweifelt. »Ich weiß es wirklich nicht. Warum glaubt mir denn keiner?« Er sah auf meine Zigaretten. »Darf ich noch eine?«

Ich gab ihm das Päckchen und mein Feuerzeug. »Du kannst sie behalten. Aber sag mir doch bitte: An was kannst Du Dich denn erinnern?«

»Nachdem mich die Polizei verhaftet hat?«

»Nein,« sagte ich, »davor. Was ist am Abend und in der Nacht zuvor geschehen?«

»Das weiß ich nicht,« sagte Jannis zum wiederholten Mal.

»Herrgott nochmal,« tobte Harko plötzlich los, »an irgend etwas musst Du Dich doch erinnern.«

Jannis wirkte eingeschüchtert, er schien mit seiner Kraft am Ende zu sein. Kein Wunder, dachte ich: Alle Welt ist gegen ihn und nun bedrängen ihn sogar noch seine angeblichen Freunde.

»Sag uns einfach alles, woran Du Dich erinnern kannst,« bat ich ihn mit beruhigender Stimme.

Jannis zündete sich nervös eine Zigarette an. »Da gibt es nicht viel zu berichten,« sagte er leise. »Ich war am Sonntag Abend schwimmen.«

»Wann war das?« fragte Harko.

»Ich glaube, ich bin gegen sieben mit meinem Moped zum Strand gefahren. Zwei Stunden später bin ich wieder nach Hause gefahren. Das heißt…«

»Was?« fragte ich schnell.

»Ich erinnere mich nur noch, wie es dunkel wurde und ich deshalb heim wollte. Dass ich losgefahren bin, weiß ich noch. Ab da weiß ich nichts mehr. Ich glaube, ich bin gestürzt.«

»Wieso glaubst Du das?« fragte Harko.

Jannis stand auf und öffnete sein Hemd. »Deshalb.«

Seine Brust war grün, gelb und blau, außerdem voller Wundschorf – teils Abschürfungen, teils Kratzer. Es sah schrecklich aus. Und erklärte, weshalb die Polizei Jannis für den Täter hielt: Ein Mensch, der erwürgt wird und der sich zur Wehr setzt, würde genau diese Art von Wunden verursachen.

Ich wollte etwas sagen, doch Harko fragte sofort: »Wo ist Dein Moped jetzt?«

»Ich weiß es nicht,« sagte Jannis. »Inzwischen hat das sicher jemand gestohlen.«

Und in Ersatzteile zerlegt und verkauft, dachte ich. Harko hatte unrecht, wenn er glaubte, ich hielte die Korfioten für Engel: Der Diebstahl von Zweirädern und deren anschließender Verkauf in Einzelteilen war bei gewissen Jugendlichen eine Art Sport.

»Hast Du jemanden gesehen, als Du heimgefahren bist?« fragte Harko.

Jannis zuckte die Schultern. »Vermutlich. Aber ich habe nicht darauf geachtet.«

»Keine Sorge,« sagte ich, »Du kommst bald raus.«

»Glaubt ihr mir denn?« fragte Jannis besorgt.

»Ja,« sagte ich, »wir glauben Dir.«

Endlich wirkte auch Harko wieder versöhnlich. »Mach Dir keine Sorgen,« sagte er und drückte Jannis zuversichtlich die Hand.

Zehn Minuten später hatten wir unsere Pässe zurück und waren draußen. Als wir im Wagen saßen, sagte Harko: »Schöne Scheiße. Von den Verletzungen wusste ich nichts.«

»Das sieht nicht gut aus für Jannis, was?«

»Nein,« sagte Harko grimmig, »das sieht nicht gut aus.«

»Den V-Mann kannst Du vergessen,« sagte ich. »Jannis ist ein lieber Kerl – aber der bei der Polizei?«

Harko lachte. »Nicht alle Polizisten sind Intelligenzbestien. Aber Du hast recht: Jannis wäre für diesen Job wirklich ungeeignet.«

Als wir zurückfuhren, hätte Harko beim San Rocco Platz links abbiegen müssen, das wäre die kürzeste Strecke zum Hafen und anschließend aus der Stadt heraus gewesen. Doch Harko fuhr geradeaus, in Richtung Altstadt.

»Musst Du noch etwas besorgen?« fragte ich.

»Nein,« antwortete er, »ich muss nachdenken. Lass uns am Liston einen Kaffee trinken.«

Die Durchfahrt durch die Altstadt war nur im Winter möglich, im Sommer waren die Straßen gesperrt, da gehörte die Altstadt den Fußgängern. Wir mussten deshalb einen großen Umweg fahren, um zum Liston zu gelangen.

Der Liston war das Ergebnis einer riesigen Bausünde Anfang des 19. Jahrhunderts: Um freies Schussfeld nach allen Seiten zu haben, hatte der Kommandant des Forts zwei komplette Häuserreihen der venezianischen Altstadt abreißen lassen. Die städtebaulichen Wunden waren inzwischen verheilt, Korfu hatte nun einen wunderschönen Stadtpark und einen nicht so schönen großen Parkplatz – und den Liston. Auf einer Länge von rund 200 Metern reihte sich

Café an Café, im Winter saßen die Menschen unter den Arkaden der teilweise 600 Jahre alten venezianischen Prachtbauten, im Sommer draußen unter den Linden. Obwohl auch bei den Touristen sehr beliebt, war der Liston vor allem ein Treffpunkt für die Einheimischen: Sommer wie Winter wurde am Liston flaniert, diskutiert und natürlich Kaffee getrunken. Die Atmosphäre war eher italienisch als griechisch, doch für die Korfioten war sie natürlich typisch korfiotisch.

Harko parkte den Wagen, wir gingen ein paar Schritte und suchten uns ein schattiges Plätzchen. Während Harko zwei Cappuccino bestellte, kaufte ich an einem Kiosk neue Zigaretten und ein Feuerzeug. Als ich zu unserem Tisch zurückkam, wartete der Kaffee schon auf mich – die Bedienung am Liston war fix.

Ich zündete eine Zigarette an, Harko nippte an seinem Cappuccino und sah mich neugierig an. »Jannis tut Dir leid.«

»Ziemlich,« bestätigte ich. »Keiner glaubt ihm.«

»Außer Dir.«

»Und Dir.«

»Mir?« fragte Harko und tat erstaunt. »Ich glaube ihm kein Wort.«

Vor Überraschung verschluckte ich mich am Rauch meiner Zigarette. Als ich mich ausgehustet hatte, sagte ich krächzend: »Im Gefängnis hast Du ihm noch geglaubt.«

»Das habe ich gesagt, um ihn zu beruhigen.«

»Hältst ihn jetzt für schuldig? Wegen seiner Verletzungen?«

»Jannis ist nicht der Mörder,« sagte Harko, »das steht für mich fest. Genauso sicher ist, dass er lügt.«

»Weil er sich nicht mehr erinnern kann?«

Harko lachte. »Der kann sich ganz genau erinnern. Er will es nur nicht zugeben.«

»Und warum? Er müsste doch alles dafür tun, die Vorkommnisse aufzuklären.«

Leugnen war natürlich immer eine gute Strategie, wenn man eines Verbrechens verdächtigt wurde, ich nutzte das in meinen Krimis oft. Sollte doch die Polizei ihre Behauptungen beweisen. In Jannis Fall aber hielt ich Leugnen für zwecklos: Wenn die Beweislage so eindeutig war, müsste Jannis meiner Ansicht nach alles dafür tun, um den Verdacht zu entkräften. Ich an seiner Stelle hätte nach jedem Strohhalm gegriffen.

Harko schien die Sache anders zu sehen. »Ich habe in den letzten Tagen viel nachgedacht und ich glaube, ich weiß, warum Jannis lügt. Und warum er nicht will, dass die Wahrheit ans Licht kommt. Zumindest nicht die ganze Wahrheit.«

»So?« fragte ich neugierig. »Willst Du mir auch verraten, wie Du darauf kommst?«

»Aber gern. Der Schlüssel ist der Beischlaf.«

»Du hast gesagt, der wäre nur vorgetäuscht worden. Und Du hast gesagt, so etwas wäre schon vorgekommen.«

»Das ist richtig,« bestätigte Harko. »Doch derartige Praktiken kenne ich nur aus dem Rotlichtmilieu. Und dem geht immer ein Beischlaf mit einer Prostituierten voraus: Sie vernichtet einen gefüllten Präser nicht, sondern reicht ihn weiter. Doch wie sollte jemand ohne Prostituierte an Jannis Sperma kommen?«

»Du hast behauptet, jemand habe ihm einen runtergeholt.« Mich schüttelte es immer noch bei diesem Gedanken.

»Das dachte ich,« sagte Harko. »Inzwischen weiß ich, dass das nicht geht. Nicht, ohne dass der Betreffende bei Bewusstsein ist. Der Körper tut es einfach nicht. Weder in der Bewusstlosigkeit noch im Rausch – Jannis hätte schlicht keinen hochbekommen.«

»Bist zu sicher?«

»Ganz sicher,« sagte Harko. »Ich habe einen Gerichtsmediziner in Deutschland angerufen. Ein Ding der Unmöglichkeit.«

»Vielleicht war Jannis doch bei Bewusstsein und schämt sich nur?« spekulierte ich. Wenn ich mich daran erinnern müsste, dass mir ein anderer im Rausch… Hätte das keine attraktive Frau getan, würde ich diese Erinnerung ganz schnell verdrängen.

»Kann sein, dass dies Jannis unangenehm wäre, aber es hätte keine Konsequenzen für ihn, würde ihn nur entlasten. Nein – ich bin mir sicher, er hat wirklich mit Catherine geschlafen.«

»Am Strand?« Hatte mir Harko nicht ausführlich erklärt, das sei nicht möglich?

»Die Beiden haben sich irgendwo getroffen,« sagte er. »Vielleicht sind sie dabei überrascht worden, vielleicht hat sie jemand kurz danach geschnappt. Auf jeden Fall hatten sie etwas miteinander.«

»Selbst das könnte Jannis doch zugeben. Oder denkst Du, er ist davon überzeugt, niemand würde ihm glauben? Wegen der Kratzspuren?«

»Die Kratzspuren sind ein Problem, doch die könnte ihm auch der Mörder beigebracht haben.«

»Mit Catherines Hand?« Ich war skeptisch.

Harko hielt mir seine schlaffe Hand hin. »Versuch mal, Dich mit meinen Nägeln zu kratzen.«

Ich nahm einen seiner Finger und fuhr mit dem Nagel kräftig über meinen Arm: Sofort war eine gerötete Spur sichtbar.

»Catherine hatte lange Fingernägel, damit ließen sich eindrucksvolle Kratzer verursachen,« sagte Harko.

»Dann hat Jannis Angst, wenn er zugibt, mit ihr geschlafen zu haben, hält man ihn auf jeden Fall für den Mörder?«

Harko trank einen Schluck Kaffee. »Nein – er hat Angst, sein Seitensprung könnte herauskommen.«

»Und riskiert stattdessen, als Mörder verurteilt zu werden? Das ist verrückt.« Harko vergaß mal wieder, dass ich der Schriftsteller mit der blühenden Phantasie war.

»So verrückt ist das nicht,« sagte Harko. »Für den Mord bekommt er maximal 15 Jahre, mit guter Führung ist er nach zehn bis zwölf Jahren wieder draußen. Bei Totschlag ist es noch weniger. Wenn er Glück hat und nach Albanien abgeschoben wird, ist er noch schneller auf freiem Fuß. Bleibt er bei seiner Geschichte, kann er immer behaupten, unschuldig im Gefängnis gewesen zu sein – sein Leben geht, wenn auch mit einer gewissen Unterbrechung, weiter.«

»Und wenn er zugibt, mit Catherine geschlafen zu haben? Und beweist, dass er sie nicht ermordet hat?«

»Ist er unter Umständen ein toter Mann.«

»Wie das?« fragte ich ungläubig.

»Ich habe mich in den letzten Tagen mit einigen Albanern unterhalten, darunter auch einem aus Jannis Dorf. Jannis hat einen untadeligen Ruf, muss aber vor seiner Hochzeit ein richtiger Casanova gewesen sein. Seine Frau soll ausnehmend schön sein, doch Du bist selbst ein Mann: Auf die Dauer ist Hausmannskost fade. Jedenfalls kam vor zwei Jahren ein Seitensprung von ihm heraus. Seine Frau hat ihm die Hölle heiß gemacht und ihre Brüder haben ihn verprügelt. Und gleichzeitig angekündigt, beim nächsten Mal käme er nicht so glimpflich davon.«

»Du meinst, sie würden ihn umbringen? Ich bitte Dich: Wir leben im 21. Jahrhundert.«

Harko trommelte nervös mit den Fingern auf den Tisch. »Ich glaube, der Gefängnisdirektor hatte recht: In einigen Punkten unterscheiden sich die Albaner von den Griechen. Ich bin überzeugt, in Albanien ist es mit der ehelichen Treue nicht besser bestellt als anderswo auf der Welt. Nur erwischen lassen darf man sich nicht.«

»Das war früher so – im Mittelalter,« sagte ich und dachte an die Inquisition.

»Und ist heute noch so in vielen islamischen Ländern,« sagte Harko. »Denk nur an den Iran: Dort werden Mädchen getötet, wenn sie sich mit Männern aus dem Westen einlassen. Vor kurzem wurden einem 14jährigen Mädchen die Finger abgeschnitten, weil sie Nagellack aufgetragen hatte. Ein verrückter Fundamentalist hat einen Bus angehalten, alle Fahrgäste kontrolliert und mit dem Mädchen kurzen Prozess gemacht. Und er wurde dafür nicht einmal bestraft.«

»Albanien ist kein islamisches Land.«

»Nein – aber Jannis ist Moslem.«

»Einen Moment,« sagte ich. »Glaubst Du, Catherine wurde von Moslems umgebracht? Um den Mord Jannis in die Schuhe zu schieben?«

»Das glaube ich eigentlich nicht,« sagte Harko. »Wenn es Albaner waren, hätten sie auch Jannis getötet. Aber vielleicht glaubt Jannis, seine sogenannten Freunde haben es getan? Das würde erklären, weshalb er soviel Angst hat.«

Ich zündete mir eine neue Zigarette an. »Du glaubst also nicht mehr an die Verschwörungstheorie, sondern eher an einen privaten Racheakt?«

»Das habe ich nicht gesagt,« widersprach Harko. »Möglich, dass ein paar Albaner in den Mord verwickelt sind, aber das erklärt noch lange nicht, warum Catherine so geheimnisvoll getan hat. Vielleicht hatte ihr Besuch auf Korfu gar nichts mit dem Mord zu tun.«

Ich drückte meine Zigarette im Aschenbecher aus, ich konnte mich nicht auf das Rauchen konzentrieren. »Für einen Krimi wäre mir das zu kompliziert,« gab ich zu.

»Das, mein Lieber, ist Dein Problem. In der Wirklichkeit sind die Dinge eben nicht so einfach wie im Roman. Was glaubst Du, wie oft ich schon in Ermittlungen steckte, die scheinbar kurz vor dem Abschluss standen. Plötzlich wird etwas Neues bekannt und auf einmal sieht der Fall ganz anders aus.«

Natürlich gibt es in einem Krimi die sogenannten Umschläge, wenn die Handlung plötzlich in eine andere Richtung läuft. Doch diese Umschläge, so spontan sie einem Leser auch erscheinen mögen, müssen vom Autor von langer Hand sorgfältig vorbereitet werden. Ich konnte meine Ermittler nicht 200 Seiten eine heiße Spur verfolgen lassen und dann einen Unbekannten als Täter aus dem Ärmel schütteln. Doch in der Realität geschah offenbar genau das und wenn ich Harko richtig verstand, kam das sogar häufig vor.

»Was willst Du jetzt tun?« fragte ich.

»Weiterermitteln. Ich will wissen, was Catherine auf Korfu gesucht hat und ich will wissen, wer sie umgebracht hat. Und ich werde beides herausfinden.«

»Du hast Dich in den Fall verbissen,« stellte ich fest.

»Wenn Du es so ausdrücken willst. Aber glaub mir: Nur so kannst Du Fälle auch lösen.«

Der Mai ging zu Ende, die Reifen an Harkos Land-Cruiser lebten noch, sonst tat sich nichts. Harko sprach von einer Mauer des Schweigens, was ihn in seinem Verdacht bestärkte, die lokale Mafia habe ein Redeverbot erlassen; ich hielt es eher für galoppierenden Gedächtnisschwund: Keiner wollte das Schreckgespenst einer Mörderbucht heraufbeschwören.

Anfang Juni fuhr ich zu Harko und teilte ihm mit, ich wolle in Urlaub fahren. Harko nannte mich einen Hasenfuß, und als ich ihn fragte, was er damit meine, sagte er, das sei ein anderes Wort für Feigling. Mein Argument, ich wolle nicht erst im August Urlaub machen, wenn das ganze Land unterwegs sei, ließ er nicht gelten – er beharrte darauf, ich wolle mich nur vor den weiteren Ermittlungen drücken.

Natürlich stritt ich das vehement ab. Wer lässt sich schon der Feigheit bezichtigen? Harko ließ nicht locker und schließlich gab ich zu, ich hätte keine Lust, für weitere Unruhe im Dorfleben zu sorgen, zumal nicht einmal Jannis selbst daran interessiert schien, den wahren Sachverhalt aufzuklären. Das sei egal, meinte Harko, der Mörder müsse trotzdem gefunden werden. Als ich ihm sagte, das sei Sache der Polizei, und Harko vorschlug, er solle mit seinen bislang gewonnen Erkenntnissen zur Mordkommission gehen, wollte er davon nichts wissen: Es gebe nur seine Schlussfolgerungen, noch keine Beweise; die Mordkommission werde ihn schlicht auslachen. Ich warf ihm daraufhin vor, ihm sei nur wichtig, den Fall selbst aufzuklären. Darüber gab es keine Diskussionen. Harko bedachte mich mit einer Fülle von Schimpfworten, die er wohl von Marianne gelernt hatte, und wir schieden im Streit voneinander.

Ist doch wahr, dachte ich wütend, nachdem ich wieder zu Hause war, ich habe hier mein Paradies gefunden und nur, weil Harko gern ermittelt, soll ich nun diesen Frieden gefährden. Um Jannis tat es mir leid, doch wenn der partout lieber ins Gefängnis ging, als seinen Fehltritt zuzugeben, war das seine Sache. Hatte ich ihn etwa gezwungen, mit dem Mädchen zu schlafen?

Machte ich es mir zu einfach? Ich kämpfte mit meinem schlechten Gewissen und merkte, die Vorfreude auf meinen Urlaub war mir gründlich vergangen. Einlenken aber wollte ich genauso wenig wie Harko, wir hatten uns unsere eigene Mauer des Schweigens geschaffen.

In der darauffolgenden Woche rief Marianne an. Sie fände, so sagte sie, die Auseinandersetzung zwischen Harko und mir kindisch, sie könne meine Argumente durchaus verstehen, auch ihr mache es Angst, wenn Harko ohne Rücksicht auf Verluste ermittle, aber Jannis sei nun mal ein lieber Kerl und den könne man nicht einfach im Gefängnis verschmachten lassen. Sie lud mich für den Abend ins Delfini ein, eines der beiden Fischrestaurants in der Bucht. Ich sagte zu.

Das Delfini ist keine Taverne, die mit dem Touristenboom wie Pilze in der Bucht aus dem Boden schossen – auf den zwei Kilometern gab es inzwischen sechzehn davon, Marias Snackshop noch nicht eingerechnet. Der Großvater des jetzigen Betreibers hatte es gegründet, als die Bucht nur per Schiff oder über Eselspfade zu erreichen war. Der Fisch war frisch, der Besitzer fuhr jeden Tag selbst zum Fischen hinaus und servierte nur, was er selbst gefangen oder direkt bei anderen Fischern gekauft hatte.

Ich stellte meinen BMW nicht auf dem dunklen, unbewachten Parkplatz hinter der Taverne ab, wie ich es bislang ohne nachzudenken getan hatte, sondern parkte ihn nebenan bei Hans, einem Gastwirt aus Deutschland, den ich bat, ein Auge auf den Wagen zu werfen, ich wollte nicht noch einmal viel Geld für neue Reifen ausgeben.

Ins Delfini selbst ging ich mit einem flauen Gefühl im Magen, eine Mischung aus schlechtem Gewissen Jannis gegenüber und Trotz, weil ich Harkos Vorwurf der Feigheit nicht hinnehmen wollte. Das Delfini ist direkt am Strand erbaut und nur über den Strand erreichbar; als ich eintrat, schüttelte ich den warmen Sand von den Füßen – im Sommer trage ich nur offene Sandalen und ich mag es nicht, wenn die bei jedem Schritt knirschen.

Marianne, Harko und die Zwillinge waren schon da, sie saßen an einem Tisch nah am Strand und hatten bereits Getränke bestellt. Marianne umarmte mich zur Begrüßung, Tina und Sina hießen mich lautstark willkommen, Harko begnügte sich mit einem kurzen Kopfnicken. Ich nickte zurück und setze mich neben die Zwillinge, Harko gegenüber.

Das kann ja heiter werden, dachte ich, denn die Spannung zwischen Harko und mir war fast mit Händen zu greifen. Ich, der vergnügungssüchtige Schriftsteller, er, der hart arbeitende Ermittler. Dass sich die Spannung einschließlich meines schlechten Gewissens innerhalb einer Minute in Nichts auflöste, war Sina zu verdanken. Sie platzte, kaum dass ich mich gesetzt hatte, mit einer Neuigkeit heraus. »Papa hat ein Boot gekauft, bei E-Bay ersteigert. Ist das nicht toll?«

»Wann?« fragte ich impulsiv und erkannte an Mariannes überraschtem und Harkos erschrockenem Gesichtsausdruck, dass Marianne noch gar nichts davon wusste.

»Vor zwei Wochen,« sagte Sina, »soll eine Überraschung für Mama werden.« Dann sagte sie erschrocken: »Oh.«

»Du bist ja sooo doof!« sagte Tina und Sina blickte betroffen auf ihr Glas mit Limonade.

»Das ist ja nett, dass ich das auch mal erfahre,« sagte Marianne spitz und Harko versuchte sich zu verteidigen: »War ein echtes Schnäppchen.«

»Vor zwei Wochen,« sagte ich langsam und gedehnt. »Das ist ja interessant. Gehe ich fehl in der Annahme, dass dieses Boot natürlich nicht dem Vergnügen dienen soll, sondern ausschließlich zu Ermittlungszwecken angeschafft wurde? Harkos ganz persönliches Polizeiboot gewissermaßen? Für die Jagd nach Verbrechern auf hoher See?«

Der Abend versprach, interessant zu werden, denn Harko blieb gar nichts anderes übrig, als vom hohen Ross des selbstgerechten Ermittlers herunterzusteigen – er hatte das Boot natürlich zu seinem Vergnügen gekauft und dies lange, bevor er von meinen Urlaubsplänen wusste.

Harko ein schlechtes Gewissen anhängen zu wollen, war jedoch ein Ding der Unmöglichkeit. »Du hast natürlich recht, mein lieber Roberto,« sagte er mit einem jungenhaft entwaffnenden Lächeln, »das Boot, übrigens ein Schnellboot mit einem 90 PS Motor, habe ich tatsächlich für die Verbrecherjagd gekauft. Ich dachte, wir machen Arbeitsteilung: Du fährst nach Athen und Kreta und befragst dort die Leute, die Catherine getroffen hat, und ich sehe mich hier in der Gegend um und erkunde, was in Sachen Schmuggel läuft.«

Mir blieb vor Überraschung der Mund offenstehen, Tina und Sina sahen ihren Vater bewundernd an und Marianne lachte schallend: »1:0 für Harko.«

Das Essen war, wie immer im Delfini, ausgezeichnet. Thunfisch-Salat, Saganaki und überbackener Schafskäse als Vorspeise, ein besonders guter, sehr seltener Fisch, dessen Name mir entfallen ist und der auch nicht auf der Speisekarte auftaucht, da er den Stammgästen vorbehalten ist, für die Kinder Chips mit Ketchup und Fleischklößchen. Die Zwillinge hatten jedoch keinen rechten Appetit, am Strand vor der Taverne übte ein Feuerschlucker mit all seinen Gerätschaften: Noch nicht gekonnt, trotzdem beeindruckend, wie er zunächst kleinere Gefäße mit brennendem Öl an langen Ketten um seinen Körper herumwirbelte, das Ganze mit langen Stangen wiederholte, die an beiden Ende brannten. Gelegentlich fiel ihm das eine oder andere Utensil zu Boden, was seine Zuschauer aber nicht störte: Schnell saßen alle Kinder aus der Taverne mit offenen Mündern staunend vor ihm auf dem Boden, darunter natürlich auch Tina und Sina.

Harko und ich konnten wieder reden, vom Streit der vergangenen Tage war nichts mehr zu spüren. Sein Verbindungsmann in den USA hatte inzwischen die Liste der Telefonnummern geschickt, die Catherine während ihres Aufenthalts in Griechenland angerufen hatte, samt den zugehörigen Adressen. Gedauert hatte es so lange, weil das FBI zunächst mit Hilfe der griechischen Polizei eigene Erkundigungen eingezogen hatte, bei denen aber nichts herausgekommen war: Alle Angerufenen hatten sich darauf beschränkt, Catherines Anrufe zu bestätigen, doch sie hatten weder gesagt, worüber dabei gesprochen worden war noch ob sie sich mit Catherine getroffen hatten.

»Ich sage Dir, die stecken alle unter einer Decke,« sagte Harko in verschwörerischem Ton. »Das sind die typischen Merkmale einer kriminellen Organisation: ein internationales Netzwerk, Kontaktadressen an allen wichtigen Orten und nach außen hin Schweigen.«

»Und Du willst diese Organisation nun knacken,« sagte ich zweifelnd. »Nachdem das FBI und die griechische Polizei gescheitert sind.«

Marianne lächelte amüsiert. »Je aussichtsloser ein Fall erscheint, desto mehr Spaß macht es Harko.«

Harko antwortete nicht, trank wortlos sein Bier. Erst als Marianne nach den Kindern sah, die ihrer Ansicht nach viel zu nah an dem Feuerschlucker und den durch die Luft wirbelnden, brennenden Gerätschaften saßen, beugte sich Harko schnell nach vorn und sagte: »Die Polizei kann erst etwas ausrichten, wenn es konkrete Verdachtsmomente gibt, und die sind noch nicht gegeben. Natürlich könnte sie versuchen, einen V-Mann in die Organisation einzuschleusen, doch es dauert lange, bis der Erfolg hat – wenn überhaupt. Ich denke, wenn Du als Schriftsteller Fragen stellst, erfährst Du mehr.«

»Und Du?« Ich war keineswegs gewillt, mir die ganze Arbeit aufhalsen zu lassen, während Harko hier mit seinem Boot spazierenfuhr.

»Ich sehe mich auf den vorgelagerten Inseln um,« sagte er. »Wenn es sich um Schmuggel handelt, ist dort am ehesten etwas zu erfahren.« Im Norden Korfus gibt es mehrere Inseln, die kleineren menschenleer, die größeren nur von wenigen Menschen besiedelt – laut Harko die perfekten Einsatzbasen für internationale Schmuggler.

Ich dachte mir meinen Teil, behielt meine Meinung aber für mich. Wenn Harko nicht zugeben konnte, dass er, genau wie ich, lieber Urlaub machen als Verbrecher jagen wollte, war das sein Problem, nicht meins.

Doch Harko schien wirklich davon überzeugt zu sein, dort zu ermitteln. »Was könnte unverdächtiger sein, als eine Familie mit zwei Kindern, die einen Ausflug macht?«

Ich stieg in seine Phantasterei ein und sagte, scheinbar entrüstet: »Du willst Marianne und die Kinder mitnehmen?«

»Pscht...,« sagte Harko, doch es war zu spät, Marianne stand schon neben dem Tisch.

»Wohin willst Du mich und die Kinder mitnehmen?« fragte sie mit böse funkelnden Augen.

Harko lehnte sich, vollkommen entspannt, in seinem Stuhl zurück. »Mein Herzblatt,« sagte er, »das Boot liegt derzeit noch in Italien, und ich möchte es selbst abholen. Roberto sagt, es wäre viel zu gefährlich, mit Dir und den Kindern über das offene Meer zu fahren, doch ich will diesen Ausflug mit der ganzen Familie machen.«

Gingen derartige Notlügen jedem Polizisten so glatt über die Lippen?

Marianne jedenfalls schluckte sie, den Rest des Abends diskutierten wir über die Gefahren einer solchen Reise. Das Boot lag in der Nähe von Otranto, die Fahrt nach Korfu sollte in acht bis zehn Stunden zu schaffen sein. Harko verwies auf seine Erfahrungen bei der Wasserschutzpolizei, bei der er auch sein Schifferpatent gemacht hatte, das es ihm erlaubte, auf der ganzen Welt Motorboote zu fahren. Marianne hielt, zurecht, wie ich fand, dagegen, dass sich ein deutsches Binnengewässer kaum mit dem Mittelmeer vergleichen ließ. Sie willigte in die Fahrt erst ein, nachdem Harko versprochen hatte, zuvor einige Übungsstunden mit einem in diesen Gewässern erfahrenen Kapitän zu absolvieren.

Natürlich hatte Harko vorgehabt, diese Überführungsfahrt allein durchzuführen, schließlich besteht bei einem gebrauchten Boot, das man nicht kennt, immer ein Risiko. Wie schnell konnte etwa der Motor ausfallen? Doch dieses Problem gönnte ich Harko, da war ich ehrlich, von ganzem Herzen: Sollte er selbst zusehen, wie er jetzt mit den Folgen seiner Notlüge fertig wurde.

In den nächsten Tagen hatte ich viel zu tun. Ich bevorzuge seit vielen Jahren den Juni oder allenfalls noch den Juli für meinen Urlaub. Meine diversen Ex-Freundinnen wissen das und so mangelt es mir nie an attraktiven Reisebegleiterinnen. Ich entschied mich diesmal für Victoria, eine Stewardess aus Venezuela. Vic war eine dunkelhaarige Schönheit, der viele Männer den Hof machten. Weil sie ihren Beruf noch mehr als die Männer liebte, hatte sie sich bislang noch nicht für eine feste Beziehung entscheiden können.

Vic hatte Ende Juni zwei Wochen frei und ich lud sie ein, mit mir nach Kreta zu fahren, der südlichsten Insel Griechenlands. Die Idee gefiel ihr und wir vereinbarten, uns in Athen am Flughafen zu treffen. Dass die Wahl Kretas nicht zufällig war, verschwieg ich ihr. Vic wollte Samstag Mittag in Athen eintreffen, ich plante zwei Tage für meine dortigen Recherchen ein. Harkos Kontaktmann in Miami hatte uns zwei Adressen in Athen mitgeteilt, dazu kam noch der Reeder mit Namen Bardis, der ebenfalls in der Stadt wohnte und der, dessen war sich Harko inzwischen sicher, der Kopf der ganzen Organisation war.

Ich überlegte lange, unter welchem Vorwand ich meine Fragen stellen würde, und entschied mich dann, möglichst nahe an der Wahrheit zu bleiben: Ich würde sagen, dass ich den Mord an Catherine als Vorlage für einen neuen Krimi verwenden wolle und mehr über die Zeit wissen müsse, die Catherine in Athen verbracht hatte. Dem Reeder wollte ich eine andere Geschichte erzählen. Ihm würde ich sagen, ich arbeite an einer Dokumentation über die Familie Bardis und interessiere mich deshalb für den Lebensweg einzelner Familien, die Afionas verlassen hatten. Ich hoffte, er würde diese Lüge glauben. Sollte ich etwas herausfinden, würde ich Harko anrufen.

Von Korfu nach Athen sind es nur 400 Kilometer, doch die Straße führt überwiegend als kleine Landstraße durch Berge und in Verbindung mit diversen Fähren dauert die Fahrt rund zehn Stunden. Das wollte ich mir bei der Hitze nicht antun: Auf dem Festland ist es im Sommer so heiß, dass man im Cabrio bei offenem Verdeck das Gefühl hat, von einem Föhn gebraten zu werden. Daher nahm ich Mittwochabend die Fähre von Korfu nach Patras.

Kurz vor Mitternacht fuhr ich den Wagen die Rampe auf das Schiff hinauf, nahm meinen Kabinenschlüssel in Empfang und brachte mein Gepäck in die Kabine. Ich hatte Glück, ich war der einzige Gast in der Zweibett-Kabine. Nach einem Schlummertrunk ging ich schlafen.

Um fünf Uhr morgens war die Fahrt zu Ende. Die Fähre legte in Patras an und wenig später hatte ich wieder festen Boden unter den Rädern. Noch immer 200 Kilometer nach Athen, doch ausschließlich Autobahn: In zwei Stunden würde ich da sein.

Man sagt uns Lateinamerikanern nach, wir wären lausige Autofahrer, weil wir uns selten an die Verkehrsregeln halten. Speziell Harko hatte mir deswegen schon oft Vorhaltungen gemacht. Ich konterte und sagte, die Deutschen seien das einzige Volk auf der Welt, das mitten in der Nacht auf einer leeren Kreuzung vor einer roten Ampel anhalten würde. Anfangs hatte sich auch Harko an die Verkehrsregeln gehalten, bis er eines Tages an einer leeren Kreuzung stark gebremst hatte, weil die Ampel gerade auf rot schaltete. Er hatte damit fast einen Auffahrunfall provoziert – der Wagen hinter ihm kam erst im letzten Moment mit quietschenden Reifen zum Stehen. Harko staunte nicht schlecht, als ein Polizist ausstieg und ihm Vorhaltungen machte, warum er so plötzlich angehalten habe, er sehe doch, dass die Straße frei sei. Den Hinweis auf die rote Ampel wollte der Beamte nicht gelten lassen und forderte Harko stattdessen auf, unverzüglich weiterzufahren. Seitdem achtete auch Harko mehr auf den Verkehr als auf die Verkehrszeichen.

Wer dieses Prinzip einmal verstanden hat, kommt in Athen bestens zurecht. Sofern man ein paar zusätzliche Regeln kennt. Regel Nummer eins: Mopeds, die es in der Millionenmetropole zuhauf gibt, fahren immer bei Rot über die Kreuzung – als Autofahrer tut man bei Grün gut daran, erst diese lärmenden Zweiräder passieren zu lassen. Regel Nummer zwei betrifft die Syngrou Avenue, eine achtspurige Verbindung vom Stadtzentrum zum Meer. Offiziell gilt auch hier eine Geschwindigkeitsbegrenzung von 50 Stundenkilometern, doch die gilt nur offiziell und man tut gut daran, sich dem fließenden Verkehr anzupassen. Rast man auf der dritten Spur mit 100 dahin, riskiert man allenfalls, auf der vierten Spur mit 140 überholt zu werden, oft von der Polizei, die es in Athen besonders eilig hat. Trotz dieser scheinbar willkürlichen Missachtung aller Gesetze ereignen sich in Athen nicht mehr Unfälle als anderswo auch – wer sich selbst nicht an die Verkehrsregeln hält, rechnet auch nicht damit, dass es die anderen tun.

Der Verkehr in Athen präsentierte sich mir an diesem Morgen denn auch von seiner lebhaftesten Seite: Als ich kurz nach acht Richtung Stadtzentrum fuhr, wurde ringsum kräftig gehupt, gelegentlich ein Autofenster geöffnet, drohend eine Faust geschwenkt und ein befreiender Fluch hinterhergeschickt. An einer belebten Kreuzung überquerten ein halbes Dutzend schwerer Motorräder auf den Hinterreifen die Straße – alle mit Blaulicht hintendrauf. Natürlich trug keiner der Polizisten einen Helm, dazu war es selbst zu dieser frühen Stunde schon viel zu heiß.

Das ist Griechenland, dachte ich amüsiert, unorganisiert, chaotisch, undiszipliniert – und voller Lebensfreude.

Ich hatte ein Zimmer im Britannia reserviert, einem altehrwürdigen Hotel am Syntagma Platz, direkt gegenüber dem griechischen Parlament. Von hier aus war es nur ein Katzensprung zur Akropolis und zur Altstadt mit ihren vielen kleinen Shops, die zum Bummeln einluden. In der Altstadt wollte ich mit Vic den Samstagabend verbringen.

Ich checkte im Hotel ein, brachte meine Sachen aufs Zimmer und gönnte mir zunächst ein ausgiebiges Frühstück. Anschließend begann ich mit meiner Arbeit.

Unter der ersten Nummer meldete sich niemand, ich war wohl zu früh dran. Bei der zweiten hatte ich Glück – eine Dame verabredete einen Termin für mich um zwölf Uhr. Als nächstes rief ich den Reeder an. Auch hier hatte ich wieder eine Sekretärin am Apparat, die mir sagte, ihr Chef sei ein vielbeschäftigter Mann, der außer für geschäftliche Besprechungen keine Zeit habe. Doch als ich ihr sagte, ich sei Schriftsteller aus Afionas und arbeite gerade an einer Dokumentation über die Familie Bardis, wurde ich sofort durchgestellt. Fünf Minuten später hatte ich meinen Termin: Herr Bardis lud mich noch für den gleichen Abend zu sich zum Essen ein. Zum Schluss versuchte ich es noch einmal bei der ersten Nummer – Herr Simitis würde mich am nächsten Morgen um zehn Uhr empfangen. Ich ging zurück auf mein Zimmer und holte zwei meiner ins Englische übersetzten Romane aus dem Koffer, dann fuhr ich mit einem Taxi zu meinem ersten Termin.

Auf meinem Weg zum Hotel hatte ich mich vor allem auf den Verkehr konzentriert, nun konnte ich mich in Ruhe umsehen. Ich war überrascht über die große Polizeipräsenz in der Stadt.

»Ist etwas geschehen?« fragte ich den Taxifahrer. »Ich habe noch nie soviel Polizei in Athen gesehen.«

Er deutete mit der Hand nach Norden. »Da finden die olympischen Spiele statt,« sagte er. »Alle haben Angst vor Terroranschlägen.«

»Aber die Spiele sind doch erst im August.«

»Ja und? Die sind schon jetzt alle verrückt.«

»Freuen Sie sich denn auf die Olympiade?«

Der Taxifahrer machte eine wegwerfende Handbewegung. »Die kostet nur viel Geld – ein reines Prestigeobjekt der Politiker. Wenn Sie mich fragen, hätte Griechenland gut darauf verzichten können.«

Von außen wirkte das Gebäude, in dem Leonidas Manopoulos residierte, äußerst schlicht – ein vierstöckiges Haus im Stadtteil Kalithea; im Erdgeschoss eine Videothek, in den anderen drei Etagen Mietwohnungen. Auf dem Namensschild kein Hinweis auf die Aktivitäten von Herrn Manopoulos – egal, in welcher Branche dieser Mann aktiv war, Repräsentation schien er nicht nötig zu haben. Leise beschlich mich der Verdacht, an Harkos Verschwörungstheorie könne doch etwas dran sein.

Ich klingelte und als sich eine weibliche Stimme an der Gegensprechanlage meldete, nannte ich meinen Namen und fügte hinzu, ich hätte einen Termin bei Herrn Manopoulos.

»Herr Manopoulos erwartet Sie bereits,« sagte die der Stimme nach junge Frau, »zweiter Stock rechts.«

Ich trat ein und ging die breite, steinerne Treppe nach oben. Der Flur war nichts besonderes, ein Aufgang, wie er in Athen in praktisch jedem Mietshaus zu finden ist. Noch als ich an der Tür stand, hatte ich keine Vorstellung davon, was Catherine hier gesucht haben könnte. Doch als ich eintrat, kam ich in eine andere Welt.

Schon der Flur ließ spüren, hier war viel Geld im Spiel. Er war aufwendig gestaltet und mit Stil ausgestattet, heller Marmorboden, kunstvoll verzierte Wände, teure Möbel, noch teurere Stiche – wer hier wohnte oder besser, residierte, hatte einen guten Geschmack. Und den dazu passenden Geldbeutel.

Die Sekretärin, ein junges Mädchen von vielleicht 25 Jahren, begrüßte mich lächelnd und brachte mich in das Büro von Herrn Manopoulos. Sein Büro musste fast die gesamte Fläche der früheren Wohnung umfassen – ich schätzte den Raum auf gut 70 Quadratmeter, halb so groß wie mein ganzes Haus. In der Mitte stand ein eleganter Schreibtisch aus Mahagoni, der Boden war mit Perserteppichen ausgelegt. Eine leistungsfähige Klimaanlage, die unhörbar ihre Dienste verrichtete, sorgte für eine angenehm kühle Temperatur.

Herr Manopoulos mochte Anfang 50 sein, ein gepflegter Mann mit beginnender Glatze und einer großen Hornbrille. Sein Händedruck, mit dem er mich begrüßte, war fest, sein Lächeln offen.

»Herr Bardéz – freut mich, Sie kennenzulernen.«

»Ich danke Ihnen, dass Sie so kurzfristig Zeit für mich hatten,« antwortete ich.

»Darf ich Ihnen etwas anbieten? Vielleicht ein Glas Wasser oder einen Kaffee? Irini macht einen ausgezeichneten Eiskaffee.«

Ein Frappé[8] wäre jetzt genau das richtige, dachte ich und sagte: »Ich nehme den Kaffee. Aber nur, wenn es keine Umstände macht.«

»Zwei Eiskaffee,« sagte Herr Manopoulos zu seiner Sekretärin, dann führte er mich zu einer großen, bequemen Ledercouch.

»Darf ich zunächst fragen, was Sie zu mir führt?« fragte er. »Und vor allem: Wie Sie auf mich gekommen sind? Ich mache keine

---

[8] griechischer kalter Kaffee

Werbung und es gibt nicht viele, die meine Telefonnummer oder meine Adresse haben.«

»Mein Anliegen ist ungewöhnlich,« sagte ich. »Ich muss vor allen Dingen gestehen, ich habe keine Ahnung, in welcher Branche Sie tätig sind.«

»Ich bin Berater,« sagte Herrn Manopoulos. »Für einige wenige, ausgesuchte Klienten.«

»Darf ich fragen, welcher Art diese Beratung ist?« fragte ich.

»Sie dürfen,« sagte Herrn Manopoulos lächelnd, »nachdem Sie mir verraten haben, wie Sie auf mich gekommen sind.«

In diesem Moment kam die Sekretärin wieder herein und brachte uns zwei große Gläser mit kaltem Kaffee, dazu zwei Gläser mit Wasser. Ich kostete und war überrascht: Es war kein Frappé, ein mit kaltem Wasser angerührter löslicher Kaffee, der in Griechenland im Sommer viel getrunken wird, es war wirklicher Eiskaffee mit cremigem Vanilleeis.

»Donnerwetter,« sagte ich, »der ist aber gut.«

Irini freute sich über das Lob, dann ließ sie uns wieder allein. Herr Manopoulos nahm selbst einen Schluck Kaffee, anschließend sah er mich neugierig über den Rand seiner Brille an. »Nun?«

Ich stellte meinen Kaffee auf den Tisch, öffnete meine Tasche und holte die beiden Krimis von mir heraus. »Die Sache ist ein wenig kompliziert,« sagte ich und deutete auf die Bücher. »Ich bin Krimi-Autor und lebe auf Korfu. Normalerweise denke ich mir meine Geschichten aus: Irgendwo geschieht ein Mord und ich beschreibe, wie der Fall aufgeklärt wird. Recherche betreibe ich nur, um den Lokalkolorit einzufangen – die Umgebung, die Menschen, die Stimmungen. Anfang Mai aber wurde ganz in der Nähe meines Wohnorts ein Mädchen ermordet. Der Täter ist gefasst, aber es gibt da einige Aspekte, die noch mysteriös erscheinen.«

»Darüber wollen Sie schreiben?«

»Ja,« sagte ich. »Vor allem überlege ich, ob nicht ein anderer als der Tatverdächtige den Mord begangen haben könnte.«

Herr Manopoulos schmunzelte. »Haben Sie etwa mich in Verdacht?«

»Oh nein,« sagte ich rasch. »Doch Sie kannten das Opfer.«

»So?« fragte Herr Manopoulos mit hochgezogenen Augenbrauen.

»Catherine Bardis,« sagte ich.

Herr Manopoulos machte große Augen. »Frau Bardis ist tot? Ermordet?«

»Erwürgt, um genau zu sein. Und wie es derzeit aussieht, vollkommen grundlos.«

Herrn Manopoulos schien wirklich erschüttert. »Das ist ja schrecklich. Sie war so jung, so voller Leben. Ich kann es gar nicht glauben.«

»Leider hatte ich nie das Vergnügen, Catherine kennenzulernen. Als ich sie das erste Mal sah, war sie bereits tot. Sie war auffallend schön und nach derzeitigem Ermittlungsstand fiel sie einem Sexualverbrechen zum Opfer. Doch ich habe meine Zweifel.«

»Darf ich fragen, warum?«

»Natürlich,« sagte ich. »Vorher aber möchte ich Ihnen eine Frage stellen: Haben Sie sich mit Frau Bardis auf englisch oder auf griechisch unterhalten?«

»Auf englisch natürlich. Sie war Amerikanerin und sprach kein griechisch.«

Catherine hatte also auch in Athen ihr Täuschungsmanöver angewandt. Das war ein klares Indiz gegen Harkos Verschwörungstheorie. »Sie war griechischer Abstammung,« sagte ich, »und sprach perfekt griechisch.«

»Dieses kleine Luder,« sagte Herr Manopoulos, halb aufgebracht, halb amüsiert. »Irini hatte gleich den Verdacht, aber ich war sicher, sie irrt.«

»Es kommt noch besser. Catherine war nicht nur griechischer Abstammung, sie war auch mit den meisten Menschen in dem Ort verwandt, in dem ich lebe.«

»Wie das?« fragte Herr Manopoulos erstaunt.

»Bardis mag ein seltener Familienname sein, doch in Afionas, wo ich wohne, heißen neun von zehn Familien so.«

»Bardéz – Bardis,« sagte Herr Manopoulos. »Zufall?«

»Vielleicht,« entgegnete ich. »Vielleicht auch nicht. Soweit ich weiß, gab es vor langer Zeit eine Familie Bardis, die in Afionas lebte und sich dort kräftig vermehrte. Aufgrund der schlechten wirtschaftlichen Lage nach dem Zweiten Weltkrieg sind viele Afioniten in andere Länder gegangen – so auch Catherines Vater, den es in die USA zog. Ich bin Argentinier und wer weiß? Vielleicht hat es in früherer Zeit einen Bardis nach Argentinien verschlagen, der seinen Namen in Bardéz geändert hat. Ich muss gestehen, ich kenne meinen Stammbaum nicht. Meine Großeltern väterlicherseits kamen bei einem Unfall ums Leben, mein Vater wuchs in einem Heim auf und ich habe keine anderen Verwandten.

Allerdings ist auch in Argentinien Bardéz ein seltener Name. Gut möglich, dass die Tote in irgendeiner Form mit mir verwandt war.«

Herrn Manopoulos nickte verständnisvoll. »Ich verstehe, warum Sie der Fall so interessiert.«

»Das tut er,« bestätigte ich. An die Namensähnlichkeit zwischen Bardis und Bardéz hatte ich bei meiner Legende nicht gedacht, nun schien sie mir den Weg zu öffnen. Dann kam mir ein anderer Gedanke: Was, wenn wirklich einer meiner Vorfahren aus Afionas stammte? Und Catherine tatsächlich, wenn auch um viele Ecken, mit mir verwandt war? Nun ging es nicht mehr um Jannis, nun war ich selbst an der Aufklärung interessiert.

Aufgeregt sagte ich: »Catherine verbrachte eine Woche als amerikanische Touristin in Afionas, sagte keinem, dass sie Bardis heißt. Sie verheimlichte sogar ihre Griechischkenntnisse.«

»Wie sind Sie auf mich gekommen?« fragte Herr Manopoulos, und kam damit zurück zum eigentlichen Grund meines Besuchs.

»Durch Ihre Telefonnummer,« antwortete ich. »Catherine war vor ihrem Tod eine Woche in Athen, das hat die Polizei ermittelt – ich glaube, durch die Flugtickets. Catherines Vater war so freundlich, mir ihr Mobiltelefon zur Verfügung zu stellen und über die Telefongesellschaft habe ich herausgefunden, Catherine hat Sie mehrfach angerufen. Ich vermute, sie war wegen etwas Bestimmtem in Griechenland und hat auf Korfu das gleiche gesucht wie hier bei Ihnen in Athen. Doch ich habe nicht die geringste Ahnung, was das gewesen sein könnte.«

»Und Sie glauben, ich könnte Ihnen weiterhelfen?«

»Zumindest hoffe ich es,« sagte ich.

Herr Manopoulos griff sich eines meiner Bücher und blätterte darin.

»Die dürfen Sie natürlich behalten,« sagte ich.

»Vielen Dank. Dann möchte ich auch eine Widmung.«

»Aber natürlich.« Ich griff nach meinem Füllfederhalter und signierte beide Bücher.

»Wenn Sie recherchieren, ändern Sie sicher die Namen der betreffenden Personen in Ihren Romanen?«

»Selbstverständlich,« sagte ich. »Ich bin kein Journalist und sehe es nicht als meine Aufgabe, etwas aufzudecken. Was ich schreibe, entspringt der Phantasie – mir genügt, den Ereignissen einen realistischen Hintergrund zu geben.«

»Wenn ich Ihnen sage, was Frau Bardis von mir gewollt hat: Finde ich das eines Tages in einem Ihrer Bücher wieder?«

»Auf keinen Fall unter Ihrem richtigen Namen.«

»Das ist sehr wichtig,« sagte er. »Meine Klienten legen größten Wert auf Diskretion.«

Er nippte an seinem Eiskaffee. »Meine genaue Funktion zu beschreiben, ist schwierig. Von Beruf bin ich Rechtsanwalt, doch ich habe nur kurz als Anwalt gearbeitet, bevor ich zu meiner heutigen Funktion fand. Man könnte mich als Berater, als Vermögensverwalter oder als Vermittler bezeichnen, meist bin ich alles drei zugleich. Einige meiner Klienten sind äußerst wohlhabend und nicht alle wollen, dass dies bekannt wird. Sie tätigen Geschäfte, bei denen es um viel Geld geht, aber es gibt Gründe, das nicht publik zu machen.«

»Illegale Geschäfte? Oder wegen der Steuer?«

»Letzteres,« sagte Herr Manopoulos. »Der Staat möchte an allen Geschäften als Partner beteiligt sein. Wie in den meisten Ländern tut auch hier die Regierung nicht viel für die Wirtschaft, lässt sich aber trotzdem fürstlich entlohnen. Einige meiner Klienten sind der Ansicht, auf eine solche Partnerschaft verzichten zu können. Deshalb werden häufig große Geschäfte abgewickelt, bei denen es offiziell um deutlich niedrigere Beträge geht. Würde es bei derartigen Transaktionen zu – sagen wir einmal – Unregelmäßigkeiten kommen, bestünde keine Möglichkeit, Forderungen vor Gericht geltend zu machen. Vertrauen ist gut, Kontrolle ist besser: Meine Aufgabe besteht darin, gleichgesinnte Geschäftspartner zusammenzubringen und dafür zu sorgen, dass Transaktionen zur Zufriedenheit aller Beteiligten abgewickelt werden.«

Ich musste schmunzeln. Das war die schönste Beschreibung, die ich je für Steuerhinterziehung in großem Maßstab gehört hatte, und ich bedauerte, niemals darüber schreiben zu können. Ich dachte an die Worte des Gefängnisdirektors, man könne Betrügern nicht ansehen, dass sie Gauner seien – und stimmte ihm zu: Von vielen führenden Persönlichkeiten der Wirtschaft und den meisten Politikern wusste man, welch notorische Lügner und Betrüger sie waren, doch die Justiz hatte sich nur um die kleinen Fische zu kümmern.

Ich war nicht als Moralapostel hier, ich war hier, um mehr über Catherine und ihre Aufgabe zu erfahren. Deshalb beschloss ich, das Spiel von Herrn Manopoulos mitzuspielen. »Wenn ich Sie richtig verstehe, stellen Sie sicher, dass sich beide Partner an die mündlichen Vereinbarungen halten und nicht an das schriftlich Fixierte.«

»Im großen und ganzen ist das richtig. Ich überprüfe den Ruf und die finanzielle Situation der Beteiligten. Sollte einer meiner Kunden versuchen, sich einen einseitigen Vorteil zu verschaffen, würde ich dafür sorgen, dass dies in den entsprechenden Kreisen bekannt wird. Womit derjenige erledigt wäre.«

»Erledigt?« Ich wurde hellhörig. War der freundliche Umgangston nur Fassade? Wurde hinter den Kulissen mit härteren Bandagen gekämpft?

Er beruhigte mich sofort. »Ich bringe niemanden um, erteile auch keine derartigen Aufträge. Das ist gar nicht notwendig. Wer in den Kreisen, in denen ich tätig bin, Geschäfte machen will, braucht einen untadeligen Ruf.« Ein Lächeln huschte über sein Gesicht. »Jedenfalls was die Zahlungsmoral anbelangt. Ein Betrüger könnte nie mehr ein größeres Geschäft abwickeln, er bekäme von keiner Bank mehr Kredit und er hätte ganz plötzlich die Steuerfahndung am Hals.«

»Und das funktioniert?«

»Ja,« sagte Herr Manopoulos, »das funktioniert. Meine Klienten halten sich an ihre Abmachungen.« Dem Büro nach verdiente auch der Vermittler dabei nicht schlecht.

»Was hatte Catherine in diesem Umfeld zu suchen?«

»Sie verstehen, ich kann Ihnen keine Details offenbaren. Nur soviel: Frau Bardis war an großen Grundstücken interessiert. Und ich habe Klienten, die entsprechend große Grundstücke verkaufen möchten.«

»Wollte Catherine ein Grundstück für sich selbst erwerben?« fragte ich neugierig. An diese Möglichkeit hatte ich noch nicht gedacht.

»Grundstücke für 30 Millionen aufwärts? Ich glaube kaum.«

Ich pfiff leise durch die Zähne. »30 Millionen. Wissen Sie, für wen oder wofür...«

Der Makler, so förmlich er bislang aufgetreten war, verfiel nun in die griechische Sitte, warf den Kopf nach hinten und schnalzte mit der Zunge – ein eindeutiges Nein. »Ich habe nur erste Sondierungsgespräche geführt. Solche Geschäfte werden nicht über Nacht abgewickelt. Frau Bardis wollte wissen, was ich vermitteln kann, danach musste sie Rücksprache mit ihren Auftraggebern halten. Ich weiß nicht einmal, für wen sie tätig war. Bevor ich in ernsthafte

Verhandlungen getreten wäre, hätte ich ihre Auftraggeber kennenlernen und überprüfen müssen.«

»Amerikaner?« fragte ich.

»Vermutlich, aber das ist nicht sicher. Kapital kennt keine Grenzen. Wie wir nun wissen, war Frau Bardis griechischer Abstammung – gut möglich, dass sie im Auftrag eines Griechen agierte.« Er schenkte mir ein warmes Lächeln. »Ist Ihr Wissensdurst damit gestillt?«

»Das sicher nicht,« gab ich offen zu. »Aber für einen Schriftsteller ist wichtig, dass die Phantasie angeregt wird. Das haben Sie auf jeden Fall geschafft.« Oh ja, das hatte er.

Ich verabschiedete mich und fuhr zurück ins Hotel. Für einen Stadtbummel war es zu heiß, außerdem war ich nach der kurzen Nacht auf dem Schiff müde – ich verbrachte den Rest des Nachmittags in Morpheus Armen. Erst um sieben wachte ich auf, bereit für meinen Termin mit dem Reeder. Den Wagen ließ ich auch diesmal im Hotel stehen.

Zum erstenmal fuhr ich in einem Taxi mit wehender griechischer Flagge – der Taxifahrer hatte gleich zwei davon an seiner Antenne befestigt.

»Ist heute ein Feiertag?« fragte ich den Fahrer.

»Das weiß ich noch nicht,« sagte er. »Hängt davon ab, ob wir heute Abend die Tschechei schlagen.«

»Im Fußball?« fragte ich.

»Natürlich. Ist das nicht super? Griechenland im Halbfinale. Wer hätte das vor der Europameisterschaft für möglich gehalten?«

Ich merkte schnell, mein Fahrer war nicht der einzige Fußballfan – jeder dritte Wagen hatte an den Antennen oder den Scheiben eine griechische Fahne befestigt. In Afionas war von dieser Euphorie anfangs nicht viel zu spüren gewesen, die Vorfreude auf die Europameisterschaft war weit von der Begeisterung entfernt, die ich aus Südamerika kannte. Mein Nachbar hatte es so formuliert: »Sie haben sich qualifiziert. Na und? Das haben sie schon oft geschafft. Dann zeigen sie der Welt, wie schlecht die Griechen Fußball spielen und kommen wieder heim. Und darauf soll ich mich freuen?«

Nun, das Eröffnungsspiel gegen Portugal hatten sie gewonnen, was die Mannschaft selbst vielleicht am meisten überrascht hatte. Zufall, hatte Manousos gesagt und sich geweigert, das nächste Spiel anzusehen. Nachdem sie auch dieses Spiel gewonnen hatten, war Manousos zumindest neugierig geworden, und seit dem dritten Sieg war er überzeugter Fußball-Fan.

Ich hatte mich verschätzt, und das gleich zweifach. Die Fahrt durch die Stadt dauerte viel länger, als ich eingeplant hatte, und die Griechen, sonst schwer aus der Ruhe zu bringen, feierten schon jetzt so ausgelassen, wie ich das bisher nur aus Buenos Aires kannte. Um acht Uhr waren wir noch immer unterwegs und mein Mobiltelefon lag im Hotel.

Nur langsam veränderte sich das Stadtbild auf unserer Fahrt nach Norden in die Hügel. Die für Athen typischen vier- bis sechsstöckigen Häuser, die dicht aneinander gebaut sind, wurden weniger, dafür war hin und wieder ein Baum, gelegentlich sogar ein kleiner Park zu sehen. Endlich waren wir in Maroussi, dem Nobelviertel, in dem der Reeder wohnte.

Es war bereits halb neun, als wir am Haus des Reeders ankamen. Ich bezahlte den Fahrer und stieg aus. Das erste, was mir auffiel, waren nicht die vielen Zedern und Tannen, die hier wuchsen, sondern der Wind, der angenehm kühlte. In Maroussi ließ es sich aushalten. Auch vom Lärm der Millionenmetropole war hier auf dem Hügel kaum noch etwas zu hören; das lärmende Zentrum der Stadt bot sich nur noch den Augen als faszinierendes Lichtermeer dar, das langsam in der beginnenden Dunkelheit erwachte.

Das Grundstück des Reeders war von einer gut zwei Meter hohen Mauer umgeben, ein großes stählernes Tor diente als Einfahrt, daneben eine Tür, ebenfalls aus Stahl. Ich fragte mich, ob es wirklich eine gute Idee gewesen war, hierherzukommen. Wenn Harko recht hatte, würden mich in wenigen Augenblicken bis an die Zähne bewaffnete Wachleute durchsuchen. Siedendheiß fiel mir ein, dass außer Harko niemand wusste, wo ich war. Sollte ich wirklich in eine Mafia-Hochburg gelangen und mich verdächtig machen: Was hinderte meinen Gastgeber daran, mich einfach verschwinden zu lassen? Den Taxifahrer ausfindig zu machen, der mich hergebracht hatte, war unmöglich: Es gab tausende von Taxis und nicht alle von ihnen hatten eine offizielle Lizenz. Hätte ich nicht mein Mobiltelefon vergessen, könnte ich wenigstens Harko anrufen, dachte ich noch, und ihn bitten, er möge die Polizei verständigen, wenn ich mich nicht spätestens in drei Stunden wieder bei ihm meldete. Ich sah mich schnell nach einer Telefonzelle um. Dann fiel mir ein, damit würde ich zugeben, an seine Verschwörungstheorie zu glauben. Und den Gefallen wollte ich ihm nicht tun.

Entschlossen drückte ich auf den Klingelknopf. Ich hörte einen melodischen Gong, kurz darauf ging die Tür auf. Doch kein Wachmann nahm mich in Empfang – der Reeder selbst begrüßte mich, leger in ein weites, blaues Polohemd und eine leichte weiße Stoffhose gekleidet, ein Outfit, mit dem er gut auf eine noble Yacht gepasst hätte. Er mochte Anfang 60 sein, ein großer, kräftiger Mann mit einer eindrucksvollen Nase in einem kantigen Gesicht, vollem, schwarzem, nur an den Schläfen leicht angegrautem Haar. Was mich vom ersten Moment an für ihn einnahm, waren seine Augen – große, dunkelbraune Augen, die Wärme ausstrahlten.

Auch er musterte mich und dem strahlenden Lächeln nach fiel seine Musterung ebenfalls positiv aus.

»Guten Abend, Herr Bardéz,« sagte er mit einer vollen, wohltönenden Stimme, »schön, dass Sie den Weg zu uns gefunden haben.«

»Ich bin es, der zu danken hat. Sie kennen mich nicht einmal und laden mich so kurzfristig zu sich ein.«

»Ich bitte Sie,« sagte er lächelnd. »Sie kommen aus Afionas und haben sicher eine Menge interessanter Neuigkeiten für mich. Eine solche Gelegenheit kann ich mir doch nicht entgehen lassen.«

Er bat mich, einzutreten. Wir gingen durch einen Vorgarten, der die Hand eines kundigen Gärtners verriet, zu einem schönen, jedoch keineswegs pompösen Bungalow, im Stil der 60er Jahre erbaut: Große Fensterfront zum Garten hin, ein großer Kamin, überraschend viel Holz.

In der geöffneten Haustür erwartete uns eine attraktive, dunkelhaarige, wenn auch um die Hüften etwas rundliche ältere Frau.

»Maria, meine Gemahlin,« stellte mich Herr Bardis ihr vor, »das ist Herr Bardéz, ein Schriftsteller aus Afionas.«

Sie reichte mir die Hand. »Sehr erfreut, Sie kennenzulernen. Bardéz – Bardis? Zufall?«

»Das weiß ich leider nicht,« sagte ich, »doch hoffe ich, heute Abend mehr darüber zu erfahren.« Zu Herrn Bardis gewandt sagte ich: »Hoffentlich störe ich nicht. Obwohl ich aus Lateinamerika stamme, muss ich gestehen, bin ich kein Fußballfan. Ich habe erst im Taxi erfahren, dass heute Griechenland gegen die Tschechei spielt. Wäre es nicht besser, den Besuch zu verschieben?«

»Unsinn,« sagte Herr Bardis, »ich finde Fußball schrecklich langweilig. Doch ich muss zugeben, die griechische Mannschaft hat sich bislang phantastisch geschlagen. Nicht nur, dass sie zum erstenmal bei einem internationalen Turnier ein Spiel gewonnen hat: Jetzt steht sie sogar im Halbfinale. Das ist eine beachtliche Leistung. Dieser deutsche Trainer – wie heißt er noch?«

»Otto Rehagel,« sagte seine Frau.

»Dieser Otto Rehagel ist ein Zauberer. Meine Landsleute halten nicht viel von Organisation. Aber wie er die Spieler zu einer Mannschaft zusammengeschweißt hat – Respekt. Das ist deutsche Disziplin.«

Organisation, Disziplin: Unwillkürlich musste ich an Harko denken.

»Ich hoffe doch, Sie haben Hunger,« sagte seine Frau, »ich habe ein kleines Abendessen vorbereitet.«

Sie drehte sich um und ging voraus ins Innere des Bungalows. Der Reeder hielt mich zurück, bis seine Frau außer Sicht war. »Von wegen kleines Abendessen,« sagte er lächelnd, »sie war den ganzen Tag in der Küche beschäftigt. Wir empfangen nur selten privaten Besuch und sie wollte wohl die Gelegenheit nutzen, ihre Kochkünste zu zeigen. Wenn Sie vielleicht ab und an ein kleines Kompliment fallenlassen könnten...«

Ich versprach es. Die Aufforderung wäre jedoch nicht nötig gewesen, das Essen war phantastisch: ein halbes Dutzend Vorspeisen, Fisch in einer leichten Wein-Tomaten-Sauce als erstes, geschmortes Lamm mit Thymian-Backkartoffeln als zweites Hauptgericht, als Nachtisch ein Melonen-Sorbet. Ich sparte nicht mit Komplimenten und bat, da habe ich bei einem wirklich guten Essen niemals Skrupel, um das Rezept für das Lamm: So zart und würzig hatte ich selbst es noch nie hinbekommen.

Während des Essens machten wir lediglich Konversation, doch als die Reedersgattin den Tisch abräumte, uns zwei Gläser Metaxa brachte und den Kaffee servierte, wurde Herr Bardis unruhig.

»Sie sagten heute Morgen am Telefon, Sie wollen mehr über die Familie Bardis wissen. Darf ich zuerst fragen, woher Ihr Interesse stammt?«

»Natürlich,« sagte ich. »Darf ich Ihnen zunächst zwei meiner Bücher als Gastgeschenk überreichen? Leider sind es nur englische Ausgaben, ich hoffe aber, Sie haben trotzdem Freude daran.«

Diesmal hatte ich sie schon signiert.

Herr Bardis nahm sie entgegen, reichte eines seiner Frau, beide blätterten darin.

»Sie wissen es natürlich nicht,« sagte er, »doch meine wichtigsten Geschäftspartner sitzen in den USA, englisch ist mir daher genauso vertraut wie griechisch. Aber wie kommt es, dass Sie so ausgezeichnet griechisch sprechen? Laut Ihrem Buch sind Sie Argentinier und leben erst seit wenigen Jahren auf Korfu. Von einem spanischen Akzent ist nichts zu hören, auch nichts von dem eigenwilligen Dialekt, der auf Korfu gesprochen wird.« Hatte er in wenigen Sekunden meine Kurzbeschreibung auf dem Einband durchgelesen? Oder hatte er im Lauf des Tages Erkundigungen über mich eingezogen? Ich gestand mir ein, früher offener bei solchen Treffen gewesen zu sein; das Misstrauen, das Harko der Welt gegenüber hegte, schien auf mich abzufärben.

»Zu meinem großen Glück bin ich sprachbegabt,« sagte ich, »es fällt mir leicht, neue Sprachen zu lernen.«

»Was hat Sie überhaupt nach Griechenland geführt?« fragte seine Frau. »Und dann auch noch nach Afionas? Ich war nur einmal dort – ein schöner Ort, aber sehr abgelegen.«

»Anfangs,« sagte ich, »dachte ich an einen Zufall. Ich wollte nach Europa, suchte ein ruhiges Plätzchen am Mittelmeer, wo ich ungestört meine Bücher schreiben kann.«

»Wäre da Spanien nicht die erste Wahl gewesen?« fragte Herr Bardis. »Als Argentinier sprechen Sie doch spanisch.«

»Das ist richtig,« gab ich zu, »aber die spanische Mentalität liegt mir nicht. Zu betriebsam. Ich habe die Côte d´Azur sowie mehrere Orte in Italien und Jugoslawien angesehen und bin zu dem Schluss gekommen, eine Insel wäre das Richtige. Drei Monate habe ich in der Ägäis gelebt, erst auf Paros, dann auf Antiparos. Doch das sind reine Urlaubsinseln, zu viele Urlauber, zu viel Wind und auf Dauer fand ich den Anblick nackter Felsen ermüdend. Als ich einem Griechen mein Leid klagte, sagte der, Korfu wäre das Richtige für mich. Ich muss gestehen: In diese Insel habe ich mich sofort verliebt - das ganze Jahr grün, ein ausgeglichenes, angenehmes Klima, freundliche Menschen. Und kein Meltemi.«

Herr Bardis lachte. »Aber dafür den Maestro. Der weht auch ganz kräftig.«

»Schon – aber nur drei Tage. Den Meltemi musste ich wochenlang aushalten.«

»Meltemi? Maestro? Von was redet ihr?« fragte Frau Bardis.

»Aber Schatz,« sagte Herr Bardis, »den Meltemi kennst Du doch. Das ist der Wind, der im Sommer von Afrika her durch die ganze Ägäis weht. Im August und September spüren wir ihn sogar hier in Athen.«

»Und der Maestro?«

Das konnte ich ihr erklären. »Auf Korfu haben wir zwei starke Winde,« sagte ich. »Der Südwind bringt warme Luft, der Maestro, ein Nordwind, ist dagegen kalt. Ich habe noch nicht herausgefunden, wann er kommt, wir kennen ihn Sommer wie Winter, und speziell im Januar und Februar bringt er häufig Frost. Das eigentlich besondere aber ist: Wenn er weht, dann fast immer drei Tage am Stück. Im Sommer meist nur tagsüber, im Winter dagegen vor allem abends und in der Nacht. Nach drei Tagen oder Nächten ist der Spuk vorbei – oder er fängt von neuem an. Dann windet es sechs Tage.«

»Gelegentlich windet es ganz schön,« sagte der Reeder.

»Und wie sind Sie auf Afionas gekommen?« fragte seine Frau. »Ein Mann wie Sie, der offensichtlich die ganze Welt kennt, in einem solch kleinen Nest?«

»Wie gesagt,« antwortete ich, »anfangs dachte ich, es wäre Zufall. Ich machte zwei Wochen Urlaub auf der Insel und stellte fest, der Norden gefiel mir sehr viel besser als der Süden. Ich fand ein Haus und kaufte es.«

»Inzwischen glauben Sie nicht mehr an einen Zufall?« fragte Herr Bardis.

»Ich weiß nicht,« gestand ich. »Ich kaufte mein Haus von einem Deutschen, der die Insel wieder verlassen wollte, und erfuhr erst später, es war ursprünglich von einem Bardis erbaut worden. Danach erfuhr ich, auch mein Nachbar heißt Bardis, was ich für einen merkwürdigen Zufall hielt. Bis ich zum erstenmal die Post im Kafenion durchblätterte: Spiros Bardis, Georgos Bardis, Kostas Bardis – praktisch alle heißen Bardis. Heute weiß ich, es gibt auf der ganzen Welt nur ein paar hundert Familien mit diesem Namen und die meisten von ihnen wohnen in Afionas. Auch Bardéz ist ein seltener Name und es könnte sein, dass er von Bardis abgeleitet ist. Leider lässt sich das nicht nachprüfen: Mein Vater wuchs als Waise in einem Heim auf und meines Wissens existieren keine Unterlagen mehr über meine Familie. Nun versuche ich, mehr über die einzelnen Zweige dieses Bardis-Clans herauszufinden und hoffe, dabei etwas über meine eigene Vergangenheit zu erfahren.«

»Ich kann Ihren Wunsch gut verstehen,« sagte der Reeder, »doch ich fürchte, ich kann Ihnen kaum weiterhelfen. Mein Vater verließ Afionas, als ich sechs Jahre alt war – das war 1950. Korfu war damals eine bitterarme Insel und mein Vater sah keine Zukunft dort. Es kam zu einem Zerwürfnis mit meinen Großeltern, ein Streit, der nie beigelegt wurde. Ich selbst war als Kind oft bei meinen Großeltern auf Korfu, doch als sie starben, hörte das auf. Das letztemal war ich vor vielen Jahren mit meiner Frau im Urlaub dort.«

»Sie haben keine geschäftlichen Verbindungen nach Korfu?« fragte ich. »Keine Partner in Afionas?«

Herr Bardis lachte. »Nach Korfu schon, aber sicher nicht nach Afionas. Sehen Sie: Wir Griechen halten nichts von Organisation, kümmern uns wenig um Qualität und Pünktlichkeit, wir improvisieren lieber. Wir Griechen sind Händler und vor allem Seefahrer. Die Seefahrt aber ist heute ein internationales Geschäft. Ein Onassis konnte – durch eine einzigartige Mischung aus Skrupellosigkeit und Genialität – noch ein rein griechisches Imperium aufbauen und Preise nach Belieben diktieren. Doch das ist lange her. Meine Reederei ist im internationalen Vergleich ein Winzling; wir behaupten uns nur, weil wir eng mit Partnern in den USA zusammenarbeiten und uns modernster Technologie bedienen. Ich bekomme Frachtaufträge, wenn ich besser, schneller und vor allem billiger bin als die Konkurrenz. Glauben Sie mir: Selbst bei einem Großauftrag über eine Million können heute ein paar tausend Dollar Unterschied im Angebot darüber entscheiden, ob wir den Zuschlag erhalten oder nicht. Meine Verwandten in Afionas haben von diesem Wechsel noch nichts gemerkt. Sie sind Insulaner, die genauso leben möchten wie zu Zeiten meiner Großeltern. Ihre Oliven sind ihnen wichtig, auch wenn niemand ihr Öl kauft. Sie warten auf die Touristen, tun aber nichts für den Tourismus. Die meisten fühlen sich nicht einmal als echte Griechen. Was sollte ich mit diesen Menschen für Geschäfte machen?«

Jetzt wurde es heikel. »In den USA leben doch auch Bardis-Familien. Haben Sie zu denen Kontakt?«

Er machte eine verächtliche Handbewegung. »Ich habe noch von keinem anderen Reeder gehört, der Bardis heißt. Ich vermute, die meisten Auswanderer aus Afionas arbeiten irgendwo als Kellner, wenn sie erfolgreich sind, haben sie es zu einem eigenen Restaurant gebracht. Oder zu einer Gemüsehandlung.«

»Kein Geschäftssinn?« fragte ich.

»Doch,« sagte Herr Bardis, »aber der falsche. Und zuviel Familiensinn.«

»Zuviel Familiensinn?« fragte ich überrascht. »Haben Sie den nicht gerade in Frage gestellt?«

Der Reeder wollte gerade zu einer Antwort ansetzen, als von draußen aufgeregte Schreie ertönten, die in eine Art Geheul übergingen, gefolgt von einem ohrenbetäubenden Hupkonzert.

»Was ist jetzt passiert?« fragte ich erschrocken.

Herr Bardis lächelte: »Ich fürchte, Griechenland hat ein Tor geschossen. Gestatten Sie, dass ich kurz den Fernseher einschalte?«

Er stand auf, griff nach der Fernbedienung und schaltete das Gerät an. Er hatte recht, es war ein Tor gefallen. Doch das war nicht alles: Der aufgeregten, sich bisweilen überschlagenden Stimme des Kommentators zufolge hatte es in diesem, so sagte er wörtlich, »Fußballkrimi« bis zum Schluss 0:0 gestanden, erst in der Verlängerung hatte Griechenland buchstäblich in letzter Minute den Siegestreffer erzielt. Nun war die Sensation perfekt: Die Außenseiter standen im Finale.

»Unglaublich,« murmelte ich.

Herr Bardis schien sich zu freuen, schüttelte aber den Kopf, als könne er es noch immer nicht fassen. »Da bemühen sich unsere Politiker jahrelang, die olympischen Spiele ins Land zu bekommen, geben dafür Millionen von Steuergeldern aus, die anderswo dringender benötigt werden und versprechen den Menschen, die Spiele machen Griechenland weltweit bekannt. Nun kommen ein paar Fußballer mit einem lächerlichen Budget und heben die Welt aus den Angeln. Ich weiß nicht, wo Sie in Athen abgestiegen sind, aber ich fürchte, heute Nacht werden Sie nur wenig zum Schlafen kommen.«

Wie um seinen Worten Nachdruck zu verleihen, ertönten draußen die ersten Schüsse und Raketen stiegen heulend in den Himmel.

Herr Bardis machte den Fernseher aus, holte aus einer Hausbar eine Flasche 24jährigen Scotch und sagte: »Leider habe ich keine Waffe hier, sonst würde auch ich ein paar Freudenschüsse abgegeben. Doch feiern sollten wir schon, finden Sie nicht?«

Seine Frau brachte frische Cognac-Schwenker für den edlen Tropfen, er schenkte ein und sagte feierlich: »Stin Hellada – auf Griechenland.« Diesmal trank auch seine Frau mit.

Als er sich wieder setzte, erinnerte ich ihn an die Diskrepanz mit dem Familiensinn und der falschen geschäftlichen Einstellung.

»Ach das,« sagte er, inzwischen deutlich beschwingt. »In Afionas gibt es viel Familiensinn, nur erstreckt sich der nicht auf das, was Sie den Bardis-Clan genannt haben, sondern lediglich auf die eigene Familie. Wenn ein Bardis in die Fremde geht, erwarten die zurückgebliebenen Eltern, Brüder und Schwestern, dass der Auswanderer regelmäßig Geld nach Hause schickt. Was derjenige auch brav tut. So fehlt dem Auswanderer das Kapital, um sich eine wirkliche Existenz aufzubauen, während die Daheimgebliebenen das Geld entweder vergeuden oder in Projekte investieren, die keinen oder nur einen geringen Gewinn abwerfen. Ich darf Ihnen versichern: An den Bardis ist kein geschäftliches Genie verlorengegangen.«

»Sie haben es doch geschafft,« sagte ich. »Sie sind erfolgreich.«

Er lächelte, wie mir schien, nun etwas traurig. »Das war nur möglich, weil mein Vater mit seiner Familie gebrochen hat. Dadurch war er auf sich allein gestellt und bis zu einem gewissen Grad zum Erfolg verdammt. Als er starb, hinterließ er mir zwei rostige Frachtkähne, die innerhalb Griechenlands von Insel zu Insel schipperten. Ich habe 30 Jahre gebraucht, um das Unternehmen aufzubauen, das ich heute leite.«

»Und das Sie irgendwann ihren Kindern vermachen werden.«

Er seufzte und seine Frau sah betreten zu Boden. Ich war mal wieder in ein Fettnäpfchen getreten. »Wir haben nur zwei Töchter, zwei liebe Mädchen, die jedoch kein Interesse für das Geschäft haben. Sotiria hat einen Chirurgen geheiratet, Elena lebt mit einem Maler zusammen. Nicht einmal mit meinen Schwiegersöhnen hatte ich Glück. Vielleicht tritt eines Tages einer meiner Enkel in meine Fußstapfen, aber bis dahin vergeht noch viel Zeit.«

Er erzählte viel von seinem Vater und seinen Großeltern, von seiner Kindheit, die er in Afionas verbracht hatte und die er trotz aller Kritik an Afionas und seinen Bewohnern als schön empfunden hatte. Ich glaubte zu verstehen, warum er mich empfangen hatte, obwohl ich ihm kaum etwas Interessantes zu sagen vermochte: Athen war gut, um Geld zu verdienen, sein Herz jedoch war auch nach all den Jahren der Trennung noch immer in Afionas. Die Menschen in Afionas mochten sich streiten und sie mochten den Anschluss an die moderne Welt verpasst haben: Für den alten Reeder lebten sie dennoch im Paradies.

Es war fast drei Uhr, als wir uns herzlich voneinander verabschiedeten. Herr Bardis und seine Frau versprachen, noch in diesem Sommer nach Afionas zu kommen und mich zu besuchen.

Bezüglich meiner Nachtruhe sollte der Reeder leider recht behalten: Die Athener feierten bis zum Morgengrauen, auf dem Syntagma-Platz herrschte eine Stimmung, als seien Ostern, Weihnachten und Silvester auf diesen einen Tag zusammengelegt worden.

Das erste, was ich am nächsten Morgen verspürte, war ein unglaublicher Durst: Ich trank drei Flaschen Mineralwasser aus der Mini-Bar. Dann kamen die Kopfschmerzen, der ständige Lärm von draußen zeigte Folgen, ich hatte Sehnsucht nach meiner ruhigen Terrasse in Afionas. Hunger hatte ich keinen, ich war noch satt vom reichhaltigen Abendessen, doch ich brauchte einen Kaffee. Ich ging zu einem der vielen Straßencafés gegenüber dem Britannia, kaufte in einer Apotheke eine Schachtel Aspirin und schluckte drei davon zu meinem doppelten Heleniko. In einer halben Stunde musste ich zu meinem dritten und letzten Termin in Athen, genügend Zeit, um Harko anzurufen und ihn darüber zu informieren, was ich bislang herausgefunden hatte. Viel war es nicht: Catherine hatte ein Grundstück kaufen wollen, der erste Kontakt war ein Makler, ein Gauner, aber kein Verbrecher, und der Reeder hatte viele Sorgen und noch mehr Heimweh, aber sicher keine Kontakte zum organisierten Verbrechen.

Harko war sofort am Apparat, wirkte aber verärgert.

»Was ist denn los?« fragte ich. »Ist etwas geschehen?«

»Das kann man wohl sagen,« sagte er mürrisch. »Diese Scheiß-Untersuchung. Nichts als Ärger.«

»Erzähl,« drängte ich.

»Gestern sind wir mit dem Boot nach Othoni rausgefahren.«

Othoni war eine der vorgelagerten Inseln, mit dem Boot in einer knappen Stunde zu erreichen. Im Sommer war Othoni ein beliebtes Ausflugsziel der Griechen, auch Italiener kamen gerne, sie brauchten bei schönem Wetter nur zwei Stunden vom italienischen Festland aus.

»Das ist doch eine schöne Tour,« sagte ich.

»Dachte ich auch,« knurrte Harko. »Die Kinder können baden oder am Strand spielen, während Marianne und ich essen. Wir haben einen Italiener gefunden, direkt am Hafen, mit einer phantastischen Küche. Frischer Fisch, hausgemachte Pasta und nur die besten Zutaten. Die Kapern werden von der Großmutter in Sizilien eingemacht.«

»Fürwahr ein Grund, schlechte Laune zu haben.«

»Ich bin noch nicht fertig,« sagte Harko. »Ich war früher schon mit Freunden auf der Insel und nie habe ich dort Polizei gesehen. Doch gestern waren sie da – drei Beamte in Uniform und einer in Zivil. Sie haben jedes Boot kontrolliert, haben mich gefragt, ob ich über Nacht bleibe oder wieder zurückfahre.«

»Ihr gutes Recht, Dich zu fragen.«

»Ha!« sagte Harko entrüstet. »Gleiches Recht für alle. Von wegen. Wir saßen kaum im Ristorante…«

»Nur Du und Marianne oder ihr alle?«

»Wir alle. Ausnahmsweise waren auch die Zwillinge hungrig. Wie wir da sitzen, fährt eine italienische Yacht in den Hafen. Ein Riesenkahn und sündhaft teuer. Glaubst Du, die wären kontrolliert worden? Nicht die Spur.«

»Soll vorkommen,« sagte ich leise. Ich wusste nicht, ob Harko das gehört hatte, er reagierte jedenfalls nicht darauf, sondern erzählte weiter.

»Auf der Yacht eine komplette Großfamilie. Ein Patrone, ein Mafioso wie aus dem Bilderbuch: großgewachsen, graumeliertes Haar, elegant gekleidet und vor Geld stinkend. Dazu einige Erwachsene und eine Horde lärmender Kinder. Und alle kamen in das Restaurant.«

»Das hat Dir den Appetit verdorben?« fragte ich erstaunt.

»Quatsch keinen Blödsinn,« fauchte Harko. »Die können essen, wo sie wollen. Doch kaum saßen sie, kam auch schon der Wirt, und begrüßte den Patrone persönlich. Sie mussten nicht einmal bestellen, schon wurden Unmengen aufgefahren.«

»Vielleicht haben sie von Bord aus bestellt?« gab ich zu bedenken.

»Ja vielleicht,« sagte Harko muffig. »Jedenfalls muss das Essen ein Vermögen gekostet haben. Während der Patrone noch aß, kamen zwei Polizisten ins Ristorante – einer der Uniformierten und der Zivilist.«

»Und haben den Patrone nach seinen Papieren gefragt.«

»Nein – sie haben sich in eine Ecke gesetzt und Ouzo[9] getrunken.«

---

[9] Anis-Schnaps

»Oh Mann,« sagte ich. »Ouzo. Am Ende noch unverdünnt.«

»Hör mal, Du Blödmann: Willst Du nun wissen, was passiert ist oder nicht?«

»Natürlich will ich wissen, was passiert ist, aber ich verstehe noch immer nicht, weshalb Du schlechte Laune hast. Du bist der Mafia auf den Fersen – mit einer direkten Spur nach Sizilien, der Hochburg der Mafia.«

»Die Großmutter? Die ist harmlos.«

»Bist Du sicher? Sizilianische Kapern – wow!«

»Noch eine dieser dummen Bemerkungen und ich lege auf.«

Harko hatte wirklich schlechte Laune.

»Ich bin ja schon ruhig,« sagte ich.

Harko brummte, fuhr aber fort. »Also: Die Polizisten trinken ihren Ouzo. Da steht der Patrone auf, geht rüber und begrüßt die Gäste, als wären sie alle die besten Kumpel. Die Drei stehen auf und gehen von der Terrasse in das Restaurant. Ich sehe noch, wie sie im Büro verschwinden. Kaum eine Minute später geht ihnen Emilio, der Wirt, unauffällig nach.«

»Sehr verdächtig,« sagte ich. Ein Wirt, der in sein eigenes Büro geht. Da hätten auch bei mir die Alarmglocken geklingelt. Vermutlich war es nur meinen Kopfschmerzen zu verdanken, dass ich nicht laut lachte.

»Das erschien auch mir verdächtig,« sagte Harko ernsthaft. »Am Ende des Flurs, an dem sich das Büro befindet, sind auch die Toiletten. Ich tue also so, als müsste ich mal. Doch vor dem Büro bleibe ich stehen. Da war nichts mehr mit Harmonie. Der Patrone fluchte, die Polizisten schauten betreten aus der Wäsche.«

»Das hast Du gehört? Durch die geschlossene Tür? Wie sie betreten aus der Wäsche sahen?«

»Quatsch, das habe ich natürlich gesehen: Die Tür stand einen Spaltbreit offen.«

»Leider hast Du nichts verstanden, weil alle italienisch gesprochen haben.«

»Ich wünschte, ich hätte nichts verstanden,« sagte Harko. »Doch die beiden Griechen konnten offenbar kein italienisch oder zumindest nicht viel. Der Patrone hat auf italienisch geflucht und Emilio hat übersetzt.«

»Und?« fragte ich. »Haben sie über Catherine gesprochen?«

»Du wirst es nicht glauben – sie haben. Und immer wieder fiel der Name Bardis. Der Patrone war wütend, weil die Polizei plötzlich nicht mehr spurt. Er sagte, das sei eine Riesensauerei. Die beiden griechischen Polizisten antworteten, da könne man im Moment nichts machen, man müsse eben abwarten. Und dann bekam einer der Polizisten vom Patrone einen Umschlag.«

»Weißt Du auch, was drin war?« fragte ich, diesmal wirklich neugierig.

»Was wohl: Geld natürlich.«

»Bist zu sicher?«

»Der Zivilist, der den Umschlag bekam, hat ihn gleich geöffnet und das Geld gezählt. Ein dickes Bündel mit 100 Euro Scheinen.«

»Das ist in der Tat verdächtig,« sagte ich.

»Bist Du eigentlich blöd?« fragte Harko wütend. »Das ist kein Verdacht mehr, das ist schon ein Beweis. Allein für die Bestechung müssen die beiden Beamten ein paar Jahre in den Knast.«

»Dann hast Du ja endlich Deine Verschwörung,« sagte ich. »Darüber solltest Du Dich eigentlich freuen. Stattdessen hast Du schlechte Laune und machst mich an.«

»Dazu habe ich auch allen Grund.«

»War das Ganze etwa ein Irrtum?« fragte ich. Die Beamten konnten schließlich immer noch behaupten, sie hätten Hafengebühren kassiert.

»Ich weiß nicht, ob es ein Irrtum war und ich will es im Moment auch nicht wissen. Ich bin zurück zu unserem Tisch und habe Marianne gesagt, was ich gesehen und gehört habe.«

»Und sie hat Dir geraten, sofort zur Polizei zu gehen.«

»Nein – sie hat mich gefragt, wieso ich plötzlich so gut griechisch verstehe. Und mir vorgeworfen, ich hätte heimlich eine Freundin, die mir in lauschiger Umgebung griechisch beibringt. Sie hat im Ristorante eine Riesenszene gemacht. Danach ist Tina und Sina aufgegangen, dass ich schon lange mitbekomme, was sie sich auf griechisch zu erzählen haben. Worauf auch die Zwillinge Zeter und Mordio schrieen. Mir blieb nichts anderes übrig, als fluchtartig zu verschwinden. Mann, habe ich mich geschämt.«

»Und jetzt?« fragte ich.

»Und jetzt? Jetzt habe ich die totale Scheiße hier. Marianne redet kein Wort mehr mit mir, ich schlafe im Arbeitszimmer, und die Zwillinge tun so, als wäre ich Luft. Sie unterhalten sich nur noch auf griechisch miteinander und versichern sich gegenseitig, was für ein Arschloch sie als Vater haben.«

»Scheiße,« sagte ich.

»Das kannst Du laut sagen. Ich sag Dir eins: Die Lust am Ermitteln ist mir gründlich vergangen. Wenn Du weitermachen willst, wünsche ich Dir viel Spaß. Ich muss mich jetzt um meine Familie kümmern.« Dann legte er auf.

Ich hatte ihm nicht sagen können, was ich über Catherine und den Reeder herausgefunden hatte, und zu einem zweiten Anruf reichte die Zeit nicht, ich musste zu meinem nächsten Termin. Musste ich das eigentlich noch, nachdem Harko ausgestiegen war? Ich beschloss, mir diese Frage später zu stellen und jetzt die Gelegenheit zu nutzen, mit dem zweiten Kontakt von Catherine hier in Athen zu sprechen. Ich ging vom Café hoch zur Hauptstraße, hielt ein Taxi an und fuhr zu der dritten Adresse.

Diesmal war die Fahrt nur kurz. Das Haus lag in der Nähe des Omonia-Platzes, neben Syntagma das zweite wichtige Zentrum im Herzen von Athen. Allerdings war Freitag und die meiste Zeit stand das Taxi im Stau. Zurück würde ich mit der Metro fahren, doch auf dem Hinweg hatte ich keine Lust, ewig am Omonia-Platz nach der richtigen Adresse zu fragen. Von früheren Besuchen in der griechischen Hauptstadt wusste ich, dass die meisten Athener nicht einmal den richtigen Weg zur nächsten Querstraße beschreiben konnten.

Das Büro befand sich in einem modernen Bürokomplex mit geschwärzter Glasfassade, hässlich und anonym. Ich rechnete erneut mit einer Geheimniskrämerei, doch bereits das Türschild sprach Bände: Elefterios Koutakis & Sons, Makler. Catherine hatte wirklich ein Grundstück gesucht.

Auf mein Läuten öffnete diesmal keine freundliche weibliche Stimme, nur der Türöffner wurde gedrückt und ich konnte eintreten. Das Büro lag im 4. Stock, ich nahm den Lift und stand kurz darauf vor einer gläsernen Eingangstür. Eine gelangweilte Sekretärin fragte mich, was ich wolle und bat mich, Platz zu nehmen. Ich musste eine geschlagene Stunde warten, bis endlich die Tür zu Herrn Koutakis Büro aufging und ein selig lächelndes junges Paar und ein sehr zufriedener wirkender Makler herauskamen. Spontan erinnerte mich Herr Koutakis an einen Gnom: Knapp einen Meter und sechzig groß, frettchenhaftes Gesicht und frettchenhafte Bewegungen.

Ich überlegte gerade, ob ich bei diesem Mann ein Grundstück kaufen würde, als er auf mich zukam und mich überschwenglich begrüßte.

»Herr Bardéz – was kann ich für Sie tun? Suchen Sie ein Grundstück, ein Haus oder ganz allgemein eine gute Wertanlage?«

»Offengestanden suche ich nur eine Auskunft,« sagte ich.

Der freundliche Gesichtsausdruck verschwand, förmlich bat er mich in sein Büro. Der Raum war teuer, aber zweckmäßig eingerichtet, er strahlte weder Wärme noch Persönlichkeit aus. Eine Frettchenhöhle, dachte ich, behielt meine Meinung aber für mich. Ich überlegte, ob ich ihm die mitgebrachten und bereits signierten Bücher von mir geben sollte, entschied mich aber dagegen – der Mann würde vermutlich nicht einmal einen Blick hineinwerfen, sie stattdessen gleich seiner Sekretärin geben, womöglich zur sofortigen Entsorgung.

»Wie kann ich Ihnen helfen?« fragte er, nicht unfreundlich, aber sehr geschäftsmäßig.

»Es handelt sich um eine Klientin von Ihnen,« sagte ich, »Catherine Bardis, eine Amerikanerin.«

Sofort verfinsterte sich sein Gesicht. »Sie meinen die amerikanische Griechin beziehungsweise die griechische Amerikanerin?«

»Sie wissen, dass sie Amerikanerin griechischer Abstammung war? Hat sie Ihnen das gesagt?«

Er stutzte: »Sie sagten: war. Was meinen Sie damit?«

»Frau Bardis wurde vor ungefähr sechs Wochen ermordet. Auf Korfu.«

Ich mochte ihn nicht und wollte ihm nicht mehr sagen als notwendig, doch er fragte gar nicht. Stattdessen sagte er nur: »Wundert mich nicht, wundert mich absolut nicht. Sie war eine Betrügerin.«

Nun war die Reihe an mir, mich zu wundern. »Eine Betrügerin? Davon ist mir nichts bekannt.«

Er drückte auf einen Knopf und sagte: »Frau Papadopoulos, schicken Sie bitte meinen Sohn herein.« Wieder zu mir gewandt, sagte er: »Mein Sohn kann es Ihnen genauer erklären, er hat sie schließlich ertappt.«

Wenig später betrat ein linkischer junger Mann das Zimmer, dem Frettchengesicht und der gedrungenen Statur nach unverkennbar das Abbild seines Vaters – Frettchen Junior.

»Erinnerst Du Dich an die Amerikanerin, die uns Anfang Mai einen Bären aufbinden wollte?«

»Natürlich, Papa.«

»Dann sag dem Herrn bitte, warum wir von dieser Klientin nichts wissen wollten.«

Koutakis Junior holte tief Luft. »Sie stellte sich uns als Amerikanerin vor, die im Auftrag einer amerikanischen Investmentgesellschaft ein großes Grundstück auf einer Insel sucht. Am besten ein komplettes Dorf, auch mit Ruinen, nur alt sollte es sein. Die Insel musste einen Flugplatz haben, das war Bedingung. Ihren Auftraggeber wollte sie uns nicht nennen, sagte aber, je nach Lage, Größe und Erhaltungszustand der Häuser würden 30 bis 50 Millionen $ zur Verfügung stehen. Sie selbst spreche leider kein Wort griechisch, weshalb wir uns für sie umsehen sollten. Das ist ein großer Auftrag, der für uns mit viel Aufwand und hohen Kosten verbunden ist. Wir baten deshalb im Voraus um eine Aufwandsentschädigung und sie bot uns 50.000 Euro an. Das war am Freitag Morgen. Sie sagte, Montag würden wir das Geld erhalten. Doch als ich Samstag Abend in eine Disco gehe, wen treffe ich da? Die Amerikanerin. Die plötzlich fließend griechisch spricht. Nicht nur das: Sie ist in Begleitung eines finster aussehenden Mannes, eindeutig ein Albaner. Da war mir klar, wir hatten es mit einem Gaunerpärchen zu tun. Ich habe ihr das auf den Kopf zugesagt und sie stehenlassen.«

Er blickte zu seinem Vater, der nickte stolz und zustimmend.

So schnell kann man 50.000 Euro in den Wind schießen lassen, dachte ich. Denn wenn Herr Manopoulos recht hatte, existierte diese Investmentfirma wirklich.

Zu Familie Frettchen sagte ich: »Da haben Sie aber nochmal Glück gehabt.« Den Junior fragte ich: »Wissen Sie noch, wie der Mann in ihrer Begleitung ausgesehen hat?«

Er zuckte die Schultern. »Wie Männer in der Disco eben aussehen, die Frauen aufreißen. Jung, schlank, großgewachsen – im Prinzip nicht schlecht, aber eben ein Albaner. Sie wissen schon: dunkle Haut und verschlagener Gesichtsausdruck.«

»Sie haben nicht zufällig gehört, wie er heißt?«

»Doch,« sagte er, »ich erinnere mich genau, weil der Name so seltsam klang. Sie nannte ihn Bujar. Kennen Sie ihn etwa?«

»Nein,« sagte ich, ich hatte diesen Namen noch nie gehört. »Eine letzte Frage noch: Wo haben Sie Frau Bardis getroffen?«

»Im Calypso,« sagte Frettchen Junior, »das ist derzeit in.«

Ich bedankte und verabschiedete mich – ich hatte weit mehr erfahren als erhofft.

Vics Maschine sollte um halb zwei landen. Da der neue Flughafen von Athen weit außerhalb der Stadt liegt, fuhr ich eine Stunde vorher los. Ich parkte den Wagen, kaufte eine Schachtel Pralinen und wartete. Zunächst war die Rede von einer kleinen Verspätung, dann sollten es zwei Stunden sein. Schließlich landete das Flugzeug kurz vor acht. Eine halbe Stunde später konnte ich Vic endlich in die Arme schließen, das heißt, ich hätte es gekonnt, wenn ich dazu gekommen wäre: Sie fiel mir um den Hals und küsste mich stürmisch, als hätten wir uns eine Ewigkeit nicht mehr gesehen. Was auch stimmte.

»Du siehst gut aus,« sagte ich, nachdem ich wieder zu Atem gekommen war, »sehr gut sogar.«

Vic freute sich über das Kompliment. Sie trug das dunkle, halblange Haar offen und hatte wie immer ein strahlendes Lächeln im Gesicht. Vic war jetzt Anfang Dreißig, das Mädchenhafte machte zunehmend fraulichen Reizen Platz, was sie in meinen Augen noch schöner machte. Ihr Gesicht gewann Kontur.

»Wie geht es Dir in Deiner neuen Heimat?« fragte sie.

Ich stutzte. »Ist es schon so lange her, seit wir uns das letzte Mal gesehen haben?«

Sie lachte, ein helles und lautes Lachen, das mich von Anfang an fasziniert hatte. »Weißt Du eigentlich noch, wann wir uns zuletzt gesehen haben?«

»Natürlich,« sagte ich. »Vor zwei Jahren in Rio.«

»Für ein Wochenende. Und im Jahr davor in Miami: Auch für ein Wochenende. Nun gehörst Du mir für zwei Wochen. Das wird herrlich.«

Ich griff ihren Koffer und ging mit ihr zum Wagen. »Warum seid ihr so spät gelandet? Hattet ihr Probleme?«

»Nichts besonderes,« sagte sie. »Unsere Maschine kam nach dem Start in Turbulenzen, zwei Passagiere wurden leicht verletzt und wir mussten noch einmal zurück.«

»Das ist für Dich *nichts besonderes*?« fragte ich entsetzt. Vic an der Schwelle des Todes und sie tat es einfach ab.

»Ach weißt Du,« sagte sie, »nach zehn Jahren als Stewardess ist das wirklich nichts besonderes mehr.«

»Und jetzt?« fragte ich. »Worauf hast Du als erstes Lust?«

»Ganz ehrlich? Ich möchte schlafen. Erst mit Dir, und danach zwölf Stunden allein. Ich bin todmüde.«

»Und geil.«

»Ausgehungert,« sagte sie lächelnd. »Mach Dich auf zwei anstrengende Wochen gefasst.«

Wir wollten uns gegenseitig verwöhnen und nachholen, was wir in den letzten zwei Jahren versäumt hatten, doch Vic schlief schon nach fünf Minuten mitten beim Küssen ein. Ich deckte sie zu und verließ das Hotel, um eine Kleinigkeit zu essen. Der Abend mit ihr in der Plaka, der Altstadt von Athen, auf den ich mich so gefreut hatte, fiel leider ins Wasser.

Sie schlief noch immer fest, als wir am nächsten Morgen Punkt fünf Uhr geweckt wurden – um sieben ging unsere Fähre nach Kreta, Abfahrt in Piräus. Vic schaffte es schlaftrunken zum Wagen, die Fahrt durch die leeren Straßen nach Piräus verschlief sie. Bei einem Straßenhändler kaufte ich einige Sesamringe, bei einem Gemüsehändler, der schon geöffnet hatte, erstand ich eine Wassermelone und Weintrauben.

Vic verschlief sogar das Einschiffen. Der Einweiser, eigentlich dazu angehalten, nur den Fahrer mit dem Wagen an Bord zu lassen und die anderen Insassen zur Passagierabfertigung zu schicken, ließ Vic schlafen, als ich ihm sagte, sie sei erst mitten in der Nacht aus Venezuela angekommen und würde, jetzt in der Hektik der Einschiffung alleingelassen, sicher die Orientierung verlieren und die Fähre verpassen. Aus der Luft gegriffen war die Befürchtung nicht: Die Fähre war weit über 200 Meter lang und so hoch wie ein zehnstöckiger Wolkenkratzer, entsprechend groß war das Gedränge auf dem Pier. In ihrem verschlafenen Zustand und der griechischen Sprache nicht mächtig, konnte Vic sehr wohl beim Einschiffen verlorengehen, ohne dass ich sie rechtzeitig fand.

Nachdem ich den Wagen eingeparkt hatte, wollte ich Vic mit einem Kuss wecken. Nach dem ersten Küsschen drehte sie den Kopf zur Seite, beim zweiten Kuss umarmte sie mich, schlief aber sofort weiter. Erst als ich sie heftig am Arm packte und aus dem Wagen zerrte, weil ein Offizier zum Aussteigen mahnte, öffnete Vic ihre Augen und folgte mir schlaftrunken auf das Sonnendeck.

Munter wurde sie erst, als die Fähre den Hafen bereits verlassen hatte und wir den ersten Kaffee tranken und die Sesamringe aßen. Wohlig kuschelte sie sich an mich. In zwei Stunden holten wir zwei

Jahre nach, wir berichteten uns gegenseitig, was in dieser Zeit geschehen war. Vic war viel gereist, ich hatte viel geschrieben, wirklich Wichtiges dagegen hatte sich nicht ereignet. Nach uns selbst kamen die gemeinsamen Bekannten an die Reihe, es machte Spaß, sich an die Eigenheiten von Freunden zu erinnern, zu erfahren, was aus ihnen geworden war und, auch das musste sein, über ihre Schwächen zu lästern.

Wir hätten noch lange weitergemacht, wäre es nicht plötzlich laut geworden: Ein Gruppe Jugendlicher hatte sich direkt in unserer Nähe niedergelassen, zunächst geschlafen, doch jetzt fanden die Teenys, es sei Zeit zu feiern. Vic und mir stand der Sinn mehr nach trauter Zweisamkeit, wir wollten unser Wiedersehen genießen. Wir standen auf, gingen weit nach vorn und suchten uns schließlich einen ruhigen Platz gleich hinter der Brücke. Vic stellte zwei Stühle an die Reling, ich schnitt die Melone auf und bald übten wir uns im Melonenkernschnippen – zwischen Daumen und Zeigefinger gehalten, flitzten die kleinen braunen Kerne mit beachtlichem Tempo davon.

»Ich habe Deinen letzten Roman gelesen,« sagte Vic, nachdem sie das dritte Stück Melone vertilgt und die Kerne verschossen hatte, »den über den Mord an dem brasilianischen Bankier.«

»Und?« fragte ich. Victoria war immer offen und ehrlich, ich gab viel auf ihr Urteil.

»Hat mir gefallen. Du legst Wert auf Details, ich konnte förmlich spüren, wie die Polizei den Mörder in die Enge treibt. Du verstehst was von Polizeiarbeit.«

Ich musste lachen. »Danke für das Kompliment, leider ist es unverdient.«

»Wie meinst Du das?« fragte sie.

»Bei uns ist vor ein paar Wochen ein echter Mord geschehen und ein Freund von mir, ein richtiger Kommissar aus Fleisch und Blut, versucht gerade, den Mörder zu finden.«

»Und Du hilfst ihm dabei?«

»Ich versuche es zumindest,« sagte ich. »Bislang mit wenig Erfolg.«

Ausführlich und an den entsprechenden Stellen schaurig ausgemalt, berichtete ich ihr von dem Leichenfund, von Jannis, von Harkos Verdacht, da könne etwas vertuscht worden sein bis hin zu seiner Vermutung, ein ganzes Dorf sei als kriminelle Vereinigung organisiert. Ich fügte hinzu, nun wolle ich herausfinden, was Catherine auf Kreta zu suchen hatte.

»Das arme Mädchen,« sagte Vic. »Was war sie eigentlich für ein Mensch?«

»Wie meinst Du das?« fragte ich. »Sie ist tot, wir können sie nicht mehr fragen.«

»Dass sie tot ist, weiß ich. Als sie noch lebte: Was war sie da für ein Mensch?«

»Ich weiß nicht,« gestand ich. »Dafür hat sich Harko bislang nicht interessiert.«

Mit einem Ruck setzte sich Vic aufrecht hin. »Also hör mal,« sagte sie vorwurfsvoll, »ginge es um einen Mord in einem Deiner Krimis, würdest Du Dir als erstes Gedanken über das Opfer machen. Du würdest Deinen Lesern den gesammten Lebenslauf des Mädchens schildern, und Dein Kommissar oder wer immer den Fall bearbeitet, würde aus der Persönlichkeit des Mädchens auf den Mörder schließen.«

»In einem Buch würde ich das machen,« gab ich ihr recht, »aber da möchte ich auch, dass der Leser Mitleid mit dem Opfer hat.«

»Jeder hat Mitleid mit einem jungen Mädchen, das erwürgt wird. Aber als Deine Leserin möchte ich wissen, wie sie in diese Situation gekommen ist. Hat sie wirklich mit dem Albaner geschlafen?«

»Jannis sagt nein, Harko sagt ja. Eigentlich sollte es Jannis besser wissen.«

»Eine romantische Liebesgeschichte?« fragte Vic neugierig. »Heimliche Liebe im Verborgenen?«

»Vermutlich.«

Vic strich mir zärtlich über die Brust. »Oder war sie eher wie ich: ein männermordender Vamp?«

Ich musste lachen. Nur gut, dass wir uns auf spanisch unterhielten und niemand uns verstand. »Du bist kein männermordender Vamp. Die schlafen nicht schon nach den ersten Küssen ein.«

Sie knuffte mich kräftig in die Seite. »Ich möchte Dich mal erleben, wenn Du gerade zwanzig Stunden im Flugzeug gesessen hast!«

»He, das war kein Vorwurf,« sagte ich. »Nur bist Du für mich eben kein Vamp.«

»Ha! Warte nur ab, bis die zwei Wochen vorbei sind, ob Du dann noch der gleichen Meinung bist.«

Die Fahrt von Piräus nach Kreta dauert rund zehn Stunden, doch die Zeit verging wie im Flug unter heißem Liebesgeflüster und noch heißeren Küssen.

Bei der Ankunft auf Kreta in Souda, dem neuen Hafen von Chania, war ich ziemlich erregt: Ich freute mich auf das Hotel und die Liebesspiele, die mich dort erwarten würden. Doch wieder einmal kam alles anders.

Chania, die westlichste Stadt auf der Insel, glich einem Tollhaus: Alle Autos fuhren anscheinend nur noch hupend durch die Straßen, praktisch jeder Fahrer hatte eine griechische Fahne an seinem Wagen befestigt.

»Was ist denn hier los?« fragte Vic erstaunt.

»Fußball-Europameisterschaft,« sagte ich, »und Griechenland hat sich bislang wacker geschlagen. Das wird gefeiert.«

Als wir uns in unserem Hotel am Hafen einquartierten, erfuhren wir, dass an diesem Abend das Endspiel ausgetragen wurde: Griechenland gegen Portugal. Portugal mit seiner Mannschaft voller Spitzenspieler wurde allgemein als die stärkere Mannschaft angesehen. Aber Griechenland, das Überraschungsteam dieser EM, hatte Portugal bereits im Eröffnungsspiel geschlagen und das, obwohl die Portugiesen bei dieser Europameisterschaft die Gastgeber waren.

»Das müssen wir uns ansehen,« sagte Vic spontan. Wir brachten unser Gepäck aufs Zimmer, duschten kurz und stürzten uns, nur kurzfristig von einigen Küssen verzögert, in den Trubel.

Chania, vor langer Zeit die Hauptstadt von Kreta, bevor Heraklion diese Rolle übernommen hat, ist eine Kleinstadt von der Größe von Korfu-Stadt. Und das ist nicht die einzige Gemeinsamkeit. Beide Städte waren einst venezianische Handelsstützpunkte, beide verfügen bis heute über wunderschöne Altstädte aus dieser Zeit. Doch während die Altstadt von Korfu von Einheimischen bewohnt wird und die Touristen nur eine Vielzahl von Geschäften, Cafés und Tavernen vorfinden, ist die Altstadt von Chania heute das Zentrum des Tourismus: Ein Hotel reiht sich an das andere, dazwischen Bars, Tavernen, Andenkenläden und kleine Lebensmittelgeschäfte. Herz des Ganzen ist der alte Hafen, ein nicht mehr genutzter Fischerhafen, dessen Promenade heute als Flaniermeile dient. Korfu, fiel mir auf, hat in diesem Punkt leider nichts zu bieten – dort erinnert der Hafen eher an ein Industriegebiet.

Wir promenierten am Kai entlang, aßen zu Abend und suchten uns rechtzeitig einen guten Platz in einer Bar mit einem riesigen Fernseher, auf dem das Spiel ab neun Uhr übertragen werden sollte.

Ich konnte mich des Eindrucks nicht erwehren, der Ausgang des Spiels sei gar nicht so wichtig. Die Griechen feierten bereits vor dem Anpfiff, als seien sie die Sieger. Was sie irgendwie auch waren, schließlich hatten sie als Nobodys die Favoriten geschlagen und bis auf Portugal alle wichtigen europäischen Fußballnationen hinter sich gelassen. Selbst wenn die Mannschaft das Endspiel nun verlieren sollte: Die Spieler samt ihrem deutschen Trainer würden als Helden heimkehren.

Als das Spiel begann, herrschte eine ausgelassene Stimmung unter den Gästen der überfüllten Bar.

»Genau wie in Venezuela, wenn unsere Mannschaft spielt,« sagte Vic vergnügt.

Die erste Halbzeit verging torlos: Die Portugiesen stürmten vehement gegen das griechische Tor an, die griechische Mannschaft, vom deutschen Trainer Otto Rehagel auf Verteidigung getrimmt, blockte alle Angriffe erfolgreich ab. Der Trainer schien auch der eigentliche Star zu sein – die »Otto, Otto« Rufe ertönten immer wieder. Und nicht nur bei uns in der Bar: Der ganze Hafen zollte Ottos Genialität Tribut.

In der zweiten Halbzeit zunächst das gleiche Bild: Die Portugiesen stürmten, die Griechen blockten. Plötzlich ein schneller Konter der griechische Mannschaft und auf einmal brüllten alle: Tor!!! Das Fernsehen zeigte den griechischen Ministerpräsidenten, der im Stadion trotz enormer Leibesfülle vor lauter Freude einen gewaltigen Luftsprung machte und begeistert die Arme in die Höhe warf: Er mochte in der Politik nicht immer das Richtige tun, in diesem Augenblick verkörperte er die Seele aller Griechen.

Kurz vor Ende des Spiels erzielten die Portugiesen eine Art Ausgleichstreffer: Ein Zuschauer stürmte auf das Spielfeld und lief, von Sicherheitskräften verfolgt, an den ausgebreiteten Armen des griechischen Torwarts vorbei ins Tor, wo er überwältigt wurde. Seine Aktion, die den portugiesischen Spielern offenbar zeigen sollte, wohin sie den Ball zu schießen haben, blieb ohne Folgen: Die Portugiesen stürmten weiter an, schafften jedoch nicht einmal den Ausgleich.

Schon vor dem Schlusspfiff begannen die Griechen richtig zu feiern: Sie tanzten auf den Tischen, bespritzten sich mit Sekt und

Bier, wovon auch wir unseren Teil abbekamen. Als der Schlusspfiff ertönte, fielen sich die Zuschauer in die Arme. Schüsse dröhnten durch die Nacht, Raketen stiegen in den Himmel, von der Stadt war ein infernalisches Hupkonzert zu hören und schließlich verkündeten sogar die Kirchenglocken den Sieg. Vic war begeistert, wir feierten den ganzen Abend und die ganze Nacht und kamen erst ins Bett, nachdem die Sonne aufgegangen war und Chania endlich zur Ruhe kam.

In den nächsten drei Tagen holten wir nach, worauf wir uns die ganze Zeit gefreut hatten. Vic wollte mir beweisen, wie sexy sie ist, ich wollte mich revanchieren, indem ich ihr zeigte, wie gut ich als Liebhaber bin. Wir hatten viel Spaß dabei. Das Hotel verließen wir nur, um gelegentlich eine Kleinigkeit zu essen oder uns im Meer abzukühlen.

Am Donnerstag fiel mir wieder ein, dass ich nicht nur zur Erholung nach Kreta gekommen war. Sofort nach dem Aufstehen versuchte ich Harko anzurufen, um ihm endlich von meinen Treffen in Athen zu berichten, doch ich erreichte nur den Anrufbeantworter. Beim Frühstück in einem kleinen Café am Hafen sagte ich Vic, ich würde sie kurz verlassen, um nach Catherines Kontakten auf Kreta zu forschen, was mir heftige Proteste von Vic einbrachte: Sie wollte sich die Gelegenheit nicht entgehen lassen, mich bei diesen Recherchen zu begleiten. So machten wir uns gemeinsam daran, Catherines Kontakte auf Kreta aufzusuchen.

Die Ergebnisse waren bescheiden. Catherine hatte sich bei drei Maklern in Chania und Heraklion nach großen Grundstücken erkundigt, nach sehr großen. Zwei der Makler sagten offen, Catherine hätte am liebsten ein ganzes Dorf gekauft. Sie hatten von ihr tatsächlich den Auftrag erhalten, entsprechende Verhandlungen zu führen und dafür jeweils 50.000 Euro Aufwandsentschädigung erhalten. Doch keiner wusste, wer der eigentliche Auftraggeber war und wozu die Grundstücke gebraucht wurden, denn für eine Hotelanlage waren sie zu groß und auch zu teuer. Die Makler hatten seit Wochen nichts von Catherine gehört und reagierten bestürzt, als ich ihnen sagte, dass sie auch nichts mehr von ihr hören würden.

Vic versuchte bei jedem Gespräch mehr über Catherine als Mensch zu erfahren, doch sie wurde nur als selbstsichere Amerikanerin beschrieben, die jede private Annäherung freundlich, aber bestimmt zurückgewiesen hatte.

Unsere zweite Woche auf Kreta widmeten wir dem Urlaub. Ich hatte am Wochenende mehrfach versucht, Harko zu erreichen, immer vergeblich. Vermutlich war er selbst verreist. Montag Morgen schaltete ich mein Mobiltelefon ab und konzentrierte mich stattdessen auf Vic. Wir durchquerten Kreta von Chania im Osten bis Vai im Westen, besichtigten in Knossos die alte Palastanlage, wo der Sage nach der Minotaurus, halb Mensch und halb Stier, in grauer Vorzeit sein Unwesen trieb und jedes Jahr ein Dutzend Jungfrauen und genausoviele Jünglinge verschlang. Das wäre ein Fall für Harko gewesen, dachte ich und sah schon die Schlagzeile vor mir: »Bulle von Korfu legt Bulle von Kreta das Handwerk«. In Vai, das durch seinen schneeweißen Sandstrand und einen Palmenhain eher an ein Südsee-Paradies denn an einen Strand im Mittelmeer erinnert, verzichteten wir auf ein Hotel und schliefen am Strand.

Vic, die unbedingt wissen wollte, ob Jannis und Catherine am Strand miteinander geschlafen hatten, benutzte mich als Versuchsobjekt. Gleichgültig, ob wir es mit oder ohne Höschen versuchten, unsere Liebesakte waren immer ausgesprochen sandig.

»Soviel steht fest,« sagte Vic nach einer harten Testreihe, »am Strand haben es Jannis und Catherine auf keinen Fall getan.«

In ihrem kriminalistischen Eifer ging sie so weit, dass ich eines Abends eine ganze Flasche Ouzo trinken musste, anschließend wollte sie mich mit der Hand befriedigen. Sie gab sich viel Mühe und ich wusste ihre Bemühungen durchaus zu schätzen, doch ihr Einsatz war vergeblich: Erst tat ihr die Hand weh, dann schlief ich ein.

Ich gebe zu, ich hatte einen dicken Kloß im Hals, als ich Vic am nächsten Samstag in Athen wieder zum Flughafen brachte – die Zeit mit ihr war wunderschön. Wäre sie noch länger geblieben, ich weiß nicht, ob wir dann die Kraft gefunden hätten, uns wieder zu trennen. So wurde es ein tränenreicher Abschied und Vic versprach, im nächsten Sommer wiederzukommen. Traurig fuhr ich zurück nach Korfu, zurück in die selbstgewählte Einsamkeit, von der ich glaubte, sie sei für das Schreiben so wichtig. Würde mich Victoria dabei wirklich stören?

Ich war die ganze Nacht hindurch gefahren und hatte erst am frühen Morgen mit der ersten Fähre von Igoumenitsa nach Korfu übergesetzt, deshalb kroch ich nach der Ankunft als erstes ins Bett. So schön es, war, dachte ich noch beim Einschlafen, wieder im eigenen Bett zu liegen: Ohne Victoria machte es keinen Spaß.

Missmutig kochte ich nach dem Aufwachen einen Kaffee und setzte mich auf die Terrasse. Und stand sofort wieder auf: Zwei Wochen Sommerhitze hatten meinen kleinen Teich fast austrocknen lassen. Ich holte den Gartenschlauch und ließ Wasser einlaufen. Kurz darauf ertönte wieder Kermits fröhliches Quaken. Dann glaubte ich, mich verhört zu haben, denn das Quaken hatte plötzlich ein Echo. Vorsichtig trat ich näher: Kermits nächtliche Rufe schienen erhört worden zu sein, er war nicht länger allein. Der zweite Frosch, wie ich annahm, eine Fröschin, war etwas heller als Kermit, eine Mischung zwischen lindgrün und oliv. Ich taufte sie auf den Namen Miss Piggy – vielleicht nicht gerade originell, aber wie ich fand, ganz passend.

Sollte auch ich tun, was Kermit getan hatte? So lange quaken, bis ich ein passendes Weibchen fand? Ein Telefonat nach Venezuela führen? Victoria bitten, zu kommen und zu bleiben?

Ich haderte noch mit meinem Schicksal, als Harkos Land-Cruiser auf den Hof fuhr und Harko strahlend auf mich zukam.

»Wo warst Du denn? Ich versuche schon die ganze Woche, Dich anzurufen.«

»Hallo erst einmal,« sagte ich. »Die Woche davor habe ich versucht, Dich zu erreichen. Vergeblich.«

»Ja,« sagte Harko, »ich war beschäftigt. Die Sache auf Othoni und der Ärger mit meiner Familie...«

»Wie ist denn beides ausgegangen?«

»Auf Othoni hast Du was verpasst,« sagte Harko. »Ich war letzten Sonntag dort – mit dem alten Patrone und seiner gesamten Familie. Auch die beiden verdächtigen Beamten von der Hafenpolizei waren da. Und ein Dutzend Kriminalbeamte aus Athen, alle als Touristen getarnt.«

»Nicht schlecht,« sagte ich. »Ist wenigstens was dabei herausgekommen?«

Harko wollte erst ein Bier, bevor er weitererzählte. Ich holte zwei kalte Mythos aus der Küche.

»Zwei Kriminalbeamte aus Athen,« sagte Harko, nachdem er einen Schluck getrunken hatte, »befragten den Italiener wegen des Bestechungsversuchs. Erstaunlich, wie gründlich ich die Situation missverstanden hatte.«

»Ich dachte, da war alles eindeutig?«

Wenn Harko auf Othoni eine Schlappe erlitten hatte, ließ er es sich jedenfalls nicht anmerken – er wirkte fröhlich, fast schon übermütig.

»Zunächst einmal,« sagte er, »der Patrone ist kein Mafioso, sondern ein wohlhabender Kaufmann. Genauer gesagt, ein Bootshändler aus Otranto. Sein Geschäft ist gar nicht weit von der Stelle, an der ich mein Boot vor einigen Wochen abgeholt habe. Und der Zivilbeamte, der mehrmals den Namen Bardis erwähnte, tat dies, weil ein Freund von ihm, ein gewisser Georgos Bardis aus Afionas, bei eben diesem Bootshändler ein Schlauchboot kaufen wollte. Aber kein neues, das ist zu teuer, sondern ein gebrauchtes – aus italienischen Polizeibeständen. Deshalb wurde so viel über die Polizei gesprochen. Der Patrone war wütend auf die Polizei, weil die das Geschäft im letzten Moment abgeblasen hat.«

»Und das Geld?«

»Die Anzahlung von Georgos Bardis, die der Bootshändler natürlich zurückgeben musste.«

»Warum haben sich alle im Restaurant getroffen? Und gegessen, ohne zu bestellen oder zu bezahlen?«

»Weil das Restaurant dem Patrone gehört. Sein Neffe hat es nur gepachtet.«

»So kann es gehen,« sagte ich. »Was hast Du nach diesem Flop gemacht?«

»Gefeiert. Der Patrone fand die Geschichte mit der Bestechung so witzig, dass er alle zum Essen eingeladen hat.«

»Und die Polizisten aus Athen? Waren die nicht wütend, weil sie umsonst angereist sind?«

Harko lachte amüsiert. »Die waren hochzufrieden. Ein Nachmittag am Strand, ein hervorragendes italienisches Menü, die waren in bester Stimmung, als sie den Patrone, Emilio und die Beamten von der Küstenwache festnahmen.«

Ich glaubte, mich verhört zu haben. »Die haben was? Festgenommen?«

»Natürlich.«

»Gerade hast Du mir erzählt, sie wären unschuldig.«

»Das habe ich nicht gesagt. Ich habe Dir nur gesagt, wie uns der Patrone das erste Treffen erklärt hat. Da wir wussten, er lügt, haben wir so getan, als glaubten wir seine Geschichte. Und uns dabei prächtig amüsiert.«

»Kann es sein, dass Du einiges verschweigst?«

Harko lachte herzhaft. »Du glaubst doch nicht im Ernst, ich lasse nur auf Verdacht hin die Kriminalpolizei aus Athen anreisen und blamiere mich bis auf die Knochen. Verhaftet haben wir die Bande erst, nachdem wir das Rauschgift sichergestellt hatten – rund 100 Kilo Heroin.«

»Wie habt ihr das gemacht?« fragte ich erstaunt.

»Offiziell mit Hilfe von zwei Drogenhunden. Die haben, nachdem es ja nichts für sie zu tun gab, am Hafen herumgetollt. Und sich dabei ganz zufällig auf die Yacht verirrt, wo sie, ebenfalls rein zufällig, über das Heroin gestolpert sind. So was kommt vor.«

»Du Angeber,« sagte ich. »So was kommt nicht vor. Schon gar nicht zufällig.«

Harko wurde ernst. »Was ich Dir jetzt sage, ist vertraulich – klar?«

»Klar,« sagte ich.

»Mit weichen Drogen kannst Du heute kein Geschäft mehr machen. In der organisierten Kriminalität geht es in erster Linie um Heroin und Kokain.«

Harko sah sich um, fand nichts zu schreiben und schüttete kurzerhand etwas Bier auf den Tisch. Entsetzt sah ich zu, wie er den Finger hineintauchte und zu malen begann. Mit wenigen Fingerstrichen zeichnete er eine einfache Weltkarte auf.

»In Asien,« sagte er, »wird Mohn angebaut. Aus dem Saft der Mohnkapseln gewinnt man Opium, das anschließend zu Heroin verarbeitet wird.« Er zog einen dicken Strich von Ost nach West und einen zweiten von West nach Ost. »Dieses Heroin kommt aus dem vorderen Orient nach Europa, aus dem fernen Osten geht es in die USA.«

Das Bier auf dem Tisch ging zur Neige, Harko schüttete noch eine paar Tropfen auf den Tisch. »Das hier ist Südamerika. Hier wird die Coca-Pflanze angebaut, aus der das Kokain gewonnen wird.« Er zog eine Linie von dem Bierfleck, der Südamerika darstellte, zum Bierfleck Nordamerika und eine zweite von Südamerika nach Europa.

»Bis hierher alles klar?« fragte Harko.

Ich nickte, das hatte ich verstanden.

Mit dem Handrücken wischte Harko die Bierflecken beiseite, sah sich, weil seine Bierdose leer war, suchend um. Ich brachte mein eigenes Bier schnell in Sicherheit, vergaß aber meine Zigaretten.

Ehe ich eingreifen konnte, waren zwei von ihnen zu Tabakkrümeln zermahlen. Harko streute den Tabak aus, ich erkannte, zumindest in groben Zügen, den italienischen Stiefel, Albanien und Korfu. Nördlich von Korfu legte er einen der Zigarettenfilter hin.

»Das ist Othoni,« sagte er. »Eine Insel mit ein paar hundert Einwohnern. Kein Markt für Drogenhändler, aber ideal, um Drogen zwischenzulagern.«

»Heroin,« sagte ich, »kein Kokain.«

»Mit großer Wahrscheinlichkeit,« bestätigte Harko. »Durchaus denkbar, dass von Italien Kokain nach Griechenland kommt, aber im wesentlichen wird der griechische Markt direkt von Südamerika aus bedient. Mehr noch: Ein Großteil des in Europa verkauften Kokains geht über Griechenland nach Italien und von dort weiter nach Norden. Dabei geht es um große Mengen – eine Tonne aufwärts.«

»Eine Tonne!«

»Die passt in einen kleinen Lieferwagen,« sagte Harko und rückte die Verhältnisse in meiner Vorstellung wieder ins rechte Lot. Er deutete erneut auf die Karte. »Wenn auf Othoni Rauschgift landet, dann ist das Heroin. über Albanien laufen viele Transporte. Ich dachte, da könnte von Zeit zu Zeit ein Boot aus Albanien kommen, auf Othoni ein bisschen Heroin abladen und wieder verschwinden. Sonntags kommt dann der Patrone vorbei, genießt seine Pasta und schippert danach mit dem Heroin gemütlich nach Italien zurück.«

Ich war überrascht. Was ich bislang in Zeitungen über Drogenfunde gelesen hatte, klang immer nach Zufallstreffer: Hier ein Schiff abgefangen, dort in einem Flugzeug eine Ladung Drogen entdeckt, bei einer Razzia auf Rauschgift gestoßen. Nun sah es so aus, als existierten richtige Warenströme, die einfach nachzuvollziehen waren. Vielleicht sogar einfach zu unterbrechen. Ich war gespannt, wie Harko vorgegangen war.

»Da Marianne und die Zwillinge ohnehin nicht mit mir sprechen wollten, trieb ich mich ein paar Tage auf Othoni herum. Dabei traf ich zwei Albaner, die im Hafen arbeiteten.«

»Sehr verdächtig,« sagte ich.

Harko hatte wirklich gute Laune, denn er machte mich nicht an, sondern lachte nur. »Sei froh, dass Du Dein Auskommen als Schriftsteller hast, als Kriminalist hättest Du keine Karriere gemacht. Das ist überhaupt nicht verdächtig, irgend jemand muss die anfallende Arbeit erledigen. Doch wer die ganze Zeit im Hafen arbeitetet, sieht viel. Zufällig kannte ich die zwei...«

»Du und Deine Zufälle,« sagte ich und freute mich, eine Retourkutsche landen zu können. »Sei Du nur froh, dass Du Kommissar wurdest, als Schriftsteller hättest Du keine Karriere gemacht.«

Das ließ Harko nicht gelten. »Die sind aus dem gleichen Dorf wie Jannis und ich habe sie ein paarmal auf Korfu getroffen. Ich sitze eben nicht wie Du den ganzen Tag am Computer und denke mir Sachen aus, ich komme herum.«

Ich wollte etwas sagen, ließ es dann aber bleiben.

»Ich habe den Albanern ein paar Bier spendiert und nach einer Stunde wusste ich genau, was abläuft. Weißt Du, da kommen eine Menge Italiener nach Othoni – mit verdammt schnellen Booten. Keine großen Yachten, nur nette kleine Schlauchboote – Zodiacs mit fünf oder sechs Meter Länge. Und Außenbordmotoren bis 200 PS. Die sind nicht nur verdammt schnell, die kommen auch mit den Wellen in diesem Teil des Mittelmeers bestens zurecht. Von den Albanern erfuhr ich, die meisten dieser Boote landen nur am Wochenende – ziemlich sicher Italiener, die sich auf Othoni amüsieren wollen. Aber manchmal kommt auch unter der Woche eines dieser Boote…«

»Moment mal,« sagte ich. »Hast Du nicht gerade gesagt, die Albaner würden das Heroin liefern?«

»Das dachte ich, doch das stimmt nicht: Die Italiener holen es ab.«

»Das heißt,« überlegte ich laut, »die amüsieren sich auf Othoni, machen auf der Rückfahrt einen kleinen Abstecher nach Albanien und nehmen anschließend das Heroin mit nach Italien.«

»Umgekehrt,« sagte Harko, »es ist genau umgekehrt. Die machen auf der Anreise einen kleinen Abstecher nach Albanien, laden dort das Heroin ein und bringen es nach Othoni.«

»Ist das nicht umständlich?« fragte ich.

»Dachte ich zuerst auch,« sagte Harko. »Doch es macht Sinn. Ein Zodiac ist offen. Wenn so ein Boot der italienischen Küstenwache begegnet, sieht die sofort, wenn es etwas geladen hat.«

»In dem Fall können sie das Heroin immer noch über Bord werfen,« wandte ich ein. Ich dachte an einen Drogenfund im Norden von Korfu, den ein Tourist vor ein paar Jahren gemacht hatte. Zwei Seesäcke, voll mit Heroin. Eigentlich ein Vermögen wert, doch der Urlauber hatte gut daran getan, sofort die Polizei zu informieren.

Wie sich bei der Bergung der Seesäcke zeigte, waren sie innen mit Sprengsätzen präpariert, die sofort explodiert wären, wenn jemand versucht hätte, die Seesäcke zu öffnen. Harte Sitten in dieser Branche.

So einfach war es wohl nicht, wie ich dachte. »Wer wirft schon gerne Ware für eine Million über Bord?« fragte Harko. »Würdest Du das tun? Zumal die Ware in der Regel auf Kredit gekauft wird und der Kreditgeber bei der Bezahlung allenfalls etwas stundet, aber niemals auf das Geld verzichtet.«

Harko deutete auf meinen Zigarettenfilter.

»Deshalb lagern sie das Zeug in Othoni. Von Zeit zu Zeit kommt der Patrone mit seiner Familie zum Essen, lädt dabei ein paar Kanister mit dem guten griechischen Olivenöl auf seine Yacht, ein bisschen Feta oder was immer sein Herz sonst noch begehrt. Wenn er auf der Überfahrt der italienischen Küstenwache begegnet, machen die Kinder schön winke-winke.«

»Genial,« sagte ich. »Aber wohl kaum zu beweisen.«

»Einfacher als Du glaubst,« entgegnete Harko. »Ich habe die beiden Albaner gebeten, die Augen offenzuhalten. Und wenn wieder ein Boot mit Italienern landet, sollten sie beobachten, ob etwas ausgeladen wird und wenn ja, wo die Ware hingeht. Ja, und wie der Zufall so spielt, landen zwei Tage später tatsächlich mehrere Sporttaucher aus Italien. Mit drei schweren Taschen für ihre Ausrüstung. Sie übernachten im Ristorante, in dem es auch Zimmer gibt, doch als sie am nächsten Morgen abreisen, vergessen sie ihre Ausrüstung.«

»Aha,« sagte ich, »so geht das also.«

»So geht das,« bestätigte Harko. »Am Donnerstag bin ich mit Georgos Katsatopoulos rübergefahren. Wir haben im Ristorante gespeist und dazu viel Ouzo getrunken – so viel, dass wir unmöglich wieder zurückfahren konnten. Wir mussten auf Othoni übernachten. Zuerst wollte uns der Wirt kein Zimmer geben, er sagte, alles sei reserviert. Bis Georgos Rabatz machte, dann durften wir bleiben. Du weißt ja selbst, wie das so ist, wenn Du einen über den Durst getrunken hast. Manchmal wachst Du mitten in der Nacht auf und hast plötzlich einen mächtigen Brand.«

»Lass mich raten,« sagte ich. »Genau das ist Georgos und Dir widerfahren. Natürlich rein zufällig. Und rein zufällig hat es euch beide genau zur gleichen Zeit erwischt. Morgens um fünf?«

»Um vier,« sagte Harko. »Zufällig gingen da unsere Handy-Wecker los. Eigentlich wollten wir nur nachsehen, ob wir in der Küche eine Flasche Mineralwasser finden.«

»Und dabei seid ihr zufällig über 100 Kilo Heroin gestolpert.«

»Nicht ganz so zufällig, aber wir haben es gefunden. In einer Ladung Lebensmittel, die schon für den Patrone hergerichtet war. Nette kleine Plastiksäckchen in netten kleinen Kanistern, die eigentlich Oliven und Feta enthalten sollten.«

»Daraufhin habt ihr sofort die Polizei in Athen verständigt,« sagte ich.

»Aber nein. Wir sind zurück in unsere Betten und haben unseren Rausch ausgeschlafen. Am nächsten Morgen sind wir ziemlich spät und ziemlich verkatert zum Frühstück erschienen, haben uns den Spott der Gäste über unsere mangelnde Trinkfestigkeit angehört und sind danach abgereist – wütend und beleidigt.« Harko lachte in Erinnerung an diesen Morgen. »Ich hätte Georgos gar nicht zugetraut, dass er so kräftig fluchen kann.« Er wurde wieder ernst. »Nach der Ankunft hier auf Korfu hat Georgos die Drogenfahnder in Athen verständigt und ich habe ein paar Leute angerufen.«

»Du hast mit Miami telefoniert.«

»Genau. Mit meinem guten Freund Harry. Der hat mit Dienststellen in den USA und in Italien telefoniert. Und dabei einige interessante Dinge erfahren. Die Italiener hatten unseren guten Patrone schon länger im Visier, konnten ihm aber nie etwas nachweisen. Die Amerikaner wussten erst von nichts. Doch als Harry den Namen Bardis erwähnte, klingelte es plötzlich.«

»Bardis?« fragte ich überrascht. »Sag jetzt nicht, der Bardis-Clan hätte doch seine Finger im Spiel gehabt.«

»Warst Du eigentlich bei dem Reeder in Athen?« fragte Harko.

»Ja,« sagte ich. »Ein sehr sympathischer Mann mit einer netten Frau. Du wirst sie kennenlernen, wenn sie mich demnächst besuchen.«

»Dabei werde ich wohl nur Frau Bardis bei Dir antreffen. Ihr Mann hat nämlich gerade einen längeren Urlaub auf Staatskosten angetreten.«

»Du meinst, er wurde verhaftet?« Ich war wie vor den Kopf gestoßen.

»Der fuhr nicht nur von Piräus nach New York,« sagte Harko, »der machte auch gelegentlich Abstecher nach Südamerika. Und er kennt den Patrone gut. Der war nämlich sein wichtigster Ersatzteillieferant. Exklusivvertrag für alle Schiffe der Reederei. Als Dank für die gute Versorgung bekam er regelmäßig große Mengen griechischer Spezialitäten – Feta, Öl, Wein, Lammfleisch. Was Du Dir nur denken kannst.«

Der Reeder ein Drogendealer? Ich konnte es nicht glauben.

»Das war sauber eingefädelt,« fuhr Harko fort. »Heroin aus Albanien über Othoni nach Otranto, von dort mit der nächsten Ersatzteillieferung nach Athen beziehungsweise nach Piräus in den Hafen. Und von dort in die USA. Auf dem Rückweg wurde das Koks von Südamerika nach Athen gebracht und ging zusammen mit den Lebensmitteln nach Italien.«

»Und hinter allem steckt die Mafia?«

»Du immer mit Deiner Mafia,« sagte Harko. »Du siehst zuviel fern. Im Drogenhandel dominiert der Mittelstand.«

Ich schüttelte, ungläubig und entsetzt, den Kopf. »Und Du hast das alles hochgehen lassen? Ganz allein?«

»Ich?« fragte Harko und sah mich mit vorgetäuschter Überraschung an. »Ich habe gar nichts getan. Ich hatte etwas beobachtet, was sich als Irrtum herausstellte. Sonst hatte ich mit der ganzen Sache überhaupt nichts zu tun.«

»Erzähl keine Märchen, und sag mir, was wirklich geschehen ist.«

»Also gut,« sagte Harko. »Während wir unsere Pasta verzehrten, führte die italienische Polizei eine Razzia in Otranto durch. Das FBI durchsuchte mehrere Büros in New York, und in Athen interessierte sich die Polizei für die Geschäftsräume der Bardis-Line. Alles still und leise, denn es war ja Sonntag und niemand hat gearbeitet. Nach dem Essen fanden die Drogenhunde das Rauschgift auf der Yacht. Und als gewisse Leute am Montag Morgen in ihre Büros gingen, wurden sie bereits erwartet. Auch die Schiffe der Bardis-Line bekamen Besuch. Eines davon wurde in der Nähe von Gibraltar aufgebracht – mit fünf Tonnen Kokain an Bord. Und einem Italiener aus Otranto, einem Techniker, der sich um die Maschine kümmern sollte…«

»Puh,« sagte ich, »jetzt brauche ich einen Ouzo. Willst Du auch einen?«

»Aber gerne doch,« sagte Harko.

Ich holte zwei Gläser, füllte sie zur Hälfte mit Wasser und Eiswürfeln, und schenkte uns klaren Ouzo ein, der durch das Wasser sofort milchigtrüb wurde.

»Auf Harko, den Drogenfahnder, der auch im Ruhestand nicht zu unterschätzen ist.«

»Igia mas,[10]« antwortete Harko.

Wir tranken unsere Gläser aus, dann fragte ich: »Und bei Dir zu Hause? Alles wieder im Lot?«

»Zum Glück,« bestätigte Harko. »Nachdem Marianne einsehen musste, dass es wirklich um Kriminalität und nicht um eine Affäre geht, hat sie mir verziehen.«

»Und die Zwillinge?«

»Die würden es nie zugeben, aber ich glaube, die sind ziemlich stolz auf mich. Außerdem reden sie nur noch griechisch mit mir und finden das *echt stark*.«

»Und was hat das Ganze nun mit der Familie Bardis zu tun?« fragte ich. »Und vor allem mit Catherine?«

Fröhlich sagte Harko: »Nichts.«

»Stört es Dich nicht, auf der falschen Fährte gewesen zu sein?«

Harko hob seine Hand und schaute auf seine Finger. »Wenn ich alle Fälle zählen müsste, bei denen ich mich schon geirrt habe, käme ich mit meinen Fingern nicht weit.«

»Dann habe ich gute Nachrichten für Dich,« sagte ich. »Ich weiß nämlich, was Catherine in Griechenland wollte.«

Ich freute mich auf sein überraschtes Gesicht, doch Harko sagte nur: »Sie wollte ein altes Dorf kaufen.«

»Wie… Woher… Wie hast Du das herausgefunden? Woher weißt Du das?«

»Aus Miami. Ich weiß sogar noch mehr,« sagte Harko. »Ich weiß zum Beispiel, für wen sie tätig war. Und warum sie so geheimnisvoll tat.«

Ich war platt. »Dann weißt Du mehr als ich. Ich habe nur herausgefunden, dass sie sich in Athen und Kreta nach großen Grundstücken umgesehen hat, doch niemand wusste, wer dahintersteckt oder wofür die Grundstücke bestimmt sind. Nur dass es offenbar um viel Geld geht.«

Harko wusste wirklich mehr als ich. »Catherine war hier im Auftrag einer Investmentgesellschaft aus New York, die für einen Hotelkonzern tätig ist, dessen Name aber nicht genannt wird. Catherine war nur für Griechenland zuständig. Andere Agenten dieser Investmentfirma machen derzeit in Italien und Spanien das gleiche: Sie versuchen, alte Ortschaften zu kaufen.«

---

[10] Griechisch: auf unser Wohl

»Aber wozu?« fragte ich. »Was haben Amerikaner für ein Interesse, hier auf Korfu Grund und Boden zu erwerben? Amerikaner machen Urlaub im eigenen Land und weiß Gott, dazu haben sie auch verdammt gute Möglichkeiten. Wenn sie nach Europa kommen, tun sie das doch nur, um große Städte oder bekannte Orte zu besuchen. Was hat Korfu da schon zu bieten?«

Korfu hat eine bewegte Vergangenheit, die viele tausend Jahre zurückreicht. Im antiken Griechenland war es ein wichtiger Handelshafen, die Römer kamen wegen des milden Klimas zur Erholung her und die Venezianer machten Korfu zusammen mit Kreta zu ihren wichtigsten Handelsstützpunkten außerhalb Venedigs. Von den antiken Griechen und den alten Römern existieren heute kaum noch Spuren, nur die Venezianer haben ein Fort und die im venezianischen Stil erbaute Altstadt hinterlassen. Ein Bummel in der Altstadt gehört für die meisten Touristen zum Pflichtprogramm, aber ob sich damit amerikanische Touristen anlocken ließen?

Ich machte Harko meine Bedenken deutlich, doch er wischte sie mit einer Handbewegung beiseite. »Vergiss die Sache mit dem Luxusurlaub. Offenbar haben in den USA immer mehr Menschen den Urlaub à la Disneyland satt. Zu viel nice and easy, zu viel heile Welt, zu viele smiling faces. Zu künstlich. Back to the roots ist laut Harry die neue Devise: Urlaub in echten alten Dörfern, möglichst in Steinhäusern, die mehr als hundert Jahre alt und wirklich aus Stein gebaut sind – nicht wie in den USA aus bemaltem Plastik. Innen natürlich mit allem Komfort ausgestattet, doch äußerlich noch genauso wie vor hundert Jahren, dazu ein Dorfplatz, ein Kafenion, am besten noch alte Werkstätten. Im Grunde genommen eine andere Art von Disneyland, aber mit dem Anspruch, auf eine gewisse Art authentisch zu sein.«

»Und Du glaubst, das funktioniert?«

Harko wischte die Tabakkrümel zur Seite, sie wurden nicht mehr gebraucht. »Was ist denn in der Toskana geschehen? Vor 30 Jahren eine sterbende Landschaft, heute wieder voll blühenden Lebens. Und unbezahlbare Immobilienpreise. Griechenland dagegen ist voll mit alten Dörfern, voll mit alten Häusern und kein Mensch will sie haben. Vor allem dann nicht, wenn sie mehr als ein paar Meter vom Strand entfernt sind.«

»Catherine war hier auf Korfu, um sich alte Häuser anzusehen?«

»Ja. Wie Du selbst herausgefunden hast, hat sie in Athen und auf Kreta mit Maklern gesprochen, und sich anschließend auf Korfu umgesehen. Sie war Architektin, und sie sprach perfekt griechisch, auch wenn das niemand wusste.«

Ich musste schmunzeln. »Du meinst, sie hat genau wie Du so getan, als würde sie kein Wort verstehen und alles belauscht, was ihre Gesprächspartner sorglos auf griechisch miteinander besprochen haben?«

»Die beste Möglichkeit, all das in Erfahrung zu bringen, was man wissen möchte.« Harko sprach aus Erfahrung.

»Aber warum kam sie ausgerechnet nach Afionas? Und vor allem, ohne sich erkennen zu geben?«

Harko sah mich erstaunt an: »Kannst Du Dir das nicht denken?«

Ich konnte es nicht. Also erklärte er es mir.

»Wenn die Amerikaner irgendwo in Europa ein solches Projekt starten, so heißt das, es fließt verdammt viel Geld. Die Immobilienpreise explodieren. Und nicht nur das: Die Sozialstruktur einer ganzen Region wird nachhaltig verändert.«

»Zum Guten oder zum Schlechten?«

»Beides. Denk nur mal an Sidari.«

Sidari war einer der Nachbarorte von Afionas. Manousos hatte mir erzählt, noch vor weniger als 20 Jahren seien dort nur ein paar sumpfige Wiesen und zwei Bauernhöfe gewesen, deren Bewohner mehr schlecht als recht über die Runden kamen. Heute reihte sich dort kilometerweit Bar an Bar, Taverne an Taverne, Appartement an Appartement. Im Sommer wurde es in Sidari niemals still, im Winter war es ein Geisterdorf.

Afionas hatte sich gegen den Tourismus, gegen den Reichtum, aber für ein intaktes Dorfleben entschieden. Die Touristen hielten sich nur in der Agios Georgios Bucht auf, in Afionas selbst gab es außer fünf Tavernen keine touristischen Einrichtungen. Keine Shops, keine Supermärkte, keine Discos – die Lebensqualität war hoch. Vielleicht war der Ort deshalb bei den Deutschen so beliebt.

»Wenn hier ein altes Dorf in großem Stil renoviert wird, ist es mit der Ruhe vorbei,« fuhr Harko in seinen Betrachtungen fort. »Ich weiß nicht, ob Catherine das ihrer direkten und indirekten Verwandtschaft antun wollte. Andererseits gehört hier der meiste Grund und Boden irgendeinem Mitglied des Bardis-Clans. Hat nicht auch Dein Haus früher einem Bardis gehört?«

Das stimmte. Ein Bardis hatte den Grund von seinem Vater geerbt, ein Haus, heute mein Haus, gebaut und dann den Fehler begangen, eine Frau aus Finnland zu heiraten. Der gefiel das

Landleben nicht, ihr Mann verkaufte das Schmuckstück, zog in die Stadt und nachdem seine Frau das Geld durchgebracht hatte, ließ sie ihn in der Stadt allein. Auch mein Nachbar Manousos war ein Bardis und die meisten der umliegenden Grundstücke gehörten jemandem, der Bardis hieß – und in Afionas, in Athen oder in den USA lebte.

»Das heißt, Catherine hatte es in der Hand, ihre komplette Verwandtschaft mit einem Schlag reich zu machen?«

»Ja,« sagte Harko, »sehr reich sogar. Oder todunglücklich. Denn mit dem Reichtum kommen auch Neid, Hass und Zwietracht. Und – wie man an Catherine selbst sieht – sogar Mord und Totschlag. Ich bin sicher, sie wollte zuerst die Lage sondieren, denn sie hatte keine leichte Entscheidung zu fällen. Und ich bin überzeugt, sie hat sich zunächst in Athen und auf Kreta nach möglichen Alternativen umgesehen.«

»Aber sie ist hier nicht als Maklerin oder Architektin aufgetreten, sie war nur eine gewöhnliche Urlauberin,« gab ich zu bedenken.

»Die beste Tarnung, die es gibt,« sagte Harko. »Vor allem, wenn man die Landessprache spricht, ohne dass die Leute das wissen. Ich bin sicher, sie hat ihre Zeit nicht mit Sonnenbaden verbracht, sondern schnell erfahren, was sie wissen wollte.«

»Hast Du denn schon herausgefunden, mit wem sie sich unterhalten hat? Denn wie Du weißt, ist in Afionas und Umgebung so gut wie kein Makler aktiv – die Leute hier verkaufen ihre Grundstücke und Häuser lieber selbst.«

»Das stimmt,« gab Harko zu. »Mit einer Ausnahme. Kannst Du Dir nicht denken, mit wem sie sich getroffen hat?«

Ich schlug mir mit der Hand vor die Stirn: »Natürlich – Aris.«

»Ganz genau,« sagte Harko. »Sie hat sich mit Aris getroffen.«

Ein Ex-Kollege aus Stuttgart, so erzählte Harko einmal, habe ihn am Telefon gefragt, wie er denn auf Korfu lebe. Harko hatte die Frage zunächst nicht verstanden, bis der Kollege sie erläuterte. Er fragte: »Lebst Du wie ein Deutscher oder wie ein Grieche auf der Insel?«

Harkos Antwort muss den Stuttgarter Polizisten überrascht haben. Denn Harko sagte: »Ich lebe hier wie Harko.«

Als Harko diese Anekdote erzählte, erwartete er wohl, ich würde laut loslachen. Doch ich war wohl genauso ratlos wie der schwäbische Ordnungshüter. Erst als Harko mehr über die schwäbische Mentalität berichtete, wurde klar, was er meinte und warum diese Diskussion zwischen ihm und seinem alten Bekannten so wichtig war.

Bei den Schwaben scheint es Harko zufolge üblich zu sein, ein scharfes Auge auf seinen Nachbarn zu haben. Harko sagte, man achte darauf, Regeln einzuhalten. Und wenn es dabei nur darum ging, Samstag Nachmittag die Straße zu kehren, laut Harko so etwas wie ein schwäbischer Volkssport. In Stuttgart und Umgebung, versicherte Harko, seien Häuser und Grundstücke meist Tip-Top in Ordnung: kein störendes Hälmchen in der gepflegten Hofeinfahrt, kein unerwünschtes Kräutlein im Garten.

Doch wer wie Harko und die meisten Hausbesitzer auf Korfu, die außerhalb einer geschlossenen Ortschaft wohnen, 4.000 qm Grund und mehr besitzt, denn bei kleineren Grundstücken gibt es keine Baugenehmigung, hat anderes zu tun, als nach dem Unkraut zu sehen – nicht bei sich und schon gar nicht beim Nachbarn. In Kombination mit der großen Toleranz der Korfioten und einem ausgeprägten Hang zum Individualismus gibt es daher auf Korfu nur wenig Benimm-Regeln: Wer seinem Nachbarn nicht schadet, kann hier tun und lassen, was er will.

Harko lebte deshalb weder als typischer Deutscher noch als typischer Grieche, er lebte ausschließlich als Harko. Was sein ungläubiger Kollege erst glaubte, nachdem er sich bei einem Besuch persönlich davon überzeugt hatte: Morgens ohne Wecker aufstehen, in aller Ruhe auf der sonnigen Terrasse frühstücken, dabei zum erstenmal einen Gedanken daran verschwenden, wie man den Tag verbringen könnte. In den Garten gehen, nach den Tomaten sehen, und weil das Wetter so schön ist, spontan beschließen, eine Motorradtour zu unternehmen. Mit der Harley über die Insel brausen, an einer Taverne anhalten, ein Fläschchen Bier trinken. Sich überlegen, dass man jetzt eigentlich Lust auf Muscheln hat, zum nächsten Fischhändler fahren und sich ein Kilo Muscheln kaufen. Nach Hause fahren, unterwegs noch frischen Knoblauch besorgen, aus dem Garten frische Tomaten pflücken, die Muscheln mit einer selbst kreierten Tomaten-Knoblauch Sauce zubereiten, mit der Familie auf der Terrasse essen und sich danach zum Mittagsschläfchen zurückziehen. Vor dem Abendessen ein Stündchen joggen, abends ein paar Souvlaki auf den Grill werfen und sich vor dem Schlafengehen nicht fragen, ob man genügend gearbeitet hat, sondern sich sagen: Das war wieder ein schöner Tag. Harkos Ex-Kollege durfte zwei Wochen an diesem Leben teilhaben und als er fuhr, so sagte Harko lachend, empfand er keinerlei Mitleid mehr mit Harko, nur noch blanken Neid.

Afionas lässt sich, vermutlich wie jedes andere Dorf auf Korfu und vielleicht sogar wie die meisten Dörfer in Griechenland, am treffendsten als ein Hort von Individualisten bezeichnen, was vielleicht einer der Gründe dafür ist, warum ich mich hier so wohl fühle. Doch was hat das alles mit Aris zu tun?

Nun, Aristides Bardis, von allen nur Aris genannt, ist einer dieser typischen Individualisten. Vor 15 Jahren wanderte er nach Australien aus und arbeitete dort als Ingenieur. Doch wie die meisten Griechen hatte es auch ihn wieder zurück in die Heimat gezogen: Griechenland und ganz besonders Korfu mögen wirtschaftlich noch keine guten Perspektiven bieten, doch was die Lebensqualität angeht, gibt es nicht viele vergleichbare Orte auf der Welt.

Als Ingenieur gibt es für Aris auf der Insel nicht viel zu tun – weder im Olivenanbau noch im Tourismus, den wichtigsten Säulen der korfiotischen Wirtschaft. Doch wie alle Griechen ist auch Aris ein Meister der Improvisation, er fand schnell seine Nische: Er verkauft alte Häuser an Touristen.

Alte Häuser hat Korfu mehr als genug: Bruchbuden aus Stein, oft nicht mehr als vergammelte Steinhaufen, die nur deshalb nicht beseitigt werden, weil sich keiner die Mühe des Aufräumens machen will und ohnehin niemand weiß, wohin mit den Steinen. So zumindest meine Einschätzung.

Für Aris dagegen sind die Ruinen die letzte Zeugen einer untergehenden Kultur. Weshalb er sich – so behauptet er jedenfalls offiziell – der Aufgabe widmet, diese Kulturdenkmäler zu retten.

Er verweist dabei auf andere Landstriche in Europa, in denen die Landflucht ganze Regionen entvölkert hat; wo die Jungen in die Stadt abgewandert und nur die Alten zurückgeblieben sind. Diese Landflucht, so predigt er immer und immer wieder, gelte es zu stoppen; die alten Orte müssen gerettet, bewahrt und mit neuem Leben gefüllt werden. Und er sei angetreten, mit Hilfe von ruhesuchenden Touristen die Landflucht rückgängig zu machen.

Ein hehres Ziel, das nur einen kleinen Schönheitsfehler hat: Es entspricht nicht der Realität. Denn auf Korfu gab es niemals eine Landflucht, ganz im Gegenteil: Die Insel erlebt in allen Bereichen einen starken Zuzug. So gibt es auch nur wenige verlassene Dörfer.

Wenn ein Ort auf der Insel aufgegeben wurde – was hin und wieder vorkam –, dann nur deshalb, weil die Lebensbedingungen dort extrem schlecht waren. In einem solchen Fall zogen alle Dorfbewohner ein paar Kilometer weiter und bauten dort ein neues Dorf: mit komfortableren Häusern, besserer Infrastruktur und Stromanschluss. Es blieben auch keine alten Menschen in den Ruinen zurück, alle zogen um. Zurück blieben nur verlassene und verfallende Steinhaufen, ohne jeden architektonischen oder gar kulturhistorischen Wert.

Trieb man Aris mit seiner Kreuzzugsgeschichte in die Enge, rückte er, sofern man kein potentieller Kunde war, irgendwann mit der Wahrheit heraus: »Es gibt in Europa viele Verrückte, die bereit sind, 20.000 oder 30.000 Euro für ein halbverfallenes Haus zu bezahlen, solange es nur still und romantisch gelegen ist und sie die Möglichkeit haben, nach einem Umbau im Sommer ein paar ruhige Wochen darin zu verbringen. Und ich erfülle ihnen diesen Wunsch.«

Von den Afioniten nahm ihm ohnehin keiner seine edlen und selbstlosen Ziele ab, doch jeder verstand seinen Wunsch, an den Touristen zu verdienen. Und vom Standpunkt eines Geschäftsmanns musste man ihm recht geben: Die Nachfrage nach seinen Flintstone-Villen war beachtlich, und er machte seine Kunden sogar glücklich. Sein Marketing war also erstklassig.

Ich mochte Aris, ob er auch mich leiden konnte, wusste ich nicht. Denn jedesmal, wenn wir uns trafen, hatten wir schon wenige Minuten später einen herrlichen Streit. Ich warf ihm schnöde Profitgier vor, er nannte mich einen unverbesserlichen Ignoranten. Unsere Standpunkte waren unvereinbar, das war das einzige, worüber wir uns immer einigen konnten. Mir machten die Diskussionen trotzdem Spaß, denn Aris konnte sehr gut argumentieren; ich schätze, für ihn waren sie interessant, weil er von mir all die Gegenargumente hörte, die ihm ein möglicher Interessent vorwerfen konnte. In den Diskussionen mit mir konnte er gefahrlos üben, wie er am besten darauf reagieren musste.

Wenn Catherine auf Korfu nach alten, romantischen Steinhäusern gesucht hatte, musste sie früher oder später mit Aris zusammentreffen. Offenbar war dies schon früh der Fall gewesen, denn nach Harkos Informationen war sie bereits drei Tage nach ihrem Eintreffen auf Korfu mit Aris auf Besichtigungstour gegangen.

»Das heißt,« sagte ich zu Harko, »Du hast jetzt Aris in Verdacht?« Aris war, in bester griechischer Tradition, geschäftlich ein Halunke, aber sonst war er in Ordnung. Einen Mord jedenfalls traute ich ihm nicht zu.

Harko wiegelte denn auch sofort ab. »Ich habe nicht gesagt, Aris sei ein Mörder. Er hat sich mit Catherine getroffen und ich möchte wissen, was er mit ihr gesprochen hat.«

»Hast Du ihn schon gefragt?«

Harko wurde unruhig. »Aris kennt mich, weiß aber nicht, wie gut mein griechisch ist. Ich möchte, dass Du mitkommst.«

Ich bin ein hilfsbereiter Mensch und wenn ich helfen kann, tue ich das gern. Doch ich bin auch ein Mensch, der nicht lügen kann, und deshalb ärgert es mich jedesmal, wenn ich von Harko für eine Lügengeschichte gebraucht werde. War meine Liebe zur Wahrheit gar einer der Gründe, weshalb ich in der Praxis so ein schlechter Ermittler war? Ich beschloss, dieser Frage auf den Grund zu gehen und erklärte mich einverstanden. »Du meinst,« sagte ich, »ich soll ihn ausfragen und Du tust so, als würdest Du kein Wort verstehen.«

»So hatte ich mir das gedacht,« bestätigte Harko.

Ich rief Aris an, und fragte ihn, ob er Zeit habe für einen kleinen Plausch. Eigentlich nicht, sagte er, er sei gerade mächtig im Stress, müsse dringend etwas vorbereiten, viele Kunden warteten. Aber wenn wir gleich kommen wollten, ließe sich das einrichten. Auf ein Viertelstündchen könne er sich schon freimachen.

Es wurden vier Stunden. Denn Aris hatte nicht viel zu tun, die Nachfrage nach seinen Steinzeit-Wohnungen war derzeit schwach. Als ich ihn fragte, welche Häuser er Catherine gezeigt hat, bot er sofort an, mit uns die gleiche Tour noch einmal zu machen.

Aris, seine Häuser und sein Automobil – es war immer wieder erstaunlich, welche Parallelen darin zu entdecken waren. Denn so gern er auch bei der Erhaltungswürdigkeit seiner Häuser übertrieb, die Liebe zu alten Dingen war ihm nicht abzusprechen. Er selbst kleidete sich in einer Mischung aus Lebe- und Geschäftsmann: Weitgeschnittene Anzüge, mit dem Downunder-Flair des australischen Outbacks, deren beste Zeiten lange schon vorbei waren und die um Aris hageren, hochaufgeschossenen Körper flatterten. Sein eigentliches Markenzeichen war ein Hut aus Krokodilleder, und Aris erzählte gerne die Geschichte, wie er das Krokodil selbst erlegt hatte. Interessenten gegenüber behauptete er immer, das sei mit dem Gewehr nach einer langen, äußerst gefährlichen Jagd geschehen, doch ich wusste aus zuverlässiger Quelle, dass er das Krokodil schlicht nachts aus Versehen überfahren hatte – er war nach einem Reifenplatzer von der Straße abgekommen, in einem kleinen Tümpel gelandet und dort dem Krokodil genau auf den Kopf gefallen. Schon mancher, der den Hut gesehen und die »offizielle« Geschichte dazu gehört hatte, war auf den naheliegendsten Gedanken gekommen und hatte ihn von da an nur noch Crocodile-Aris genannt, ein Spitzname, der Aris durchaus gefiel, zu dem er sich aber nicht bekennen mochte, da zu viele Leute in Afionas die Wahrheit kannten, wie er zu seinem Krokodilleder gekommen war.

Sein Wagen hatte den gleichen Charme: Standesgemäß ein Mercedes, wegen Aris besonderer Liebe zu Antiquitäten aber ein uraltes Exemplar aus den 60ern, nur noch vom Rost und den jährlich aufgetragenen Farbschichten zusammengehalten. Ursprünglich war der Wagen, wie in den 60ern üblich, schwarz lackiert gewesen und Aris hatte sich, wohl mehr aus Gewohnheit, jedes Jahr aufs Neue für diese Farbe entschieden. Doch im letzten Jahr war ihm die schwarze Farbe knapp geworden. Aris hatte aber noch einen großen Topf weiß da gehabt. Das Grau, das sich beim Mischen ergab, gefiel ihm nicht, weshalb er dem Wagen die Tarnung eines Zebras verlieh. Dass es in Australien keine Zebras gibt, störte ihn wenig.

Nun waren wir mit dem klapprigen Gefährt unterwegs. »Korfu hat in den letzten zwei Jahrzehnten einen grundlegenden Strukturwandel erfahren,« erklärte Aris mit dem Wissen des Experten, der den größten Teil dieser Zeit am anderen Ende der Welt zugebracht hat. »Noch Anfang der 80er Jahre war die Haupteinnahmequelle Korfus das Olivenöl, dazu kamen landwirtschaftliche Produkte. Die meisten Korfioten waren Bauern; sie lebten weit weg vom Meer in Dörfern in den Bergen, umgeben von ihren Feldern.«

Weit weg vom Meer ist auf Korfu ein relativer Begriff: Die Insel ist von Nord nach Süd rund 60 Kilometer lang und erstreckt sich an der breitesten Stelle im Norden etwa 30 Kilometer von Ost nach West. Sich mehr als 10 Kilometer vom Meer zu entfernen, ist auf Korfu schlicht unmöglich. Und die höchste Erhebung Korfus, der Pantokratoras, reckt seinen Gipfel gerade einmal 900 Meter über den Meeresspiegel. In den Bergen zu leben, fängt für einen Korfioten deshalb schon bei 200 Metern über dem Meer an. So gesehen lebte auch ich auf meinem Hügel mit Meerblick fast schon im Gebirge.

»Außer den Fischern wäre niemand auf die Idee gekommen, direkt am Meer zu wohnen: Zu heiß im Sommer, zu kalt im Winter. Zuviel Wind, zuviel salzige Luft – am Meer wächst nichts. Wer Grundstücke am Meer besaß, war arm dran, denn er konnte nichts damit anfangen. Reich waren nur die Olivenbauern in den Bergen, wobei Reichtum relativ ist, denn auch sie führten ein bescheidenes Leben. Aber sie wohnten in schönen Orten und herrlichen Häusern – oft Jahrhunderte alt und traditionell aus Stein erbaut.«

Aris fuhr nun in die sogenannten Berge – Hügelketten, die sich unmittelbar nach der flachen Küstenzone erheben, im Schnitt 200 bis 500 Meter über dem Meeresspiegel. »Die Wende kam Anfang der 80er Jahre,« fuhr Aris fort. »Griechenland öffnete sich dem Tourismus. Zuerst kamen die Rucksacktouristen, danach die Pauschalurlauber, schließlich sogar der Club Med. Wir blieben von Hotelburgen wie in Spanien verschont, denn niemand hatte Geld für große Investitionen. Doch überall schossen Tavernen, Discos und Appartementhäuser aus dem Boden. Schnell und billig gebaut, architektonisch ein Greuel. An der ganzen Nordküste sind heute nur noch zwei Orte an der Küste einigermaßen intakt: Afionas, das durch seine Lage hoch oben auf einem Felsen für die Touristen zu weit vom Meer entfernt ist, und Kassiopi, das schon immer ein Hafen war und das bis heute zumindest im Kern ursprünglich geblieben ist. Doch alle anderen Orte – Arillas, St. Stefanos, Sidari, Roda, Acharavi: Sie sind nichts weiter als hässliche Ansammlungen scheußlicher Häuser. Im Sommer überlaufen, im Winter tot.«

Doch sie brachten Korfu Wohlstand, dachte ich, und verhalfen den Menschen zum Anschluss an die Neuzeit. War dieser Preis für ein besseres Leben zu hoch? Ich kannte die Betonburgen Spaniens und wusste, die Spanier hatten dem Tourismus ihre Seele verkauft. Die Korfioten dagegen hatten sich ihren eigenen Lebensstil bewahrt.

Aris war nun in seinem Element. »Mit dem Tourismus begann auch eine Abwanderung aus den Bergen. Alte Dörfer wurden verlassen, dem Verfall preisgegeben. Heute leben die Menschen in neuen Häusern ohne Stil. Und wo nichts getan wird, verfallen die alten, traditionell gebauten Dörfer immer mehr.«

Harko sah mich fragend an, er hörte die Geschichte Korfus zum erstenmal aus dem Mund von Aris. Sie klang authentisch, schrie förmlich nach sofortiger Hilfe: Die alte korfiotische Kultur vor dem Untergang, das Neue schon aus Prinzip schlecht. Für Europäer und

Amerikaner, die wussten, wieviele wunderschöne Landschaften in Europa dieses Schicksal tatsächlich getroffen hatte, mochte dies ein Grund sein, sich zu engagieren.

Tatsache war jedoch: All die Orte, die laut Aris zum Sterben verdammt waren, erfreuten sich nach wie vor größter Beliebtheit. Und die neuen Häuser waren keineswegs Ausgeburten der Hässlichkeit. Im Gegensatz zum Festland, wo häufig Zweckbauten das Aussehen der Orte bestimmen, legen die Korfioten viel Wert auf schöne Architektur.

Aris zeigte uns einige Häuser, die seiner Meinung nach unbedingt gerettet werden mussten: Halbverfallene Hühnerställe, alte Bauernhäuser, die aus vier Wänden, einem Lehmboden und einem schiefen Dach bestanden und die verlassen in einer ansonsten wunderschönen Landschaft standen. Seine architektonisch wertvollen Plätze waren mit Unkraut überwucherte Lücken zwischen den Trümmerhaufen. Aris musste eine unsichtbare rosarote Brille aufhaben, die ihm eine andere Wirklichkeit vorgaukelte, denn bei jedem mit drei Hammerschlägen grob behauenen Stein jammerte er über unwiederbringlich verlorene Kulturdenkmäler.

Von Zeit zu Zeit tat ich so, als würde ich für Harko übersetzen und sprach deutsch mit ihm. Bis Aris plötzlich sagte: »Was tuschelt ihr eigentlich die ganze Zeit? Ihr könnt doch beide griechisch.«

Harko musste plötzlich husten.

»Ihr benehmt euch genau wie diese Amerikanerin, für die ihr euch so interessiert. Die tat auch immer so, als würde sie kein Wort griechisch verstehen.«

»Wie hast Du gemerkt, dass sie griechisch konnte? Hat sie es Dir verraten oder hast Du es erst nach ihrem Tod erfahren?«

»Sie hat sich selbst verraten,« sagte Aris und lachte dabei. »Wir besichtigten ein schönes altes Bauernhaus in Peroulades, als uns plötzlich eine alte Frau auf griechisch zurief, wir sollten uns vor den Schlangen in acht nehmen, sie habe heute schon zwei von ihnen erschlagen. Ihr hättet mal sehen sollen, wie das Mädchen gerannt ist. Danach konnte sie kaum noch abstreiten, dass sie jedes Wort verstand.«

»Hast Du das jemandem verraten?« fragte Harko sofort.

Aris schüttelte den Kopf. »Sie hat mich gebeten, es nicht zu tun.«

»Hat sie auch gesagt, warum nicht?«

»Ja,« sagte Aris. »Sie erklärte, sie würde sich ausschließlich für alte Häuser interessieren und ihr sei sehr wohl bewusst, man würde sie als Amerikanerin über den Tisch ziehen. Würde sie sich aber als Griechin zu erkennen geben, würden die Verkäufer ein noch größeres Geschäft wittern. Denn kein Grieche, der noch bei Verstand sei, würde eine Ruine kaufen. Es seit denn, er wüsste, wie er damit viel Geld verdient.«

»Das hat sie zu Dir gesagt?« fragte ich. »Sie hat Ruine gesagt?«

»Wortwörtlich,« bestätigte Aris.

»Und Du hast sie deshalb nicht zum Teufel gejagt, wie Du es gerne mit mir machst, wenn ich Deine Trümmerhaufen als Bruchbuden bezeichne?«

Aris lächelte vielsagend. »Schönheit liegt im Auge des Betrachters. Dir gefallen diese Häuser nicht, das weiß ich, doch das liegt nur daran, dass Du eben keinen Geschmack hast. Anderen gefallen sie. Vielleicht sind einige davon zu teuer, wenn ich sie verkaufe, aber die Wertsteigerung ist enorm. Wart´s ab – in zehn Jahren bekommst Du eine wirklich alte Immobilie nur noch für sehr viel Geld.« Da mochte er sogar recht haben.

»Apropos Geld,« sagte Harko. »Hast Du mit Catherine auch darüber gesprochen?«

»Das habe ich,« sagte Aris. »Aber ich würde vorschlagen, das besprechen wir bei einer Tasse Kaffee.«

Er fuhr nach Armenades, quälte den alten Mercedes eine steile, gewundene Straße hinauf, die in seinem Weltbild sicher unter Gebirgspass rangierte, und hielt auf dem Dorfplatz, von wo er uns in einen winzigen Laden führte, eine Mischung aus Krämerladen und Kafenion. Eingezwängt zwischen Konservendosen, Salami und Haushaltswaren tranken wir drei Heleniko.

»Catherine hat nicht gesagt, was genau sie eigentlich will. Sie hatte einen sicheren Blick und konnte…« Er sah mich vorwurfsvoll an. »… im Gegensatz zu Dir genau zwischen wertvollen Objekten und wirklichen Ruinen unterscheiden. Deshalb habe ich ihr nur meine wirklich guten Objekte gezeigt.«

Das wollte ich nicht widerspruchslos hinnehmen. »Man muss kein Experte sein, um Deine Trümmerhaufen als Bauschutt zu klassifizieren.«

Ausgerechnet Harko fiel mir nun in den Rücken. »Man muss aber auch kein Experte sein, um zu erkennen, wie wertvoll die meisten dieser Häuser wirklich sind.«

»Hast Du zufällig ein paar Semester Architektur studiert?« fragte ich verstimmt.

Harko lachte. »Nein, aber ich habe hier gebaut – ich habe einen dieser Trümmerhaufen erworben. Deshalb weiß ich, warum jedes Grundstück, auf dem etwas steht, das auch nur halbwegs wie ein Haus aussieht, sehr wertvoll ist: Du brauchst nämlich keine Baugenehmigung für einen Neubau, das läuft alles unter Umbau.«

Aris schnaufte befriedigt.

»Wenn nur eine einzige Mauer steht, ist es offiziell ein Umbau – vollkommen egal, wie alt die Mauer ist und in welchem Zustand sie sich befindet,« sagte Harko. Er strich verträumt über die Wand des Kafenions, die ebenfalls aus Bruchsteinen errichtet war. »Und wenn Du einmal versuchen würdest, ein paar dieser alten Steine käuflich zu erwerben, wüsstest Du auch, wie teuer die sind. Die sind keineswegs Bauschutt.« Harko musste es wissen, schließlich hatte er sein ganzes Anwesen aus diesem – was denn nun? Bauschutt? Oder historisches Baumaterial? Jedenfalls hatte er sein ganzes Anwesen daraus erbaut.

Aris sah aus, als wolle er Harko um den Hals fallen. Bevor die Beiden ihr Loblied auf alte Steine fortsetzen konnten, erinnerte ich sie, dass wir wegen des Mordes hier waren.

Harko riss sich vom Anblick des alten Mauerwerks los und fragte Aris: »Hattest Du das Gefühl, Catherine war ernsthaft interessiert?«

»Ja und nein,« antwortete Aris. »Wir waren zwei Tage unterwegs, doch sie verriet nicht, ob sie ein Objekt interessant findet oder nicht.«

»Sondern?«

Aris rümpfte die Nase. »Schwer zu sagen. Anfangs interessierte sie sich noch für die Lage der Häuser, doch das ließ schnell nach. Sie brach nicht in Begeisterung aus, wie das die meisten Interessenten tun, sie machte eher eine Bestandsaufnahme. Wäre sie vom Denkmalschutz gewesen, würde ich sagen, sie hat geprüft, was erhaltenswert war.«

»Hattest Du den Eindruck, sie wollte nur die Häuser, nicht aber die Grundstücke kaufen?«

Aris zog laut die Luft ein, hielt sie einen Moment an, und atmete dann mit einer Art Stoßseufzer aus. »Den Eindruck hatte ich tatsächlich, doch das ist natürlich Unsinn. Es ist schon teuer genug, diese Häuser zu renovieren. Sie abzutragen und woanders wieder aufzubauen: Das ist unbezahlbar.«

»Trotzdem hast Du mit Catherine über Geld gesprochen,« erinnerte ihn Harko. »Hat sie dabei auch Summen genannt?«

»Ja,« sagte Aris. »Ich sollte mit den Besitzern all der Häuser reden, für die sie sich interessierte, und mich außerdem nach weiteren Immobilien umsehen. Dafür sollte ich 10.000 Euro Provision bekommen.«

»10.000?« fragte ich.

»10.000,« bestätigte Aris.

»Hast Du das Geld bekommen?« fragte Harko.

Zum erstenmal machte Aris ein missmutiges Gesicht. »Sie wollte mir 5.000,- als Anzahlung geben, an dem Tag, an dem sie ermordet wurde.«

»Hat sie mit Dir auch über Grundstücke gesprochen?« wollte ich wissen.

»Nein,« sagte Aris, »jedenfalls nicht ernsthaft. Sie hat mich schon nach Bauland gefragt, doch ich sagte ihr, ich bin auf alte Häuser spezialisiert. Manchmal bittet mich jemand, nach einem Käufer für ein Grundstück zu suchen, aber das ist ziemlich aussichtslos.«

»Warum, wenn ich fragen darf,« sagte Harko.

»Weil die Afioniten die guten Grundstücke selbst verkaufen. Und mir nur das antragen, was keiner haben will.«

Zwei Wochen war ich fort gewesen, und wenn ich in den letzten Jahren eines gelernt hatte, dann, dass sich in zwei Wochen auf Korfu nicht viel ändert. Beim Frühstück in Marias Snack Shop am nächsten Morgen wurde ich eines besseren belehrt: Es hatte sich sogar sehr viel getan.

Vor meiner Abfahrt war der Mord totgeschwiegen worden, alle hatten Angst, die Bucht könne in Verruf geraten. Nun aber zeigte sich, das Gegenteil war der Fall: Anna Bardis Taverne war jeden Tag voll und die Gäste konnten gar nicht genug über den Mord hören. Was zur Folge hatte, dass nun überall darüber gesprochen wurde. Plötzlich wollte sie jeder gekannt haben, in jeder Taverne wurden Geschichten erzählt, die aber nichts mit der Wahrheit zu tun hatten – Catherine Bardis wurde vermarktet.

Auch das Verhältnis zu Harko hatte sich geändert. Anfangs als Spinner verlacht, dann als Querulant misstrauisch beäugt, war er nun, seit dem Ausheben der Drogenbande, der große Kommissar aus Deutschland und jeder war stolz, dass er in Afionas lebt. Ich hoffte nur, das würde auch so bleiben.

Die Eingewöhnung in mein ruhiges Landleben fiel mir schwer. Ein paar Tage lang versuchte ich, an meinem neuen Krimi weiterzuarbeiten, einem Mord an einem Indio-Jungen, der einem kolumbianischen Drogenkartell zum Opfer gefallen war. Doch immer, wenn ich mich in die Phantasiewelt einleben wollte, kamen mir Harkos Erzählungen aus seiner Zeit als Drogenfahnder dazwischen. Gleichzeitig machte ich mir Gedanken über den Mord an Catherine. Und hier war offensichtlich, dass keine Drogen-Mafia ihre Finger mit im Spiel gehabt hatte. Als ich nicht mehr zwischen Phantasie und Realität unterscheiden konnte, gab ich auf und legte das Manuskript zur Seite.

Abends allein im Bett zu liegen und morgens allein aufzustehen, ging mir auf die Nerven. Eingefleischter Junggeselle zu sein ist leicht, wenn sich die holde Weiblichkeit nur in Form rundlicher griechische Mamas zeigt, die den halben Tag keifen und den Rest der Zeit Unsinn von sich geben. Doch nach zwei Wochen mit einer Traumfrau, die – auch das wurde mir immer deutlicher – nicht nur im Bett eine Traumfrau war, sondern auch ein guter Kumpel: Mein Weltbild bekam Risse.

Seit unserem Gespräch mit Aris hatte ich von Harko nichts mehr gehört. Wir wussten nun, warum Catherine nach Griechenland gekommen war, und kannten die Gründe, weshalb sie ihre Identität geheimgehalten hatte. Doch ich sah noch immer keinen Zusammenhang zwischen ihren Grundstücksgeschäften und ihrer Ermordung. Harko wollte sich noch einmal mit Aris zusammensetzen und mit seiner Hilfe herausfinden, ob Catherine auch andere Makler auf Korfu angesprochen hatte. Telefoniert hatte sie hier auf der Insel mit niemandem, das wussten wir aus der Liste der Telefonate, die sie mit ihrem Mobiltelefon geführt hatte.

Ich stand gerade in der Küche, als Kermit und Miss Piggy ein Froschkonzert gaben. Ich sah auf meine Armbanduhr: zehn Uhr morgens. Um diese Zeit waren die zwei sonst ruhig.

An diesem Morgen wurde das Quaken immer lauter, bis es auf einen Schlag mucksfröschchenstill war. Erleichtert setzte ich mich hin und frühstückte.

Aber als ich wenig später zu meiner Frühstückszigarette auf die Terrasse ging, machte ich große Augen: Ich war nicht der einzige gewesen, der sich einen Happen gegönnt hatte. Direkt neben dem Teich lag eine Schlange im Gras, ein zwei Meter langes Exemplar, dunkelgrau mit braunen Streifen, der Körper so dick wie ein Kinderarm. Ungefähr auf halber Länge sah ich eine kräftige Ausbuchtung: Der Morgenimbiss der Schlange.

Ich bin kein großer Freund von Schlangen, doch da es auf Korfu viele davon gibt und die meisten davon – wie mir mehrfach versichert wurde – ungiftig sind, hatte ich gelernt, sie zu tolerieren. Aber dass sich nun eine davon an meinen Fröschen gütlich tat, war zuviel: Ich holte einen Spaten und noch während sich die Schlange mit ausladenden Maulbewegungen ihren Kiefer wieder einrenkte, machte ich sie einen Kopf kürzer.

Der körperlose Kopf hörte sofort auf, sich zu bewegen, der kopflose Körper dagegen wand sich noch eine Weile im Gras. Fast wie ein Regenwurm, dachte ich, nur dass in diesem Fall keine der beiden fehlenden Hälften wieder nachwachsen würde.

Ich überlegte, ob ich den Körper gleich entsorgen sollte, entschied mich jedoch dagegen. Wenn die ersten Ameisenspäher den Leckerbissen entdeckt hatten, würde er innerhalb von drei Tagen verschwunden sein. Die Fauna auf Korfu war diesbezüglich äußerst effektiv.

Was mich mehr interessierte, war, ob die Schlange Kermit oder Miss Piggy erwischt hatte. Sorgfältig suchte ich den Teich mit den Augen ab, konnte aber zunächst keinen Frosch erkennen. Endlich regte sich etwas zwischen dem Wassergras: Kermit verharrte reglos im Wasser, das Quaken war ihm offenbar gründlich vergangen.

In diesem Moment tat er mir unendlich leid. Ich wusste nicht viel über das Liebesleben der Frösche, doch er hatte sich redlich Mühe gegeben, ein Weibchen in seinen Tümpel zu locken. Nun war er genau wie ich wieder Junggeselle. So ist das Leben.

Dann aber sah ich den toten Leib der Schlange. Die Zuckungen hatten aufgehört, sie war tot, doch irgend etwas stimmte nicht. Denn der Mageninhalt, noch vor wenigen Minuten eindeutig in der Körpermitte, befand sich jetzt im oberen Drittel. Konnte eine tote Schlange ohne Kopf ihren Mageninhalt wieder auswürgen? Ich mochte es nicht glauben. Und doch sah ich genau das mit eigenen Augen: Stück für Stück wanderte das Frühstück nach oben. Schließlich tauchte Miss Piggy auf, blinzelte verstört ins Tageslicht, versuchte einen ersten zaghaften Quaker und hüpfte in den Teich, von Kermit freudig begrüßt.

Im Leben gibt es die merkwürdigsten Zufälle, dachte ich, doch dann kam mir in den Sinn, dass vielleicht einige dieser Zufälle gar keine Zufälle sind. Kermit hatte seine Partnerin verloren und wiedergefunden, warum sollte es mir nicht genauso gehen? Ich ging zum Telefon und rief in Venezuela an.

Vics Stimme zu hören, war schön, leider sprach nur ihr Anrufbeantworter mit mir. Sie sei mal wieder unterwegs und wer immer etwas von ihr wolle, möge doch bitte eine Nachricht hinterlassen. Das tat ich; ich sagte ihr, dass sie mir fehle und bat um Rückruf.

Die Griechen sind Meister der Improvisation, doch diesmal hatte sich einer von ihnen selbst geschlagen. Alexis, ein 60jähriger LKW-Besitzer aus Afionas, der gelegentlich Sand und Steine für Manousos transportierte, sollte eine Fuhre Sand liefern. Er besaß einen alten Scania, einen Kipper, der in seiner Jugendzeit einmal Müllwagen in Deutschland war und von einer griechischen Werkstatt durch einen Umbau Marke Eigenbau auf seine neue Aufgabe vorbereitet worden war. Doch eine Fuhre Müll in einer deutschen Großstadt zu transportieren ist etwas anderes, als 16 Tonnen Sand durch ein griechisches Bergdorf zu kutschieren. Das hatte Alexis heute schmerzlich erfahren müssen.

Er sollte den Sand zu einer Baustelle oben im Dorf bringen, nur ein paar Häuser vom Three Brothers entfernt. Manousos hatte Alexis wohl noch gebeten, zweimal zu fahren, weil dessen altersschwacher Truck sonst überfordert sei, aber wie Manousos nach dem Unfall sagte, hatte Alexis nur gelacht. Das Lachen war ihm schon bald vergangen, Manousos sollte recht behalten.

Unmittelbar nach der Bäckerei gibt es eine scharfe rechts-links Kombination: Die Straße windet sich steil nach oben, zwei Kurven, jede mit fast 180 Grad. Die Hauptstraße, die einzige richtige Straße, die Afionas überhaupt besitzt, folgt wohl noch den Eselspfaden früherer Tage.

In der ersten Kurve war es geschehen. Alexis hatte die Kurve zur Hälfte hinter sich gebracht, als sein LKW buchstäblich das Gleichgewicht verlor. Die hintere Doppelachse, für ebenes Gelände ausgelegt, befand sich weit vorne. Nun aber ruhten 16 Tonnen Sand auf dem Kipper und ein paar Tonnen davon ruhten wohl zu weit hinten. Die Folge davon: Der ganze Truck kippte leicht nach hinten, die Vorderräder verloren den Boden unter den Reifen – und Alexis saß im Führerhaus und konnte nicht mehr lenken. Seinen eigenen Worten nach trat er sofort voll auf die Bremse, den Spuren auf der Straße nach ließ sich der alte Laster davon aber nicht beeindrucken: Mit blockierten Reifen rutschte er, schon mitten in der Kurve, zunächst auf der Straße zurück, ohne dabei noch einmal seine Vorderräder auf den Boden zu bekommen, dann ließ er sich – mangels eines entsprechenden Hindernisses – rückwärts in einen Olivenhain treiben. Fast 50 Meter ging es steil bergab, bis ein alter Olivenbaum die unfreiwillige Fahrt schließlich beendete.

»Das hättest Du sehen sollen,« sagte Manousos lachend. »Ich war gerade auf dem Weg ins Three Brothers und fuhr hinter Alexis her. Wie ein Pferd, das seinen Reiter abwerfen will, bäumte sich der alte Kasten mitten in der Kurve auf und rutschte langsam, fast schon in Zeitlupe, von der Straße herunter und danach rückwärts in die Oliven. Ich sage Dir, das geht ziemlich steil runter da. Von der Straße her sah es aus, als würde der Truck einfach verschluckt: In einem Moment war er noch da, im nächsten war er weg.«

»Und Alexis?« fragte ich besorgt.

Manousos lachte. »Der hat gezittert wie Espenlaub, als er ausstieg, sonst ist ihm nichts geschehen. Sein Stolz hat gelitten, sein Scania hat einen Reifen eingebüßt und der Besitzer des Olivenhains ist um 16 Tonnen Sand reicher: Den Lastwagen haben wir wieder raufgezogen, aber den Sand müsste man von Hand rausschaufeln.«

Ich sah mir die Stelle am nächsten Morgen selbst an: Auf der Straße waren noch die Spuren der blockierten Reifen zu sehen, unten im Olivenhain lag ein imposanter Haufen Sand. Glück gehabt, dachte ich, da hatte Alexis nochmal verdammtes Glück gehabt. Ein Irrtum, wie sich kurz darauf herausstellen sollte.

»Hast Du Lust, mit zum Fischen rauszufahren?«

Es war das erstemal, dass mich Harko auf seinem Boot mitnehmen wollte und natürlich hatte ich Lust. Ich holte mir bei Manousos gute Ratschläge, richtete meine Angel her, besorgte Tintenfische als Köder – dies war ein Tipp von Manousos – und ging früh ins Bett: Fische beißen am Besten am frühen Morgen.

Kurz nach fünf holte mich Harko ab, das Boot auf einem Trailer hinter dem Land-Cruiser. Der frühen Stunde gemäß beschränkte sich unser Gespräch auf den Willkommensgruß, wir waren beide noch verschlafen. Das änderte sich erst, als wir das Boot in St. Stefanos ins Wasser ließen – in Agios Georgios gibt es leider keine Slip-Anlage.

Der Geruch, nein, der Duft des Meeres am frühen Morgen: Ich weiß nicht, ob es ein anderes Odeur gibt, das sich damit messen kann. Es riecht nach Salz, nach Tang, doch das ist es nicht. Es ist ein Duft, der Gefühle weckt: Reinheit, Freiheit, Ewigkeit. Schon Odysseus muss diesen Duft wahrgenommen haben, als er nach Troja auszog, bei ihm hatte dieser Geruch die Abenteuerlust geweckt. In mir rief er eine starke Verbundenheit mit Korfu wach, das Gefühl von Heimat und Geborgenheit. Mit vollen Nüstern sog ich diesen Duft in mich ein.

Harko hatte keinen Sinn dafür, er war beschäftigt, das Boot zu Wasser zu lassen. Er hatte den Trailer so weit die Slip-Anlage hinuntergefahren, dass die Räder vom Wasser bedeckt waren, dann kletterte er auf das Boot, löste die Vertäuung, startete den Motor und fuhr das Motorboot rückwärts in das Hafenbecken hinein. Er legte an der Mole an, vertäute das Boot an einem Eisenring, kletterte an Land und parkte den Wagen. Dann waren wir startbereit.

Durch das Hafenbecken tuckerten wir nur langsam, doch kaum waren wir auf See, drehte Harko voll auf: Der Bug hob sich aus dem Wasser, wir schossen, Gischt im Gesicht, über die Wellen dahin. Wenn es Freiheit wirklich gibt, wenn man sie als Mensch spüren kann – in diesem Moment fühlte ich sie. Es gab nur Harko, mich, das Boot und das Meer.

Auf halbem Weg zwischen Korfu und Mathraki machten wir Halt, Harko schaltete den Motor aus und wir ließen uns treiben. Manousos hatte mir verraten, dass hier in 80 bis 90 Meter Tiefe eine Brassenart lebt, die um diese Zeit ausgezeichnet biss. Er hatte mir auch das entsprechende Angelzeug mitgegeben: Ein Meter Nylonschnur, im Abstand von 30 Zentimeter jeweils ein Haken, dazu ein schweres Bleigewicht, damit die Haken schnell auf den Grund sinken.

Harko blickte spöttisch auf meine Ausrüstung, denn ich benutzte keine Angel, sondern nur eine rund 100 Meter lange Schnur auf einer Plastikrolle.

»Petri Heil,« war alles, was er sagte, als ich meine Haken zum erstenmal neben dem Boot ins Wasser ließ.

»Petri Dank,« antwortete ich und sah zu, wie er eine nagelneue und beeindruckend nach High-Tech aussehende Angel zusammenbaute: Gut fünf Meter lang, aus grauem Fiberglas, dazu eine farbenprächtige Fliege als Köder. Breitbeinig stand er mitten im Boot, holte aus und ließ die Fliege mit gekonntem Schwung mehr als 30 Meter vom Boot entfernt ins Wasser klatschen.

»So macht man das,« sagte er im Tonfall des Fachmanns.

Ich holte derweil meine Schnur wieder ein und machte die ersten drei Brassen von den Haken los.

»Anfängerglück,« schnaubte Harko.

»Sicher,« antwortete ich und ließ meine primitive Leine wieder ins Wasser. Ich warte eine Minute, zog die Schnur wieder hoch. Diesmal waren nur zwei Brassen dran.

Harko ersparte sich einen Kommentar, kurbelte stattdessen an seiner Rolle und holte die Leine fast schon lehrbuchmäßig ein.

»Gut machst Du das,« sagte ich, »die Fische sind sicher mächtig beeindruckt.«

Kommentarlos warf Harko die Leine wieder aus. Eine halbe Stunde später unterbrach Harko seine Übungen, ich hatte inzwischen rund 30 Brassen gefangen. »Hier beißen die Fische nicht,« sagte er und fuhr fünf Minuten weiter. Er warf wieder seine Angel aus, elegant, aber auch mit deutlich spürbarem Zorn, ich fischte wieder meine Brassen – manchmal drei, manchmal zwei, nie weniger als eine bei jedem Versuch.

Schließlich kapitulierte Harko. Er holte die Rute ein, machte die Fliege los, spießte ein Stück Tintenfisch auf, band ein schweres Bleigewicht an die Schnur und ließ sie, diesmal ohne große Geste, direkt neben dem Boot ins Wasser fallen.

»Und jetzt?« fragte er.

»Musst Du sie wieder einholen.«

Harko kurbelte an seiner Angelrute, ich zog an meiner Leine.

»Ein Fisch,« rief er begeistert, »ich habe einen Fisch gefangen! Siehst Du?«

»Ja,« sagte ich, »ich sehe,« und löste drei weitere Brassen von meinen Haken.

Von einem echten Wettbewerb konnte man nicht sprechen. Nachdem Harko drei weitere Haken an seiner Schnur befestigt hatte – er träumte jetzt davon, vier Brassen auf einmal zu fangen – holten wir die Fische an Bord, als würden wir unsere Angeln in einem Fischteich auswerfen.

»Weißt Du,« sagte Harko, »ich musste einfach mal raus.«

»Wieder Ärger mit der Familie?« fragte ich.

»Nur mit Christine.«

»Christine?«

»Eine alte Freundin von Marianne. Im Prinzip ist sie ganz nett, aber derzeit ist sie auf dem Esoteriktrip. Ständig will sie mich zu irgendwas bekehren.«

Harko öffnete die mitgebrachte Kühlbox und holte zwei kühle Bier heraus. Das Bier war gut, doch ich machte den Fehler, eine Zigarette dazu zu rauchen. Kaum war ich damit fertig, spielte mein Magen verrückt: Ich spürte plötzlich jede kleine Welle. Es dauerte nicht lange, dann hing ich über der Reling und verfütterte mein Bier an die Fische. An weiteres Angeln war nicht zu denken.

»Oh, ist mir schlecht,« sagte ich und lehnte mich im Boot zurück. Harko baute seine Angelrute auseinander, nahm meine einfache Schnur und holte nun allein die Brassen aus dem Wasser.

»Irgendwie,« sagte er, »habe ich das Gefühl, ich bin in einer Sackgasse gelandet.«

»Wie meinst Du das,« sagte ich. Ich hatte Schwierigkeiten, mich auf das Gespräch zu konzentrieren.

»Anfangs wollte keiner was über Catherine sagen, jetzt drängen sie mir die Informationen förmlich auf. Doch ich weiß nicht mehr, was davon stimmt und was nicht. Jeder hat seine eigene Theorie, warum sie ermordet wurde und wer es getan hat.«

»Dann ist Jannis also aus dem Schneider? Das ist gut.« Warum kann ein Magen so Probleme bereiten, wenn er absolut leer ist?

»Jannis ist keineswegs aus dem Schneider,« sagte Harko. »Die Polizei weiß sehr wohl, dass an den neuen Gerüchten nichts dran ist. Die hält sich weiter an die Fakten.«

»Und die entlasten Jannis nicht?«

»Nein.« Harko löste die Fische inzwischen mit der gleichen Selbstverständlichkeit von den Haken, wie ich es zuvor getan hatte, und ärgerte sich nur, wenn nicht mindestens zwei Brassen daran hingen.

»Es gibt derzeit nur eine Vielzahl von Ungereimtheiten, aber keine echte Spur. Die Art der Tötung weist eindeutig darauf hin, dass Jannis es nicht getan haben kann. Catherines Schweigen hier auf Korfu haben wir aufgeklärt, ohne dass sich daraus ein echter Verdacht ergeben hätte. Klar ist bislang nur, dass es jemand aus Afionas oder Agios Georgios getan haben muss, denn nur so lässt sich erklären, warum der Mord Jannis in die Schuhe geschoben werden soll. Doch ich habe noch keinen Anhaltspunkt gefunden, um irgendwo konkret nachzuhaken.«

»Ich glaube, Du machst einen Fehler,« sagte ich.

Harko sah mich irritiert an.

»Ich kann bislang noch keinen Fehler in meiner Vorgehensweise finden.«

Ich dachte an meine Unterhaltung mit Vic auf der Fähre. »Du konzentrierst Dich nur auf das, was unmittelbar vor Catherines Ermordung geschehen ist. Und vergisst dabei, dass sie mit praktisch allen Leuten in Afionas verwandt war. Was ist, wenn es da einen Streit gibt, der schon lange zurückliegt?«

Harko machte eine wegwerfende Handbewegung. »Das kannst Du vergessen. Catherine war noch nie in Griechenland, sie kannte ihre Verwandtschaft nur aus Erzählungen ihrer Eltern. Und wenn nicht einmal Kostas, ihr Onkel, sie in Amerika besucht hat – unwahrscheinlich, dass es da andere persönliche Beziehungen gab.«

Vom Standpunkt des Ermittlers, der nach Wahrscheinlichkeiten vorgeht, mochte Harko recht haben. Doch ich musste auch Victoria recht geben: In einem Krimi hätte ich mich mehr um die Persönlichkeit des Opfers gekümmert.

»Was wissen wir denn jetzt über Catherine?« fragte ich deshalb. »Doch nur, dass sie tot ist. Sie ist in Amerika aufgewachsen, aber wir wissen weder etwas über ihre Kindheit noch über ihre Ausbildung.«

Harko legte die Angel beiseite, wir hatten mehr als genug Brassen gefischt. »Catherine hat ihr ganzes Leben in den USA verbracht,« sagte er, »bis auf gelegentliche Reisen ins Ausland. Wenn sie Feinde gehabt hat, dann leben die in den USA. Natürlich habe ich mich erkundigt, ob zu der Zeit, als Catherine hier war, auch andere Amerikaner in Agios Georgios waren. Negativ. Und selbst wenn: Wie ich Dir schon sagte, hätte jeder, der hier nicht heimisch ist, Catherine einfach ermorden und dann verschwinden können. Nein mein Lieber: Der Mörder ist ein Einheimischer, der genau wusste, warum er Jannis zum Sündenbock machte. Und er ist ein Einheimischer, mit dem Catherine in der einen Woche, die sie hier verbracht hat, Kontakt hatte. Deshalb werde ich mich weiterhin darauf konzentrieren, was in dieser Woche geschehen ist.«

Ich war froh, als ich wieder zu Hause war, mein Magen rebellierte noch immer. Harko hatte alle Fische mitgenommen und mich zum Abendessen eingeladen, ich hoffte nur, dass ich bis dahin wieder fit war.

Harkos Besuch erwies sich als klapperdürre Blondine Anfang 40, äußerlich nicht unattraktiv, wenn auch etwas knochig.

»Lass Dich im Himmels willen auf kein Gespräch mit ihr ein,« flüsterte mir Harko zu, als wir allein am Grill standen. »Christine will jeden von ihrer Geisterwelt überzeugen.«

Im Moment bestand dazu keine Gefahr: Sina, mit ihren zwölf Jahren schon langjährige begeisterte Motorradfahrerin, führte Christine, die sie Tante nannte, ihre Fahrkünste auf ihrem Mini-Bike vor. Sie hatte sich im Garten einen Hindernisparcours angelegt – einschließlich Sprungschanze – und demonstrierte nun, wie weit sie mit ihrer Maschine springen konnte. Wir hörten immer wieder das Aufheulen des Motors, gefolgt von Christines Angstschreien.

»Es wird immer schwerer, sie davon abzuhalten, mit dem Motorrad zur Schule zu fahren,« sagte Harko.

Ich lachte. »Du als braver deutscher Gesetzeshüter tust Dir natürlich schwer, ein Auge zuzudrücken,« sagte ich. »Die griechische Polizei würde das vermutlich nicht einmal interessieren.«

»Papa, ich habe Hunger,« rief Sina und brauste mit ihrem Motorrad in den Hof. »Großen Hunger. Wann gibt es denn was zu essen?«

»Wenn ihr zwei Hübschen den Tisch gedeckt habt.«

Harko legte Würstchen und Spießchen für die Kinder und die mit Kräutern gefüllten Brassen für die Erwachsenen auf. Tina und Sina halfen ihrer Mutter, den Tisch zu decken.

Kurz darauf saßen wir alle beim Essen. Der Fisch war ausgezeichnet, das Angeln hatte sich gelohnt. Marianne hatte neben Salat und Tsatsiki auch Kräuterbutter zubereitet, die für die Fleischspießchen gedacht war, die den eingelegten Fisch aber geschmacklich hervorragend abrundete. Nur Christine aß weder Fisch noch Fleisch, sie beschränkte sich auf den Salat.

»Der Verzehr von Totem stört meinen Energiefluss,« verkündete sie und hielt sich an das Brot. Selbst das ausgezeichnete Tsatsiki verschmähte sie – auch vergorene Milch störe ihren Energiefluss. Das gleiche galt für Bier und Wein.

Bei der ist nicht der Energiefluss, bei der ist ganz etwas anderes gestört, dachte ich, denn sie lächelte kein einziges Mal, sondern machte ein Gesicht, als hätten ihr die Geister verboten, in diesem Leben noch einmal gute Laune zu haben.

»Hast Du wegen Jannis was Neues herausgefunden?« fragte Sina, die, einmal in Schwung gekommen, eine ganze Stunde ohne Punkt und Komma reden konnte.

Marianne verdrehte die Augen und ich sah Harko fragend an. Der deutete auf die Zwillinge: »Darf ich Dir meine neuesten Assistentinnen vorstellen: Zwei hervorragende Detektivinnen mit einem Blick, dem nichts entgeht, und einer messerscharfen Kombinationsgabe.«

»Was mir gar nicht recht ist,« sagte Marianne. »Mir reicht ein Kriminalist in der Familie.«

»Aber Mama,« protestierte Sina. »Wir müssen Jannis helfen – wo er doch unschuldig ist.«

»Das ist noch gar nicht sicher,« sagte Harko. »Jannis hat uns nämlich angelogen. Er hatte was mit Catherine.«

»Trotzdem ist er unschuldig,« sagte Sina und sah dabei ihre Schwester an. Tina nickte.

»Und woher wisst ihr das?« fragte Harko. »Hat Jannis es euch verraten?«

»Nein,« sagte Sina, »das Pendel.«

»Das Pendel?« fragte ich und diesmal verdrehte Harko die Augen.

»Ich habe ihnen zwei Pendel geschenkt und ihnen gezeigt, wie sie damit umgehen müssen,« sagte Christine.

»Ich hole sie,« sagte Sina schnell und sprang auf. Nach wenigen Minuten kam sie mit zwei kleinen Schachteln zurück, von denen sie eine ihrer Schwester gab. »Es ist ganz einfach,« sagte Sina und holte aus ihrer Schachtel eine silberne Kette mit einem Anhänger heraus, der wie ein Senkblei aussah: Ein kleiner, runder Kegel, nach unten hin spitz zulaufend.

»Man muss die Kette oben festhalten, dann kann man dem Pendel Fragen stellen. Wenn es mit ja antwortet, schwingt es vor und zurück, sagt es nein, dreht es sich im Kreis.«

»Die Kinder können ihre Energien natürlich noch nicht voll nutzen,« erklärte ihre Wahltante ernsthaft. »Aber ich spüre bei den Mädchen schon jetzt einen starken Energiefluss.«

»Bist Du da, Pendel?« fragte Sina, die ihr Pendel bereits in der Hand hielt. Obwohl ich skeptisch war, sah ich doch interessiert zu. Christine bebte vor Nervosität, Marianne wirkte unglücklich und Harko versteckte sein Gesicht hinter seinem Bierglas. Doch auch so war ihm anzusehen, was er von diesem Hokuspokus hielt.

Das Pendel bewegte sich – kein Stück.

»Frag noch einmal,« sagte Christine mit heiserer Stimme.

»Bist Du da, Pendel?« fragt Sina erneut, als würde sie mit einem Freund sprechen. Ein plötzlicher Windstoß brachte die Kerzen zum Flackern – und das Pendel zum Schwingen: Langsam, aber deutlich erkennbar, schwang es vor und zurück. Sina strahlte, ihre Tante erstarrte vor Ehrfurcht und Harko verschluckte sich an seinem Bier.

»Soll Tina mit mir pendeln?« fragte Sina und wieder fing das Pendel an, vor und zurück zu schwingen.

»Geht denn das?« fragte ich. »Zu zweit pendeln?«

»Eigentlich nicht,« erklärte Christine ernst. »Aber bei Zwillingen?«

»Natürlich geht das,« erklärte Sina im Brustton der Überzeugung. »Wir haben es heute Mittag ausprobiert und ich habe meinen Walkman wiedergefunden, den ich vor einer Woche verlegt habe.«

»Wenn Du ordentlicher wärst, hättest Du ihn gar nicht suchen müssen,« sagte Marianne. Auf dem Ohr hörte Sina schlecht.

»Ist Jannis unschuldig?« fragte sie stattdessen. Sofort begann das Pendel zu schwingen. Tina hielt ihr Pendel ebenfalls zwischen den Fingern, aber es rührte sich nicht.

»Du musst das Pendel erst begrüßen,« sagte Christine.

Tina räusperte sich. »Guten Abend Pendel, bist Du da?«

Wieder geschah nichts. Ich beobachtete die Kerzen, die Flammen brannten ruhig. Tina fragte noch einmal – die Kerzenflammen blieben noch immer ruhig. Dann aber heulten Harkos Hunde los und das Pendel begann wie bei Sina, vor und zurück zu schwingen. Ich spürte, wie ich eine Gänsehaut bekam.

»Ist Jannis unschuldig?« fragte Sina noch einmal und wieder schwang das Pendel vor und zurück.

»Wenn eure Pendel immer nur ja sagen, könnt ihr alles fragen,« sagte Harko leicht amüsiert.

Woraufhin Tina fragte: »Ist Jannis schuldig?«

Nun begann auch ihr Pendel zu schwingen – auch vor und zurück.

»Da habt ihr es,« sagte Harko. »Mumpitz.«

»Hat Jannis Catherine umgebracht?« fragte Sina. Harkos Augen wurden groß, als beide Pendel heftig zu kreisen begannen.

»Schuldig, aber kein Mörder,« sagte ich, halb amüsiert, halb erstaunt. »Sinas Pendel scheint Jannis Lügen zu ignorieren, während Tinas Pendel offenbar von den Lügen weiß.«

»Wie die Mädchen auch,« murmelte Marianne. »Sina schwindelt gern, während Tina nicht einmal eine Notlüge akzeptiert.«

Die Mädchen konzentrierten sich wieder auf ihre Pendel.
»Lebt der Mörder in Afionas?«
Beide Pendel schwangen.
»Kennen wir ihn?«
Wieder schwangen die Pendel.
»Ein Mann? Allein?«
Vor und zurück, vor und zurück.
»Ein alter Mann?« fragte Sina.
Ihr Pendel kreiste.
»Ein junger Mann?« fragte Tina.
Auch ihr Pendel kreiste.
»Jetzt müsste man noch wissen, was alt und was jung ist,« sagte Harko amüsiert.
»Ist Papa alt?« fragte Sina. Ihr Pendel kreiste.
»Ist Papa jung?« fragte Tina. Auch ihr Pendel kreiste.
»Er ist in Deinem Alter,« sagte Sina aufgeregt. Ich glaubte meinen Augen nicht zu trauen: Beide Pendel hörten auf zu kreisen und schwangen heftig vor und zurück. Harko war nun etwas blass um die Nase.
»Wird Papa den Mörder finden?« fragte Sina und ihr Pendel schwang weiter vor und zurück.
»Bringt Papa den Mörder ins Gefängnis?« fragte nun Tina. Doch ihr Pendel kreiste.
»Schluss jetzt,« sagte Harko plötzlich, »ich denke, es ist Zeit für euch, ins Bett zu gehen.«
Beide widersprachen heftig, doch ein strenger Blick von Harko brachte sie zum Schweigen. Mürrisch packten die Zwillinge ihre Pendel ein, wünschten Gute Nacht und gingen ins Haus, begleitet von ihrer Tante, die sie zu Bett bringen wollte.
»Du weißt, was nun kommt,« sagte Marianne zu Harko. »Die setzen ihr Spiel fort – wenn nötig, auch unter der Bettdecke.«
Harko sah zum Haus. »In drei Tagen fliegt sie zurück nach Deutschland. Dann haben wir wieder unsere Ruhe.«
Ich war nachdenklich geworden. »Glaubst Du, da könnte was dran sein?«
Harko schnaubte empört. »Fängst Du jetzt auch noch damit an?«
»Nein,« sagte ich, »ich fange nicht damit an. Vielleicht haben die Zwillinge eine Show abgezogen, die sie vorher einstudiert haben und wenn das so ist, waren sie verdammt gut.«
»So was machen sie nicht,« sagte Marianne.

»Bist Du Dir da so sicher?« fragte Harko. »Manchmal glaube ich, Tina und Sina haben es faustdick hinter den Ohren.«

Marianne wirkte unsicher.

»Die Sache mit dem Windstoß,« sagte ich.

»Hier pfeift immer der Wind,« sagte Harko.

Ich deutete auf die Kerzen: »Heute Abend haben sie nur ein einziges Mal geflackert. Und die Hunde?«

»Die jaulen immer wieder mal.«

Unwillkürlich lauschten wir alle drei: Kein Laut war vom Zwinger zu hören.

»Du wirst doch diesen Blödsinn nicht glauben. Ich finde den Mörder und schaffe es nicht, ihn ins Gefängnis zu bringen. Bislang habe ich noch jeden, der schuldig war, hinter schwedische Gardinen verfrachtet.«

»Auch in Griechenland?« fragte ich.

»Der Patrone sitzt – genauso wie Emilio und die korrupten Polizisten.«

»Das mit Emilio ist schade,« sagte Marianne.

»Wieso?« fragte ich.

»Er macht phantastische Pasta,« sagte Marianne. »Die beste, die ich je gegessen habe.«

»Noch ein Bier?« fragte Harko und stand auf.

Ich nickte abwesend, meine Gedanken kreisten wie die Pendel.

»Und Du?« fragte er Marianne.

»Lieber ein Glas Wein,« antwortete sie.

Harko ging ins Haus und kam wenig später mit zwei Dosen Bier und einer Flasche Rotwein zurück. Er entkorkte den Wein, schenkte Marianne ein.

»Wie weit seid ihr wirklich mit dem Fall?« fragte Marianne, nachdem sie einen Schluck Wein getrunken hatte.

»Ich würde sagen, wieder ganz am Anfang,« sagte ich und sah Harko an.

Der blickte versonnen in sein Bierglas. »Wir stehen nicht am Anfang,« sagte er schließlich, »auch wenn es vielleicht so aussieht. Ich bin nach wie vor überzeugt, Jannis ist nicht der Mörder. Auch wenn er uns angelogen hat, was seine Beziehung zu Catherine angeht. Die zwei hatten etwas miteinander und ich werde mir den Knaben in den nächsten Tagen noch einmal vornehmen. Die Schmuggelgeschichte war eine brauchbare Theorie, hat sich aber als falsch erwiesen. Doch die Zeit, die ich dafür aufgewendet habe, war nicht umsonst. Immerhin konnte dadurch ein Rauschgiftring gesprengt werden.«

»Harko, der Berserker,« sagte ich.

»Lach nicht,« sagte Harko, »Kommissar Zufall ist der mit Abstand erfolgreichste Ermittler.« Er trank einen Schluck Bier. »Außerdem wissen wir inzwischen, was Catherine wirklich auf Korfu wollte.«

»Hast Du eigentlich zusammen mit Aris noch etwas herausgefunden?« fragte ich.

»Leider nicht. Wir haben alle Makler angerufen, zu denen Aris Kontakt hat, aber keiner hatte was mit Catherine zu tun. Aris war der Einzige, den sie auf Korfu getroffen hat.«

»Hältst Du Aris für schuldig?« fragte ich. »Immerhin ist er ungefähr in Deinem Alter.«

»Soll ich die Zwillinge noch einmal zum Pendeln holen?« fragte er aggressiv.

»Das war nur ein Witz,« sagte ich. Das Pendeln schien Harko nähergegangen zu sein als er zugeben wollte.

»Aris käme theoretisch als Täter in Frage, doch das halte ich für unwahrscheinlich. Er ist ein Schlitzohr, was den Verkauf von alten Steinhäusern als Traumvillen an Touristen anbelangt, doch genaugenommen ist das nicht einmal Betrug: Die meisten seiner Kunden scheinen sich darin wohl zu fühlen.« Auch Harko fühlte sich wohl in seinem neuen alten Haus, doch ich wusste, wieviel Zeit und Geld er investiert hatte, um aus seiner alten Mühle, die er noch in vergleichsweise gutem Zustand gekauft hatte, das schmucke Heim zu machen, das es heute war.

»Wir gehen also besser davon aus, dass es wirklich eine Nachfrage nach diesen Häusern gibt. Catherines Auftraggeber wären sogar bereit gewesen, verdammt viel Geld dafür zu bezahlen.«

»Sind sie das noch immer?« fragte ich neugierig.

»Nein,« sagte Harko, »sie haben inzwischen was in der Toskana gefunden. Aus New York heißt es jedenfalls, sie hätten kein Interesse mehr an Griechenland. Was auch mit Catherine zusammenhängt: Wenn einem Touristen später etwas zustößt und ein Anwalt herausfindet, dass schon beim Grundstückskauf ein Mitarbeiter ermordet wurde, sind sie dran. Du weißt selbst, wie großzügig amerikanische Gerichte bei Schadenersatzklagen sind.«

»Dumm gelaufen für die Afioniten,« sagte ich.

»Oder gut für uns. Oder möchtest Du etwa in einer Touristenhochburg leben?«

Daran hatte ich noch gar nicht gedacht.

»Wie dem auch sei,« sagte Harko, »Aris hätte jedenfalls keinen Grund gehabt, sich den mit Sicherheit größten Klienten, mit dem er jemals zu tun haben wird, vom Hals zu schaffen. Ich habe bei ihm auch nicht das Gefühl, er verheimlicht etwas: Er glaubt tatsächlich den Unsinn, den er erzählt.«

»Also haben wir kein Motiv für die Tat?« fragte ich.

»Doch,« sagte Harko. »Ich habe heute Nachmittag noch einmal über alles nachgedacht. Und sogar zwei Motive gefunden: Irgend jemand hat Wind bekommen von dem Projekt und wollte es verhindern. Oder jemand war scharf auf das Geld.«

»Einspruch,« sagte ich. »Um das Projekt zu verhindern, genügt es, eine öffentliche Diskussion anzuzetteln. So uneins, wie die Menschen hier sind, hätten sie jedes Bauprojekt zum Scheitern gebracht. Und wenn jemand scharf auf das Geld aus diesem Projekt ist, hätte er nicht Catherine, sondern mögliche Intriganten aus dem Weg räumen müssen.«

»Ich meine nicht das Geld aus dem Projekt,« sagte Harko. »Ich meine die 5.000 Euro, die Catherine Aris als Aufwandsentschädigung zusicherte und die er nie bekam. Sie hat das Geld tatsächlich drei Tage vor ihrer Ermordung in Korfu auf einer Filiale der Alpha-Bank abgehoben. Und nicht nur das: Sie hat insgesamt 50.000 Euro abgehoben.«

»Woher weißt Du das?« fragte ich überrascht. »Und warum hast Du mir das heute Morgen nicht gesagt?«

»Weil ich es da noch nicht wusste,« sagte Harko. »Die Information kam heute Morgen, während wir beim Fischen waren.«

»Dann müssen wir auf die Bank,« sagte ich. »Vielleicht hat sie jemand am Schalter mit dem Geld gesehen, ist ihr gefolgt und hat sie getötet.«

Harko winkte ab. »Ich habe schon mit der Bank telefoniert. Ab 20.000 Euro erfolgen die Auszahlungen nicht mehr am Schalter, die Kunden erhalten größere Beträge in einem Büro. Außer dem Kassierer hat keiner gesehen, wie sie das Geld bekommen hat.«

»Der Kassierer?« fragte ich.

»Zahlt jede Woche im Schnitt eine Million aus. Würde der jedem Kunden nachlaufen und ihn umbringen, wäre er längst ein reicher Mann – und Korfu-Stadt von Leichen übersät. Außerdem passt das nicht zu der Art des Verbrechens: Wer Catherine das Geld wegnehmen wollte, hätte sie nur niederschlagen und berauben müssen. Es wäre weder notwendig gewesen, sie zu töten noch einen andern als Täter vorzuschieben. Viel zu großes Risiko.«

»Also hat das Pendel doch recht,« sagte Marianne. »Der Täter ist von hier und die Mädchen kennen ihn.«

»Hör auf mit diesem Scheiß-Pendel,« sagte Harko wütend. »Dass der Täter von hier ist, ist offensichtlich. Die Frage ist nur, in welcher Beziehung er zu Catherine stand.«

»Vermutlich ist er ihr Onkel,« sagte ich.

Marianne sah mich überrascht an: »Woher weißt du…«

»Kombination,« sagte ich. »Wenn er aus Afionas ist, ist er vermutlich ein Bardis. Also ist er irgendwie mit ihr verwandt.«

»Und wenn er so alt ist wie Harko, ist er ihr Onkel,« sagte Marianne.

»Wir wissen nicht, wie alt er ist,« sagte Harko aufbrausend. »Glaubt bloß nicht den Unsinn, den die Kinder erzählen.«

Ich versuchte Harko zu beruhigen. »Das dürfte gar nicht so falsch sein.«

»Das Pendeln?«

»Nein, die Schlussfolgerung mit dem Alter. Ein junger Mann hätte sich vermutlich keinen so komplizierten Plan ausgedacht und ein älterer Mann dürfte kaum die Kraft haben, Catherine zu erwürgen.«

Harko seufzte. »Du denkst schon wieder in Klischees. Ein kranker Plan ist keine Frage des Alters, sondern eines kranken Hirns. Davon gibt es auf der ganzen Welt eine Menge. Und ich kenne 70jährige, die Dich mit einer Hand erwürgen – und mit der zweiten ein Bier dabei trinken.«

»Aber ein Junger hätte der Versuchung sicher nicht widerstehen können, sich über Catherine herzumachen,« sagte ich triumphierend.

Harko verdrehte die Augen. »Viele Vergewaltiger werden zu Mördern, aber nur wenige Mörder werden zu Vergewaltigern. Vor ihrem Tod hätte sich Catherine mit Sicherheit gegen die Vergewaltigung gewehrt, und hinterher: Mit einer Toten zu schlafen, ist nicht jedermanns Sache. Außerdem wissen wir noch immer nicht, ob es die Tat eines einzelnen war oder ob mehrere daran beteiligt waren. Auch eine kräftige Frau hätte Catherine erwürgen können – und wäre dabei sicher nicht in Versuchung gekommen.«

»Du vergisst die Würgemale an ihrem Hals,« sagte ich. »Sie stammen von einem großen, kräftigen Mann.«

»Die könnten auch von Jannis stammen,« entgegnete Harko. »Einem jungen Hänfling. Womit ich meine Beweisführung abschließe.«

Dagegen konnte ich wirklich nichts mehr einwenden. Harko saß vornüber gebeugt am Tisch, drehte sein Bierglas gedankenverloren in Händen hin und her. »Wir wissen jetzt mit relativ großer Wahrscheinlichkeit, es war ein Raubmord und Catherine hat ihren Mörder vermutlich gekannt.«

»Warum?« fragte Marianne.

»Warum es ein Raubmord war oder warum Catherine ihren Mörder gekannt hat?« fragte Harko.

»Das mit dem Raubmord leuchtet mir ein,« sagte Marianne. »Doch woher willst Du wissen, ob sie ihren Mörder gekannt hat?«

»Weil der sich sonst nicht soviel Mühe gegeben hätte, den Mord Jannis in die Schuhe zu schieben.«

In diesem Moment kam Christine aus dem Haus, ihrem vergeistigten Blick nach zu urteilen, in höheren Sphären schwebend.

»Ich weiß es,« verkündete sie mit atemloser Stimme, »ich weiß alles.«

»Was weißt Du?« fragte Harko.

»Ich weiß, wer der Mörder ist.«

»Wer ist es denn?« fragte Marianne neugierig.

»Seinen Namen kenne ich nicht,« sagte sie, »aber ich weiß genau, wie er aussieht. Er ist groß und kräftig, hat blaue Augen und einen roten Bart.« Sie sah Harko an. »Mit dieser Beschreibung müsstest Du ihn schnell finden.«

Harko stutzte, brach dann in schallendes Gelächter aus. Er konnte sich gar nicht mehr beruhigen.

Christine sah ihn völlig indigniert an, auch mir erschien Harkos Reaktion unsinnig. »Was ist daran so komisch?« fragte ich. »Wäre doch immerhin möglich.«

Harko sah mich an, diesmal brüllte er förmlich vor Lachen. »Dann geh mal ins Haus und sieh Dich im Spiegel an, Du Schlaumeier. In ganz Afionas bist Du der Einzige, der blaue Augen und einen roten Bart hat.« Er schlug mir kräftig auf den Rücken. »Du alter Lustmörder. Das hätte ich Dir gar nicht zugetraut.«

»Gnagnagna,« sagte ich wütend. »Wenn ich sicher weiß, dass hier *einer* unschuldig ist, dann bin ich das. Hol mir lieber noch ein Bier.«

Mitternacht war lange schon vorüber, als ich nach Hause kam. Mein erster Gang führte mich ins Badezimmer, wo mein roter Bart, auf den ich stolz war, auch wenn ich gelegentlich Witze darüber anhören musste, der Schere zum Opfer fiel.

Ich lag mit Vic am Strand, nicht in Vai, sondern hier in Agios Georgios. Wir liebten uns, nicht zärtlich, sondern voller Leidenschaft. Um uns herum Menschen, Touristen, Afioniten, doch keiner beachtete uns.

»Würg mich,« sagte Vic, »so fest Du kannst.«

Meine Hände schlossen sich um ihren Hals, drückten zu. Sie keuchte voller Lust, ihr Körper zuckte unter mir, schenkte mir unglaubliche Wonnen.

»Fester,« schrie sie, »fester.«

Und ich drückte. Plötzlich fing mein Bart an zu wachsen, bedeckte zuerst ihre nackte Brust, fiel dann über meine Hände, ihr Gesicht; er wuchs immer weiter, bis wir in ihm wie in einem Kokon gefangen waren, nicht mehr atmen konnten und ich einen Orgasmus hatte, den stärksten, den ich je erlebt hatte.

Schweißgebadet wachte ich auf, nass am ganzen Körper, besonders in der Leistengegend. Ich schleppte mich ins Bad, stellte mich unter die Dusche, ließ das kalte Wasser auf mich einprasseln. War Jannis am Ende doch so in Ekstase geraten, dass er sie beim Liebesspiel erwürgt hatte? Ich versuchte mich an Vics Traumgesicht zu erinnern, zur Fratze verzerrt, doch nicht vor Schmerz, sondern vor Lust. Hatte Jannis das gleiche Gesicht vor Augen, verfolgte ihn das in seinen Träumen? Zusammen mit der Erkenntnis, dass er sie wirklich getötet hatte? Wollte er sich deshalb an nichts mehr erinnern?

Ich bezog das Bett neu, kroch wieder hinein, hundemüde, noch immer betrunken. Ich dachte an Vic, aber nicht so, wie ich sie im Traum gesehen hatte, sondern so, wie ich sie in Wirklichkeit erlebt hatte: Leidenschaftlich, aber zärtlich, meine Hände nicht an ihrem Hals, sondern an ihren festen Brüsten. Im Geiste küsste ich sie, und mit diesem Bild vor Augen schlief ich endlich ein.

Der Kater am nächsten Morgen war den vielen Bierchen angemessen, die ich am Abend zuvor bei Harko getrunken hatte. Das Denken fiel mir schwer. Erst als ich meinen Morgenkaffee trank, erwachten meine kleinen grauen Zellen allmählich zum Leben. Als sie endlich funktionierten, rief ich Harko an.

»Wir sind doch blöd,« begrüßte ich ihn am Telefon und bekam dafür als Antwort ein missbilligendes Grunzen zu hören. »Wir haben gestern den Wald vor lauter Bäumen nicht gesehen. Können wir uns treffen? Am besten gleich?«

Von gleich wollte Harko nichts wissen, wir verabredeten uns für elf im Snack-Shop zum Frühstück.

Ich war aufgeregt und deshalb schon eine Viertelstunde früher da, Harko hielt sich an die griechische Zeitvorstellung und kam eine halbe Stunde später als vereinbart. Auch er wirkte mitgenommen. Als er mich sah, stutzte er.

»Was ist denn mit Dir passiert?« fragte er ungläubig.

»Mit mir?« fragte ich.

»Mit Deinem Gesicht?«

Mir fiel ein, dass mich Harko noch nie ohne Bart gesehen hatte.

Er setzte sich und starrte mich an, als sähe er mich zum erstenmal. »Du siehst zehn Jahre jünger aus.«

»Euer blödes Pendel,« sagte ich. »Blaue Augen und roter Bart.«

Er lachte schallend. »Ich hab Dir doch gesagt, Du sollst Christine nicht ernstnehmen. Heute Morgen hat sie nochmal gependelt und nun ist der Mörder eine Frau: 27 Jahre alt, langes, schwarzes Haar. Mumpitz.« Dann sagte er: »Du warst vorhin am Telefon so aufgeregt. Warum?«

»Weil wir gestern etwas übersehen haben.«

»Haben wir?« Er zog erstaunt die Augenbrauen hoch.

»Ja. Catherine hat 50.000 Euro von der Bank abgehoben, die verschwunden sind. Doch nur 5.000 oder 10.000 davon waren für Aris bestimmt. Was wollte sie mit dem Rest anfangen?«

»Shoppen gehen?«

»Nein, ernsthaft. Wenn sie keinen anderen Makler aufgesucht hat: Wollte sie vielleicht doch ein Grundstück kaufen? Für sich selbst? Und hat das Geld als Anzahlung gebraucht?«

»Möglich.«

Harko tat meine Erkenntnisse ab, als seien sie nichts.

»Überhaupt: Wie kannst Du Aris jetzt schon von der Liste der Verdächtigen streichen? Vielleicht hat ihm Catherine die 5.000

schon am Freitag gegeben und dabei hat er gesehen, dass sie noch mehr Geld dabei hat. Er hat sie erwürgt und dann die Tat Jannis in die Schuhe geschoben.«

»Vielleicht.«

Nun wurde ich wütend. »Die 50.000 sind ziemlich sicher der Grund für ihren Tod, doch Du tust so, als wäre das eine Lappalie.«

Harko schien mich gar nicht zu beachten, bestellte stattdessen bei Maria in aller Seelenruhe ein english breakfast.

»Willst Du auch eins?« fragte er mich.

»Ich will wissen, wo das Geld geblieben ist,« sagte ich.

»Also kein Frühstück für Dich,« sagte Harko.

»Doch,« sagte ich.

»Dio[11],« sagte er zu Maria, »me Kafedaki.[12]« Er wandte sich wieder mir zu. »Wo das Geld geblieben ist, kann ich Dir sagen. Das hat der Mörder.«

»Also müssen wir feststellen, wer plötzlich viel Geld hat.«

Harko lächelte mich an, wie man ein Kind anlächelt, das etwas sehr Dummes gesagt hat. Mitleidig. Von oben herab. »Wären wir in Deutschland, würde ich mir vom Finanzamt die Steuererklärungen aller Einwohner besorgen und nachprüfen, wer über seine Verhältnisse lebt.«

»Dann mach das gleiche hier,« sagte ich.

»Vergiss es. Die leben hier alle unterhalb der Armutsgrenze. Ich hab mich heute Morgen mit einem Steuerberater in Karousades unterhalten. Weißt Du, wie hier die zu zahlenden Steuern festgelegt werden?«

»Wie überall auf der Welt,« sagte ich. »Man rechnet aus, was man verdient hat, natürlich leicht abgerundet, und zahlt, was man zahlen muss.«

»Falsch,« sagte Harko, »hier wird geschätzt. Wer eine Taverne oder einen Laden hat, wird nach Quadratmetern besteuert, alle anderen danach, was sie besitzen. Ein Haus bis 140 Quadratmetern ist steuerfrei, deshalb gibt es in ganz Afionas kein Privathaus, das größer ist, zumindest nicht offiziell. Was wirklich zählt, sind Autos und Boote. Wer sich hier ein neues Auto kaufen will, fragt erst den Steuerberater, welches Einkommen er dafür deklarieren muss.«

»Und die Steuerberater machen dabei mit?«

---

[11] Griechisch: zwei

[12] Griechisch: mit Kaffee

»Natürlich,« sagte Harko. »Der in Karousades hat von Leuten berichtet, die im ersten Jahr ihrer Selbständigkeit ihr richtiges Einkommen angegeben haben. Woraufhin das Finanzamt dieses Einkommen verdoppelt hat. Begründung: Alle Griechen würden bei ihrer Steuererklärung schummeln, also sei der doppelte Satz vermutlich näher an der Realität.«

»Das ist Willkür,« sagte ich.

»Das ist Realität. Dagegen machen kann man nichts. Außer im nächsten Jahr nur noch die Hälfte anzugeben. Wird wieder verdoppelt, zahlt man die richtigen Steuern, wird nicht verdoppelt, hat man Glück.«

»Und wenn eine Steuerprüfung kommt?«

»Muss man Schmiergeld zahlen.«

Ich sah Harko misstrauisch an, doch er lachte mich nur an. »Jetzt tu nicht so überrascht,« sagte er. »Hast Du nicht oft genug gesagt, Steuerhinterziehung wäre auf Korfu mehr oder weniger legal, jedenfalls nach Deiner Auslegung von geschriebenen und ungeschriebenen Gesetzen? Jetzt scheinst Du erstaunt, dass es wirklich so ist. Griechenland ist in der EU, in Wirklichkeit aber geht es noch immer zu wie auf einem Basar.«

»Also keine Chance, Catherines Mörder über das Geld zu finden?«

»Doch,« sagte Harko. »Vermutlich sogar die einzige. Aber nicht über offizielle Wege.«

»Sondern?«

Harko deutete auf seine Ohren. »Hinhören. Beobachten. Fragen. Der Mörder war immerhin nicht so dumm, das Geld sofort auszugeben: Wären unmittelbar nach Catherines Ermordung 50.000 Euro aufgetaucht, hätte sicher jemand etwas davon mitbekommen. Inzwischen sind mehr als zwei Monate vergangen. Langsam dürfte es den Täter jucken, sich etwas von dem Geld zu kaufen. Ein neues Auto, eine neue Küche, ein Anbau am Haus.«

»Du willst also jedem größeren Geldbetrag nachgehen?« fragte ich.

»Weißt Du was Besseres?«

Wusste ich nicht.

Unser Frühstück kam.

»Was ist eigentlich mit Catherine selbst?« fragte ich kauend. »Ich finde noch immer, wir sollten herausfinden, wie sie als Mensch war.«

Harkos Antwort führte mir deutlich vor Augen, wie groß der Unterschied zwischen einem Ermittler und einem Schriftsteller ist. Ich dachte daran, wie sie lebte, wen sie kannte, was sie mochte, welche Träume sie hatte. Ich wollte mehr über ihre Persönlichkeit wissen. Harko dagegen interessierte sich nur für Fakten.

»Catherine lebte in den USA,« sagte er. »Das FBI hat keine Akte über sie. Bislang haben sie nur herausgefunden, wo sie wohnte, wo sie zur Schule und zur Universität ging, wo sie arbeitete. Nichts Auffälliges. Sie sehen auch keinen Grund dafür, tiefer zu bohren. Catherine selbst hat sich keines Verbrechens schuldig gemacht und offiziell sitzt ihr Mörder bereits hinter Gittern. Nur auf Verdacht hin tun die nichts. Und ich werde sicher nicht nach Amerika fliegen, um ihre Nachbarn über ihre Lebensgewohnheiten zu befragen. Sie wurde hier ermordet und der Mörder lebt in Afionas. Das ist die Spur, an der ich dranbleibe.«

»Vielleicht ergibt sich etwas aus ihrem Liebesleben?« fragte ich.

»Das war nicht auffällig, da nicht existent,« sagte Harko. »Zumindest hier auf Korfu. Allerdings habe ich Jannis weiterhin in Verdacht: Er hatte etwas mit ihr, auch wenn ich nicht glaube, dass er sie umgebracht hat.«

Ich dachte an meinen Traum, behielt ihn aber für mich. Harko würde mir nur wieder meine blühende Fantasie vorwerfen. »Ein Eifersuchtsdrama unter Albanern?« fragte ich stattdessen.

»Ziemlich weit hergeholt,« antwortete Harko.

»Glaube ich nicht,« sagte ich. »Sie scheint eine Schwäche für Albaner gehabt zu haben. In Athen hat sie sich auch mit einem getroffen.«

»Woher weißt Du das?«

Ich berichtete ihm von meinem Besuch bei Familie Frettchen und dass Frettchen Junior die Schöne in einer Disco erwischt hatte, wo sie sich mit einem Albaner auf griechisch unterhielt. »Er konnte sich sogar noch an seinen Namen erinnern,« sagte ich. »Bujar.«

»Dieser verlogene Lump,« sagte Harko heftig.

»Kennst Du ihn etwa?« fragte ich erstaunt.

»Natürlich,« sagte Harko. »Du doch auch.«

»Ich habe noch nie von einem Bujar gehört«

»Bujar Czarda alias Jannis,« sagte Harko wütend.

»Jannis ist Bujar? Wie das?«

»Die Griechen halten nicht viel von fremden Vornamen und schon gar nicht von den albanischen, die sie oft nicht einmal richtig aussprechen können. Die Albaner wiederum möchten lieber für Griechen als für Albaner gehalten werden. Deshalb nehmen fast alle hier einen griechischen Vornamen an. Jannis heißt nicht Jannis, er heißt Bujar.«

»Also hat er uns angelogen,« stellte ich ernüchtert fest. »Er kannte Catherine sehr wohl, hat sich sogar mit ihr in Athen getroffen.«

»Das wird er mir erklären müssen,« sagte Harko. »Und zwar genau.«

Bei Catherines Beerdigung hatte der ganze Ort getrauert, weil eine Verwandte gestorben war. Ich hatte diese Trauer nicht nachvollziehen können, schließlich hatte sie keiner gekannt.

Nach Athen war ich mit einer guten Legende gefahren: Roberto Bardéz, der argentinische Autor, den es zufällig nach Afionas verschlagen hat, in einen Ort, in dem alle Leute Bardis heißen. Bardéz-Bardis – der Autor möchte wissen, ob diese Namensähnlichkeit nur zufällig ist. Der Reeder hatte den Köder geschluckt und bereitwillig Auskunft gegeben.

Inzwischen fragte ich mich, ob es wirklich ein Zufall war, der mich hierher in dieses griechische Dorf geführt hatte, oder ob es nicht doch unsichtbare Kräfte gab, die alle Bardis dieser Welt miteinander verbanden. Die mich und auch Catherine hierher geführt hatten, zurück in den Schoß der Familie, in eine Welt, von der auch der Reeder in Athen noch träumte.

Wie hatte Manousos gesagt: »Vielleicht waren ihr Urgroßvater und mein Urgroßvater Brüder?« Wie war das bei Catherine und mir? Waren ihr Ur-Ur-Ur-Ur-Großvater und mein Ur-Ur-Ur-Ur-Großvater ebenfalls Brüder gewesen? Ich wollte mehr über sie wissen und der Einzige, der mir etwas über sie sagen konnte, war Kostas, der Wirt vom Three Brothers, ihr Onkel.

Ich fuhr zu ihm. An der Abzweigung nach Agios Georgios sah ich Manousos Motorrad auf der Straße stehen, direkt vor dem Haus von Alexis, der vor einigen Tagen diesen skurrilen Unfall mit seinem LKW gehabt hatte. Manousos diskutierte heftig mit einer Gruppe von Leuten. Ich dachte sofort an den alten Lambros und wie sich seine Freunde und Nachbarn von ihm verabschiedet hatten, als er im Sterben lag. Doch Manousos hatte mir versichert, Alexis habe den Unfall gut überstanden. Ich hielt an und stieg aus.

»Ist etwas geschehen?« fragte ich Manousos.

Manousos nickte grimmig. »Fahr schon hoch in die Taverne, ich komme gleich nach.«

Ich stieg wieder ein, fuhr bis zur Kirche, parkte den Wagen und ging ins Three Brothers. Kostas hatte gerade nichts zu tun, ich setzte mich zu ihm, und Georgia, Kostas jüngere Tochter, brachte mir ein Heinecken. Obwohl wir uns lang über Catherine und ihre Eltern, Kostas Bruder und seine Schwägerin, unterhielten, kam bei dem Gespräch nicht viel heraus. Catherines Mutter, damals in Georgias Alter und genauso schön, hatte seinen Bruder eher überraschend geheiratet, sie war sich ihrer Schönheit wohl bewusst gewesen und hatte mit den Männern gespielt. Doch sein Bruder musste ihr Herz im Sturm erobert haben und nicht nur ihr Herz: Kurz nach der Hochzeit waren Catherines Eltern in die USA ausgewandert und kurz darauf war Catherine auf die Welt gekommen.

Leider war der Kontakt von Kostas zu seinem Bruder kurz danach weitgehend abgerissen. Catherines Vater, der nun für Frau und Kind zu sorgen hatte, musste eine Existenz aufbauen und Kostas, dem das Three Brothers nur zu einem Drittel gehörte, konnte nur wenig Unterstützung beisteuern: Auch der zweite Bruder war inzwischen in die USA ausgewandert und die Taverne brachte kaum genug für Kostas selbst ein. Die Zeiten damals waren hart gewesen in Afionas.

Nach einer Stunde kam Manousos und setzte sich zu uns. »Dieser Idiot,« sagte er zur Begrüßung.

»Wer?« fragte ich. »Alexis?«

»Ja. Der Idiot begeht Selbstmord.«

»Ist er tot?« fragte ich entsetzt.

»Noch nicht,« sagte Manousos. »Aber spätestens in drei Tagen.«

»Was?«

Georgia brachte Manousos ein Bier, besonders gut gekühlt, doch er beachtete sie gar nicht, worauf sie sich beleidigt umdrehte.

»Er hat Gift geschluckt,« sagte Manousos, »Gramoxon. Ein Teufelszeug. Die Olivenbauern verwenden es, um das Unkraut zu beseitigen. Ein paar Tropfen davon genügen: Wenn Du nicht innerhalb einer Stunde ins Krankenhaus kommst, zerfrisst Dich das Gift innerlich. In drei Tagen ist er hinüber.«

»Woher weißt Du das?« fragte ich.

»Weil Alexis nicht der einzige ist, der das getan hat. Allein in den letzten drei Jahren haben sich fünf Leute hier in der Gegend damit umgebracht.«

Ich war schockiert. Zum einen über die hohe Zahl von Selbstmorden, zum anderen über diese grausame Art zu sterben. »Warum nehmen sie ein Gift, das so langsam tötet? Und so qualvoll – wenn stimmt, was Du sagst.«

»Weil sie blöd sind. Die Wirkung setzt erst nach ein paar Stunden ein. Wenn die Angehörigen merken, dass etwas nicht stimmt, ist es zu spät. Wie bei Alexis. Als seine Frau sah, wie er leidet, war er bereits nicht mehr zu retten. Jetzt liegt er im Krankenhaus und stirbt unter grässlichen Schmerzen.«

»Sei mir nicht böse,« sagte ich. »Aber wenn sich in Argentinien jemand umbringen will, entscheidet er sich für eine schnelle Todesart: Eine Kugel oder den Strick. Und wenn es schon Gift sein muss, dann wenigstens ein schnell wirkendes.«

»Und bringt sich damit um den ganzen Spaß.«

»Bitte?« Ich war sicher, mich verhört zu haben.

»Wenn Alexis schnell hätte sterben wollen, hätte er sich den Lauf seines Gewehrs in den Mund geschoben und abgedrückt. Peng und alles ist vorbei. Doch genau das wollte er nicht. Er wollte, dass seine Frau sieht, wie er leidet. Jetzt liegt der Idiot im Krankenhaus, windet sich selbst vor Schmerzen und freut sich dabei noch, seiner Alten eins ausgewischt zu haben.«

»Du machst Witze,« sagte ich.

»Glaubst Du? Dann frag doch jemand anderen – jeder hier wird Dir das gleiche sagen.«

Kostas nickte. »Das ist Alexis durchaus zuzutrauen.«

»Aber was ist denn geschehen?« fragte ich.

»Nichts. Das ist ja das Verrückte. Alexis hatte einen Streit mit seiner Frau wegen des Unfalls, sie hat gesagt, er sei unfähig und ihm wieder einmal damit gedroht, ihn zu verlassen. Das tut sie seit 25 Jahren. Diesmal scheint Alexis ihr geglaubt zu haben.«

»Und deswegen bringt er sich um?«

Manousos starrte missmutig vor sich hin. »Sie hat ihm vor 25 Jahren Hörner aufgesetzt, sein Sohn ist nicht von ihm. Jeder weiß das, doch Alexis wusste es nicht.«

»Dass ihm seine Frau einen Balg untergeschoben hat?«

»Doch, das wusste er schon. Aber das hat ihn nicht gestört, er versteht sich gut mit seinem Sohn. Nein, er wusste nicht, dass es allgemein bekannt ist. Jetzt dachte er wohl, die Geschichte käme heraus.«

»Aber deshalb bringt man sich doch nicht um.«

»Sag ich doch,« entgegnete Manousos. Er sah mich an. »Du glaubst, die Menschen hier hätten keine Probleme?«

»Das glaube ich nicht,« sagte ich, »aber sie haben, da bin ich sicher, weniger Probleme als andere.« Nicht umsonst war auf vielen T-Shirts in Griechenland »no problem« aufgedruckt – es war einer der Lieblingssprüche vieler Griechen: In diesem Land war alles möglich.

»Irrtum,« sagte Manousos. »Die Probleme sind überall auf der Welt die gleichen: Liebeskummer, Familienprobleme, Geldsorgen. In Amerika rennen die Leute wegen jeder Kleinigkeit zum Seelenklempner, hier tut das keiner: Die Leute könnten ja denken, man habe nicht mehr alle Tassen im Schrank. Also fressen sie den Ärger in sich hinein. Bis sie es nicht mehr aushalten. Dann bringen sie sich um. Wie Alexis. Erst als er sich sicher war, dass er sterben würde, hat er seiner Alten ordentlich die Meinung gesagt. Hätte er das schon vor 25 Jahren getan, wäre er sie entweder losgeworden oder die Ehe hätte besser funktioniert. Und das ist bei allen so, die dieses Zeug schlucken: Erst wenn sie wissen, es gibt kein Zurück mehr, reden sie sich ihren Kummer von der Seele.«

Er stand auf. »Ich muss heim, Helena muss sich um Alexis Frau kümmern, sonst dreht die durch.«

Sein Bier hatte er nicht einmal angerührt.

Manousos sollte recht behalten: Alexis starb genau nach drei Tagen. Die Ärzte konnten ihm nur noch starke Schmerzmittel geben, während seine Organe unaufhaltsam von dem Gift zerfressen wurden. Auf die Verabschiedung durch seine Freunde und Bekannte hatte Alexis verzichten müssen: Weil er wegen der starken Schmerzmittel nur noch dahindämmerte und niemanden mehr erkannte, hätte es wenig Sinn gemacht, ihn noch zu besuchen. Nur seine Frau war bis zu seinem Tod bei ihm im Krankenhaus geblieben. Aus Liebe oder aus Reue? Das wusste niemand und ich hatte das Gefühl, das wollte auch keiner wissen. Sie hatte ihre Strafe bekommen.

Argentinien ist sehr katholisch und viele Priester weigern sich bis heute, Selbstmörder in geweihter Erde zu bestatten. Davon wollte man in Afionas nichts wissen: Der Trauerzug war so lang wie der des alten Lambros, der nach einem erfüllten Leben friedlich dahingeschieden war. Dass die Menschen hier den Tod als Teil des Lebens hinnahmen, wusste ich inzwischen. Doch sie schienen auch die Entscheidung zu akzeptieren, diesem Leben selbst ein Ende zu setzen.

Mitten in der Nacht rief Victoria an. Wir versicherten uns gegenseitig, wie sehr wir uns vermissten, doch sie konnte nicht kommen: Für die nächsten drei Monate war sie fest auf die Route nach Washington DC eingeteilt.

»Und wenn wir aus der Not eine Tugend machen?« fragte ich.

»Wie meinst Du das?«

Ich erinnerte sie an unser Gespräch auf der Fähre und ihre Vorwürfe, ich würde mich nicht um Catherine als Mensch kümmern. Genau das, sagte ich ihr, würde ich nun nachholen wollen, mich in New York mit Leuten unterhalten, die Catherine gekannt hatten.

»Deshalb willst Du extra nach New York kommen?«

»Nein,« sagte ich, »nach New York möchte ich, um Dich zu sehen. Kannst Du Dir ein paar Tage freinehmen?«

»Das kommt ein bisschen plötzlich.«

»Willst Du mich denn nicht sehen?« fragte ich enttäuscht.

Sie lachte. »Doch, sehen möchte ich Dich schon. Aber nicht auf dem Flughafen zwischen Landung und Start. Wenn schon, möchte ich auch Zeit für Dich haben. Dazu muss ich aber ein paar Flüge tauschen. Gib mir eine Woche, dann weiß ich, wie lange ich mich freimachen kann.«

Ich sagte Harko bei einem Glas Bier auf seiner Terrasse, ich wolle bald nach New York fliegen. Er hielt das für überflüssig, doch als er erfuhr, Vic warte dort auf mich, grinste er anzüglich. »Höre ich da Hochzeitsglocken läuten? Wieder ein Junggeselle weniger?«

»Soweit sind wir noch nicht,« sagte ich. »Aber wer weiß? Und bei Dir?«

»Ich bin schon glücklich verheiratet.«

»Das meine ich nicht. Wie kommst Du mit Deinen Ermittlungen weiter?«

Er trank einen Schluck Bier. »Wie sagt man so schön: die üblichen Verdächtigen?«

»Erzähl schon,« forderte ich ihn auf.

»Drei Leute haben sich in den letzten Wochen neue Autos gekauft: Georgos, der Bäcker, hat einen neuen Lieferwagen; Spiros, der Maler, hat sich einen neuen Toyota angeschafft und Spiros, der unten am Strand das Whole-in-the-Wall betreibt, ist seit kurzem stolzer Besitzer eines neuen Pick-Ups.«

»Sonst noch was Verdächtiges?«

»Labrakis lässt gerade sein Haus aufwendig renovieren und die Leute fragen sich, woher er das Geld dafür hat.«

»Bei den drei anderen fragen sie sich das nicht?«

»Doch.«

»Und?«

»Der Einzige, den ich von vornherein ausklammern möchte, ist der Bäcker. Sein alter Wagen war nur noch eine Rostlaube, kurz vor dem Auseinanderfallen. Seiner Steuererklärung nach ist auch Georgos ein armer Hund, aber die Leute sind sich sicher, er ist gut bei Kasse: Er arbeitet viel, außerdem soll ihm sein Vater was hinterlassen haben. Bei den anderen weiß niemand genaueres. Spiros, der Maler, arbeitet viel schwarz, er könnte das Geld verdient haben. Bei Spiros, dem Wirt, vermuten die Leute, er habe mal wieder einen Dummen gefunden, den er übers Ohr gehauen hat. Das scheint seit Jahren seine Haupteinnahmequelle zu sein, denn die Bar läuft schlecht: Er betrügt seine Gäste und hat entsprechend wenige.«

»Und Labrakis?«

»Mein Hauptverdächtiger. Er hat die Arbeit nicht erfunden, ist angeblich lieber hinter dem schnellen Geld her. Er hat Spielschulden und soll sich eine Menge geliehen haben. Doch vor einer Woche hat er alles zurückgezahlt und nun baut er.«

»Warum vor einer Woche?« fragte ich. »Nicht schon vor zwei Monaten?«

»Das weiß keiner. Er tut geheimnisvoll, sagt niemandem, woher er das Geld hat und wieviel es ist. Doch wenn er ausgeht, hat er die Spendierhosen an.«

»Und Aris?«

»Hat sich gerade einen Kleinbus gekauft, um seine Kunden besser herumfahren zu können.«

»Also wenn das nicht verdächtig ist!« sagte ich.

»Das wäre es, wenn der Bus neu wäre. Doch Aris hat sich den Bus von einem Deutschen aufschwatzen lassen, für 1.500 Euro. Der Wagen ist ein fahrender Schrotthaufen, der in Deutschland nicht mehr durch den TÜV gekommen ist. Aris ist nur am Fluchen, weil das Ding laufend verreckt.«

»Woher bekommst Du eigentlich all die Informationen?« fragte ich. »Erzählen Dir Deine Verdächtigen alles bereitwillig?«

Harko lächelte überlegen. »Du musst nur die Ohren spitzen und den Leuten die richtigen Fragen stellen. Und mit all den Streitereien und dem Kleinkrieg hier: Da ist mehr als einer dabei, der seinem Nachbarn gern eins auswischen möchte.«

»Mit anderen Worten: Du stocherst in einem Bienennest herum.«

»Nicht Bienen-, sondern Wespennest,« korrigierte mich Harko. »Sonst hast Du recht. Und Du wirst sehen: Früher oder später trete ich dabei dem Täter auf die Füße.«

Harko musste nicht nur dem Täter auf die Füße getreten sein, denn am nächsten Abend kam Manousos zu mir.

»Harko ist doch Dein Freund,« begann er ohne Umschweife.

Ich bestätigte es.

»Dann sag ihm, er soll aufhören, seine Nase in Dinge zu stecken, die ihn nichts angehen.«

»Er sucht den Mörder von Catherine,« sagte ich.

»Der sitzt in Korfu im Gefängnis!«

»Und wenn Jannis unschuldig ist?«

»Er ist schuldig,« sagte Manousos. »Das hat die Polizei festgestellt.«

»Harko glaubt nicht, dass Jannis der Täter ist.«

»Hält er sich für schlauer als die Polizei?«

»Er ist Polizist, und ein sehr guter noch dazu. Ich habe selbst viel nachgeforscht und wir haben herausgefunden, warum Catherine hier war.«

Ich erzählte Manousos von dem geplanten Projekt der Amerikaner, dass Catherine in Griechenland ein sehr großes Grundstück gesucht hatte, um darauf ein Feriendorf zu errichten und sich deshalb mit Aris alte Häuser angesehen hatte. Und ich erzählte ihm von den 50.000 Euro, die Catherine von der Bank geholt hatte und die seitdem verschwunden waren.

Bei der Erwähnung des Geldes pfiff Manousos leise durch die Zähne. »50.000 Euro,« sagte er beeindruckt.

»Hätten sich die Amerikaner für Afionas entschieden, wären schätzungsweise 30 Millionen hierher geflossen.«

Jetzt bekam Manousos große Augen. »Soviel Geld?«
»Afionas wäre reich geworden, sehr reich sogar. Das ist nun vorbei: Die Amerikaner haben sich für ein Dorf in Italien entschieden.«
»Ich sollte nach Korfu fahren und Jannis selbst den Kragen umdrehen,« sagte Manousos wütend. »Dieser Hurensohn.«
»Und wenn er es nicht war? Dann läuft nicht nur ein Mörder frei herum, sondern auch einer, der den ganzen Ort um seine Zukunft betrogen hat.«
Diesmal sagte Manousos nichts, brütete nur dumpf vor sich hin. Nach ein paar Minuten stand er auf, sagte »Kali nichta[13]« und ging. Kurz darauf sah ich ihn auf seinem Motorrad in den Ort fahren.

Am nächsten Morgen fuhr ich mit Harko in die Stadt, er wollte noch einmal mit Jannis sprechen. Georgos Katsatopoulos, der Reviervorsteher von Karousades, hatte uns einen zweiten Besuchstermin bei Jannis verschafft. Harko hatte Georgos gebeten, dem Direktor auszurichten, diesmal handle es sich nicht um einen Freundschaftsbesuch, sondern um eine richtige Vernehmung, was immer er damit auch meinte. Herr Astridis jedenfalls hatte es akzeptiert.
Am Empfang erfuhren wir, Herr Astridis sei an diesem Tag in Athen. Er habe jedoch Anweisung gegeben, uns sofort zu Jannis zu führen und uns auf keinen Fall zu stören. Weder wir noch unsere Pässe wurden überprüft.
Ich hatte für Jannis eine Stange Zigaretten und ein Feuerzeug dabei. Freudig nahm er das Geschenk entgegen, riss gierig die Verpackung auf und zündete sich eine Zigarette an.
»Mein lieber Bujar,« sagte Harko mit zuckersüßer Stimme. »Jetzt erzählst Du uns, was Du mit Catherine im April in Athen in der Disco Calypso zu suchen hattest. Und wenn Du mich heute nur ein einziges Mal anlügst, prügle ich die Wahrheit aus Dir heraus.«
Jannis verschluckt sich am Rauch seiner Zigarette und bekam einen Hustenanfall.
»Was?« krächzte er.
»Du hast mich genau verstanden,« sagte Harko, noch immer übertrieben freundlich. »Ich will von Dir wissen, was Du mit

[13] Griechisch: Gute Nacht

Catherine in einer Disco in Athen gemacht hast, drei Wochen, bevor sie starb. Und sag nicht, Du hättest das Mädchen nie zuvor gesehen oder könntest Dich an nichts mehr erinnern.«

»Aber ich habe sie nie zuvor gesehen!« sagte Jannis.

Harko sprang auf wie der Blitz, packte Jannis mit einer Hand am Kragen und ließ die andere in sein Gesicht klatschen – rechts, links, rechts, links, immer und immer wieder. Ich rechnete jeden Moment damit, dass die Wachen hereinkommen und uns verhaften würden, doch sie hielten sich an die Anweisung, die sie von ihrem Direktor erhalten hatten: Wir wurden nicht gestört.

Harko hörte wohl nur deshalb auf, weil ihm die Hand weh tat. Jannis saß da, vollkommen fassungslos, mit roten Wangen, gesprungener Lippe und einer blutenden Nase. Ich reichte ihm ein Taschentuch, doch er beachtete mich gar nicht. Er sah nur Harko fassungslos an.

»Jetzt hör mir mal ganz genau zu,« zischte Harko. »Ich weiß, dass Du Catherine in Athen getroffen hast. Ich weiß, dass Du mit ihr geschlafen hast. Und ich weiß, dass Dich die Familie Deiner Frau kaltmacht, wenn sie das jemals erfährt. Von mir wird sie das nicht erfahren. Jedenfalls nicht, wenn Du endlich sagst, was wirklich passiert ist. Wenn Du mich aber nur noch ein einziges Mal anlügst, erzähle ich alles brühwarm Deinen Freunden. Du weißt genau, was dann geschieht. Dann bist Du auch hier drin nicht sicher. Also?«

Aus Jannis Gesicht wich alle Farbe: »Das… das… das darfst Du nicht tun.«

»Dann rede.«

Und Jannis redete. Vor einem Jahr hatte er in Athen auf der Olympia-Baustelle gearbeitet. Im April war er mit dem Bus nach Athen gefahren, um Freunde aus dieser Zeit zu besuchen. Um das Wiedersehen zu feiern, waren sie abends in eine Disco gegangen, an den Namen konnte sich Jannis nicht mehr erinnern. Dort hatte er Catherine kennengelernt, sie hatten getanzt und geflirtet, doch mehr war nicht geschehen.

Drei Wochen später hatte er sie in Afionas wiedergesehen und einen Abend mit ihr verbracht. Auch da sei nichts geschehen, sie hatte sich allen Annäherungsversuchen widersetzt. Sonntagabend aber war Catherine zu ihm in seine kleine Wohnung gekommen, schon ziemlich angetrunken, hatte erst etwas von viel Geld erzählt, das sie schon seit Tagen mit sich herumtrage, und ihn dann praktisch verführt. Jannis sagte, er habe selten zuvor eine so heißblütige

Frau erlebt. Doch Catherine sei danach so schnell verschwunden, wie sie gekommen war. Jannis hatte nicht schlafen können, und war zum Strand gefahren. Zumindest hatte er das vorgehabt. Doch kaum sei er auf seinem Moped gesessen, sagte er, habe ihn etwas im Rücken getroffen und er sei gestürzt. Von da an wisse er nichts mehr. Nur, dass er am nächsten Morgen neben der Leiche des Mädchens aufgewacht war.

»Ist das die Wahrheit?« fragte Harko.

Jannis nickte heftig.

»Warum hast Du das nicht der Polizei gesagt?«

»Wer hätte mir denn geglaubt?« fragte Jannis. »Mir, einem Albaner? Niemand. Jeder hätte gedacht, ich habe sie wegen dem Geld umgebracht. Und wenn meine Familie herausfindet, dass ich mit dem Mädchen… Du weißt, die fackeln nicht lange.«

»Das blüht Dir immer noch, wenn Du mich angelogen hast,« drohte Harko.

»Ich schwöre!« sagte Jannis aufgeregt. »Das ist die Wahrheit.«

»Weh Dir, wenn nicht!« drohte Harko. Er stand auf und ging zur Tür. »Kommst Du?« fragte er mich.

Ich hatte während des gesamten Verhörs kein Wort gesagt, keine einzige Frage gestellt – nur fassungslos mit angesehen, wie Harko einem Mann, der ihn für seinen Freund hielt, eine Tracht Prügel verabreichte und ihn danach in Todesangst versetzte. Hastig reichte ich Jannis noch einmal das Taschentuch, verabschiedete mich und folgte Harko. Jannis blieb zurück, ein verstörtes, blutverschmiertes Häufchen Elend.

Vor der Tür standen zwei Wachen, die alles gehört haben mussten. Sie sagten kein Wort, grinsten nur. Ob derartige Besuche öfter vorkamen? Nutzte die griechische Polizei am Ende die gleichen Methoden wie Harko? Oder lernte man diese Techniken in der Polizeischule? Wenn ich da an die Kommissare in meinen Büchern dachte: Wie rücksichtsvoll die mit ihren Gefangenen umgingen, wie psychologisch geschickt sie ihre Verhöre führten. Harko prügelte die Wahrheit einfach heraus. Jetzt wusste ich, was Harko mit der Vernehmung gemeint hatte und nun war auch klar, warum der Direktor ausgerechnet an diesem Tag einen Termin in Athen wahrnehmen musste. Gar nicht so dumm.

Wortlos verließen wir das Gefängnis, stiegen in meinen BMW und fuhren in die Stadt. »Ist das Deine übliche Verhörmethode?« fragte ich.

Harko antwortete nicht. Ich fuhr aus der Stadt. Harko schaute angestrengt in Richtung Meer. Als wir bei Gouvia an einer roten Ampel hielten, fragte ich noch einmal: »Ist das Deine übliche Verhörmethode? Oder muss ich Dich auch erst verprügeln, bevor Du antwortest?«

»Du hättest nicht mitkommen brauchen, wenn Dir die wirkliche Polizeiarbeit nicht gefällt.«

Die Ampel wurde grün, ich trat das Gaspedal durch und mit quietschenden Reifen schoss der BMW über die Kreuzung. Harko merkte, er war zu weit gegangen.

»Nein,« sagte er an der nächsten roten Ampel, »das ist nicht mein üblicher Stil. Doch anders hätten wir nie erfahren, was wirklich geschehen ist.«

»Das heißt, diesmal glaubst Du ihm?«

»Ja,« sagte er, »diesmal glaube ich ihm.«

»Wegen der Schläge?«

»Quatsch,« sagte Harko, »die steckt der weg wie nichts. Nein – die Drohung, seinen Freunden von seinem Verhältnis zu Catherine zu erzählen, hat ihn nervös gemacht. Die Prügel haben ihm nur gezeigt, dass ich es ernst meine.«

Ich seufzte. »Und: Hat uns das jetzt weitergebracht?«

»Wenn ich ehrlich bin: nein. Die Geschichte ergibt keinen Sinn. Eine spröde Schönheit, die ihn zweimal abblitzen lässt und sich dann Mut antrinkt, um ihn zu vernaschen? So was gibt´s vielleicht in Deinen Büchern, aber in meiner Praxis als Polizist ist mir das noch nicht untergekommen.«

»In meinen Büchern kommen solche Geschichten nicht vor,« stellte ich klar. »Denn ich weiß, worüber ich schreibe. Aber das hier?«

Harko lachte. »Das ging mir in den letzten 20 Jahren oft so. Du findest ein Mosaiksteinchen, doch Du kannst nicht das geringste damit anfangen. Irgendwann findest Du noch eins und noch eins und noch eins. Du legst sie nebeneinander, probierest alle Kombinationsmöglichkeiten aus. Nichts. Doch eines schönen Tages siehst Du ein Bild vor Dir und plötzlich kennst Du die ganze Geschichte. Glaub mir: Wenn wir erst alle Teile beisammen haben, passt auch Jannis Geschichte hinein.«

Bei unserer Rückkehr wurden wir von Georgos Katsatopoulos erwartet, sein Jeep stand vor Harkos Haus.

»Ist etwas geschehen?« fragte Harko besorgt. Georgos druckste herum. »Deine Tochter ist heute mit dem Motorrad auf der Straße nach Agios Georgos gesehen worden. Da sie mit zwölf Jahren sicher noch keinen Führerschein hat, wurde Anzeige erstattet.«

»Scheiße!« sagte Harko auf deutsch, »verdammte Scheiße!« Dann fragte er auf griechisch: »Und jetzt?«

»Mir persönlich ist egal, was Deine Tochter macht, solange nichts passiert. Ich bin hier, um nachzuprüfen, ob sie es überhaupt gewesen sein kann. Doch ich sehe hier nur Deine Harley und mit der kann kein kleines Mädchen fahren. Es wäre gut, wenn ich hier auch in nächster Zeit kein anderes Motorrad sehen würde. Ich vergesse Dir nicht, dass Du mir den Erfolg auf Othoni überlassen hast, für den ich befördert wurde.«

Stolz wies er auf sein Rangabzeichen, das einen Winkel mehr aufwies.

»Doch wenn sie von einem anderen Beamten auf der Straße erwischt wird: Ich kann Dir nicht versprechen, dass ich dann etwas für Dich tun kann.« Georgos drehte sich um, ging zurück zu seinem Wagen und fuhr fort.

Harko stürmte wütend ins Haus und brüllte nach seiner Tochter: »Sina! Wo zum Henker steckst Du?«

Sina kam fröhlich angelaufen. »Hallo Papa, wir haben Asta wieder eingefangen!« Asta war Tinas Pferd.

Harko hörte gar nicht hin. »Habe ich Dir nicht verboten, mit dem Motorrad auf der Straße zu fahren? Gerade war die Polizei da!«

»Um mich zu verhaften?«

»Das nicht,« sagte Harko. »Aber es ist verboten und Du hast Glück, dass Georgos mein Freund ist, sonst hätte es mächtig Ärger gegeben.«

In dem Moment kam Tina ins Zimmer. »Wir wussten schon, dass es verboten ist,« sagte sie.

»Was? Du warst auch mit dabei?«

»Wir mussten es tun,« sagte Tina. »Asta war ausgerissen, das Stalltor stand offen. Wir haben von der Terrasse aus gesehen, wie sie auf der Straße in die Bucht hinunter lief und dabei fast von einem Auto überfahren worden wäre. Wenn wir ihr nachgelaufen wären, wären wir vielleicht zu spät gekommen.«

»Marianne hätte ihr nachfahren können!« sagte Harko noch immer wütend.
»Mama ist in Sidari beim Einkaufen.«
Harko sah mich seufzend an. »Manchmal beneide ich Dich um Dein ruhiges Leben als Junggeselle.« Zu Tina und Sina sagte er: »Wo ist Asta jetzt?«
»Wir haben sie im Garten angebunden,« sagte Sina.
»Damit eins klar ist,« sagte Harko. »Das Motorrad kommt die nächsten zwei Monate in den Keller. Und da bleibt es auch. Verstanden?«
Sina hatte Tränen in den Augen. Sie hatte es gut gemeint und sah nicht ein, warum sie dafür bestraft wurde. Dass Harko eher besorgt als wütend war, konnte sie noch nicht verstehen.
Sina drehte sich um und ging, gefolgt von ihrer Schwester, nach oben in ihr Zimmer.
»Willst Du ein Bier?« fragte Harko.
»Gerne,« sagte ich. »Das haben wir uns nach der Aufregung verdient.«
Wir saßen kaum auf der Turmterrasse, als die Kinder wie am Spieß zu schreien anfingen. Harko sprang so heftig auf, dass die Bierflaschen umfielen, doch er beachtete es gar nicht, stürmte nur die Treppe hinunter ins Wohnhaus. Ich rannte hinter ihm her. Tina und Sina standen schreiend vor ihrem Zimmer, vor ihnen auf dem Boden lag Lizzy, Harkos blinde Katze, und wand sich in Krämpfen.
»Papa, schnell,« rief Tina. »Lizzy stirbt.«
Harko packte die wild um sich schlagende Katze und trug sie in die Küche.
»Hilf mir,« bat er und drückte mir die Katze in die Hand.
»Was ist los?« fragte ich.
»Gift. Irgend jemand hat Giftköder für streunende Hunde ausgelegt und Lizzy muss einen davon gefressen haben. Ich muss ihr sofort Salz und Milch einflößen, damit sie sich übergibt, sonst ist in zehn Minuten alles vorbei.«
Ich hielt Lizzy, so fest ich konnte. Harko holte eine Tüte mit Milch aus dem Kühlschrank, schüttete reichlich Salz hinein, schüttelte die Tüte, drückte Lizzys Mäulchen auf und flößte ihr die Flüssigkeit ein. Die Katze sträubte sich, schlug um sich und spuckte das meiste wieder aus. Plötzlich wurde sie von einem heftigen Krampf gepackt und ich dachte schon, das wäre das Ende, doch im nächsten Moment fing sie an, sich zu erbrechen.

»Setz sie auf den Boden,« sagte Harko, »wenn sie alles ausspuckt, kommt sie durch.«

Tina und Sina standen heulend daneben und sahen zu, wie sich Lizzy die Seele aus dem Leib kotzte. Aber als es vorbei war, ging es ihr deutlich besser.

Meine nackten Arme waren blutverschmiert, Lizzy hatte mich heftig gekratzt. Ich wollte mir gerade die Arme abwaschen, als aus dem Hundezwinger lautes Geheul ertönte.

Harko stieß erneut einen kräftigen Fluch aus und rannte hinaus, ich hinterher – die Mädchen blieben bei der Katze.

Im Zwinger bot sich uns das gleiche Bild wie zuvor im Haus: Zwei von Harkos Hunden lagen zuckend am Boden, die anderen liefen jaulend herum.

»Die Milch, schnell,« rief Harko und sprintete weiter zum Zwinger. Ich rannte zurück ins Haus, packte die Milchtüte und lief zu ihm hinaus.

Harko kniete bereits am Boden, den Kopf des ersten Hundes in den Armen, und riss ihm das Maul auf. Diesmal flößte ich dem Tier die Milch ein, wie zuvor schon Lizzy erbrach sich der Hund fast augenblicklich. Beim zweiten Hund, einem Rüden, kamen wir zu spät: Er versuchte noch zu schlucken, hatte aber keine Kraft mehr, er starb in Harkos Armen. Zum erstenmal sah ich Harko weinen.

In dem Moment fuhr Marianne mit dem Land-Cruiser auf den Hof.

»Was ist denn los?« fragte sie. »Und wie seht ihr überhaupt aus?«

Dann sah sie die beiden Hunde. »Oh mein Gott,« rief sie und stürzte in den Zwinger. »Penelope braucht Hilfe.«

»Diese Schweine,« sagte Harko, »diese verdammten Schweine.«

Als Marianne an mir vorbeiging, um ihre Arzttasche zu holen, hielt ich sie an der Schulter fest. »Drinnen sieht es fürchterlich aus – Lizzy hat ebenfalls Gift erwischt.«

»Ist sie...«

»Nein, sie lebt,« sagte ich, »Harko sagt, sie kommt durch.«

Marianne untersuchte zunächst Penelope und gab ihr eine Spritze mit einem kreislaufstabilisierenden Medikament, dann kümmerte sie sich um Lizzy. Die Katze hatte Glück gehabt, sie war noch wackelig auf den Beinen, lief aber schon wieder herum. »Willst Du Pflaster für Deine Kratzer?« fragte Marianne.

Ich hatte mir die Arme gewaschen, doch auch ohne das getrocknete Blut sahen sie schlimm aus.

»Vielleicht etwas zur Desinfektion.«

Marianne strich großzügig Jod auf meine Wunden – am liebsten hätte ich genauso losgeheult wie zuvor die Hunde. »Was war hier eigentlich los?« fragte sie, nachdem sie alle Patienten versorgt hatte.

Ich erklärte es ihr. Wie uns Georgos nach unserer Rückkehr aus der Stadt erwartet hatte, weil die Zwillinge mit dem Motorrad hinter dem Pferd hergefahren und es wieder eingefangen hatten, wie wir Lizzy gefunden und dann die vergifteten Hunde im Zwinger behandelt hatten.

»Hast Du das Stalltor aufgelassen, als Du weggefahren bist?« fragte Harko aggressiv.

»Das Tor war zu,« sagte Marianne mit Bestimmtheit. »Ich weiß noch genau, wie ich den Riegel vorgeschoben habe.«

»Dann war jemand hier, hat die Hunde und Lizzy vergiftet und Asta rausgelassen. So eine Schweinerei.«

»Aber warum?« fragte Marianne. »Wer würde so etwas tun?«

Harko starrte wütend vor sich hin. »Jemand, der nicht will, dass ich hier weiter Fragen stelle.«

»Kommt das öfter vor, wenn man in einem Wespennest herumstochert?« fragte ich.

»Das ist mein erstes griechisches Wespennest,« sagte Harko knurrend, »aber das kann ich dem Schwein, das für die Sauerei hier verantwortlich ist, schon jetzt versprechen: Dieses Nest räuchere ich aus.«

Das Ausräuchern war gar nicht so einfach. Plötzlich wollte keiner mehr mit Harko sprechen, Marianne wurde in der ganzen Bucht nicht mehr bedient und die Zwillinge wurden, wo immer sie sich blicken ließen, von den Einheimischen beschimpft. Schweren Herzens entschlossen sich Harko und Marianne, die Mädchen nach Deutschland in die Ferien zu schicken.

Wie schlimm es wirklich war, merkte ich, als Manousos mich eines Abends ins Three Brothers mitnahm. Catherine, das Bauprojekt, das verschwundene Geld und Jannis beherrschten alle Gespräche.

Kostas, der Wirt des Three Brothers, setzte sich zu Manousos und mir an den Tisch. »Weißt Du eigentlich genaueres?« fragte er mich. »Wollte Catherine wirklich ganz Afionas für 100 Millionen kaufen und ein Feriendorf daraus machen? Und hat Jannis sie umgebracht, weil sie eine halbe Million bei sich hatte?«

»Wer erzählt denn so einen Blödsinn?« fragte ich.

»Also stimmt nichts davon?« fragte Kostas.

Urania, seine ältere Tochter, brachte uns drei Flaschen Bier.

Ich berichtete, was Harko und ich herausgefunden hatten: Dass eine amerikanische Hotelkette tatsächlich in Europa ein altes Dorf als alternative Hotelanlage betreiben will und Catherine in Griechenland nach einem geeigneten Standort suchen sollte. Allerdings hatte sie niemals vorgehabt, Afionas zu kaufen, sie wollte nur in der Nähe der Bucht ein neues Dorf aufbauen. Auch davon hätten die Menschen hier profitiert: durch die Grundstücksverkäufe, durch die Aufkäufe der alten Häuser, durch die Touristen selbst. Die Amerikaner hätten keine 100 Millionen $ hier investiert, aber 30 bis 50 dürften realistisch gewesen sein. Auf jeden Fall eine große Sache. Zum Schluss sagte ich, Catherine habe keine halbe Million bei sich gehabt, aber 50.000 Euro, die jetzt verschwunden seien.

»Und die hat jetzt Jannis?« fragte Kostas.

»Nein,« sagte ich, »Jannis kannte Catherine aus Athen. Was die zwei genau miteinander hatten, wissen wir nicht – war wohl nur eine flüchtige Bekanntschaft.«

»Weiß er von dem Geld?« fragte Manousos.

»Ja,« sagte ich.

»Warum hat er der Polizei nichts davon gesagt?« fragte Kostas.

»Jannis sagt, man hätte ihm ohnehin nicht geglaubt.«

»Da hat er verdammt recht,« sagte Manousos. »Ich glaube ihm auch jetzt nicht.«

»Wusste Jannis, was Catherine mit dem Geld machen wollte?« fragte Kostas.

»Er sagt nein. Wir wissen, 10.000 davon waren für Aris bestimmt, das ist alles.«

»50.000 Euro sind eine Menge Geld,« sagte Kostas.

Manousos sah mich wütend an. »Im Moment verdächtigt hier jeder jeden, das Geld zu haben. Wer einen großen Schein aus der Tasche zieht, wird sofort schief angesehen. Labrakis dreht bald durch, weil einige glauben, er hätte Catherine getötet und das Geld geklaut. Spiros der Maler ist stinksauer, weil sich plötzlich das Finanzamt dafür interessiert, woher er das Geld für sein neues Auto hat.«

»Und Spiros der Wirt?«

Kostas lachte. »Von dem weiß ohnehin niemand, wie er immer wieder zu Geld kommt. Eigentlich ist er permanent pleite, doch er findet immer wieder jemanden, dem er Geld abluchsen kann. Ich glaube, in den letzten zehn Jahren hat er schon fünfmal die Hälfte seiner Taverne an Ausländer verkauft. Sie stecken ihr Geld in den Laden, weil Spiros ihnen das Blaue vom Himmel verspricht, doch er investiert das Geld niemals in die Bar, er gibt es lieber aus. Seinen Partnern überlässt er nur die Rechnungen und den Ärger mit dem Finanzamt.«

»Und bislang hat ihn noch niemand wegen Betrugs angezeigt?«

»Er macht das sehr geschickt,« sagte Kostas. »Immer ein Vertrag beim Rechtsanwalt, in dem die Rechte und Pflichten der Partner genau festgelegt sind. Wenn die Bar nicht so läuft, wie Spiros versprochen hat, schiebt er es auf die Touristen. Wenn den Partnern schließlich die Luft ausgeht, geben sie auf – und Spiros sucht sich den nächsten Dummen.«

»Könnte er Catherine ermordet haben?« fragte ich

»Spiros?« fragte Manousos. »Sicher nicht. Der ist ein Feigling. Er kläfft viel, beißt aber nicht.«

»Und die anderen?« fragte ich. »Der Maler? Oder Labrakis?«

»Der Maler ist jähzornig und wenn´s heiß hergeht, rutscht ihm schon mal die Hand aus. Der hätte Catherine vielleicht im Zorn erschlagen. Aber den Mord einem anderen anzuhängen? Dafür ist er nicht clever genug.«

»Und Labrakis?« fragte ich.

Manousos und Kostas sahen sich an, sagten aber nichts.

»Was ist mit ihm?« hakte ich nach.

»Da gab es vor Jahren eine dumme Geschichte,« sagte Kostas. »Sein Vater war ein Säufer und hat im Rausch seine Frau und die Kinder geschlagen. Eines Tages ist er von einer Leiter gefallen und hat sich den Hals gebrochen. Einige glauben, er sei einfach betrunken gewesen, andere sagen, Labrakis hätte nachgeholfen. Offiziell wurde die Sache schließlich als Unfall abgetan, aber die Gerüchte, es könnte auch anders gewesen sein, sind nie verstummt.«

»Siehst Du jetzt, was Harko hier anrichtet?« fragte Manousos. »Plötzlich werden all die alten Geschichten wieder ausgegraben. Jeder, der irgendwann einmal etwas angestellt hat, ist auf einmal verdächtig.«

Der Ort spaltete sich in zwei Lager. Die eine Hälfte war weiterhin überzeugt davon, Jannis sei der Täter und habe das Geld gestohlen.

Besonders eifrige Vertreter dieser Fraktion brachen eines Nachts in Jannis Wohnung ein und drehten das Unterste zu oberst, doch wie die Gerüchteküche am nächsten Tag vermeldete, hatten sie dabei nichts Wertvolles gefunden. Die andere Hälfte der Dorfbewohner hielt es immerhin für möglich, dass ein anderer als Täter in Frage komme und diskutierte über die möglichen Kandidaten. Dabei wurde immer wieder der Name Labrakis genannt.

Nur die Justiz schien sich nicht für die Aufklärung des Falles zu interessieren: Der erste Verhandlungstag gegen Jannis war auf den 2. Oktober festgelegt worden.

Wenn mich Freunde auf Korfu besuchen, speziell solche, die selbst in großen Städten leben, geschieht immer das gleiche: Sie sind überwältigt von der Schönheit Korfus, von dem satten Grün, dem blauen Meer und dem angenehmen Klima. Und fragen mich nach einer Woche, ob mir nicht langweilig wird in diesem Paradies, so ganz ohne Kultur.

Auf meine Gegenfrage, wann sie denn selbst zuletzt im Theater waren, bekam ich nie eine direkte Antwort. Meist hieß es: *Wenn ich wollte, könnte ich jeden Tag, und das zu können, ist mir wichtig.*

Ich kannte dieses Gefühl, in der Großstadt zu leben, umgeben von Lärm und stickiger Luft, in einer kleinen, dafür aber teuren Wohnung, überzeugt davon, die ganze Welt stehe einem offen. Doch nach wenigen Jahren galt bereits der Gang zur nächsten Kneipe als kulturell vollkommen ausreichendes Ereignis.

Da war mir die Realität Korfus lieber: Acht Monate Sommer, mehr als 300 Sonnentage; das Gefühl eines langandauernden Urlaubs, das ich nicht nur theoretisch, sondern auch praktisch genoss.

Abgesehen davon hat Korfu auch kulturell einiges zu bieten. Etwa das Sommerfest in Afionas. Manousos errichtete mit seinen Arbeitern drei Tage lang hinter der Kirche eine große Bühne, die Gemeinde organisierte Tische und Stühle und am Samstag Abend war es soweit: Mehrere griechische Bands spielten griechische Musik, über Holzkohlenfeuern drehten sich Lämmer am Spieß; alle Dorfbewohner, viele Einheimische aus den umliegenden Orten und eine große Anzahl von Touristen ließen es sich schmecken.

Harko und Marianne holten mich ab, gemeinsam fuhren wir in den Ort und schlenderten nun über das Fest.

Griechische Musik ist durch den Film *Alexis Zorbas* weltbekannt geworden. Mikis Theodorakis, der Komponist der Filmmusik, ist heute noch ein Star und jeder Tourist, der nach Griechenland kommt, möchte unbedingt den Sirtaki hören. Doch so populär die traditionellen Lieder auch sind: Der griechische Schlager von heute hat nichts mit Volksmusik zu tun.

Die Band, die gerade dran war, spielte griechische Schlager. Während Harko etwas zu Trinken holen wollte und Marianne an den total überfüllten Tischen einen Platz für uns suchte, lauschte ich einem Liebeslied. Der Sänger und die Sängerin, beide Mitte 20, mussten frisch verliebt sein; sie trugen nicht einfach ein Lied vor, sondern flirteten offen auf der Bühne miteinander. Sie umgarnten einander, küssten und streichelten sich. Schade, dachte ich, dass Vic nicht hier ist, das hätte sie in Stimmung gebracht.

Als das Lied zu Ende war, stieß ich einen tiefen Seufzer aus und machte mich auf die Suche nach Harko und Marianne. Harko entdeckte ich zuerst: Er stand noch immer an der Getränkeausgabe, um Biermarken zu kaufen. Ich ging zu ihm.

»Mächtig viel Andrang,« sagte ich.

»Heute werden wohl nur Einheimische bedient,« knurrte er böse, »ich scheine nur Luft zu sein.«

»Ach was,« sagte ich, »Du bist nur ungeduldig.«

Ich stellte mich selbst an und hatte eine Minute später die Getränkebons und zwei Minuten später drei Bier.

»Siehst Du,« sagte ich, »überhaupt kein Problem.«

Dann suchten wir Marianne. Auch das war kein Problem: Sie saß allein an einem großen Tisch. Wir gingen zu ihr und ich sah, wie sie mit den Tränen kämpfte.

»Lasst uns wieder gehen,« sagte sie, »mir gefällt es hier nicht.«

»Was ist los?« fragte ich.

»Als ich mich an den Tisch setzte,« sagte sie, »standen alle anderen auf und gingen weg. Und die Leute an den Nebentischen rückten demonstrativ mit ihren Stühlen von mir weg.«

Harko stellte sein Bier auf den Tisch und sagte nur: »Komm.«

Wir gingen zum Ausgang. Als ich mich nach wenigen Metern noch einmal umdrehte, sah ich, dass unser Tisch wieder besetzt war und auch die Menschen an den umliegenden Tischen mit ihren Stühlen herangerückt waren. Auf dem Weg zurück nickte mir Manousos freundlich zu, Harko schien er zu übersehen. Labrakis saß mit Freunden an einem Tisch und lachte; Spiros der Maler bedachte uns mit einem finsteren Blick und spuckte aus, als wir an ihm vorbeigingen. Nur Spiros der Wirt winkte uns mit einem Bierglas zu und bog sich dabei vor Lachen. So ungefähr muss Spießrutenlaufen sein, dachte ich.

Wir fuhren ins Mon Amour nach Kavadades und aßen dort Lamm vom Holzkohlenrost, doch Harko und Marianne schien der Appetit vergangen zu sein: Harko hatte in ein Wespennest gestochen und die Wespen stachen zurück.

Victoria hatte sich spät am Abend noch gemeldet, wir verabredeten, uns eine Woche später in New York zu treffen. Harko sollte mir die Adressen von Leuten heraussuchen, die ich in New York aufsuchen wollte: Das Immobilienbüro, für das Catherine gearbeitet hatte und ein Ex-Freund, den das FBI ermittelt hatte und der nicht bereit war, am Telefon etwas über Catherine oder seine Beziehung zu ihr zu sagen.

Ich fuhr zu Harko, um Details der Reise zu besprechen, doch Harko empfing mich fuchsteufelswild. Schon wenige Minuten später konnte ich ihn verstehen. Da zeigte er mir die Überreste einer Schlange. Rotbart, Harkos roter Kampfkater, hatte sie bei Harkos und Mariannes Rückkehr genüsslich verzehrt – im Schlafzimmer.

»Dass es auf Korfu einige Feiglinge gibt, wusste ich,« sagte Harko und starrte wütend auf die Schlange. »Und ich weiß auch, wie beliebt hier in der Gegend indirekte Drohungen sind: ein paar eingeschlagene Scheiben, ein vergifteter Hund, eine Schlange im Schlafzimmer. Aber das hier war ein Mordanschlag.«

»Bist Du sicher?« fragte ich. »Könnte die Schlange nicht von allein ins Haus gekommen sein?«

Harko lachte bitter. »Indem sie ein Fenster einschlägt und danach mit Stiefeln durch die Wohnung läuft?«

»Du hast Spuren gefunden?«

»Das war das erste, was ich suchte, nachdem ich die Schlange erkannt habe.«

»Verstehe ich nicht.«

Harko ging zum Bücherschrank und holte ein Werk über Fauna und Flora Korfus heraus. Ungefähr in der Mitte steckte ein Lesezeichen. Harko schlug das Buch an der markierten Stelle auf und zeigte mir Abbildungen und Beschreibungen von Schlangen.

»Dem Buch nach leben auf Korfu knapp 30 Arten von Schlangen. Die Korfioten kümmern sich herzlich wenig um die Unterschiede zwischen den einzelnen Arten, sie fürchten sich vor allen. Je größer die Schlange, desto größer die Angst. Deshalb werden für Drohungen mit Vorliebe die armdicken Zweimetermonster benutzt. Es erschreckt die Leute fast zu Tode, wenn sich ein solches Vieh in ihrem Ehebett ringelt.«

Ich sah die Reste der Schlange an. »Die war aber höchstens einen halben Meter lang und sonderlich dick war sie auch nicht.«

»Die Leute, die sich mit Schlangen auskennen, wissen, die großen sind ungiftig. Sie wissen auch, dass unter den kleinen nur eine Einzige ist, deren Gift wirklich töten kann. Sieh sie Dir gut an, mein Freund: Das hier ist die einzige Schlange auf Korfu, die Du wirklich zu fürchten hast.«

Ich verglich die Überreste von Rotbarts mitternächtlichem Imbiss mit der Zeichnung im Buch – die charakteristischen Streifen am Rücken waren eindeutig zu erkennen. Eine Zeile in der Beschreibung stach mir besonders ins Auge: *Wird das Opfer nicht unmittelbar nach einem Biss mit einem Gegengift behandelt, tritt der Tod bei Kindern meist innerhalb von 10 Minuten, bei Erwachsenen innerhalb einer halben Stunde ein.*

Mir lief ein Schauer über den Rücken. »Wenn Rotbart das Biest nicht gefunden hätte…«

»Wenn uns das Vieh im Schlaf gebissen hätte, wären wir nicht mehr aufgewacht.«

»Hast Du einen Ouzo für mich?« fragte ich. Plötzlich hatte ich ein flaues Gefühl im Magen.

Der Ouzo half. Und nicht nur meinem Magen: Auch mein Kopf wurde wieder klar. Ich würde mir eine Katze zulegen. Kein süßes Schmusekätzchen, am besten einen Kampfkater wie Rotbart, für den selbst Giftschlangen keine Bedrohung, sondern nur einen besonderen Leckerbissen darstellten.

Mein Magen beruhigte sich immer mehr, so dass ich schließlich Harkos Einladung zum Frühstück annahm. Wir saßen gerade auf der Terrasse, als aus den Büschen neben Harkos Haus plötzlich kräftige Flüche zu hören waren. Ein Mann stolperte unbeholfen unterhalb der Terrasse durch den Garten, schmächtig, mit unsteten Augen: Labrakis. Er wirkte nicht wütend, eher traurig, als bedrücke ihn etwas, das er unbedingt loswerden müsse.

Zum erstenmal seit Tagen sah ich wieder Befriedigung auf Harkos Gesicht. »Jetzt wird es spannend,« sagte er, »vielleicht haben wir den Fall in der nächsten halben Stunde gelöst.«

Labrakis stand an der Treppe zur Terrasse und Harko bat ihn, heraufzukommen. Labrakis kam die Stufen hoch, keuchend, setzte sich und stieß als erstes einen großen Seufzer aus.

»Weißt Du, Harko,« sagte er schnaufend, »eigentlich müsste ich Dir böse sein. Und wenn ich ehrlich bin, bin ich das auch. Ich dachte, ich hätte es geschafft, alle meine Sorgen seien vorbei. Dann kommst Du mit Deinen Fragen und aus meinem Traum wird ein Alptraum.«

»In Deutschland sagt man: Unrecht gut gedeihet nicht,« antwortete Harko ungerührt.

Labrakis sah ihn überrascht an. »Was ich getan habe, war nicht unrecht. Jeder hätte es tun können, doch ich war der Einzige, der den Mut dazu hatte.«

»Natürlich war es Unrecht,« sagte Harko. »Es war ein Verbrechen. Und nun wird es Zeit, die Konsequenzen auf Dich zu nehmen.«

»Red keinen Unsinn,« sagte Labrakis wütend. »Es war kein Verbrechen. Und Du musst den Leuten sagen, dass ich nichts mit dem Mord zu tun habe.«

»Gerade eben hast Du etwas anderes gesagt.«

»Habe ich nicht,« widersprach Labrakis.

»Doch,« insistierte Harko. »Du hast gesagt, jeder hätte es tun können, nur Du hattest den Mut dazu. Gehört denn soviel Mut dazu, ein wehrloses Mädchen zu ermorden?«

»Spinnst Du?« fragte Labrakis heftig. »Ich rede doch nicht von dem toten Mädchen, ich rede von Geld.«

»Hast Du es gestohlen? Oder gar gefunden?«

»Nein, ich habe es gewonnen, ehrlich gewonnen.«

»Sag mal,« unterbrach ich, »von welchem Geld redest Du eigentlich?«

»Von meinem Geld.«

»Welches Geld?« fragte Harko.

»Na das, das ich gewonnen habe.« Er sah uns beide durchdringend an. »Was ich euch jetzt sage, muss unter uns bleiben. Das müsst ihr mir versprechen.«

»Wenn es um ein Verbrechen geht, verspreche ich gar nichts,« sagte Harko.

Labrakis seufzte. »Ich habe doch schon gesagt, es geht nicht um ein Verbrechen.«

»Sondern?« fragte ich.

»Um eine Wette. Ich habe vor der Europameisterschaft auf Griechenland als Sieger gesetzt. Und 2.000 Euro darauf gewettet. Meine Frau hat mir deshalb fast die Augen ausgekratzt, denn ich habe das Geld dazu gepumpt.«

»Und?« fragte Harko. »Ich nehme an, viele Griechen haben auf ihr Land gewettet.«

»Eben nicht,« sagte Labrakis. »Sie haben alle auf die Favoriten gesetzt. Ich war der Einzige. Und habe eine Quote von 400:1 bekommen.«

»Du hast was?« fragte ich entgeistert.

»Ich habe 800.000 Euro gewonnen. Steuerfrei. Wenn das bekannt wird, pumpt mich jeder hier an. Wenn ich nicht sage, woher ich das Geld habe, hält mich jeder für einen Mörder. Wenn Du den Leuten nicht sagst, dass ich unschuldig bin, bleibt mir nichts anderes übrig, als von hier wegzugehen. Aber wo soll ich denn hin? Ich bin doch hier zu Hause.«

800.000 Euro! über Nacht war Labrakis der reichste Mann in Afionas geworden.

»Kannst Du das beweisen?« fragte Harko.

»Natürlich,« sagte Labrakis. Er holte ein reichlich mitgenommenes Stück Papier aus der Tasche: Die Abrechnung des Buchmachers. Die Quote war sogar noch besser gewesen: 405:1. Doch bei dieser Summe kam es auf 10.000 Euro mehr oder weniger wohl nicht mehr an.

»Und was kann ich für Dich tun?« fragte Harko.

»Streich mich von der Liste Deiner Verdächtigen. Ich gebe Dir gern was ab von meinem Gewinn, aber sag den Leuten hier, dass ich unschuldig bin.«

»Einfach so?« fragte Harko. »Mit mir redet doch keiner mehr.«

»Sie werden auf Dich hören. Sag einfach, Du hast herausgefunden, ich hätte geerbt. Von Georgos Katsatopoulos wissen sie, Du kannst alles herausbekommen.«

»Was?« fragte Harko überrascht.

»Wusstest Du das nicht?« fragte Labrakis erstaunt. »Die Leute hier sind nicht nur wütend auf Dich, sie haben Angst vor Dir. Georgos sagt, Du hättest Methoden und Quellen, von denen unsere Polizei noch nicht einmal etwas gehört hat. Deshalb glaubt er Dir auch, wenn Du sagst, Jannis sei unschuldig, egal, was die in Korfu-Stadt oder Athen behaupten. Und er sagt, Du weißt schon lange, wer der Mörder ist. Du würdest nur deshalb noch schweigen, weil Du ihn schmoren lassen willst.«

»Gibt es sonst noch etwas, was die Leute über mich sagen?« fragte Harko. Ich glaube, langsam dämmerte ihm, was er mit seinen Fragen anrichtete. Die größte Überraschung aber kam noch.

»Die Leute sagen, Deine Kinder haben das zweite Gesicht. Sie helfen Dir dabei, Deine Fälle zu lösen.«

»Das zweite Gesicht?«

»Ja. Deine Kinder haben Dir gesagt, wer der Mörder ist, aber weil das vor Gericht nicht als Beweis gilt, suchst Du noch. Und verdächtigst dabei auch Unschuldige, um den wahren Mörder in Sicherheit zu wiegen. Das mag ja ein schlauer Plan sein, aber glaube mir: Es ist echt Scheiße, von Dir verdächtigt zu werden. Deshalb musst Du mich entlasten – ich habe doch nichts getan.«

Harko schloss die Augen und atmete tief durch. »Ich verspreche es,« sagte er. Dann brachte er Labrakis zur Tür.

»Verdammte Scheiße,« sagte Harko, als er wieder zurückkam. »So eine verdammte Scheiße.«

»Bist Du sauer, weil Labrakis mit großer Wahrscheinlichkeit unschuldig ist?« fragte ich.

»Quatsch,« sagte Harko. »Aber dass man Tina und Sina übernatürliche Kräfte nachsagt. Jetzt ist mir klar, warum die Zwillinge plötzlich so angefeindet wurden.«

»Glaubst Du, Sina hat jemandem vom Pendeln erzählt?«

»Zutrauen würde ich es ihr und ihrem lockeren Mundwerk.«

Plötzlich ertönte von draußen Lärm: Die Hunde bellten, doch das Bellen wurde übertönt von einem wilden Ia-Ia.

»Scheiße,« sagte Harko wütend, »nun macht sich jemand über den Esel her.«

In dem Moment erklang Mariannes Schrei: »Harko, Harko – komm schnell.«

Wir rannten hinaus, Harko voller Wut, ich voller Furcht – wenn es jetzt systematisch Harkos Tieren an den Kragen ging…

Mariannes jüngster Patient war ein alter Esel: Vielleicht war er seinem Besitzer davongerannt, vielleicht war er ausgesetzt worden, jedenfalls stand er eines Tages in Harkos Garten und fraß Mariannes Küchenkräuter auf. Natürlich konnte Marianne einem Tier niemals lange böse sein, und als sich der erste Schrecken gelegt hatte, wurde der Esel kurzerhand adoptiert und dem ohnehin schnell wachsenden Zoo einverleibt.

Nun starrte Marianne mit schreckverzerrtem Gesicht hinunter in den Garten, wo das Grautier die Hunde jagte: In vollem Galopp den Hang hinunter, einmal um die Olivenbäume herum, danach wieder hinauf. Die Hunde kläfften wie wild, halb vor Wut, halb vor Angst, und der Esel keilte permanent aus.

»Was ist geschehen?« fragte Harko.

»Ich weiß es nicht,« sagte Marianne. »Ich habe den Esel herausgelassen und plötzlich ist er ausgeflippt. Erst dachte ich, er sei vergiftet, aber jetzt…« Sie sah Harko an. »Du hast doch das Futter besorgt.«

»Kraftfutter,« sagte Harko. »So abgemagert, wie der Gute ist.«

»Darf ich mal sehen?« fragte Marianne und Harko holte einen Eimer Futter aus dem Stall. Marianne griff hinein, ließ die Körner darin durch ihre Hand rieseln und fing an, laut zu lachen.

»Was ist daran so komisch?« fragte Harko wütend.

»Du willst Drogenexperte sein?« sagte sie und hielt Harko einige Körner vor die Nase. »Du hast den Esel mit Drogen vollgepumpt.«

»Drogen?« fragte ich erstaunt.

»Hafer. Hat bei Eseln die gleiche Wirkung wie Rauschgift bei Menschen.« Sie langte sich an den Kopf und machte die internationale Geste für *total verrückt.* »Es hat schon seinen Grund, wenn man sagt, jemand sei vom Hafer gestochen. Da setzt irgend etwas aus bei den Viechern.«

Bald standen wir alle drei lachend da und sahen dem wilden Haufen zu. Hätte uns aber wenig später jemand gesehen, hätte er über uns gelacht: Zu dritt brauchten wir fast eine halbe Stunde, um den Esel wieder einzufangen und zu beruhigen. Das Kraftfutter, beschloss Marianne, war ab sofort vom Speiseplan gestrichen.

Wieder zu Hause, versuchte ich, meine Gedanken zu ordnen. Nachdem Labrakis als mutmaßlicher Täter ausgeschieden war, blieben bei nüchterner Betrachtung nur noch zwei Kandidaten übrig: Spiros, der Maler, der zur Gewalttätigkeit neigte, und Spiros, der Barbesitzer, der noch immer eine der mittlerweile sechs Hälften seiner Bar besaß und damit seinen Lebensunterhalt bestritt, wenn auch für keinen nachvollziehbar, wie er das machte. Beide hießen mit Nachnamen Bardis, waren also mit Catherine verwandt gewesen, doch keinem von ihnen war eine direkte Beziehung zu dem Mädchen nachzuweisen. Beide waren plötzlich zu Geld gekommen, doch keiner wollte verraten, woher es stammte. Alibis zu überprüfen, wäre Sache der griechischen Polizei gewesen, die aber interessierte sich weder für den einen noch für den anderen.

Vielleicht ließ sich mit Georgos etwas anfangen? Er schien tatsächlich zu glauben, Harko kenne den Täter bereits. Wenn er Spiros eins und Spiros zwei ganz offiziell nach ihren Alibis befragte, wäre damit auch Labrakis entlastet – die Dorfbewohner würden sofort wissen, dass nur der Maler oder der Barbesitzer als Täter in Frage kamen.

Die Idee gefiel mir so gut, ich musste auf der Stelle Harko anrufen. Doch der wollte nichts davon wissen.

»Sollen die Leute doch glauben, was sie wollen. Spiros der Maler und Spiros der Wirt sind bislang nur Verdächtige – mehr nicht. Es kann auch jemand sein, von dem wir noch nichts wissen. Selbst Labrakis ist noch nicht aus dem Schneider.«

»Du verdächtigst ihn noch immer?« fragte ich erstaunt.

»Natürlich. Es stimmt, er ist erst nach der Europameisterschaft zu Geld gekommen, aber Catherine wurde im Mai ermordet. Da hatte Labrakis noch kein Geld.«

»Das nicht,« sagte ich. »Aber überleg doch mal: Kaum hatte er seinen Gewinn, da hat er schon angefangen, das Geld mit vollen Händen auszugeben. Wenn er Catherine ermordet und ihr Geld gestohlen hätte – glaubst Du, Labrakis hätte zwei Monate gewartet, den großen Mann zu spielen?«

Harkos Antwort bestand in einem Brummen.

»Findest Du nicht, es wäre eine gute Idee, die beiden Hauptverdächtigen unter Druck zu setzen?«

»Zu früh,« sagte er.

»Wann ist Deiner Meinung nach der richtige Zeitpunkt gekommen?«

»Wenn nur noch ein Verdächtiger übrig ist.«

»Dann kannst Du ihn auch verhaften lassen,« sagte ich.

Am Telefon war es plötzlich merkwürdig still.

»Bist Du noch dran?« fragte ich.

»Hmm.«

»Stimmt was nicht?«

»Ich denke nach,« sagte Harko.

Ich ließ ihn denken. Eine Minute, zwei Minuten, drei Minuten. Schließlich räusperte er sich. »Halt mich bitte nicht für bescheuert,« sagte er, »aber ich muss immer wieder an dieses blöde Pendeln denken.«

»Bitte?« fragte ich. »Glaubst Du plötzlich selbst an die übernatürlichen Kräfte Deiner Töchter?«

»Nein,« sagte Harko, »das nicht. Mein Gefühl sagt mir, einer der Beiden muss es gewesen sein, aber mein Verstand sagt mir, dass ich das vermutlich nicht beweisen kann.«

»Willst Du aufgeben?«

»Das habe ich nicht gesagt. Doch es könnte dazu kommen, dass ich den Mörder entlarve, aber keine Beweise habe, um ihn hinter Gitter zu bringen.«

»Und was ist mit Labrakis?«

Harko seufzte. »Soll ich im Ort herumlaufen und jedem erzählen, er sei unschuldig? Wo mir ohnehin niemand zuhört? Du bist doch hier der Schriftsteller. Lass Dir etwas einfallen.« Dann legte er auf.

Na prima, dachte ich, nun darf ich wieder ausbaden, was Harko angerichtet hat. Wütend setzte ich mich auf meine Terrasse und rauchte eine Zigarette. Beim Schreiben half mir das, meine Gedanken zu ordnen. Doch mir fiel nichts ein. Ich wäre dankbar für jede Anregung gewesen, selbst einen Quaker von Kermit oder Miss Piggy hätte ich begrüßt, doch die Bewohner meines Tümpels gaben keinen Laut von sich.

Schließlich nahm ich Papier und Bleistift und zeichnete auf, was wir hatten. Da waren zunächst einmal Spiros eins und Spiros zwei als Hauptverdächtige. Dann Labrakis als ehemaliger Verdächtiger. Ich zeichnete um alle drei einen Kreis: Das war die Situation, wie sie sich derzeit den Leuten in Afionas darstellte.

Neben den Kreis malte ich Harko – der große Kommissar, der alles weiß, den alle fürchten und der in Wahrheit größte Zweifel hat. Darunter zeichnete ich als großes Rechteck die Menschen von Afionas und teilte das Rechteck in zwei Hälften. Die eine Hälfte hielt weiterhin Jannis für den Täter – die strich ich durch. Die andere Hälfte glaubte inzwischen Harkos Theorien und sah die drei Verdächtigen. Wie bekam ich nun einen der Verdächtigen aus dem Kreis heraus? Ohne dabei Harkos Ruf als allwissender Ermittler zu zerstören?

Ich brauchte ein Bindeglied zwischen meinem halben Rechteck und dem Kreis. Ein Medium, das die richtige Botschaft übermittelte. Harko schied aus. Also zeichnete ich mich selbst ein. Was sollte ich tun, um Labrakis zu entlasten? Von Haus zu Haus gehen und behaupten, er sei unschuldig?

Ich zündete eine zweite Zigarette an, betrachtete das Bild. Doch mir fiel nichts ein.

Dann sah ich Manousos: Er kam gerade aus dem Haus und reckte sich, als hätte er soeben noch geschlafen. Was wohl auch der Fall war, denn sein Mittagsschläfchen war ihm im allgemeinen heilig. Ich hatte mein fehlendes Bindeglied: Das Three Brothers war das Zentrum aller Informationen in Afionas; wer etwas wissen wollte, konnte es dort erfahren. Und wer etwas mitteilen wollte, musste es nur Manousos sagen. Nicht unter dem Siegel der Verschwiegenheit, denn wenn es darauf ankam, konnte er ein Geheimnis für sich behalten. Aber wenn ich mit ihm nur über Gerüchte diskutieren würde, wäre es spätestens morgen früh in ganz Afionas bekannt.

Ich stand auf und schlenderte zu ihm hinüber.

»Ti kanis?[14]« fragte ich.

»Kala[15],« sagte er. »Möchtest Du einen Kaffee?«

»Warum nicht?«

»Helena, dio Frappé![16]« rief er ins Haus hinein, dann setzten wir uns.

»Hat sich die Aufregung in Afionas inzwischen gelegt?« fragte ich, doch Manousos rümpfte sofort die Nase.

»Ich dachte, die Gestapo wäre vor 50 Jahren aufgelöst worden.«

»Die Gestapo?« fragte ich erstaunt.

»Hitlers Geheimpolizei. Die ihre Nase in alles reingesteckt hat, vor allem in Dinge, die sie nichts angingen.«

»Aber Harko ermittelt doch in einem Mordfall!« sagte ich.

»Und interessiert sich dabei für alle kleinen Geheimnisse. Solange die im Ort bleiben, ist das egal, aber wenn er sie nach außen trägt, sieht die Sache anders aus.«

»Wie meinst Du das?«

Helena, Manousos Frau, brachte uns zwei Frappé.

»Erinnerst Du Dich noch an den alten Kiriakos? Ach nein, das kannst Du ja nicht, der starb lange, bevor Du kamst. Der zündelte gern. Im Sommer brannte immer wieder mal eine trockene Wiese.

---

[14] Griechisch: Wie geht´s?

[15] Griechisch: Gut

[16] Griechisch: Zwei Frappé

Die Polizei konnte nie einen Brandstifter finden, doch jeder wusste, es war Kiriakos. Als er starb, hörten die Brände auf.«

»Ihr habt einen Brandstifter gedeckt?« fragte ich erstaunt.

»Er hat doch niemandem etwas getan. Und er war schon fast 80. Hätte ihn die Polizei wegen ein paar trockener Wiesen ins Gefängnis stecken sollen? Ich bitte Dich!«

»Und wenn er ein Haus angezündet hätte? Und Menschen dabei verbrannt wären?«

»Hat er aber nicht.«

»Trotzdem,« sagte ich. Manousos Logik, solange nichts passiert, ist auch kein Eingreifen notwendig, behagte mir nicht. Leider führte er mir im nächsten Moment sehr deutlich vor Augen, wie selbstgerecht ich in meinem Urteil war.

»Kennst Du die Bibel?« fragte er.

»Natürlich,« sagte ich.

»Auch die Stelle, an der es heißt: Wer von euch ohne Schuld ist, der werfe den ersten Stein? Von uns maßt sich keiner an, dem Anderen Vorschriften zu machen. Solange der keinem schadet. Wenn Harko herumschnüffelt, richtet er Unheil an. Der Maler hat jetzt das Finanzamt am Hals. Sehr unangenehm. Deshalb muss Harko aufhören, seine Nase überall reinzustecken.«

Das war meine Chance, Informationen zu streuen. »Er hat schon damit aufgehört,« sagte ich.

»Gibt er endlich auf?« fragte Manousos. »Hat er eingesehen, dass Jannis der Mörder ist?«

»Jannis ist nicht der Mörder,« sagte ich, »genausowenig wie Labrakis.«

»Woher will Harko das wissen?«

»Er weiß es, weil er den wahren Mörder kennt.«

Manousos wurde hellhörig. »Wer ist es?« Doch er relativierte seine Frage sofort wieder. »Seiner Meinung nach.«

»Nicht seiner Meinung nach,« entgegnete ich. »Harko weiß es, hat es mir aber noch nicht verraten. Er wartet noch auf einige Dokumente aus den USA. Wenn die da sind, wird der Mörder verhaftet.«

Manousos wurde nachdenklich. »Wie will er etwas mit Papieren aus den USA beweisen? Das Mädchen wurde hier ermordet. Und wie will er überhaupt an solche Papiere rankommen? Ich dachte, er sei pensioniert. Oder stimmt das gar nicht? Ist er hier, um uns auszuspionieren?«

»Harko will niemanden ausspionieren,« sagte ich. »Doch er war Polizist mit Leib und Seele. Und er mag keine Verbrecher. Vor allem geht ihm gegen den Strich, wenn ein Unschuldiger für eine Tat büßen soll, die er gar nicht begangen hat. Deshalb tut Harko alles, um Jannis Unschuld zu beweisen. Und wie er an Dokumente aus den USA kommt? Das ist einfach. Harko hat Freunde, einflussreiche Freunde, und die haben andere Freunde. Wenn er etwas wissen will, bekommt er das auch heraus.«

»Selbst wenn unsere Polizei nichts rausfindet?« fragte Manousos ungläubig. Ich schilderte ihm Harko als Übermenschen, ich musste aufpassen, dabei nicht den Boden unter den Füßen zu verlieren.

»Harko nutzt nicht die offiziellen Kanäle. Er stellt keine Anträge, muss sich nicht mit Vorschriften oder Bürokraten herumärgern. Ein Anruf und eine halbe Stunde später hat er die Informationen auf seinem PC. Und nur ein paar gute Freunde wissen davon.«

Jetzt war Manousos richtig beeindruckt. »Weißt Du eigentlich genau, was auf Othoni vorgefallen ist? Das italienische Restaurant wurde geschlossen, der Wirt verhaftet, dazu ein angeblicher Drogenhändler und Beamte der Hafenpolizei. Offiziell hat angeblich Georgos einen Drogenring gesprengt, aber das glaubt hier keiner. Soviel hat Georgos nicht auf dem Kasten.« Das war nicht abwertend gemeint, Georgos hatte das Herz auf dem rechten Fleck. Ihm fehlten nur Harkos Erfahrung und seine Kontakte. Und, gestand ich mir ein, wohl auch Harkos Fähigkeit, sich kompromisslos in einen Fall zu verbeißen.

»Harko hat ihm unter die Arme gegriffen,« sagte ich wahrheitsgemäß. »Und Othoni war nur die Spitze des Eisbergs. In Otranto, Athen und New York wurde gleichzeitig die ganze Organisation zerschlagen.«

»Jetzt erzählst Du Märchen.«

»Ehrenwort,« sagte ich. »Harko hat das organisiert und durchgezogen, so wie er das in Deutschland oft gemacht hat: Beweise gesammelt, internationale Polizeikräfte koordiniert und schließlich zugeschlagen. Innerhalb weniger Stunden war alles vorbei – sowohl auf Othoni wie auch in Italien und an den anderen Orten. Den Drogenring gibt es nicht mehr.«

Manousos würde an diesem Abend viel im Three Brothers zu erzählen haben.

»Und Catherine?« fragte Manousos. Seine Überzeugung, Jannis sei der Täter, geriet offenbar endlich ins Wanken.

»Harko hat sofort gesehen, dass Jannis nicht der Täter sein kann. Und gewusst, es muss jemand hier aus der Gegend sein.«

»Woher will er das wissen?« fragte Manousos.

»Ich sage Dir doch, Harko ist verdammt gut. Die Spuren, die Art, wie das Verbrechen vertuscht werden sollte: Das ist für ihn wie ein offenes Buch, in dem er liest wie Du in einer Zeitung.«

»Die Polizei hat nichts gelesen.«

»Weil sie es nicht wissen wollte oder nicht lesen konnte. Sie hält Jannis für schuldig, weil das für sie am bequemsten ist. Und weil Jannis Albaner ist. Nur aus dem Grund hast doch auch Du sofort geglaubt, er sei schuldig.«

»Nein,« widersprach Manousos heftig. »Ich habe es geglaubt, weil es die Polizei gesagt hat.«

Nun wollte ich Manousos mit seinen eigenen Waffen schlagen. »Du hast doch gerade selbst gesagt, die Polizei hat nie herausgefunden, dass der alte Kiriakos ein Brandstifter war. Harko hätte das innerhalb weniger Tage gewusst – er hat da seine Methoden.«

»Und hätte den Alten ins Gefängnis gebracht.«

»Nein! Harko hätte sicher ein ernstes Wörtchen mit ihm gesprochen und damit den Spuk beendet.«

»Trotzdem,« sagte Manousos. »Spiros hat die Steuerfahndung auf dem Hals.«

»Daran ist er selbst schuld,« sagte ich.

»He,« sagte Manousos, »keiner hier gibt an, wieviel er verdient.«

»Das interessiert Harko auch nicht,« sagte ich. »Doch im Fall von Catherine hat er ermittelt, dass sie zwei Tage vor ihrem Tod 50.000 Euro von der Bank abgehoben hat, die verschwunden sind. Und die mit Sicherheit der Mörder hat. Hätte der Maler Harko erklärt, woher er das Geld hat, wäre überhaupt nichts geschehen. Labrakis hat das getan.«

»Er hat Harko gesagt, woher sein Geld stammt?«

»Natürlich. Harko hat es nachgeprüft. Denn anlügen lässt er sich nicht.«

»Und woher hat Labrakis das Geld?«

»Das wissen nur Labrakis und Harko. Und Geheimnisse sind bei Harko gut aufgehoben.«

Oh ja, Manousos würde wirklich viel in der Taverne zu erzählen haben.

Ich trank meinen Frappé aus und sah auf die Uhr: »Ich muss noch einen Anruf machen,« sagte ich und stand auf.

Manousos murmelte einen Abschiedsgruß, in Gedanken war er wohl schon in der Taverne. Ich hatte meine Terrasse noch nicht erreicht, als ich schon sein Motorrad hörte: Heute Abend und morgen würde Harko in Afionas Gesprächsthema Nummer eins sein.

Ich rief Harko an und berichtete ihm, was ich Manousos gesagt hatte. Harko schimpfte über meine blühende Phantasie, er wäre keineswegs der Super-Bulle, als den ich ihn dargestellt habe. Im Prinzip jedoch ging er mit mir d´accord – den Sturköpfen in Afionas war mit herkömmlichen Methoden nicht beizukommen.

Selbstzufriedenheit ist ein schönes Gefühl, und ich genoss es. Einen Abend und den ganzen nächsten Morgen lang. Dann schlug es in das genaue Gegenteil um. Da kam Harko zu mir: Pflaster im Gesicht, Brust und Arme dick bandagiert. Sein Land-Cruiser hatte keine Front-Scheibe mehr und die Motorhaube war über und über mit Kratzern bedeckt.

»Um Gottes willen,« sagte ich erschrocken, »was ist denn mit Dir geschehen? Hattest Du einen Unfall?«

»Gib mir erstmal ein Bier!«

Harko setzte sich auf die Terrasse und ich holte ihm ein Mythos. In einem Zug trank er die halbe Flasche aus.

»Spiros hat auf mich geschossen.«

»Spiros?«

»Der Maler. Ich wollte gerade nach Agios Georgios fahren, als er vor dem Haus auftauchte und zweimal auf mich feuerte. Zum Glück nur mit einer Schrotflinte und das aus großer Entfernung.«

»Er hätte Dich töten können!« sagte ich bestürzt.

»War vermutlich nahe dran,« bestätigte Harko. »Näher, als mir lieb ist.«

»Was hast Du gemacht?«

»Ich bin aus dem Wagen raus und habe ihn niedergeschlagen, bevor er nachladen konnte. Dann habe ich ihm Handschellen angelegt und bin mit ihm nach Karousades gefahren.«

»Wenigstens hast Du nun Deinen Mörder,« sagte ich. »Spiros hat sicher ein Geständnis abgelegt.«

Harko trank erneut einen kräftigen Schluck. »Der Maler ist nicht der Mörder. Er hat heute Morgen einen Bescheid vom Finanzamt bekommen – 8.000 Euro Steuernachzahlung. Er sagt, das habe ich ihm eingebrockt. Der ist völlig ausgerastet.«

»Dafür muss er ins Gefängnis.«

»Er ist schon wieder zu Hause.«

»Was?«

»Hast Du noch ein Bier?«

Ich holte ihm noch eine Flasche.

»Georgos hat ihn in die Mangel genommen. Fünf Jahre mindestens, hat er gesagt, bei einem strengen Richter auch das Doppelte. Da ist Spiros zum erstenmal aufgegangen, was er getan hat. Er war das heulende Elend.«

»Und da hat Georgos ihn laufenlassen?«

»Nein. Er hat ihm gesagt, eigentlich müsse er jetzt die Polizei in Korfu-Stadt benachrichtigen und die würde ihn sofort ins Gefängnis stecken. Die Entscheidung darüber liege jedoch bei mir, ich müsste Anzeige erstatten.«

»Und das hast Du nicht getan?«

»Ich habe Spiros gesagt, das mit dem Strafbescheid tut mir leid, das habe ich nicht gewollt. Wenn er einverstanden ist, sind wir quitt und ich verzichte auf die Anzeige.«

»Das hat er akzeptiert?«

»Hättest Du das nicht? Georgos hat ihn aber dazu verdonnert, die Reparatur des Land-Cruiser zu bezahlen.«

»Andere Länder, andere Sitten,« sagte ich.

»Jedenfalls habe ich mir meine Ermittlungen anders vorgestellt,« bekannte Harko.

»Warte mal. Wenn der Maler unschuldig ist – und das scheint er ja zu sein –, heißt das doch, Spiros, der Wirt, ist der Mörder.«

Harko knurrte. »Er ist der Hauptverdächtige. Doch ich kann ihm noch immer nicht das geringste nachweisen.«

»Weiß er das?«

»Dass er der Hauptverdächtige ist? Oder dass ich ihm nichts nachweisen kann?«

»Ersteres,« sagte ich.

»Da niemand mit mir spricht, habe ich keine Ahnung, was Spiros weiß und was nicht. Da musst schon Du Dich ein wenig umhören.«

Den Gefallen hätte ich ihm gerne getan, doch ich konnte nicht. »Ich fliege morgen nach New York. Aber ich werde Manousos heute Abend noch einmal fragen – wenn er aus dem Three Brothers zurückkommt.«

»Spiros ist aalglatt. Wenn Du den mit der Hand in Deiner Tasche beim Klauen erwischst, streitet er ab, dass die Hand ihm gehört. Keiner mag ihn, doch niemand unternimmt etwas gegen ihn. Niemand macht Geschäfte mit ihm, keiner leiht ihm Geld und jeder achtet darauf, ihm nicht zu nahe zu kommen. Doch wenn er andere über den Tisch zieht, wird großzügig darüber hinweggesehen.«

»Aber ein Mord?«

»Ohne den geringsten Beweis? Betrug ist eine Sache, ein Mord eine ganz andere. Ich könnte ihm alles auf den Kopf zusagen. Doch solange ich nicht weiß, was ihn mit Catherine verbindet, kann ich nicht einmal den Mord rekonstruieren. Und wenn ich vor ihm meine Theorien ausbreite, weiß er, dass ich nichts in der Hand habe.«

»Ziemlich verfahrene Situation,« sagte ich.

»Das kannst Du laut sagen.« Harko sah mich nachdenklich an. »Manchmal denke ich, Tina und Sina haben wirklich das zweite Gesicht. Wenn Spiros der Mörder ist, stimmt alles, was sie beim Pendeln herausgefunden haben: Er ist so alt wie ich, er lebt in Afionas, die Mädchen kennen ihn, ich habe herausgefunden, er ist der Täter und schaffe es doch nicht, ihn ins Gefängnis zu bringen.«

»Du gibst wirklich auf?«

»Ich weiß es nicht,« bekannte Harko offen. »Wenn es nur um den Mord ginge – vielleicht. Dann würde ich davon ausgehen, dass Spiros früher oder später über ein anderes Verbrechen stolpert. Und hoffen, es ist kein zweiter Mord. Aber mit Jannis im Gefängnis? Ich hoffe sehr, dass mir noch irgend etwas einfällt.«

»Oder ich in New York etwas herausfinde.«

»Das,« sagte Harko, »wäre ein Wunder. Die mag es in Deinen Büchern geben, doch im richtigen Leben sind Wunder leider ziemlich selten.«

Es war spät, als Manousos aus dem Three Brothers zurückkam. Ich rief ihm über die Straße zu, ob er noch auf ein Bier vorbeikommen wolle und er sagte ja.

Kurz darauf saßen wir, musikalisch berieselt von einem Froschkonzert in F-Moll, auf meiner Veranda.

»Hast Du gehört, dass Spiros auf Harko geschossen hat?« fragte ich.

»Spiros ist ein Idiot,« sagte Manousos. »Harko ist auch einer, aber Spiros ist der größere Idiot. Zu schießen und sich dann auch noch dabei erwischen zu lassen.«

»Billigst Du etwa, was Spiros getan hat?«

»Das habe ich nicht gesagt. Ein Denkzettel, meinetwegen, aber ein Mordanschlag? Der hat sie doch nicht mehr alle.«

»Er hätte im Gefängnis landen können.«

»Weißt Du, warum er eigentlich nicht verhaftet worden ist?«

»Harko hat keine Anzeige erstattet. Er hat Spiros gesagt, das mit dem Steuerbescheid täte ihm leid und sie wären jetzt quitt.«

Manousos sagte nichts, trank nur sein Bier. Doch er war nervös. Denn plötzlich drehte er sich um, riss eine Feige von einem Feigenbaum vor der Terrasse ab und warf sie wütend nach Kermit, der laut quakend im Wasser trieb. Kermit bekam das in den falschen Hals: Statt schleunigst abzutauchen, schwamm er auf die Feige zu, stieß sie von sich weg, schwamm ihr wieder nach und wiederholte das Ganze.

»Der spielt ja Wasserball!« sagte Manousos erstaunt. »Hast Du ihm das beigebracht?«

»Ich sehe das auch zum erstenmal,« sagte ich, genauso überrascht wie Manousos.

Es dauerte eine Weile, bis Kermit die Lust an seinem Spiel verlor und sich wieder seinem Konzert widmete. Das schien Manousos nun nichts mehr auszumachen: Kermit hatte sich seinen Respekt erworben. Würde Harko das auch schaffen?

»Wann fliegst Du nach New York?« fragte Manousos.

»Morgen früh,« sagte ich. »Morgen Abend um diese Zeit sitze ich irgendwo in einer Bar und schlürfe einen Frozen-Margarita.«

Manousos seufzte. »Ach New York.«

»Hast Du manchmal Heimweh?«

»Heimweh würde ich nicht sagen,« erwiderte Manousos. »Daheim bin ich hier in Afionas. Aber manchmal würde ich die Stadt schon gerne wiedersehen. Alte Nachbarn treffen. Warum fliegst Du eigentlich hin?«

»Ich habe ein Gespräch mit meinem amerikanischen Verleger und treffe mich mit einer alten Freundin.«

»Und recherchierst für Harko?«

»Das auch.«

»Er hält Spiros für den Täter?«

»Den Maler?« fragte ich scheinheilig.

»Unsinn,« sagte Manousos. »Der lässt gern mal Dampf ab. Nein, ich meine Spiros, den Wirt.«

»Harko hält ihn nicht für den Täter,« sagte ich und freute mich über Manousos verdutztes Gesicht. »Harko weiß, dass Spiros der Mörder ist.«

Nur gut, dass Harko das nicht hörte.

Manousos kratzte sich nachdenklich an der Nase. »Dann hat er eine harte Nuss zu knacken. Spiros kannst Du auf frischer Tat bei einer krummen Sache ertappen und er wird vor Gericht Stein und Bein schwören, er sei just an diesem Tag ganz woanders gewesen, die Leute hätten allenfalls seinen Geist gesehen, auf keinen Fall aber ihn selbst.«

»So ein Lügner?«

»Ich habe jedenfalls noch nie erlebt, dass er die Wahrheit sagt. Es sei denn, es wäre zu seinem Vorteil.«

»Glaubst Du inzwischen auch, Spiros ist der Täter?«

Manousos zuckte die Schultern. »Einen Mord würde ich ihm nicht zutrauen, dazu ist Spiros eigentlich zu feige. Aber bei 50.000 Euro? Und wenn sich die Gelegenheit dazu bietet?«

»Was denken die anderen im Dorf?«

Das war die entscheidende Frage. Ich war überzeugt, Spiros war nur mit öffentlichem Druck beizukommen. Dennoch bemühte ich mich, die Frage so beiläufig wie möglich zu stellen.

»Im Moment wird viel diskutiert,« sagte Manousos. »Zuzutrauen wäre es ihm, aber vermutlich nicht zu beweisen. Wenn er es war, hat er das Ganze sicher schlau eingefädelt. Und die griechische Polizei ist, wie es scheint, auch prompt darauf reingefallen.« Plötzlich lachte er. »Die Leute schließen Wetten darauf ab, ob Harko Spiros zur Strecke bringt.«

»Und?«

»Die Quote liegt bei zwei zu eins.«

»Für Harko?«

»Nein. Für Spiros.«

Die Landung auf JFK war turbulent: über New York entlud sich ein Gewitter und wir mussten mittendurch. Die klimatisierte Passkontrolle war ein Kälteschock für mich, der anschließende Übergang aus dem unterkühlten Flughafengebäude in die brütende Hitze der Stadt brachte meinen Kreislauf fast zum Kollabieren.

Dankbar ließ ich mich im ersten Taxi auf den Rücksitz fallen und schloss, nachdem ich dem Fahrer mein Ziel genannt hatte, die Augen. Bei früheren Besuchen war ich gerne im Marriott am World Trade Center abgestiegen. Das Hotel war komfortabel und vom World Trade Center aus war jeder Punkt in New York schnell und einfach zu erreichen. Doch mein Lieblingshotel war genau wie die Zwillingstürme nur noch Teil eines historischen Ereignisses: Außer einer Gedenktafel war nichts übrig geblieben.

So hatte ich mich für das Van Dyke entschieden, ein Hotel am Broadway, ein von einem Künstler eingerichtetes Haus in einer Nebenstraße am Times Square.

Die Fahrt durch die Häuserschluchten Manhattans war langweilig: Die Straßen wie üblich hoffnungslos verstopft, die Taxis standen Stoßstange an Stoßstange und kamen nur im Schrittempo weiter.

Im Hotel checkte ich ein, doch um mich in den Trubel der Stadt zu stürzen, fehlte mir die Energie: Statt mich, wie Manousos versprochen, mit einem Margarita zu entspannen, schlief ich durch bis zum nächsten Morgen.

Gegen Mittag wollte ich mich mit meinem amerikanischen Verleger treffen, den ich bislang nur vom Telefon her kannte, am Abend würde Vic aus Washington kommend in La Guardia landen.

Zum Frühstücken ging ich in ein kleines Lokal am Times Square, wo es trotz des Lärms auf der Straße ruhig war. Die Omelettes waren gut, der Kaffee immerhin billig: Wer den griechischen Heleniko gewohnt ist, kann dem amerikanischen Spülwasser nicht viel abgewinnen.

Den Rest des Vormittags verbrachte ich bei Barnes & Nobles in der 5th Avenue, wo ich mich mit einem guten Dutzend neuer Krimis eindeckte – man möchte schließlich wissen, was die Konkurrenz so schreibt. Natürlich konnte ich der Versuchung nicht widerstehen, in den Regalen unter Bardéz nachzusehen: Fünf meiner Werke standen im Regal, mein neues Buch war sogar in einem extra Stapel aufgebaut.

Befriedigt fuhr ich, meine neuen Schätze im Gepäck, zum Verlag, der nicht weit von Barnes & Nobles entfernt ebenfalls in der 5th Avenue residierte: In der 20sten Etage des Trump Tower. über Donald Trump mochte man denken, was man wollte, doch mit dem Trump Tower hatte er sich ein beeindruckendes architektonisches Denkmal gesetzt: Ein mächtiger schwarzer Klotz mitten in Manhattan. Nicht so elegant, wie es die filigranen Twin Towers des World

Trade Center gewesen waren, aber ein Monument, das aussah, als könne ihm die Zeit nichts anhaben.

Eine ältere Dame am Empfang begrüßte mich freundlich und führte mich direkt zu Jeremy Byron, meinem Verleger.

»Mr. Bardéz!« sagte er jovial und kam auf mich zugesprungen, »schön, dass wir uns endlich persönlich kennenlernen.«

»Roberto,« sagte ich, »nennen Sie mich einfach Roberto.«

»Nur, wenn Sie Jeremy zu mir sagen.«

Die amerikanische Eigenart, sich mit Vornamen anzusprechen, das *you* aber nicht als Du, sondern als *Sie* zu gebrauchen, hatte mich anfangs in große Schwierigkeiten gebracht. Hatte man sich aber daran gewöhnt, war es angenehm: Gespräche waren offener als in Südamerika oder Europa, trotzdem blieb eine gewisse Distanz gewahrt.

»Ihr neuer Krimi im Bankenmilieu Brasiliens verkauft sich hervorragend! Kompliment, wie Sie die Atmosphäre hinbekommen haben. Verdammt viel Recherche, vermute ich.«

»Mehr Phantasie als Recherche,« gestand ich. »Ich habe nur einmal in Rio einige Banken von außen gesehen. Den meisten meiner Leser geht es vermutlich ähnlich – sie glauben, dass es bei den Banken so zugeht, wie ich das beschrieben habe, und das zählt.«

Doch Jeremy ließ sich nicht bremsen. »Trotzdem verdammt gute Arbeit. Ich habe das Buch an einem Stück durchgelesen. Und ganz ehrlich: Ich bin Verleger, aber das mache ich selten.« Er seufzte. »Wenn Sie wüssten, wieviel Müll dieser Tage auf den Markt kommt. Kein Wunder, wenn die Leser sich immer mehr verweigern.«

Er besann sich seiner Pflichten als Gastgeber: »Möchten Sie eine Tasse Kaffee? Oder sollen wir eine Kleinigkeit essen gehen?«

»Hunger habe ich nicht,« gestand ich, »aber bei einem kleinen Snack lässt sich besser reden.«

»Lassen Sie uns doch nach unten in die Cafeteria gehen. Im Sommer ist das der beste Platz in New York.«

Als wir in der Cafeteria standen, wusste ich auch, warum: Auf drei Etagen saßen die Menschen in einer riesigen, in der Mitte offenen Halle unter Sonnenschirmen, im Hintergrund donnerte ein riesiger Wasserfall vor einer Granitwand zu Boden.

»Im Sommer, wenn das Wasser in New York knapp wird, muss der gute Donald seinen Wasserfall immer abschalten. Das bricht ihm jedesmal das Herz. Doch in diesem Jahr hatten wir so viele

Wolkenbrüche, da werden die Trump Falls wohl weitersprudeln dürfen.«

Wir setzten uns in der dritten Etage in die Nähe des Wasserfalls, bestellten zwei Salate und Diet-Cokes, dann sagte Jeremy: »Sind Sie für eine Recherche in New York? Für Ihr neues Buch? Und darf ich fragen, worum es diesmal geht?«

»Drei Fragen, auf die es mehr als drei Antworten gibt,« sagte ich. »Lassen Sie mich mit meinem neuen Roman anfangen: Er handelt von der kolumbianischen Drogenmafia.«

»Ein gutes Thema,« sagte Jeremy, »sehr aktuell. Und die Spur führt nach New York?«

»Nein, in New York bin ich vor allem, um mich mit einer Freundin zu treffen.«

»Roberto,« sagte Jeremy entrüstet. »Bauen Sie New York in Ihren Krimi ein. Die Stadt ist ein Sündenpfuhl – genau die richtige Umgebung für einen Mord.«

Ich lachte. »Die Idee ist reizvoll, aber ich fürchte, sie passt nicht zur Geschichte. Trotzdem bin ich hier, um in einem Mordfall zu ermitteln.«

»Sie machen mich neugierig.«

»Ich muss aber gleich hinzufügen, das hat nichts mit einem meiner Bücher zu tun. Diesmal geht es um einen echten Mord und ich gebe zu, der hat mich gezwungen, einige meiner bisherigen Vorstellung von einem Kriminalfall zu revidieren. Gründlich zu revidieren.«

Ich erzählte Jeremy die ganze Geschichte: Wie man Catherines Leiche am Strand gefunden hatte, zusammen mit ihrem mutmaßlichen Mörder; wie Harko misstrauisch geworden war, weil er sich einen Moslem nicht betrunken vorstellen konnte. Ich berichtete Jeremy von den Spannungen zwischen Griechen und Albanern, von Harkos anfänglichem Irrtum mit der organisierten Kriminalität und wie er eher aus Versehen einen internationalen Drogenring gesprengt hatte; von seinen methodischen Ansätzen und der akribischen Recherche, die sich so sehr von dem Vorgehen meiner Kommissare in meinen Büchern unterschied. Und dass wir inzwischen mit hoher Wahrscheinlichkeit wussten, wer der Mörder ist, dies aber nicht beweisen konnten.

Jeremy lauschte gespannt, er vergaß vollkommen, seinen Salat zu essen.

»Eine spannende Geschichte,« sagte ich abschließend, »aber leider kein Stoff für einen Roman.«

»Sind Sie wahnsinnig?« fragte mich Jeremy. »Die Geschichte ist ein Knüller!«

Ich wiegelte ab. »Das interessiert doch keinen, wie sich ein pensionierter Polizist auf einer griechischen Insel als Hobby-Detektiv betätigt.«

»Und wie das die Leute interessiert! Den Lesern hängen die Super-Helden schon lange zum Hals heraus! Denken Sie doch mal zurück an einen Philip Marlowe. Was wurde der in seinen Geschichten verprügelt. Wie oft wusste der nicht, wie es weitergeht. Und die Leser haben ihn dafür geliebt.«

»Sie haben Humphrey Bogart geliebt,« sagte ich. »Der war Philip Marlowe.«

»Auch die Bücher haben sich phantastisch verkauft,« widersprach Jeremy. »Und das lange, bevor es die Filme gab. Raymond Chandler, der Autor der Philip Marlowe Geschichten, hatte ein Händchen dafür. Der wusste, die Leser wollen mit ihrem Helden mitleiden. Sie wollen keinen Softie und kein Weichei, sondern einen, der auch mal eins in die Fresse kriegt, sich davon nicht unterkriegen lässt und am Ende doch gewinnt. Heute sieht man im Fernsehen nur noch die Super-Cops, die alles können und dank einer riesigen Organisation auch alles wissen – das ist langweilig. Ein Polizist im Ruhestand, der im Alleingang einen Rauschgiftring sprengt, einen Mörder findet und dann nicht weiterkommt – das ist Klasse!«

»Das ist unrealistisch,« widersprach ich.

»Unrealistisch? Genau so ist es doch geschehen!«

»In Wirklichkeit ja. Aber würde mir das ein Leser in einem Buch glauben?«

»Warum schreiben Sie nicht alles einfach so auf, wie es sich wirklich abgespielt hat? Ihre Leser lieben Ihre Bücher wegen der Detailtreue – da läuft beim Lesen ein Film im Kopf ab. Ein Mord auf einer griechischen Insel, ein schönes junges Mädchen grausam erwürgt, ein Unschuldiger im Gefängnis, und die Spuren führen direkt nach New York. Das wird ein Bestseller!«

»Ach was,« sagte ich.

»Doch,« widersprach Jeremy, »das wird ein Knaller. Dafür habe ich eine Nase.«

Ich wollte nicht, denn bei diesem Fall war bislang nichts so gelaufen, wie ich das sonst aus meinen Krimis kannte. Ich hatte am

Anfang weder Täter noch Motiv, ich wusste nichts über das Opfer. Der Kommissar war kein richtiger Kommissar mehr, er konnte nicht einmal offiziell ermitteln. Nun sah es so aus, als hätte er den Mörder gefunden, konnte ihm den Mord aber nicht nachweisen.

Doch Jeremy ließ meine Bedenken nicht gelten. »Sie kennen doch Columbo, den schnoddrigen Cop aus LA, der immer mit seinem vergammelten Regenmantel und einem Zigarrenstummel herumläuft, so tut, als könne er nicht bis drei zählen und dann im entscheidenden Moment sagt: *Sir, Sir, ich hätte da noch eine Frage.*«

»Einer meiner Lieblingsermittler,« bekannte ich.

»Und jetzt verrate ich Ihnen, welches meine Lieblingsfolge ist: Eine alternde Filmdiva bringt ihren letzten Liebhaber um. Columbo löst den Fall – wie üblich. Doch zum erstenmal kann er einen Mörder – in diesem Fall eine Mörderin – nicht überführen.«

»Die Folge kenne ich nicht,« gestand ich.

Jeremy sah mich überrascht an. »Die müssen Sie sich unbedingt ansehen. In der Schlußszene sieht sich die Diva ganz verzückt einen ihrer alten Streifen an, und man merkt als Zuschauer, die ist nicht mehr ganz richtig im Kopf. Einige ihrer besten Freunde sind bei ihr und Colombo sagt ihnen, sie sei eine Mörderin und er müsse sie verhaften. Wissen Sie, was einer ihrer Freunde da sagt?«

Ich wusste es nicht.

»Er sagt: *Mag sein, sie ist eine Mörderin, aber Sie werden sie nicht ins Gefängnis bringen. Wenn Sie das versuchen, werde ich den Mord gestehen.* Dann sagt ein zweiter: *Oder ich.* Das hatte Klasse! Und tat Columbos Ruf keinen Abbruch.«

Jeremy redete noch eine halbe Stunde auf mich ein und nahm mir schließlich das Versprechen ab, wenigstens den Versuch zu unternehmen, den Mord an Catherine als Krimi zu beschreiben und ihm das Manuskript zu schicken. Ich konnte es sogar auf Spanisch schreiben, die Übersetzung ins Englische würde er aus eigener Tasche finanzieren. Nur New York müsse unbedingt mit ins Buch, darauf legte Jeremy großen Wert.

Wir ließen unsere Salate und die Diet-Cokes stehen, da Jeremy zurück ins Büro musste, und die Bedienung, eine hübsche Schwarze, die schon fürchtete, wir würden uns beschweren, wunderte sich nur über das fürstliche Trinkgeld, das ihr Jeremy in seiner Euphorie zukommen ließ. Ich glaube, etwas von seiner Begeisterung sprang in diesem Moment auf mich über: Ich würde es zumindest versuchen.

Vics Maschine landete diesmal pünktlich und sie hatte auch keinen Jetlag – wir fuhren direkt ins Hotel und gingen sofort ins Bett.

Entspannt lagen wir danach auf dem King-Size Bett, das groß wie eine Spielwiese war, dessen Matratze aber schon bessere Tage gesehen hatte. Vics Kopf ruhte auf meiner Brust, ich atmete den Duft ihres vollen Haares ein. Gott, wie hatte ich diese Frau in den letzten Wochen vermisst!

Sie wollte wissen, was Harko und ich in der Zwischenzeit herausgefunden hatten, danach erzählte ich ihr von der Idee meines amerikanischen Verlegers, aus der Geschichte ein Buch zu machen. Vic war sofort Feuer und Flamme, ganz im Gegensatz zu mir.

»Warum sträubst Du Dich eigentlich so dagegen?« fragte sie.

Darüber hatte ich selbst schon den ganzen Nachmittag nachgedacht. Ich streichelte ihren Rücken. »Da gibt es eine Menge Gründe,« sagte ich. »Erstens: Es ist verdammt gefährlich, in einem Roman über seine eigene Welt zu schreiben. Romanfiguren unterliegen anderen Gesetzen als reale Menschen.«

»Das glaube ich nicht,« sagte Vic.

»Glaub es ruhig,« sagte ich. »Sagt Dir der Name James Bond etwas?«

»Natürlich,« sagte sie, und drehte sich auf den Bauch. Sie stützte sich auf ihre Arme und sah mich mit ihren dunkelbraunen Augen neugierig an.

»Warum glaubst Du, ist der Liebling aller Frauen noch immer Junggeselle?«

»Weil er die Richtige bisher nicht gefunden hat,« sagte Vic.

»Irrtum,« entgegnete ich. »James Bond war sogar schon verheiratet – in einem der ersten Filme. Doch Superhelden dürfen nicht heiraten.«

»Warum denn nicht?«

»Weil der Autor dann keine Liebesszenen mehr schreiben kann. Ohne Gattin darf James Bond die hübschesten Mädchen der Welt vernaschen und die Zuschauer empfinden allenfalls Neid: Männer möchten mit ihm tauschen, Frauen wünschen sich, sie lägen in seinen Armen. Wüssten sie aber, zu Hause wartet die treue Gattin…«

»Verstehe,« sagte Vic. Sie drehte sich auf die Seite, stützte den Kopf auf den Arm und legte ihre freie Hand auf meinen Bauch.

»Harko ist verheiratet und hat zwei Kinder. Er ist treusorgender Familienvater und seine größte Sorge sind die Steine für seinen Garten. Keine Chance für eine heiße Liebesszene.«

»Wenn Du es wenigstens ein bisschen knistern lässt?« Ihre Hand bewegte sich langsam in gefährliche Regionen.

»Wenn ich es knistern lasse, geht mir Marianne an die Gurgel und Harko springt im Dreieck, weil ich seinen häuslichen Frieden gefährde.«

»Ist Erotik wirklich so wichtig für ein Buch?«

»Ich glaube schon,« sagte ich. »Bislang zumindest habe ich in jedem meiner Bücher eine Romanze eingebaut.«

Vic strich mir zärtlich über mein Bein. »Und wenn Du unsere Beziehung beschreibst? Oder gehöre ich etwa nicht zu den schönsten Mädchen der Welt?«

Ich gab ihr einen Kuss. »Sogar James Bond wäre neidisch, könnte er Dich so sehen wie ich jetzt.«

»Na also,« sagte sie fröhlich. »Dann schreib was über uns.«

Auch ich drehte mich auf die Seite, nahm sie in den Arm und zog sie an mich. »Erstens habe ich keine Lust, etwas über mich selbst zu schreiben, und zweitens über Dich schon gar nicht.«

»Ach komm schon,« sagte Vic und stieß mich mit gespielter Empörung zurück. »Du bist doch sonst nicht so zurückhaltend.«

»Soll ich beschreiben, was wir im Bett treiben?«

»Warum nicht? Oder findest Du mich nicht gut?« Ihre Hand verschwand zwischen meinen Schenkeln.

Ich räusperte mich. »*Leg Dich auf den Rücken, sagte sie mit kräftiger Stimme. Ich tat, wie mir befohlen. Voller Leidenschaft schwang sich Vic über mich und trieb mich mit gekonnten Bewegungen zum Höhepunkt.*«

»Soo genau musst Du es nun auch nicht darstellen. Reicht es nicht, wenn Du schreibst: Sie liebten sich bis zur Erschöpfung?«

»Deiner oder meiner?« fragte ich.

»Deiner natürlich,« sagte sie und deutete auf den aktuell recht kläglich aussehenden Stolz meiner Männlichkeit. »Ich könnte schon nochmal.«

»Gönn mir ein bisschen Ruhe, dann kann ich auch wieder.«

»Ausruhen kannst Du später,« sagte sich, und bewegte ihren Kopf küssend in Richtung auf mein Geschlecht. Halt machte sie erst, als sie ihr Ziel erreicht hatte.

Entspannt legte ich mich wieder auf den Rücken. »Es gibt noch einen viel wichtigeren Grund, weshalb ich nicht über mein eigenes Leben oder über reale Menschen schreiben möchte. Als Autor müssen mir meine Figuren gehorchen. Da könnte ich schreiben: *Victoria und ich hatten uns unsterblich ineinander verliebt, ich machte ihr einen Heiratsantrag und sie sagte ja, womit sie mich zum glücklichsten Menschen auf der Welt machte.*«

Ihr Kopf schoss in die Höhe. Leider strahlte die echte Victoria nicht wie eine künftige Braut, sie kniff die Augen zusammen und sah mich misstrauisch an. »War das gerade Roman oder nicht?«

»Leider nur Roman,« sagte ich. »Was würdest Du sagen, wenn ich Dich das in Wirklichkeit fragen würde?«

Sie griff mir zwischen die Beine und streichelte mich. »Ich würde sagen, im Moment ist mir eher nach Deinem Spielzeug als nach einem Antrag zumute. Könntest Du damit leben?«

»Hätte ich eine andere Wahl?« fragte ich.

»Ich glaube nicht,« sagte sie. Und stellte erfreut fest, dass ihre Liebkosungen Wirkung zeigten.

Verräter, sagte ich im Geiste zu meinem besten Freund, dann gab ich mich Vics Leidenschaft hin.

Beim Frühstück am nächsten Morgen machte Victoria ein langes Gesicht: Das Essen war eine Katastrophe. Die Eier versalzen, der Schinken verbrannt, die Omelettes ungenießbar. Auch der Kaffee war noch dünner als sonst.

»Kannst Du mir sagen, weshalb Du Dich ausgerechnet für dieses Hotel entschieden hast?« fragte sie.

Ich erklärte ihr, mein bisheriges Lieblingshotel sei leider nur noch ein großes Loch in Süd-Manhattan. »In einem Reiseführer habe ich nach anderen Hotels gesucht und da wurde das Van Dyke gelobt. Alle Zimmer von einem Künstler in den 70ern im Pop-Art Stil ausgestattet.«

»Von wann war denn Dein Reiseführer?« fragte sie. »Dem Bett nach zu urteilen wurde das Hotel seit seiner Eröffnung nicht mehr renoviert.«

»Trotzdem hat es Stil,« versuchte ich mich zu verteidigen.

Plötzlich begann Vic zu lächeln. »Die Einrichtung stört mich eigentlich am wenigsten. Aber hast Du Dir mal das Personal angesehen?«

Hatte ich nicht, jedenfalls nicht bewusst. Ich sah mich um, hatte aber keine Ahnung, was Vic aufgefallen war. »Machen alle einen netten Eindruck,« sagte ich. »Sehr freundlich.«

»Hast Du noch nicht gemerkt, dass alle Männer sind? Und sie nur Dich, aber nicht mich anlächeln?«

Ich blickte mich nochmals um und diesmal sah ich, Vic hatte recht: Das Van Dyke schien männliches Personal zu bevorzugen.

»Das erklärt zumindest, warum die Zimmer nicht besonders sauber sind.«

Nur mit Mühe gelang es ihr, nicht laut loszuprusten. »Weißt Du eigentlich, wer dieser Van Dyke war, dem das Hotel seinen Namen verdankt?«

»Vermutlich ein Holländer,« sagte ich. »Der Name klingt holländisch.«

Nun konnte sie sich nicht mehr beherrschen, sie bebte vor Lachen.

»Habe ich etwas Dummes gesagt?« fragte ich unsicher.

Sie bemühte sich, ihre Stimme zu senken. »Dyke ist ein anderer Name für einen Homosexuellen. Du hast Dich in der berühmtesten Schwulen-Absteige von New York einquartiert.«

Ich glaube, ich wurde knallrot. »Lass uns woanders hingehen zum Frühstücken. Hier schmeckt´s mir nicht.«

Wir gingen in das kleine Restaurant, in dem ich schon am Tag zuvor gegessen hatte. Vic nahm das Ganze mit Humor, doch ich ärgerte mich: Ausgerechnet mir, einem Schriftsteller, der sich so viel auf seine Detailtreue einbildet, musste so ein Fauxpas unterlaufen. Im Stillen beschloss ich, künftig weniger auf meine Phantasie zu vertrauen und dafür mehr zu recherchieren. Van Dyke ein Holländer…

Unser erster Termin führte uns in das Immobilienbüro, in dem Catherine gearbeitet hatte. Die Firma besaß ein großes Büro am Broadway Ecke 22ste Straße, dem Firmenschild nach belegte sie drei Etagen in dem imposanten Gebäude. Wir fuhren mit dem Lift in den 32sten Stock und meldeten uns am Empfang.

Ich hatte Baupläne oder Modelle von Häusern erwartet, irgend etwas, das auf ein Architekturbüro hindeutet, doch wir sahen nur eine teuer eingerichtete, aber extrem langweilige Bürolandschaft: kleine, abgeteilte Zellen, vom Flur durch Glaswände getrennt.

Ein junger, dynamischer Mann Anfang 30, der sich als Mr. Martin vorstellte, empfing uns im eleganten Zweireiher. Er hatte ein strahlendes Lächeln, mit dem er jederzeit für eine Zahnpaste Reklame machen konnte, doch künstlerische Ausstrahlung suchte ich vergebens. Hier wurde nicht kreativ gearbeitet, hier ging es ums Geschäft.

Mr. Martin kam auch gleich zur Sache. »Herr Bardéz,« sagte er und warf Vic nur ein höfliches, aber unpersönliches Lächeln zu, »Sie können uns mehr über das Ableben von Mrs. Bardis mitteilen?«

Ich gab ihm einen kurzen Abriss dessen, was wir wussten und schloss damit, dass Catherine mit großer Wahrscheinlichkeit einem Raubmord zum Opfer gefallen war.

»Das tut mir leid,« sagte Mr. Martin, mit einer Stimme, als habe ihm gerade jemand mitgeteilt, eines seiner Möbelstücke sei abhanden gekommen. »Mrs. Bardis war nicht fest bei uns angestellt. Wie Sie sicher wissen, war sie eine selbständige Architektin und wickelte gelegentlich kleinere Aufträge für uns ab.«

»In diesem Fall ging es aber um einen großen Auftrag,« sagte ich. »Auf Kreta war die Rede von 30 Millionen $.«

»Das ist richtig,« bestätigte Mr. Martin, »doch Mrs. Bardis war nur für die Vorverhandlungen zuständig. Sie sollte erkunden, ob es in Griechenland geeignete Projekte für unseren Kunden gibt.«

»Schon dabei ist viel Geld geflossen,« sagte ich. »Wenn ich richtig informiert bin, hat ihre Firma insgesamt 150.000 Euro überwiesen. Das sind nach derzeitigem Umrechnungskurs fast 200.000 $.«

»Auch das ist richtig. Wir hatten drei Agenten in Europa und jedem stellten wir ein Budget von einer halben Million zur Verfügung.«

»Viel Geld für eine Voruntersuchung,« sagte Vic. »Wenn es insgesamt nur um 30 Millionen geht.«

»Das Gesamtprojekt ist natürlich viel größer. Wir gehen derzeit von rund 100 Millionen aus, doch bis zur Fertigstellung kann die Summe deutlich höher werden. Sie wissen ja, wie es bei derartigen Objekten läuft.«

Ich konnte es mir denken. Eine Million für Dich, ein paar Millionen für das Büro und den Rest für das eigentliche Projekt. Ich beschloss spontan, Mr. Martin nicht zu mögen.

»Hat Catherine, ich meine Mrs. Bardis, Ihnen regelmäßig über die Fortschritte berichtet, die sie erzielte? Die Polizei fand die Nummer Ihres Büros mehrfach auf Mrs. Bardis Telefonrechnung.«

»Sie hat regelmäßig reported[17] und natürlich das Geld für die entsprechenden Vorarbeiten angefordert.«

»Für das Sie letztendlich aber nichts bekommen haben,« sagte Vic.

Mr. Martin zuckte die Schultern. »Wie gesagt, unser Kunde hat uns für die Voruntersuchung 1,5 Millionen zur Verfügung gestellt und wir haben in der Toskana den idealen Platz für das Feriendorf gefunden. Unser Kunde ist zufrieden.«

Und wird auch die gesamte Summe bezahlen, dachte ich. So gesehen, hatte Catherine dem Büro selbst beim aktuellen hohen Eurokurs rund 300.000 $ eingebracht. Kein Grund also, sich über ihr Versagen beziehungsweise ihren Tod zu ärgern.

»Hat Mrs. Bardis auch gesagt, was sie mit dem Geld auf Korfu machen wollte?«

Mr. Martin warf einen Blick in einen Ordner, der aufgeschlagen vor ihm lag. »Nach meinen Unterlagen wollte sie damit einen Makler beauftragen, nach alten Häusern zu suchen, die für unseren Kunden von Interesse sein könnten.«

Aris sollte 10.000 Euro bekommen, Catherine hatte 50.000 angefordert und auch abgehoben. Waren die anderen 40.000 als Aufbesserung ihres Honorars gedacht? Meine nächste Frage war heikel.

»Wir wissen wenig über Mrs. Bardis, eigentlich so gut wie nichts. Würden Sie sie als zuverlässig bezeichnen?«

»Unbedingt,« sagte Mr. Martin. »Hätten wir Grund zu der Annahme gehabt, dass es Unregelmäßigkeiten gibt, hätten wir uns noch am gleichen Tag von ihr getrennt. Wenn sie Geld ausgegeben hat, nur gegen Quittung. Das ist doch selbstverständlich.«

»Ja,« sagte ich, »das ist selbstverständlich.«

»Kann ich sonst noch etwas für Sie tun?« fragte Mr. Martin und machte damit deutlich, dass er das Gespräch für beendet hielt.

»Danke nein,« sagte ich, »sie haben uns sehr geholfen.«

Wir fuhren mit dem Lift nach unten und draußen machte Vic ihrem Ärger Luft. »Diesen Scheißkerl interessiert nicht im mindesten, dass Catherine ermordet wurde. Ich an ihrer Stelle hätte ihn auf jeden Fall beschissen. Ich weiß nur noch nicht, wie.«

---

[17] Englisch: berichtet

»Aber ich,« sagte ich. »Ich wäre zu Aris gegangen, hätte mir von ihm einen Beleg über 50.000 Euro geben lassen und anschließend halbe-halbe mit ihm gemacht.«

»Glaubst Du, er hätte sich auf diesen Betrug eingelassen?«

»Betrug? Das ist in Griechenland kein Betrug, das ist Geschäftssinn.«

Ich erzählte ihr die Anekdote, mit der mir Manousos die Geschäftsmentalität der Griechen erklärt hatte. »Vor einigen Jahren hatte ein amerikanisches Bergungsunternehmen einen heiklen, sehr gefährlichen Auftrag im Ionischen Meer, ein echtes Himmelfahrtskommando. Das Unternehmen suchte Freiwillige und drei erfahrene Taucher meldeten sich: ein Deutscher, ein Italiener und ein Grieche. Zunächst fragte der Tauchexperte des Bergungsunternehmens den Deutschen, ob er den Auftrag übernehmen könne und was er dafür verlange. Der Deutsche bat um alle Unterlagen, zog sich in ein Zimmer zurück und rechnete den halben Tag. Dann kam er zurück und sagte, für eine Million würde er es tun. Das erschien dem Experten reichlich viel, deshalb fragte er den Italiener. Der sah sich die Unterlagen an, studierte die Berechnungen des Deutschen, rechnete selbst eine halbe Stunde und verlangte schließlich zwei Millionen: Eine für sich und eine für seine Familie, damit sie im Falle seines Todes abgesichert sei. Als letzter wurde der Grieche befragt. Er hörte sich alles an und brauchte genau zehn Sekunden für sein Angebot.«

Vic sah mich neugierig an. »Hat er es für weniger getan?«

»Nein,« sagte ich, »er verlangte 3 Millionen.«

»Wieso das denn?«

»Das hat ihn der Tauchexperte auch gefragt. Weißt Du, was der Grieche darauf geantwortet hat?«

»Nein.«

»Eine Million für Dich, eine Million für mich und für die dritte Million schicken wir den Deutschen runter.«

Vic lachte schallend.

Am Telefon hatte Steve Meyers ablehnend gewirkt, doch als wir ihm nun in seinem Penthouse gegenüberstanden, machte er einen sympathischen Eindruck: Anfang Dreißig, groß, schlank, braungebrannt, mit beeindruckenden Muskeln und einem gewinnenden Lächeln. Der Wohnung nach war er auch beruflich erfolgreich und als er sprach, tat er dies mit einer vollen, wohlklingenden Stimme. Er bot uns Kaffee an, forderte uns auf, auf der Terrasse Platz zu nehmen und servierte uns wenig später einen ausgezeichneten Cappuccino.

Die Frauen mussten ihm nachlaufen und wenn ich Vics Blicke richtig deutete, wäre sie selbst nicht abgeneigt gewesen. Man konnte nicht in die Herzen der Menschen blicken, aber er und Catherine mussten ein ideales Paar gewesen sein.

»Wann haben Sie Catherine kennengelernt?« fragte Vic und sah ihn aufmerksam an.

Steve nippte an seinem Cappuccino. »Vor ungefähr sechs Monaten in einer Disco. Sie war allein, sah verdammt gut aus und als wir uns unterhielten, merkte ich schnell, sie hat auch was im Kopf. Ich dachte mir, sie ist eigentlich viel zu schade für einen One-Night-Stand und war erleichtert, als sie meine Annäherungsversuche zurückwies: Wir flirteten, mehr geschah nicht. Doch ich hatte Feuer gefangen, machte ihr den Hof und schon drei Wochen später zog sie bei mir ein.« Steve seufzte. »Sie war meine Traumfrau und ich war glücklich. Wir verstanden uns in jeder Beziehung hervorragend.«

»Warum haben sie sich dann getrennt?« fragte Vic. Sie hatte mir einmal verraten, alle Traummänner, die sie in ihrem Leben traf, hätten eine dunkle Seite. Ich war froh, kein Traummann zu sein. Steve Meyers aber war einer und Vic wollte seine Schwächen herausfinden.

»Wir haben uns nicht getrennt,« sagte Steve. »Ich habe sie rausgeworfen.«

»Haben sie sich gestritten?« fragte Vic. »Das kommt doch in den besten Beziehungen vor!«

»Wir haben uns nicht gestritten.« Er holte tief Luft und ich sah, wie sich seine Augen mit Tränen füllten: Er kämpfte mit seiner Selbstbeherrschung. »Es klingt vielleicht wie in einem Groschenroman, doch ich kam wirklich einen Tag früher als geplant von einer Geschäftsreise zurück und wollte Catherine mit einem Strauß Rosen überraschen. Die Überraschung ist mir gelungen: Sie lag im Bett – mit einer anderen Frau. Da bin ich ausgerastet.«

Er stand auf und drehte uns den Rücken zu – seine Schultern bebten, wir sollten nicht sehen, wie er weinte.

Vic ergriff meine Hand und drückte sie fest: Bei ihr brauchte ich deshalb keine Angst zu haben.

Steve hatte sich gefangen und setzte sich wieder zu uns. »Gegen einen anderen Mann hätte ich kämpfen können. Ich hätte ihn rausgeworfen, Catherine eine Szene gemacht, wir hätten uns eine Zeitlang gestritten. Das wäre vorübergegangen. Aber eine andere Frau?«

Damit war er überfordert gewesen. Nun wurde mir auch klar, warum Catherine so wenig Kontakt zu ihren Eltern gehabt hatte: Die Griechen besaßen eine lange Tradition, was Homosexualität unter Männern anging, gleichgeschlechtliche Liebe unter Frauen wurde jedoch bis heute nicht toleriert. Catherines Vater würde sich eher die Zunge abbeißen als jemandem in Afionas gegenüber einzugestehen, dass seine Tochter eine Lesbe war. Was sie aber strenggenommen nicht einmal war: Sie hatte mehrere Monate mit Steve zusammengelebt und auch mit Jannis geschlafen. Doch nun konnte ich Jannis glauben, dies sei nur ein einziges Mal geschehen.

Trotzdem sah ich bislang nicht die kleinste Beziehung zwischen ihr und Spiros. Sollte Spiros doch unschuldig sein? Irrte sich Harko? Hatte Aris gelogen? Hatte Catherine mit ihm ein krummes Ding gedreht? Oder besser: drehen wollen? Und war dabei von ihm aufs Kreuz gelegt worden?

Ich berichtete Steve, was wir über den Mord und den möglichen Täterkreis herausgefunden hatten, dass es so aussah, als hätte Catherine versucht, ihre Firma zu betrügen.

Steve winkte sofort ab. »Das können Sie getrost vergessen. Catherine war der ehrlichste Mensch, den ich kenne – jedenfalls, was das Geld angeht. Sie hat nicht einmal bei ihren Reisekostenabrechnungen geschummelt, was im Prinzip jeder macht. Sie war nicht geizig, ich würde sogar sagen, sie war äußerst großzügig. Und wenn sie Geschäfte machte, war ihr wichtig, dass beide Seiten mit dem Abschluss zufrieden waren. Sie hätte ihre Firma niemals betrogen.«

»Sie lieben sie noch immer,« stellte Vic fest.

»Sehr sogar,« sagte er. »Ich habe seitdem keine andere Frau mehr angerührt, keine kommt an Catherine ran. Doch sie hätte mich immer wieder mit anderen Frauen betrogen.«

»Woher wollen Sie das wissen?« fragte Vic. »Vielleicht wollte sie es nur ausprobieren? Frauen sind in dieser Beziehung offener und neugieriger als Männer.«

Ich fiel aus allen Wolken.

»Catherine hat eine gute Freundin in New York, sie haben zusammen studiert.«

»Ist sie auch…«

»Nein, sie ist verheiratet, hat zwei Kinder und liebt ihren Mann. Als ich noch mit Catherine zusammen war, haben wir hin und wieder etwas gemeinsam unternommen. Nach der Trennung rief ich sie an und traf mich mit ihr, ich musste über Catherine reden. Wahrscheinlich suchte ich nach einem Weg, sie zurückzugewinnen. Doch Gretchen, so heißt ihre Freundin, sagte mir, das sei nur möglich, wenn ich mit Catherines Veranlagung leben könne: Sie sei nun einmal Bi und würde sich immer wieder zu Frauen hingezogen fühlen.«

»Gretchen?« fragte ich. Ich holte die Liste der Telefonnummern heraus, die Catherine in den letzten Wochen vor ihrem Tod angerufen hatte. Eine Gretchen oder Grete gab es nicht, es standen allerdings noch zwei Nummern auf der Liste, von denen wir nicht wussten, in welcher Beziehung die Personen zu Catherine standen: Paul Mason und Eric Ambler. In beiden Fällen hatten Harko und ich mehrfach versucht, die Personen anzurufen, aber immer nur auf Anrufbeantworter gesprochen und nie einen Rückruf erhalten.

Steve warf einen Blick auf die Liste. »Mason,« sagte er, »Gretchen Mason. Ihr Mann arbeitet bei der UNO und wird häufig für einige Monate ins Ausland versetzt, wobei er, wenn möglich, seine Familie mitnimmt. Soviel ich weiß, sollte er in diesem Sommer nach Paris. Warten sie einen Moment: Ich habe hier irgendwo ihre Mobilnummer.«

Er stand auf und suchte in seinem Adressverzeichnis. »Da ist sie. Gretchen gibt diese Nummer nur guten Freunden.«

Ich schrieb die Telefonnummer auf.

»Zwei Fragen noch,« sagte ich. »Hatten Sie nach ihrer Trennung von Catherine noch Kontakt zu ihr? Denn auch Ihre Nummer steht auf der Liste: Am 18. April hat Catherine sie aus Athen angerufen und fast fünf Minuten mit Ihnen telefoniert.«

»Mein Geburtstag,« sagte Steve. »Sie hat mir gratuliert und gesagt, ich würde ihr fehlen. Ich habe ihr gesagt, ich liebe sie noch immer, sei aber nicht bereit, sie mit einer anderen Frau zu teilen. Wir haben uns gestritten und ich habe das Telefonat beendet. Und die zweite Frage?«

Er gab sich cool, doch das war er nicht: Ich sah ihm an, dass er sich Vorwürfe machte, nicht anders reagiert zu haben.

»Dieser Eric Ambler: Haben Sie von dem schon einmal gehört?«

»Einer ihrer ersten Kunden, für den sie die Wohnung umgebaut hat. Ein verrückter Hund. Künstler, exzentrisch, enorm erfolgreich als Fotograf, und durch und durch schwul. Catherine hatte einen Narren an ihm gefressen. Er ist Anfang Mai mit drei Freunden zu einem Segeltörn aufgebrochen.«

»Woher wissen Sie das?« fragte Vic. »Haben Sie Kontakt mit ihm?«

»Ich?!?« Schon die Vorstellung, einen Schwulen näher zu kennen, schien ihn zu entsetzen. »Catherine hat mich auf einer Vernissage mit ihm bekannt gemacht. Das hat gereicht.«

»Woher wissen Sie dann, dass er auf einem Segeltörn ist?«

Steve grinste: »Selbst in New York kommt es nicht jeden Tag vor, dass vier prominente Schwuchteln auf eine mehrmonatige Lustreise gehen. Die Zeitungen haben sich wochenlang darüber lustig gemacht.«

»Wäre er nur ein bisschen toleranter,« sagte ich zu Vic, als wir wieder auf der Straße standen und nach einem Yellow Cab Ausschau hielten, »könnte Catherine noch leben.«

»Was erwartest Du von einem Widder?«

»Widder?«

»18. April. Sternzeichen Widder. Geht gerne mit dem Kopf durch die Wand.«

Wir fuhren mit dem Taxi zurück ins Hotel. In New York war es zwei Uhr mittags, bei sechs Stunden Zeitdifferenz acht Uhr abends in Paris. Eigentlich eine gute Zeit, um zu telefonieren.

Ich wählte die Nummer, die mir Steve gegeben hatte und wartete gespannt auf das Freizeichen. Vic klebte mit ihrem Ohr direkt an meinem. Vielleicht würden wir nun endlich mehr über Catherines private Kontakte auf Korfu erfahren, denn noch einen Tag vor ihrem Tod hatte Catherine fast eine Viertelstunde lang mit ihrer Freundin telefoniert.

»Hallo?« Eine Frauenstimme.

»Gretchen Mason?« fragte ich. »Hier ist Roberto Bardéz.«

»Kennen wir uns?« fragte sie.

»Nein,« antwortete ich, »Sie kennen mich nicht und haben vermutlich noch nie von mir gehört. Ich bin Schriftsteller und lebe auf Korfu in Griechenland. Genauer gesagt in Afionas. Dem Ort, in dem ihre Freundin Catherine Bardis im Mai ermordet wurde.«

»Oh.« Schweigen. Dann: »Waren Sie ein Freund von Catherine?«

»Leider nein,« sagte ich, »ich habe sie nie kennengelernt. Doch ich bin auf der Suche nach ihrem Mörder.«

»Ich denke, der sitzt schon im Gefängnis?«

»Die Polizei hat einen Verdächtigen verhaftet, das ist richtig, doch wir glauben nicht, dass er die Tat begangen hat.«

»Wir?«

»Ein Freund von mir, ein ehemaliger Polizist aus Deutschland, bearbeitet den Fall privat. Er ist sich sicher, den wahren Mörder zu kennen. Doch er sucht noch nach einer Verbindung zu Catherine. Deshalb wäre es wichtig, wenn Sie uns etwas über Catherine erzählen könnten. Ihr letzter Freund, Steve Meyers, gab mir Ihre Telefonnummer und ich weiß, Catherine hat noch einen Tag vor ihrem Tod mit Ihnen gesprochen. Vielleicht hat sie dabei etwas gesagt, was uns weiterhelfen kann.«

Gretchen schien zu überlegen. »Ich kann Ihnen alles sagen, was ich weiß, aber das dürfte Ihnen eine hohe Telefonrechnung bescheren.«

»Ich weiß, Sie sind in Paris,« sagte ich.

»Oh nein, ich bin in den USA.«

»Was?«

»Wir sind auf Urlaub hier. Auf Long Island.«

»Und ich bin in New York.«

»Dann kommen Sie doch raus zu uns. Wir haben ein Wochenendhaus in Montauk. Mit dem Zug sind Sie in zwei Stunden hier. Sie können auch bei uns übernachten, wenn Sie möchten.«

Ich warf Vic einen schnellen Blick zu. »Ich bin mit meiner Freundin hier,« sagte ich.

»Möchte sie mitkommen?«

Vic nickte heftig.

»Ja,« sagte ich, »sehr gern.«

»Rufen Sie mich an, wenn Sie am Bahnhof sind, ich hole Sie von dort ab.«

Vic war ganz aufgeregt, als ich das Telefonat beendete. »Sie ist hier, ganz in der Nähe!«

Ich dachte praktisch. »Eigentlich wollte ich mit Dir noch durch New York bummeln. Wenn wir heute nach Long Island fahren, kommen wir erst morgen zurück. Und morgen Abend musst Du bereits zurückfliegen.«

Sie schlang ihre Arme um mich. »Ach Roberto. Ich bin nicht wegen New York gekommen, ich bin hier wegen Dir. New York kenne ich zur Genüge. Doch ich war noch nie auf Long Island!«

Sie gab mir einen Kuss. »Und darf ich Dir noch was sagen: Ich wäre froh, wenn wir aus diesem scheußlichen Hotel rauskommen. Schwule Männer sind so eine Verschwendung...«

Ich gab ihr einen Klaps auf ihren hübschen Po. »Alte Naschkatze.«

In weniger als zehn Minuten hatten wir unsere Koffer gepackt und ausgecheckt. Ein Taxi brachte uns zur Grand Central Station und eine halbe Stunde später saßen wir im Zug nach Montauk.

»Weißt Du, dass ein berühmter Schweizer Schriftsteller, Max Frisch, ein Buch über Montauk geschrieben hat?«

»Einen Krimi?« fragte Vic.

Ich lachte. »Frisch war kein einfacher Krimiautor wie ich – er schrieb hohe Literatur.«

Vic winkte ab. »Langweilig.« Damit war das Thema für sie erledigt.

Bevor ich zum erstenmal nach New York gekommen war, war es für mich die Stadt der Wolkenkratzer. Beim Landeanflug bemerkte ich überrascht, dass die Hochhäuser lediglich wie eine Felsengruppe aus einem unendlichen Häusermeer aufragten: Manhattan war New York, aber New York war nicht Manhattan. Wir fuhren ewig durch dichtbebaute Wohnsiedlungen, bevor wir so etwas wie einen Stadtrand erreichten: Die Grünflächen wurden mehr, die Häuserdichte nahm ab.

Je mehr wir uns unserem Ziel näherten, desto spärlicher wurde die Besiedlung. Doch was wir sahen, war keine ländliche Gegend: Eine Villa war prächtiger als die andere. Hierher nach Long Island zogen sich die reichen New Yorker im Sommer zurück, wenn es in der Stadt, die immerhin genauso weit im Süden liegt wie Madrid, zu heiß wurde.

Der Bahnhof von Montauk war winzig, und wir waren die einzigen Fahrgäste, die aus dem Zug stiegen. Gretchen würde keine Probleme haben, uns zu erkennen. Ich rief sie an und sie versprach, in spätestens fünf Minuten am Bahnhof zu sein.

Gretchen – im Geiste sah ich eine pausbäckige, gemütlich wirkende Frau mit langen Zöpfen, die sich den ganzen Tag mit schreienden Kindern abgab. Ich dachte wohl an das Kindermärchen von

Hänsel und Gretel, das ich vor Jahren in einer Sammlung europäischer Märchen gelesen hatte.

Als Gretchen kam, sah sie natürlich vollkommen anders aus: So alt wie Catherine, genauso schlank, mit kurzgeschnittenen roten Haaren und lustigen Sommersprossen. Gekleidet war sie in eine alte Jeans und ein weites T-Shirt.

»Hi,« sagte sie, »willkommen in Montauk.«

Ich stellte Vic vor und die Beiden waren sich vom ersten Moment an sympathisch. Gretchen packte unsere Taschen, warf sie in den Kofferraum ihres Jeeps und bat uns, einzusteigen.

»Wir sind erst vor zwei Tagen aus Paris gekommen,« sagte sie. »Wenn es im Haus unordentlich ist, sehen sie bitte darüber hinweg.«

»Sie sollten einmal meine Wohnung sehen,« sagte Vic. »Ich bin Stewardess und oft wochenlang unterwegs. Wenn ich nach Hause komme, will ich nur meine Ruhe.«

»Das kann ich verstehen,« sagte Gretchen.

Sie beherrschte ihren Jeep meisterhaft – und hatte offensichtlich keinen Respekt vor der in ganz Amerika geltenden Geschwindigkeitsbegrenzung von 55 Meilen pro Stunde. Ich saß vorn neben ihr und sie musste meinen skeptischen Blick bemerkt haben, denn plötzlich lachte sie laut auf.

»Sie müssen doch den europäischen Fahrstil gewohnt sein, Mr. Bardéz,« sagte sie.

»Roberto,« sagte ich. »Ja, ich bin ihn gewohnt und ich mag ihn auch. Doch von Amerikanern bin ich eher defensives Fahren gewohnt.«

Sie lächelte. »Damit kommen Sie in Paris nicht weit. Da gilt das Faustrecht.«

Wie um zu beweisen, was sie in Paris gelernt hatte, driftete sie mit quietschenden Reifen durch die nächste Kurve. Ich sah mich nach Vic um, die auf dem Rücksitz kräftig durchgeschüttelt wurde. Vic schien die Fahrt zu genießen.

Das Wochenendhaus war ein großes, zweistöckiges Gebäude direkt am Strand, unverkennbar noch aus viktorianischer Zeit mit Türmchen, Erkern und Balkonen, in einem weichen Gelbton gestrichen, der fast schon die Farbe des Sandes hatte.

Vic stand staunend davor: »Von so einem Haus habe ich immer geträumt. Wahnsinn.«

Zwei kleine Jungs, drei oder vier Jahre alt, kamen auf uns zugerannt und bestaunten uns.

»Das ist Roberto, ein berühmter Schriftsteller aus Argentinien, und das ist Vic, eine Stewardess.«

Wären wir direkt vom Mond gekommen, hätten wir nicht mehr Ehrfurcht erwecken können.

»Das sind Tim und Larry, unsere Sprösslinge. Und das ist Paul, mein Mann.«

»Du hast ihr nicht gesagt, dass Du aus Argentinien bist,« raunte mir Vic zu. »Woher weiß sie das?«

»Keine Ahnung,« gab ich leise zurück.

Das Geheimnis klärte sich rasch. Paul, der mit Brille und beginnender Glatze eher wie ein Buchhalter denn wie ein Diplomat aussah, reichte mir strahlend die Hand.

»Mr. Bardéz – welch eine Ehre. Ich habe alle ihre Bücher gelesen.«

»Paul ist ein großer Fan von Ihnen,« sagte Gretchen lächelnd. »Ich gestehe, ich selbst lese nicht viel, deshalb konnte ich mit Ihrem Namen nichts anfangen. Doch als Paul hörte, dass *Sie* uns besuchen kommen: So gestrahlt hat er nicht einmal an Weihnachten.«

Ich freute mich über das Kompliment, wusste aber nicht, was ich sagen sollte: Auf Korfu lebte ich vollkommen anonym, in Afionas hatte noch keiner eines meiner Bücher gelesen – mit Ausnahme von Harko.

Vic wurde von Paul ebenso herzlich begrüßt und bald saßen wir bei einer Flasche Rotwein auf der Veranda, die einen herrlichen Ausblick auf den Atlantik bot. Paul wollte mehr über meine Bücher wissen und war begierig darauf, etwas über mein neuestes Werk zu erfahren; Vic war neugierig, wie das Leben in Paris ist; Gretchen war an Vics Erfahrungen als Stewardess interessiert und ich fragte Paul über die UNO aus. Der ersten Flasche Wein gesellten sich schnell weitere hinzu, irgendwann brachte Gretchen ihre Kinder zu Bett und bereitete Sandwichs zu, und ehe wir uns versahen, war Mitternacht vorüber.

über Catherine hatten wir den ganzen Abend nicht gesprochen: Jedesmal, wenn Vic oder ich das Thema anschnitten, sprachen Paul oder Gretchen von etwas anderem.

Als Gretchen Vic und mir unser Zimmer zeigte, sagte sie: »Es tut mir leid, dass sie noch nichts über Catherine erfahren haben. Paul geht morgen früh mit den Kindern an den Strand, dann sage ich ihnen alles, was sie wissen wollen.«

»Ist Ihr Mann nicht gut auf Catherine zu sprechen? Wegen ihrer Veranlagung?«

Gretchen schüttelte den Kopf. »Catherine und Paul verstanden sich gut. Sogar viel zu gut: Ich habe sie vor zwei Jahren zusammen im Bett erwischt.«

Vic blieb vor Staunen der Mund offenstehen.

»Trotzdem blieben Sie Freundinnen?«

Gretchen tat beschäftigt, zeigte uns das Bad. »Beide waren betrunken,« sagte sie, während sie uns Handtücher auf unser Bett legte, »da kann so etwas vorkommen. Doch ich wollte nicht, dass es sich wiederholt. Catherine war eine außergewöhnliche Frau – in vieler Hinsicht. Aber das werden Sie morgen selbst sehen.«

Dann ließ sie uns allein.

»Sie sind beide sehr nett,« sagte Vic. »Findest Du nicht?«

»Ja,« sagte ich gedankenverloren. »Das sind sie.«

»Was denkst Du?« fragte Vic.

»Dass ich die ganze Zeit einen Fehler gemacht habe.«

»Einen Fehler?«

»Ich hätte sofort auf Dich hören sollen. In Kreta. Als Du sagtest, es wäre wichtig, mehr über Catherine zu erfahren. Für Harko und mich war sie damals nur eine Leiche und es ging uns darum, Jannis Unschuld zu beweisen. Doch der Grund für den Mord ist in Catherines Vergangenheit zu suchen.«

»Ich dachte, es war Raubmord?«

»Wenn Spiros der Täter ist, dann war es das auch. Aber Spiros hat sie nicht nur des Geldes wegen getötet.«

»Das ist mir zu hoch,« sagte Vic.

»Mir auch,« sagte ich. »Ich hoffe, morgen erfahren wir mehr.«

Wir standen früh auf und nahmen ein erfrischendes Bad im Atlantik. Das Mittelmeer ist zahm und warm, doch der Atlantik rauh und kalt – eine Augenweide, aber auf Dauer war mir das Mare Mediterraneum lieber. Als wir zurückkamen, hatte Gretchen ein opulentes amerikanisches Frühstück zubereitet. Wir saßen auf der Veranda und frühstückten mit großem Appetit. Nach dem Essen ging Paul wie angekündigt mit den Kindern zum Strand und Gretchen holte ein paar Fotoalben. Wir sahen sie und Catherine als fröhliche

Teenager auf vielen Feiern, umgeben von attraktiven Männern, aber auch inmitten vieler schöner Frauen.

»Seit wann wussten Sie, dass Catherine…«

»Dass sie lesbisch war? Seit sie einmal versuchte, mich zu verführen.«

»Was Sie natürlich vehement ablehnten,« sagte ich.

Gretchen lächelte. »Nein, ich habe es nicht abgelehnt.«

Vic warf mir einen Blick zu, der wohl soviel sagte wie: Habe ich Dir nicht gleich gesagt, Frauen sind in dieser Hinsicht offener?

»Es war eine schöne Erfahrung, aber sie hat sich nicht wiederholt,« sagte Gretchen. »Vermutlich wollte sich Catherine nur beweisen, dass sie sogar mich, ihre beste Freundin, herumbekommt. Ähnlich wie es später mit Paul war: Sie wollte ihn und sie bekam ihn auch.«

»Aber sie waren Freundinnen! Wie konnte sie Ihnen das antun?«

»Das habe ich mich auch oft gefragt und ich bin nicht sicher, ob ich es ganz verstanden habe. Catherine war nicht richtig lesbisch, für sie war Sex eher ein Mittel, jeden oder jede zu bekommen. Und sie war sowohl für Männer als auch für Frauen äußerst attraktiv. Das meine ich nicht nur in Bezug auf körperliche Liebe: Jeder wollte sie zur Freundin haben. Doch Catherine war nicht für eine dauerhafte Liebesbeziehung mit einem einzigen Menschen geschaffen. So sehr sie sich nach einer solchen Beziehung auch sehnte, so sehr hatte sie Angst davor.«

»Das verstehe ich nicht,« sagte ich.

Vic und ich saßen nebeneinander in einer Hollywoodschaukel, die im Wind leicht vor und zurück schwang. Gretchen saß uns gegenüber in einem großen Korbstuhl, einerseits darin geborgen, gleichzeitig aber auch darin gefangen.

»Ich weiß nicht mehr, wie oft die Freundschaft zwischen Catherine und mir in die Brüche ging,« sagte sie, »doch Catherine kam immer wieder zu mir zurück. Sie brauchte mich als Vertraute. Hatte sie aber das Gefühl, von mir abhängig zu sein, tat sie etwas Verrücktes, um unsere Freundschaft zu zerstören. Das hatte sie schon mit vielen anderen getan – Männern wie Frauen. Hat Steve Ihnen erzählt, er hätte Catherine im Bett erwischt, weil er unverhofft früher von einer Geschäftsreise zurückkam?«

»Das hat er,« sagte ich.

»Catherine wusste, er würde an diesem Abend früher heimkommen. Sie hat es darauf angelegt.«

»Wollte sie ihn loswerden?« fragte Vic erstaunt. »Das hätte sie doch einfacher haben können.«

»Sie wollte ihn nicht loswerden,« sagte Gretchen. »Sie hatte das Gefühl, ihn zu sehr zu lieben. Das machte ihr Angst.«

»Das verstehe ich nicht,« gestand ich. »Ich meine – ohne Ihnen zu nahe treten zu wollen: Frauen handeln mitunter auf eine Art, die uns Männern nicht immer logisch erscheint. Aber so etwas? Oder können Sie das wirklich verstehen?«

Gretchen lächelte. »Sagen wir, ich kann es verstehen, aber nicht nachvollziehen. Doch im Gegensatz zu Ihnen kenne ich die Wurzel von Catherines Problemen. Wie lange leben Sie schon in Griechenland?«

Da behaupte noch einer, Frauen denken logisch, dachte ich, überrascht über diesen Gedankensprung. Doch ich behielt meine Meinung für mich. »Seit vier Jahren,« sagte ich. »Anfang 2000 bin ich nach Korfu gezogen.«

»Kennen Sie viele griechische Familien? Mit Kindern?«

»Natürlich.«

»Sind die Griechen wirklich so kinderlieb, wie man von ihnen behauptet?«

»Das sind sie,« sagte ich. »Sie vergöttern ihre Kinder.«

»Sehen Sie – das genau war Catherines Problem. Sie sagte einmal im Scherz, sie sei das einzige griechische Kind auf der Welt, das ohne eine Familie aufwachsen musste.«

»Haben ihre Eltern soviel gearbeitet?« fragte Vic.

»Das wohl auch,« sagte Gretchen. »Aber das war nicht der Grund. Catherine wünschte sich immer Geschwister, blieb jedoch Einzelkind. Durch einen Zufall bekam sie vor einigen Jahren ein medizinisches Gutachten in die Finger, in dem stand, ihr Vater sei zeugungsunfähig.«

»Ein Unfall?« fragte ich.

»Nein, ein Problem mit seinen Hoden. Er konnte kein zeugungsfähiges Sperma produzieren.«

»Aber dann...« Wie hatte Harko gesagt: Irgendwann fügen sich die Puzzleteilchen zu einem Bild. Noch war es verschwommen, doch in groben Umrissen konnte ich es schon erkennen.

»Ihr Vater war nicht ihr Vater,« sagte Gretchen. »Er hat ihre Mutter geheiratet, als sie 18 und schwanger war. Sie hatte sich mit einem Jungen aus dem Ort eingelassen, der machte ihr ein Kind und ließ sie dann sitzen. Ihrem Mann sagte sie nichts von der

Schwangerschaft und er wusste damals noch nichts von seiner Zeugungsunfähigkeit. Doch als seine Frau schon einen Monat nach der Hochzeit einen dicken Bauch bekam, muss ihm wohl ein Licht aufgegangen sein.«

»Er hätte sich scheiden lassen können,« sagte Vic. Vic sah immer die praktische Seite und hatte für jedes Problem sofort eine Lösung.

»Catherine sagte, ihr Vater habe ihre Mutter geliebt, jedenfalls zu anfangs. Er hatte mit seinen Brüdern gerade ein Restaurant aufgemacht, doch weil er einen Skandal vermeiden wollte, ging er mit seiner Frau nach Amerika. Catherine wurde hier geboren. Er hoffte wohl, sie wie seine eigene Tochter lieben zu können. Doch die Familie hatte kaum Geld, lebte in ärmlichen Verhältnissen und das hat die Liebe offenbar zerstört. Irgendwann fing er an, Catherine für alles verantwortlich zu machen und das hat er sie auch spüren lassen. Ihre Mutter, im Grunde genommen eine nette Frau, resignierte und zog sich in sich selbst zurück. Als Kind hat Catherine weder Liebe noch Anerkennung erfahren, weshalb sie später dieses große Bedürfnis danach entwickelte. Ob sie mit Frauen schlief, weil ihre Sehnsucht nach Anerkennung so groß war, oder ob sie damit ihre Eltern strafen wollte – das wusste vermutlich nicht einmal Catherine selbst.«

»Und ihr Vater?« fragte Vic. »Ich meine, ihr leiblicher Vater?«

»Nachdem Catherine erfahren hat, dass ihr Vater nicht ihr leiblicher Vater war, fragte sie ihre Mutter, die jedoch das Geheimnis nicht preisgab. Sieben Jahre lang hat sie geschwiegen. Im April bekam Catherine den Auftrag, für eine Immobilienfirma aus New York nach Griechenland zu gehen. Daraufhin hat sie ihrer Mutter gedroht, nach Afionas zu gehen und jeden dort zu befragen. Ihre Mutter fürchtete einen Skandal – irgendwie hofft sie wohl, auf ihre alten Tage noch einmal nach Korfu zurückzukehren. Sie hat Catherine gesagt, ihr Vater heiße Spiros. Spiros Bardis.«

Mir wurde schwindelig – Spiros war Catherines Vater!

»Catherine erwartete sich viel von dieser Begegnung. Sie hoffte wohl, von ihm würde sie all die Liebe bekommen, die sie als Kind vermisst hatte. Doch als sie mich zum erstenmal aus Athen anrief, sagte sie, es sei gar nicht so einfach, ihn zu finden – sie habe in einem Telefonbuch nachgesehen und ein Dutzend Männer mit dem Namen Spiros Bardis gefunden.«

»Was die Auswahl von Vornamen angeht,« sagte ich, »sind die Griechen nicht sonderlich einfallsreich. Spiros, Georgos – in manchen Orten trägt jeder zweite Junge einen dieser Namen.«

»Gibt es keine Probleme mit Verwechslungen?« fragte Vic.

Ich verneinte. »Auf Dokumenten geben die Griechen immer noch den Namen ihres Vaters an. Deshalb gibt es in Afionas viele Spiros Bardis, aber solange jeder einen Vater anderen Namens hat, spielt das keine Rolle. Gerufen werden sie ohnehin nur mit ihren Spitznamen.«

Gretchen fuhr fort in ihrer Erzählung. »Natürlich konnte Catherine nicht zu jedem Spiros Bardis gehen und ihn fragen: Bist Du mein Vater? Sie rechnete ja damit, ihr Vater sei längst verheiratet und habe eine eigene Familie. Deshalb beauftragte sie einen Privatdetektiv aus Athen, ihren Vater zu suchen.«

»War das der Grund, weshalb sie zuerst nach Kreta fuhr und nicht sofort nach Korfu?«

Gretchen griff eines der Fotoalben, fuhr zärtlich über ein Bild, das sie und Catherine auf einem Ausflug nach Disneyland zeigte – mit Donald Duck als zwei Meter großer Ente im Hintergrund. »Der Detektiv war zwei Wochen in Afionas, getarnt als Tourist, dann hatte er den Richtigen gefunden. Er sagte Catherine, wer ihr Vater ist, warnte sie aber gleichzeitig, das würde ihr nicht gefallen: Er sei ein übler Betrüger. Doch Catherine war neugierig, fuhr nach Afionas und traf sich mit ihm. Als sie mich am Tag vor ihrem Tod anrief, weinte sie.« Gretchen sah mich an. »Dieser Spiros muss ein schlimmer Mensch sein.«

»Ich kenne ihn nur vom Sehen,« sagte ich, »aber er genießt in der Tat keinen guten Ruf.«

»Catherine vertraute mir an, er würde sie erpressen. 50.000 Euro oder er würde im ganzen Ort über den Fehltritt ihrer Mutter reden. Catherine sagte ihm, soviel Geld habe sie nicht, aber 40.000 könne sie beschaffen.«

Ich stieß einen lauten Seufzer aus und Gretchen sah mich erstaunt an. Ich erklärte es ihr. »Catherine hat zwei Immobilienmaklern in Kreta jeweils 50.000 Euro für ihre Arbeit gezahlt, doch einem Makler in Afionas hat sie nur 10.000 Euro angeboten. Trotzdem ließ sie sich auch auf Korfu 50.000 Euro aus den USA überweisen. Wir dachten die ganze Zeit, sie hätte sich selbst bereichern wollen.«

»Das hätte Catherine nie getan,« sagte Gretchen bestimmt. »Sie hätte das Geld zurückgezahlt.«

»Warum ist sie nicht einfach abgereist?« fragte ich.

»Diese Frage habe ich mir oft selbst gestellt und vielleicht können Sie sie beantworten: Ist die Ehre für die Griechen wirklich so wichtig? Tun sie alles, um den Ruf ihrer Familie zu schützen?«

»Sie haben mitunter eine seltsame Vorstellung von Ehre, aber der Ruf der Familie ist in der Tat sehr wichtig.«

»Könnte das als Motiv ausreichen?« fragte Gretchen.

Ich dachte an den Selbstmord vom alten Alexis. »Ja,« sagte ich, »das könnte ausreichen.«

»Was ich noch nicht verstehe,« sagte Vic, »ist die Rolle, die Jannis dabei spielt. Hat Catherine Ihnen etwas darüber gesagt?«

»Sie meinen den Albaner, der sie getötet hat?«

»Woher wissen Sie das eigentlich?« fragte ich.

»Catherines Mutter hat es mir gesagt.«

»Jannis wurde neben Catherines Leiche gefunden und die zwei hatten miteinander geschlafen. Das reichte für die griechische Polizei als Beweis. Harko und ich vermuten, er wurde nur zufällig als Sündenbock ausgewählt. Was aber keinen Sinn ergibt.«

Gretchen sah mich an. »Catherine verriet mir, sie habe einen jungen Albaner kennengelernt, der sie anhimmle. Sie fand das lustig. Sie hat ihn wohl in Athen kennengelernt und später in Afionas wiedergetroffen. Doch sie hat nicht gesagt, dass etwas zwischen ihnen gewesen ist.«

»Jannis behauptet das gleiche. Er sagt, sie habe in Athen mit ihm geflirtet, ihn aber abblitzen lassen. In Afionas habe er sie erneut gesehen und wieder sei nichts geschehen. Erst kurz vor ihrem Tod habe Catherine mit ihm geschlafen, doch die Initiative sei von ihr ausgegangen. Kann das sein?«

Gretchen legte das Fotoalbum zur Seite, stand auf und trat an den Rand der Veranda. Sie lehnte sich gegen die Brüstung, sah hinaus aufs Meer. Der Wind versuchte vergeblich, in ihren kurzen Haaren zu spielen. »Lassen Sie mich einen Moment nachdenken,« sagte sie und drehte sich wieder zu uns um. »Als mich Catherine an diesem Sonntag anrief, wirkte sie äußerst verstört. Sie redete viel wirres Zeug und ich habe nicht alles verstanden, weil sie ständig griechische Worte und Namen gebraucht hat. Einer der Namen, den sie immer wieder nannte, war Malaka. Wissen Sie zufällig, wer das ist?«

Das wusste ich sogar ganz genau. »Malaka ist kein Name, sondern ein Schimpfwort. Es wird wie das amerikanische asshole benutzt und ist so ziemlich das übelste Schimpfwort, das die Griechen kennen.«

»Jetzt wird mir einiges klar,« sagte Gretchen. »Denn Catherine sagte: *Dieser Malaka hat Jannis und mich zusammen gesehen und beschimpft mich nun als Albaner-Flittchen. Dem werde ich es zeigen.* Damit hat sie ihren Vater gemeint.«

Das Bild wurde klarer, doch ich musste noch ein paar Dinge wissen. »Hat Catherine gesagt, wann sie ihrem Vater das Geld geben wollte?«

Gretchen kratzte sich nachdenklich an der Nase. »Catherine rief mich am frühen Nachmittag an, ich glaube so gegen zwei Uhr. Da hatte sie den Besuch bei ihrem Vater aber noch vor sich.«

»Sie meinen zwei Uhr hiesiger Zeit?«

»Ja.«

»Da war es auf Korfu neun Uhr abends. Jannis behauptet, sie hätten gegen zehn Uhr miteinander geschlafen. Catherine kam in seine Wohnung, blieb aber nur kurz, weil sie noch etwas zu besorgen hatte. Jannis selbst wollte gegen Mitternacht an den Strand fahren, er sagt, er sei ziemlich aufgewühlt gewesen. Doch auf der Fahrt, so behauptet er, habe ihn etwas im Rücken getroffen, er sei gestürzt und könne sich danach an nichts mehr erinnern.«

»Könnte es sein, dass Catherine nur mit Jannis geschlafen hat, um ihren Vater zu ärgern?« fragte Vic.

Gretchen lachte leise. »Zuzutrauen wäre ihr das.«

»Und dass sie Spiros das danach auch gesagt hat?«

»Mit Sicherheit. Sonst hätte es ja keinen Sinn gemacht.«

»Also ist Spiros ausgerastet, als sie ihm das auf den Kopf zugesagt hat,« murmelte ich.

Vic wurde ganz aufgeregt. »Spiros hat sich noch Jannis geschnappt, ihm Alkohol eingeflößt und dann den Mord am Strand arrangiert.«

»Klingt logisch,« sagte ich, »macht aber keinen Sinn. Bei der Obduktion wurden keine Hautpartikel unter ihren Fingernägeln gefunden. Catherine aber muss sich gewehrt haben, als sie erwürgt wurde, sie muss ihren Mörder mindestens gekratzt haben, denn es gibt weder Druckspuren, die darauf hindeuten, dass sie festgehalten wurde, noch gibt es irgendwelche Anzeichen dafür, dass sie gefesselt war.«

»Und wenn Spiros ihre Nägel nach dem Mord gesäubert hat?« Vic fühlte sich jetzt als Detektivin, doch ich musste sie enttäuschen.

»Dachte ich am Anfang auch,« sagte ich »Doch Harko meint, das sei unmöglich. Bei der Obduktion hätte der Pathologe jedes noch so kleine Hautstück gefunden.«

Vic machte ein langes Gesicht. Dafür wurde Gretchen unruhig.

»Was ist los?« fragte ich.

»Ich glaube, das kann ich erklären,« sagte sie. »Catherine ist als Kind oft von ihrem Vater verprügelt worden und einmal hat sie wohl versucht, sich zu wehren. Sie sagte, ihr Vater habe sie danach halb tot geschlagen. Danach hat sie es über sich ergehen lassen und ich glaube, irgendwann fing sie sogar an, die Schläge zu genießen.«

»Sie hat was?« fragte Vic entgeistert. Das einzige, was Vic sich gefallen ließ, war ein gelegentlicher Klapps auf ihren hübschen Po.

»Catherine stand auf Sado-Maso. Einmal sagte sie mir, sie sei überzeugt davon, eines Tages würde sie eines gewaltsamen Todes sterben. Ich hielt das für dummes Gerede, aber sie fand die Idee – wie soll ich das ausdrücken? Faszinierend?«

»Sie meinen, sie hat ihre eigene Ermordung einfach so hingenommen? Am Ende sogar noch genossen?« Vic schüttelte sich bei dem bloßen Gedanken daran.

»Wenn sie ihren richtigen Vater damit vernichten konnte? Schon möglich.«

Ich musste erst einmal tief Luft holen. Die Mörder in meinen Büchern waren Bösewichte, ihre Opfer – meistens jedenfalls – unschuldige Mitmenschen. Nie wäre ich auf die Idee gekommen, eines meiner Opfer freiwillig in den Tod gehen zu lassen und schon gar nicht, sich vom eigenen Vater ermorden zu lassen. Was mochte in diesem Mädchen vor sich gegangen sein?

Gretchen sah meine Verwirrung. »Die Leute, die Catherine nur flüchtig kannten, hielten sie für den glücklichsten Menschen auf der Welt. Jung, erfolgreich, attraktiv; sie lachte viel, war immer fröhlich. Ich habe auch ihre andere Seite gekannt, ihre Verzweiflung, ihre Angst, ihre Einsamkeit. Catherine glaubte, ihr Leben sei von Anfang an verpfuscht gewesen und hat im Grunde genommen keinen ernsthaften Versuch unternommen, sich ein richtiges eigenes Leben aufzubauen. Sie glaubte aber an die Wiedergeburt und sagte oft, nach allen Problemen in diesem Leben könne es im nächsten nur noch besser werden. Gut möglich, dass sie in ihren letzten Sekunden daran gedacht hat.«

»Und sich deshalb auch nicht gewehrt hat…« Vic war schockiert.

»Verstehen Sie nun, warum ich trotz aller Probleme ihre beste Freundin war?« fragte Gretchen leise. »Catherine hatte sonst niemanden auf dieser Welt.« Dann weinte sie.

Wir blieben noch zum Mittagessen, danach brachte uns Gretchen zum Zug. Zuvor hatte ich Pauls Bücher von mir mit einer Widmung versehen und ihm versprochen, ihm einen Korrekturabzug meines nächsten Romans zu schicken, noch bevor er in Druck ging.

Vic schwieg, bis wir die ersten Vororte von New York erreichten.

»Wer hätte das gedacht?« fragte sie schließlich. »Als wir auf der Fahrt nach Kreta zum erstenmal über den Fall sprachen?«

Wir waren auf falschen Fährten gewesen, Harko auf seiner, ich auf meiner. »Ich habe Harkos Geschichte mit der organisierten Kriminalität nie ernstgenommen, auch wenn er auf Othoni den Drogenring gesprengt hat. Aber dass in Wirklichkeit ein Familiendrama dahintersteckt – nein, auf die Idee wäre ich nie gekommen.«

Sie kuschelte sich an mich und wir saßen engumschlungen da, bis unser Zug in New York in der Grand Central Station ankam. Mit der U-Bahn fuhren wir nach La Guardia hinaus, wo Vic ein Ticket für den nächsten Flug nach Washington buchte. Uns blieb noch eine knappe Stunde.

»Weißt Du inzwischen, was Du sagen würdest, wenn ich Dich bitten würde, meine Frau zu werden?« fragte ich sie.

Sie umarmte mich und drückte ihr Gesicht an meinen Hals, sagte aber kein Wort. Ich fühlte nur ihre heißen Tränen.

»So schlimm?« fragte ich.

Ich spürte, wie sie zu nicken versuchte. Sanft schob ich sie ein Stück von mir weg und sah ihr in die Augen. »Nun?«

Sie holte tief Luft. »Ich glaube, ich würde sagen, dass ich Dich sehr, sehr lieb habe und dass ich mich jetzt schon darauf freue, Dich bald wiederzusehen. Aber ich würde Dir auch sagen, dass ich noch nicht soweit bin und Dich bitten, mir noch Zeit zu lassen. Würdest Du mir diese Zeit geben?«

Ich zog sie an mich und hielt sie fest. »Ja,« sagte ich, »ich würde Dir die Zeit geben. Und auf Dich warten.«

Wir standen da, bis ihr Flug aufgerufen wurde, dann küsste sie mich, nahm ihre Tasche und ging, ohne sich umzusehen. Erst als sie durch die Passkontrolle durch war, drehte sie sich noch einmal um und ich sah, wie ihre Lippen auf spanisch »Ich liebe dich« formten. Sie warf mir einen Kuss zu, dann war sie verschwunden.

Ich selbst fuhr nach JFK und wartete in der Olympic Lounge, bis meine Maschine startbereit war. Aus der Lounge rief ich Harko an und berichtete ihm, was ich erfahren hatte. Doch diskutieren wollte ich nicht – mir war zum Heulen zumute. Wenn sich Catherine in der letzten Minute ihres Lebens genauso gefühlt hatte: War es da nicht verständlich, dass ihr der Tod wie eine Erlösung erschienen war?

Der Flug nach Athen dauerte zehn Stunden, anschließend musste ich bis kurz nach fünf Uhr abends auf meinen Anschluss nach Korfu warten. Nochmal eine Stunde Flug, eine weitere Stunde Autofahrt nach Afionas – Jetlag und 36 Stunden ohne Schlaf: Ich war fertig. Doch mein langer Tag war noch nicht zu Ende; als ich ankam, saß Harko auf meiner Terrasse.

»Hast Du ein Bier?« fragte er und seiner düsteren Miene nach zu urteilen hatte er keine guten Nachrichten. Ich ließ mich in einen Stuhl fallen und gab ihm den Hausschlüssel.

»Tust Du mir einen Gefallen und holst es selbst? Ich bin fix und fertig.«

Harko stand auf, ging ins Haus und kam kurz darauf mit zwei Flaschen Mythos zurück. Ich war nicht durstig. Er öffnete eine Flasche, trank einen Schluck, dann fragte er: »Weißt Du, was dieses Schwein gesagt hat?«

»Wer? Wann? Was?« Ich hatte Schwierigkeiten, mich zu konzentrieren und wusste erst nicht, wovon Harko sprach.

»Spiros natürlich. Ich war heute Morgen bei ihm, zusammen mit Georgos. Wir haben ihm haarklein alles gesagt, was Du herausgefunden hast. Dass Catherine seine Tochter war, dass er sie erpresste, wie er sie ermordet und Jannis zum Sündenbock gemacht hat. Spiros hat sich alles angehört, uns ausgelacht und gefragt: *Könnt ihr irgend etwas davon beweisen?* Dann hat er noch zu mir gesagt: *Mit Dir spricht niemand mehr, auf Dich hört niemand. Du bist erledigt.* Und weißt Du was? Dieses verdammte Schwein hat recht. Ich kann ihm nicht das geringste nachweisen.«

Ich schüttelte den Kopf, nicht weil ich es nicht glauben konnte, sondern weil ich hoffte, dadurch klarer denken zu können. »Du könntest versuchen, die Vaterschaft zu beweisen. über Catherines Mutter oder einen Gentest.«

»Ha!« sagte Harko, als wäre er über meinen Vorschlag entrüstet. »Glaubst Du, Catherines Mutter würde irgend etwas zugeben? Die Familie hat den Skandal 27 Jahre unter den Teppich gekehrt, die wird den Teufel tun, jetzt mitzuhelfen, die Geschichte aufzuklären. Vielleicht sind die sogar froh, dass Catherine inzwischen unter der Erde ist.«

»Und der Vaterschaftstest?«

»Ohne Spiros Einverständnis? Keine Chance. Ich habe mit Georgos schon darüber gesprochen. Er ist genau wie ich davon überzeugt, dass Spiros der Täter ist.«

»Und?« fragte ich.

»Wie denn? Ohne konkrete Beweise?« Dann sagte Harko: »Scheiße. Dieses Scheiß-Pendel hat recht behalten: Papa findet den Mörder, aber bringt ihn nicht hinter Gitter. Scheiße!«

Harko, das wusste ich, hatte in seiner beruflichen Laufbahn viele Schlappen einstecken müssen. Verbrecher, die aus höchsten Regierungskreisen gedeckt wurden, Unregelmäßigkeiten innerhalb der Polizei, die vertuscht wurden, sein eigenes Ausscheiden aus dem Polizeidienst – er war ein Kämpfer für die Gerechtigkeit und nahm jede Niederlage persönlich. Doch ich hatte das bislang nur aus Harkos Erzählungen gehört. Nun sah ich zum erstenmal selbst, wie nahe ihm das ging.

»Und Jannis?« fragte ich.

Harko schloss die Augen. »Ich kann nichts mehr für ihn tun. Wenn es wenigstens noch echter Ehebruch gewesen wäre. Aber so? Der arme Kerl ist von Catherine aus Rache missbraucht worden und dafür büßt er nun ein Leben lang. Das ist zum Kotzen.«

Es gab nichts, was wir noch tun konnten. Harko hatte seinen Frust bei mir abgeladen, ich war hundemüde – er trank sein Bier aus und fuhr nach Hause.

Am nächsten Abend kam Manousos zu mir. Er freute sich, dass ich wieder zurück war, fragte mich, wie es in New York war und wollte wissen, was dran sei an dem, was Harko gesagt habe.

»Was hat er denn gesagt?« fragte ich. »Ich denke, hier spricht keiner mehr mit ihm?«

»Er war gestern Morgen bei Spiros und hat wie ein Irrer rumgebrüllt. Das haben einige gehört. Außerdem hat Georgos ein bisschen geplaudert. Spiros habe seine eigene Tochter umgebracht. Ist Harko jetzt völlig durchgedreht?«

»Leider nicht,« sagte ich und berichtete Manousos, was ich von Gretchen erfahren hatte. Manousos drehte sich eine Zigarette, rauchte schweigend. »Harko kann nichts beweisen?«

»Nichts,« sagte ich.

»Trotz all seiner Kontakte?«

»Nur durch seine Kontakte haben wir all das herausgefunden. Jetzt ist leider Schluss. Ohne einen Zeugen oder ein Geständnis kommt Spiros ungeschoren davon. Und Jannis wird als Mörder verurteilt.«

»Und die Polizei?« fragte Manousos.

»Solange Harko keine handfesten Beweise vorlegen kann, tut die nichts.«

»Verstehe,« sagte Manousos.

Er verabschiedete sich und wenig später sah ich ihn davonfahren – zur abendlichen Diskussionsrunde ins Three Brothers. Wenn Manousos auf Spiros gesetzt hatte, konnte er seinen Wettgewinn einstreichen, dachte ich wütend. Spiros war aus diesem Zweikampf eindeutig als Sieger hervorgegangen.

Das Leben schien wieder seinen gewohnten Gang zu gehen. Doch Harko rührte sich nicht, Manousos sagte nichts und ich dachte an mein Versprechen, das ich meinem amerikanischen Verleger gegeben hatte und das ich nicht einhalten konnte. Ein Krimi, in dem ein Kindsmörder ungestraft davonkam – das war kein Krimi. Und die Geschichte dichterisch zu verändern: Das wäre mir wie ein Verrat an Catherine vorgekommen. Sie mochte Jannis in diesen Schlamassel gebracht haben, der nun sein Leben ruinierte, doch letztendlich war sie nur ein Opfer. Aber von wem? Von Spiros? Oder einer Kultur, die dem Touristen viele angenehme Seiten bietet und die den Menschen, die in ihr leben, viele Zwänge auferlegt?

Zum erstenmal, seit ich auf Korfu lebte, fühlte ich mich unwohl hier und je mehr Zeit verging, desto mehr kam ich zu dem Schluss, dass ich in Afionas keine Zukunft mehr für mich sah. Nicht an einem Ort, an dem die Gerechtigkeit so offen mit Füßen getreten wurde.

Nachmittags um vier klingelte bei Harko das Telefon, Manousos war am Apparat.

»Kannst Du heute Abend um zehn ins Three Brothers kommen? Allein? Es ist wichtig.«

»Was ist denn los?« fragte Harko.

»Das kann ich Dir nicht sagen. Komm einfach heute Abend.« Dann legte er auf.

Harko rief mich sofort an. »Was ist denn los bei euch?« fragte er wütend. »Wochenlang redet kein Mensch mit mir, ich werde angefeindet und angegriffen, und nun bestellt man mich in die Taverne, ohne mir zu sagen, um was es geht. Wollen die mich fertigmachen?«

Auch ich hatte keine Ahnung, versprach ihm aber, mich bei Manousos zu erkundigen. Ich rief ihn an und sagte ihm, Harko sei nach den Ereignissen der letzten Wochen besorgt. Doch auch mir gegenüber war Manousos kurz angebunden. »Wir haben Harko unrecht getan und das möchten wir wieder gutmachen. Das ist alles.«

»Soll ich mitkommen?« fragte ich, doch Manousos lehnte ab: »Das geht nur Harko etwas an. Er muss nicht kommen, aber es wäre schön, wenn er dabei wäre.«

Statt Harko zurückzurufen, fuhr ich zu ihm. Harko hatte extrem schlechte Laune.

»Das ist alles eine Riesensauerei,« schimpfte er wütend. »Drei Monate habe ich nun wegen des Mordes an Catherine ermittelt, ich habe mir den halben Ort zum Feind gemacht, meine Familie hat schlimmes durchgemacht und mein kleines Paradies ist in Scherben gegangen. Und was hat es gebracht? Gar nichts. Jannis sitzt noch immer unschuldig im Gefängnis, die Polizei findet meine Geschichte interessant, denkt aber gar nicht daran, etwas zu unternehmen und Spiros, dieser Abschaum, freut sich in aller Öffentlichkeit, dass ihm der perfekte Mord gelungen ist. Weißt Du, die Korruption in Deutschland hat mich schon mächtig angekotzt, aber im Vergleich zu dem, was hier abläuft, war das noch heilig.«

Ich konnte ihn verstehen, aber ich wusste nicht, was ich sagen sollte.

»Solange ein Albaner der Mörder war, waren alle voll des Zornes,« sagte Harko. »Am liebsten hätten sie ihn direkt am nächsten Baum aufgeknüpft. Jetzt, wo klar ist, dass ein Grieche das Mädchen ermordet hat, sogar einer aus ihrem Dorf – da interessiert sich keiner mehr dafür. Das ist zum Kotzen.«

»Könntest Du Spiros den Mord denn nicht mit dem nachweisen, was wir herausgefunden haben?«

Harko seufzte. »In Deutschland würde es zumindest für einen Indizienprozess ausreichen. Ob er verurteilt würde, steht auf einem anderen Blatt. Doch Jannis würde sofort freigelassen.«

Ich schloss die Augen und dachte nach. »Nimm mal an, in einem deutschen Dorf wird eine Ausländerin ermordet, vielleicht ein Mädchen aus Polen, das keiner kannte, und ein Türke wäre der offensichtliche Täter. Plötzlich kommt ein Spanier, der in dem Dorf lebt, auf die Idee, alle Deutschen zu verdächtigen, und interessiert sich wochenlang für alle kleinen und großen Geheimnisse. Er kommt mit einer Fülle fadenscheiniger Beweise an und verdächtigt einen der eingesessenen Bewohner. Glaubst Du wirklich, die deutsche Justiz würde den Türken auf freien Fuß setzen und den Deutschen inhaftieren?«

»Wenn er schuldig wäre…«

»Das behauptet nur der Spanier.«

»Aber die Beweise!«

»Welche Beweise?« fragte ich. »Du hast nur bewiesen, dass Spiros der Mörder sein könnte. Was er sicher auch ist. Aber wieviele andere hast Du vorher in Verdacht gehabt? Mit ein bisschen gutem Willen hättest Du Indizienbeweise gegen ein halbes Dutzend Dorfbewohner finden können. Spiros wirft mit Geld um sich, das er von Catherine hat, er ist ein Betrüger, der ohne Skrupel die eigene Großmutter verkaufen würde, sofern ihm jemand Geld für sie bietet. Aber er ist bislang noch nicht straffällig geworden, wir haben keine Zeugen für den Mord und kein Geständnis. Warum sollte die Justiz also einschreiten?«

»Für Dich ist es also in Ordnung, wenn Jannis unschuldig verurteilt wird? Und der Mörder weiterhin frei herumläuft?«

»Nein,« sagte ich, »in Ordnung ist das nicht. Aber was können wir noch für Jannis tun?«

Das klang auch in meinen eigenen Ohren ziemlich flau. »Wir könnten versuchen, ihm einen guten Anwalt zu besorgen und Geld für ihn sammeln. Ich gebe gern ein paar tausend Euro und ich denke, auch aus dem Ort wird Geld für ihn gespendet. Mit dem, was Du herausgefunden hast, hat der Anwalt zumindest gute Chancen, berechtigte Zweifel an Jannis Schuld geltend zu machen. Vielleicht schieben sie ihn nach Albanien ab.«

»Du gibst Dich wohl immer mit Kompromissen ab,« sagte Harko aggressiv.
»In Südamerika lernt man, sich mit vielem zu arrangieren. Das ist bei uns oftmals eine Frage des Überlebens. Du gehst gern aufs Ganze – ein Luxus, der bei uns in vielen Fällen mit dem Leben bezahlt werden muss. Dein Leben ist hier nicht in Gefahr. Aber sieh Dich doch mal an: Wohin hat Dich Deine Wahrheitsliebe gebracht? In Stuttgart musstest Du gehen und hier liegst Du mit allen im Clinch. Alles im Namen der Gerechtigkeit.«
»Ich glaube, Du gehst jetzt besser,« sagte Harko. »Soll ich Dir noch eine Kiste voll Sand mitgeben, damit Du Deinen Kopf hineinstecken kannst?«
Ich stand auf und ging wortlos nach draußen. An meinem Wagen stand Marianne.
»Hat er Dich rausgeworfen?« fragte sie traurig.
»Leider mit Recht,« sagte ich. »In meinen Romanen siegt am Ende immer das Gute, doch die Realität sieht offenbar anders aus. Ich kann ihn gut verstehen und ich bewundere seinen Mut.«
»Mut hat er,« sagte Marianne leise, »aber man könnte es auch Dummheit nennen. Die Wahrheit bedeutet ihm viel. Manchmal fürchte ich, sie ist ihm wichtiger als seine Familie.«
Sie hatte Tränen in ihren Augen. »Korfu wird mir fehlen,« sagte sie.
»Wollt ihr die Insel verlassen?« fragte ich besorgt.
»Wenn das neue Schuljahr in Deutschland anfängt, gehen wir nach Stuttgart zurück.«
»Das tut mir leid,« sagte ich.
»Mir auch,« sagte Marianne.

Harko verbrachte den Nachmittag in seinem Garten, den er mit so viel Liebe gestaltet hatte und den er nun bald verlassen würde. Er wusste nicht, ob er am Abend ins Three Brothers gehen sollte, innerlich hatte er mit Afionas und den Menschen hier bereits abgeschlossen. Er verzichtete auf das Abendessen, blieb im Garten sitzen, bis die Dunkelheit hereinbrach. Kurz vor zehn siegte schließlich die Neugier und er fuhr nach Afionas.
Das Three Brothers war gut besucht, doch merkwürdig still an diesem Abend. Kein einziger Tourist saß im Lokal oder auf der Veranda, Harko sah nur Griechen aus Afionas. Sie tranken Bier und redeten, doch es gab keine der üblichen hitzigen Diskussionen, alle

Gespräche wurden leise geführt. Auch wirkten alle merkwürdig ernst.

Was ihn am meisten überraschte, war, dass bei seinem Eintreten alle aufstanden und ihn jeder Einzelne mit Handschlag und einem freundlichen »Ti kanis?« begrüßte.

Manousos lotste ihn zu einem etwas abseits gelegenen Tisch und Kostas, der Wirt, brachte ihm eine Flasche Bier.

»Schön, dass Du gekommen bist,« sagte Manousos.

»Was ist hier eigentlich los?« fragte Harko, halb überrascht und halb wütend.

»Wir machen heute Abend einen Abschiedsbesuch bei einem Sterbenden und alle wollen, dass Du dabei bist.«

»Ich?« fragte Harko überrascht. »Ich dachte, ich bin hier der am meisten gehasste Mann.«

Manousos seufzte. »Die Dinge sind nicht immer so, wie sie scheinen. Du hast viel Ärger gemacht, das stimmt, aber Deine Motive waren ehrenhaft. Das ist uns inzwischen klargeworden. Wir sind nicht gut darin, uns zu entschuldigen, aber wir möchten Dir zeigen, dass wir Dich achten. Deshalb haben wir darüber abgestimmt, ob Du heute Abend dabei sein sollst. Alle haben ja gesagt.«

»Um einem Sterbenden die letzte Ehre zu erweisen?«

»Ja.«

»Wer ist es denn?« fragte Harko. »Ich habe nichts von einer Erkrankung gehört.«

»Es geht nicht um eine Krankheit, eher um einen Unfall.«

»Wer ist verunglückt?«

»Das kann ich Dir noch nicht sagen. In einer Stunde wirst Du es wissen. Ich möchte Dich nur bitten, kein Wort zu sagen – wir wollen nur, dass Du dabei bist.«

Harko konnte sich keinen Reim darauf machen, er dachte an mein Erlebnis mit Lambros, an die Verabschiedung des alten, sterbenden Mannes aus der Dorfgemeinschaft. All seine Bemühungen, mehr von Manousos zu erfahren, blieben ergebnislos. Manousos trank sein Bier und schwieg, genau wie die anderen Männer in der Taverne.

Kurz vor elf klingelte das Telefon auf dem Tresen. Kostas, der Wirt, hob ab und meldete sich mit seinem Namen. Er sagte nichts weiter, lauschte nur kurz in den Hörer, legte auf und nickte. Als wäre das ein geheimes Startsignal, standen alle Männer auf und verließen die Taverne.

»Ich muss mein Bier noch bezahlen,« sagte Harko, als auch Manousos zum Ausgang drängte.

»Heute Abend bezahlt keiner sein Bier,« sagte Manousos nur und ging weiter. Harko folgte ihm.

Die Männer gingen die Dorfstraße entlang, etwa 500 Meter, dann blieben sie vor einem Haus stehen.

»Aber das ist doch das Haus von Spiros,« sagte Harko überrascht. »Hatte er einen Unfall?«

»Ja,« sagte Manousos, »einen schlimmen Unfall. Er weiß es nur noch nicht. Und nun sei bitte still. Wir wissen selbst nicht, wie die Geschichte ausgeht.«

Zwei Männer läuteten an der Haustür. Zunächst blieb es still, dann ging ein Licht an und Spiros öffnete die Tür. Überrascht sah er die Männer an.

»Was wollt ihr hier?« fragte er, »und vor allem: um diese Zeit?«

»Wir wollten uns von Dir verabschieden,« sagte Vassilis, der Dorfälteste, »so wie es der Brauch gebietet.«

»Aber ich verreise doch gar nicht,« sagte Spiros.

»Doch,« antwortete Vassilis, »Du fährst heute Nacht zur Hölle.«

Spiros wollte die Tür zuschlagen, doch Vassilis hatte bereits seinen Fuß in den Türrahmen gestellt. Spiros drehte sich um und rannte ins Haus, Harko hörte ein Fenster klappern. Keiner der Männer verfolgte den Flüchtenden, sie gingen ruhig einer nach dem anderen hinein und versammelten sich im Wohnzimmer.

Von draußen waren Schreie zu hören – erst überrascht, dann wütend, schließlich war nur noch ein Wimmern zu vernehmen. Wenige Minuten später brachten zwei Männer Spiros zurück ins Haus: das Gesicht blutig, die Arme auf dem Rücken festgebunden.

»Du hast ein Mädchen getötet und die Schuld einem anderen gegeben. Nun bereust Du die Tat und hast Dich entschlossen, aus dem Leben zu scheiden.«

Fassungslos sah Harko zu, wie einer der Griechen einen Strick mit einer Schlinge aus einer Tasche zog, auf einen Stuhl stieg und den Strick an der Decke befestigte. Als die Schlinge an einem Haken baumelte, hängte er sich mit seinem ganzen Gewicht daran – sie hielt. Er stieg von dem Stuhl und stellte das Möbelstück genau unter die Schlinge.

Spiros war kreideweiß im Gesicht. »Das könnt ihr nicht machen,« stammelte er, »ich bin doch einer von euch.«

»Du warst einer von uns,« sagte Kostas, »bis Du meine Nichte ermordet hast.«

»Aber das habe ich nicht,« schrie Spiros. Wütend sah er auf Harko. »Ihr werdet doch nicht die Lügen glauben, die dieses deutsche Schwein über mich verbreitet.«

»Du bist gesehen worden,« sagte Vassilis ruhig, »als Du die Leiche des Mädchens an den Strand trugst.«

»Das stimmt nicht,« schrie Spiros, »kein Mensch war in dieser Nacht am Strand.« Er stockte, dann stöhnte er: Soeben hatte er die Tat gestanden.

»Hebt ihn hoch,« sagte Vassilis. Die beiden Männer, die Spiros hereingebracht hatten, griffen ihm unter die Arme und hoben ihn auf den Stuhl. Ein dritter legte dem nun völlig apathischen Mörder die Schlinge um den Hals.

Harko wollte etwas sagen, doch Manousos schüttelte leicht den Kopf: Harko sollte schweigen.

Spiros erwachte aus seiner Apathie. »Ihr kommt alle ins Gefängnis,« schrie er. »Die Polizei wird meinen angeblichen Selbstmord untersuchen und feststellen, dass ich mich gar nicht selbst umgebracht habe. Dann seid ihr dran.«

»Es wird keine Untersuchung geben,« sagte Vassilis ruhig. »Morgen früh um zehn ist Deine Beerdigung, und um elf Uhr hat die Polizei Deinen Abschiedsbrief mit Deinem Geständnis.«

»Es gibt keinen Abschiedsbrief und kein Geständnis,« rief Spiros.

»Doch,« antwortete Vassilis, »die gibt es.«

Einer der Männer öffnete eine Aktentasche, holte einen Brief heraus und gab ihn Vassilis.

»Ich, Spiros Bardis, gebe hiermit zu, in der Nacht vom 9. auf den 10. Mai 2004 Catherine Bardis ermordet zu haben. Ich habe sie in meinem Haus erwürgt. Danach habe ich Bujar Czarda, genannt Jannis, auf seinem Motorrad überfallen, ihn betäubt und ihm Alkohol eingeflößt. Danach habe ich beide an den Strand von Agios Georgios gebracht. Ich tat es, weil Catherine Bardis 50.000 Euro bei sich hatte, die ich ihr raubte. Ich kann diese Schuld nicht länger ertragen und scheide deshalb aus dem Leben.«

»Das habe ich nicht geschrieben,« heulte Spiros.

»Aber unterschrieben,« sagte Vassilis kalt.

»Die Unterschrift ist gefälscht!«

»Die Polizei wird feststellen, dass sie echt ist,« antwortete Vassilis.

»Ihr Schweine,« stöhnte Spiros, »ihr verdammten Schweine.«

»Leb wohl,« sagte Vassilis und einer nach dem anderen verabschiedete sich von Spiros. Nur Harko sagte nichts.

»Bist Du bereit für Deine letzte Reise?« fragte Kostas und trat zum Stuhl.

Spiros fielen vor Angst fast die Augen aus dem Kopf. »Nein,« stammelte er, »bitte nicht. Ich tue alles, was ihr wollt – aber bringt mich nicht um. Bitte lasst mich leben.«

»Da gäbe es eine Möglichkeit,« sagte Vassilis. »Du legst ein schriftliches Geständnis ab. Und Du verkaufst Dein Haus und Dein Grundstück an Catherines Eltern – für 50.000 Euro. Das Geld bekommen die Amerikaner. Du selbst verlässt Afionas noch heute Nacht und kehrst nie wieder zurück. Wir geben Dir einen Tag Zeit, das Land zu verlassen, danach bekommt die Polizei Dein Geständnis.«

»Ihr seid verrückt,« höhnte Spiros.

»Dann eben nicht,« sagte Vassilis und gab Kostas ein Zeichen. Der packte den Stuhl fest an der Lehne.

»Wartet,« heulte Spiros, »ich unterschreibe das Geständnis.«

»Und den Kaufvertrag,« sagte Vassilis.

»Aber dazu ist ein Notar notwendig,« sagte Spiros. »Und Rechtsanwälte.«

Harko konnte sich nur wundern, wie dieser Mann noch im Angesicht des Todes an seinen Vorteil dachte. Denn es war offenkundig, dass er gar nicht daran dachte, freiwillig zum Notar zu gehen.

»Wir haben den Kaufvertrag schon hier,« sagte Vassilis. »Der Notar und die Anwälte haben bereits unterschrieben. Fehlt nur noch Deine Unterschrift.«

Spiros schloss entsetzt die Augen und sagte kein Wort. Erst als Kostas ganz massiv an seinem Stuhl rüttelte, sagte er mit matter Stimme: »Ich unterschreibe.«

Und nun bekam Harko große Augen. Denn das zweite Geständnis, das Vassilis aus der Tasche zog, war bereits fertig auf einem offiziellen Vernehmungsformular der Polizei getippt und der Kaufvertrag trug, wie Vassilis gesagt hatte, die Unterschriften von Notar und den in Griechenland für Grundstücksverkäufe notwendigen Rechtsanwälten. Vassilis legte beides auf den Tisch.

Ein Mann nahm Spiros die Schlinge ab, zwei andere halfen ihm vom Stuhl herunter.

»Eine falsche Bewegung,« zischte einer der Beiden, »und Du baumelst am Strick.«

Diesmal schien Spiros wirklich aufgegeben zu haben. Er setzte seine Unterschrift unter die zwei Dokumente.

»Wieviel Zeit habe ich, meine Koffer zu packen?« fragte er.

»Keine,« antwortete Vassilis. »Setz Dich in Deinen Wagen, den Du von Catherines Geld gekauft und den Du jetzt mit Deinem Haus bezahlt hast, und fahr weg. Morgen Abend hat die Polizei Dein Geständnis, von da an wirst Du offiziell gesucht. Das Haus hier wird bis dahin von uns bewacht. Solltest Du daran denken, heimlich zurückzukehren...« Er deutete auf den Strick.

Wortlos stand Spiros auf, nahm die Wagenschlüssel von einem Brett an der Wand und verließ das Haus. Eine Minute später hörte Harko, wie ein Wagen wegfuhr.

Vassilis steckte sorgfältig die Dokumente in die Aktentasche, Kostas machte den Strick von der Decke ab. So leise, wie sie das Haus betreten hatten, so leise verließen sie es wieder.

Harko ging mit Manousos zurück zum Wagen. »Im Geständnis steht nichts davon, dass Catherine seine Tochter war,« sagte er.

»Wen interessiert das schon,« sagte Manousos.

»Du meinst, das ist euch egal?« fragte Harko entsetzt.

»Ich habe mich falsch ausgedrückt,« sagte Manousos. »Wen interessiert das schon außerhalb des Dorfes? Muss das wirklich jemand wissen?«

»Das nicht,« sagte Harko. »Und Jannis? Sein Beischlaf mit Catherine?«

»Hat er wirklich mit ihr geschlafen?« fragte Manousos. »Weißt Du, der Polizei sind bei den Ermittlungen einige Fehler unterlaufen. Ich bin sicher, der Arzt in Athen hat da irgendwas durcheinandergebracht. Glaubst Du nicht auch?«

Harko wollte widersprechen, Manousos sagen, Pathologen irrten sich nur selten. Dann überlegte er es sich anders. »Du hast recht,« sagte er. »Solche Fehler geschehen manchmal.«

»Siehst Du,« sagte Manousos. »Wenn sogar Du das sagst...«

»Hättet ihr ihn wirklich erhängt?« fragte Harko nun leise. Und war sich nicht sicher, ob er die Antwort überhaupt wissen wollte.

Manousos blieb stehen und sah zum sternenbedeckten Himmel hinauf. »Manche Menschen glauben, das Schicksal sei vorherbestimmt. Vielleicht musste Catherine sterben, weil es der Wille der Götter war. Genausogut hätten die Götter beschließen können, dass

Spiros heute Abend einen Unfall hat. Wie es jetzt aussieht, wollen sie, dass er für den Rest seines Lebens ruhelos durch die Welt zieht. Doch wer weiß das schon immer so genau.« Dann sagte er nur noch: »Kali Nichta[18]«, drehte sich um und ging zu seinem Wagen.

Zwei Tage später fuhren Vassilis und Manousos nach Korfu-Stadt; als sie zurückkamen, saß Jannis im Wagen. Es gab kein großes Hallo, keine großen Worte, keine Entschuldigung: Jannis fing noch am gleichen Tag wieder an, bei Manousos zu arbeiten und alles war, wie es immer gewesen war.

Fast so. Einen Tag später kam Georgos Katsatopoulos nach Afionas und brachte Jannis eine neue Aufenthaltserlaubnis – zeitlich unbefristet. Georgos sagte Jannis, wenn er seine Familie nach Korfu holen wolle, würde dieser Antrag wohlwollend geprüft.

Der Gemeinderat von Afionas beschloss noch in der gleichen Woche, den Dorfplatz verschönern zu lassen, eine Arbeit, die einen qualifizierten Fachmann erforderte und die deshalb nur von Jannis erledigt werden konnte – und für die wegen der hohen Ansprüche der doppelte Satz bezahlt wurde.

Harko blies den geplanten Rückzug nach Stuttgart ab. Jeden Tag kamen jetzt Griechen vorbei, brachten Obst und Gemüse und erkundigten sich nach Harkos Wohlbefinden.

Soviel ich weiß, bin ich der Einzige, der erfuhr, was in jener Nacht wirklich geschah, doch irgendwie war schon bald im ganzen Norden Korfus bekannt, dass es dem Kommissar aus Deutschland gelungen war, in enger Kooperation mit der griechischen Polizei einen der schwierigsten Kriminalfälle aufzuklären, den Korfu je erlebt hatte.

Oder wie es Tina und Sina in seltener Einmütigkeit ausdrückten: »Unser Papa ist der Größte.«

Ich dachte an mein Versprechen, das ich meinem Verleger in New York gegeben hatte, und sprach lange mit Harko darüber, ob ich ein Buch über Catherine schreiben sollte. Harko sagte ja, es sei für meine Leser sicher eine erfrischende Erfahrung, wenn sie zur Abwechslung etwas über die echte Ermittlungsarbeit eines Polizisten erfahren würden. Ich wollte die Handlung zunächst in ein Land in Mittelamerika verlegen, doch Harko war dagegen: Eine solche Geschichte könne sich nur in Griechenland ereignen und es wäre wohl am besten, ich schriebe alles so auf, wie es sich wirklich

[18] Griechisch: Gute Nacht

abgespielt hat. Nur einige Namen solle ich ändern – sonst bekäme Jannis am Ende doch noch Ärger mit seiner Familie.

Mehrere Tage füllte sich mein Papierkorb mit ersten Entwürfen, doch immer wenn ich den Fall wie einen meiner Romane schildern wollte, kam ich nicht weiter. Mir war, als würde die Geschichte selbst bestimmen, wie sie geschrieben werden wolle. Und als ich eines Tages auf meiner Terrasse saß, eine Zigarette rauchte und Kermits Froschkonzert lauschte, fuhr Georgos Katsatopoulos mit seinem Jeep auf der Hauptstraße vorbei. Er winkte mir zu. Da wusste ich, wie ich die Geschichte schreiben musste. Ich setzte mich an meinen PC und fing an zu tippen:

Georgos Katsatopoulos lehnte sich in seinem alten Drehstuhl zurück und schlürfte genüsslich seinen Heleniko, den starken, schwarzen, griechischen Kaffee. Es ist, dachte er, alles in allem ein sehr angenehmes Leben...

Danksagung

»Harko und das tote Mädchen am Strand« ist eine erfundene Geschichte mit realem Hintergrund. Viele der Figuren im Buch gibt es wirklich, genauso wie Afionas, das verträumte, paradiesische Fleckchen Erde im Norden Korfus, der grünsten und – nach Meinung vieler, die hier leben – schönsten Insel Griechenlands. Viele der Begebenheiten, die im Buch erzählt werden, haben sich wirklich so zugetragen, wenn auch nicht im Zusammenhang mit dieser Geschichte.

Beim Schreiben und dem anschließenden Überarbeiten des Romans haben mir viele Freunde geholfen, denen ich hier Dank sagen möchte. An erster Stelle danke ich Woga, dessen Fachwissen viel Realität in eine fiktive Geschichte brachte. Und ein großer Dank und großes Lob an Kira, die durch ihre Begeisterung und viele gute Ideen zum Gelingen dieses Werkes beigetragen hat. Dank auch an Nikiforos Bardis, der manche Anekdote aus dem Leben in Afionas beisteuerte.

Für tatkräftige Unterstützung beim Redigieren danke ich Christine Giebner, Inge Heinemann, Winfried Kasselmann, Jürgen Kothy, Victoria Rauh, Ingrid Reinwand, Anita Seeger, Gabriele Spaszewski, Katrin Steiger, Alekos Stogiannos, Birgit Dorawa sowie allen anderen, die mir mit Rat und oft auch mit Tat zur Seite standen.

¡Muchas gracias!

Korfu selbst erleben

Neugierig auf Korfu? Die grünste Insel Griechenlands? Dann finden Sie hier einige Tipps – vielleicht für Ihren nächsten Urlaub auf den Spuren von Harko und Roberto.

Korfu wird durch Korfu-Stadt für die Korfioten in zwei Hälften geteilt: Den Norden, der mit einer überwältigenden Landschaft verwöhnt, und den Süden, in dem die Unterhaltung dominiert.

Die Saison auf Korfu dauert von Mai bis Oktober, in dieser Zeit fliegen Dienstags und Samstags von fast allen deutschen Flughäfen Charterflieger die Insel direkt an, die Flugzeit beträgt rund zwei Stunden. In der restlichen Zeit bestehen von Olympic www.olympic-airways.gr und Aegean Airlines www.aegeanair.com tägliche Verbindungen über Athen. Seit dem Herbst 2005 bietet auch LTU zweimal wöchentlich, dienstags und donnerstags, Flüge von Düsseldorf nach Korfu, wobei Passagiere das innerdeutsche Flugnetz der LTU für günstige Anschlussflüge nutzen können www.ltu.de.

Für die Anreise mit dem eigenen Wagen empfiehlt sich die Fährverbindung ab Venedig, Minoan Lines www.minoan.gr bietet im Winter vier, von März bis Ende Oktober sechs Direktverbindungen wöchentlich.

Pauschaltouristen finden ein reichhaltiges Angebot in ihrem Reisebüro. Wer sich jedoch direkt für Afionas und die Agios Georgios Bucht interessiert, ist bei speziellen Korfu-Veranstaltern gut aufgehoben.

Wolfgang Gaiser lebt das ganze Jahr auf der Insel und bietet neben der Vermittlung von Appartements auf Korfu - von Pelekas über Paleokastritsa und Agios Georgios bis Acharavi/Almiros - auch viel Beratung und individuellen Service vor Ort: www.korfu-appartements.com Er bietet weiterhin geführte Mountainbike- oder Endurotouren auf Korfu und den anderen Ionischen Inseln an: www.korfu-biker.de

Corfelios-Reisen hat sich auf die Agios Georgios Bucht spezialisiert. Neben Appartements bietet die Crew aus jungen und engagierten Urlaubsbetreuern viel Freizeitprogramm – Segeln, Surfen, Biken. www.urlaub-griechenland.de

Andreas und Tom Seefried wussten schon vor vielen Jahren, dass Korfu »Ihre« Insel ist – sie haben zunächst an Freunde Ferienwohnungen vermittelt und später aus dem Hobby einen Beruf gemacht. Heute bieten sie unter www.korfunet.de ein reichhaltiges Angebot an Ferienwohnungen und Immobilien auf der ganzen Insel an – alle persönlich ausgesucht und während des Urlaubs mit individueller Betreuung vor Ort.

Wer sich generell für Korfu interessiert, sollte unbedingt auf www.corfu.de vorbeischauen. Andreas Pech hatte vor Jahren das Pech, sich nicht nur in seine Frau, sondern auch noch in Kerkira unsterblich zu verlieben – und das Glück, dass die Liebe zu seiner Geliebten von seiner Frau geteilt wird. Heute sind Andi´s Korfu-Page sowie sein dort eingebundenes Korfu-Portal für viele Korfu-Fans die erste Anlaufstelle, wenn es um Informationen und den Austausch mit anderen Korfu-Fans geht.

Reiseführer gibt es buchstäblich wie Sand am Meer. Einer der besten für Korfu ist im Michael Müller Verlag erschienen: Neben Informationen über Orte und touristisch sehenswerte Ziele bietet er auch viel Wissenswertes über Land und Leute. www.michael-mueller-verlag.de

Three Brothers

Das Three Brothers, die Lieblingstaverne von Manousos, lockt ganzjährig mit kühlem Bier, griechischer Küche und einer phantastischen Aussicht. Und Besucher, die sich als Harkos Freunde zu erkennen geben, können den Wirt um ein Gläschen seines selbstgemachten Rotweins bitten.

Three Brothers
Afionas
49081 Korfu

Bardis Brothers

Wenn Manousos nicht gerade im Three Brothers sein abendliches

Bier genießt, ist er mit seinem Bruder damit beschäftigt, Häuser zu bauen – mit griechischem Flair, aber deutscher Gründlichkeit gebaut.

Bardis Brothers
Afionas
49081 Korfu
T: +30-6972819421

Die Nordwest-Ecke von Korfu ist bei vielen Künstlern beliebt. Einer von ihnen ist Alex, ein deutschsprechender Goldschmied, der seinen Kunden neben einer großen Auswahl an einmaligen Schmuckstücken zwei Besonderheiten bietet: Auf Wunsch fertigt Alex nach den Vorstellungen seiner Kunden individuelle Schmuckstücke an. Und wer sich genügend eigenes handwerkliches Geschick zutraut, kann an einem Goldschmiedekurs teilnehmen und sich den gewünschten Schmuck – unter seiner Anleitung und mit seiner tatkräftigen Unterstützung – selbst anfertigen.

Kunst ist ein zentrales Thema in Band III. Bei den Recherchen wurde klar, wie stark sich viele Künstler auf Korfu von der besonderen Atmosphäre anregen lassen, aber auch, wie schwer es ist, diese Künstler als Besucher zu finden. Aus diesem Problem heraus entstand die Idee für ein spezielles Kunst-Portal im Internet, das Besuchern einen schnellen Überblick über das vielfältige künstlerische Angebot auf Korfu bietet und es ihnen erlaubt, über eine einzige Seite die gesamte lokale Kunst-Szene zu entdecken. Der HSB-Verlag hat sich deshalb der Aufgabe gestellt, ein solches Portal zu schaffen: www.korfu-kunst.com

Band 2: Harko und der V-Mann

Harko wird mit seiner Vergangenheit konfrontiert: Rudi, einer seiner früheren V-Leute, ist bei einem Freigang geflüchtet und bittet Harko um Hilfe – er fürchtet um sein Leben. Gemeinsam mit Roberto Bardéz, einem argentinischen Krimiautor, reist Harko nach Stuttgart zu seiner alten Dienststelle, um dort mehr über die Hintergründe von Rudis Fall zu erfahren. Ihre Ermittlungen führen sie ins Rotlichtmilieu, und bald wird deutlich, Rudis Fall hat eine weit größere Dimension als angenommen: Harko und Roberto müssen tief in die Trickkiste greifen, bevor sie der Wahrheit auf die Spur kommen.

ISBN: 3-9810177-1-4

Band 3: Harko und der Kunstprofessor

Die Kalte Sophie hat zugeschlagen: Nicht als Eisheilige mit einem Kaltwettereinbruch, sondern als drei Meter große Plastik aus Edelstahl ist sie ihrem Schöpfer, dem pensionierten Kunstprofessor Xaver Hintermooser, in einem Sturm auf den Kopf gefallen. Für die griechische Polizei ist der Tod des Professors ein Unfall, doch Roberto Bardéz, der gerade in einer Krise steckt und der darüber mit dem fleißigen, aber erfolglosen Künstler diskutiert hat, glaubt an Selbstmord. Harko hat eine dritte Theorie: Er sagt, es war Mord. Wie sogar Roberto zugeben muss, hat er dafür allen Grund. Es beginnt eine verzwickte Suche nach dem Täter, bei der Harko und Roberto zu ungewöhnlichen Mitteln hart am Rande der Legalität greifen.

ISBN: 3-9810177-2-2

Der HSB-Verlag stellt sich vor

HSB
VERLAG

Unsere Produkte:

Romane und Krimis

Romane mit regionaler oder branchenspezifischer Ausprägung, spannende und fachlich fundierte Krimis aus Urlaubslandschaften mit Lokalkolorit oder bewegendem sozialkritischem Hintergrund, Themen die interessieren, Kenntnisse vermitteln und atemberaubende Spannung erzeugen.

Biographien

Interessante Geschichten, lebendig erzählt.

Firmengeschichten

Spannende Unternehmensportraits, informativ aufbereitet.

Interessante Geschichten

Ihre Ideen für eine spannende Geschichte.

Krimi Events

Unvergessliche Krimi-Events für Firmen- und Gruppenanlässe.

Unser Konzept

- Der HSB-Verlag ist ein junger Verlag mit modernen Ideen.
- Nutzung unserer Produkte als wertvolle Geschenke und Events für Freunde, Kunden und Geschäftspartner.
- Wir setzen auf den klassischen Vertrieb über den Buchhandel.
- Wir nutzen das Internet als wesentliches Element zur Präsentation für den Vertrieb.

    - Web-Präsenz für Bücher
    - Portale zu interessanten Themen
    - Internet-Marketing

Ihre Ideen

Sie haben eine gute Idee für eine spannende Geschichte, im Rahmen unserer Produktzielgruppe, vielleicht schon ein fertiges Manuskript? Lassen Sie es nicht in der Schublade verstauben, setzen Sie sich lieber mit uns in Verbindung.

Ihr HSB-Verlag

Kontakt: Harald.Braun@hsb-verlag.com
Internet: www.hsb-verlag.com